HANNA ADEN

# Lass uns tanzen, Fräulein Lena

ROMAN

 PENGUIN VERLAG

Penguin Random House Verlagsgruppe FSC® N001967

1. Auflage
Copyright © 2024 Penguin Verlag
in der Penguin Random House Verlagsgruppe GmbH,
Neumarkter Str. 28, 81673 München
Redaktion: Katharina Rottenbacher
Covergestaltung: © Favoritbuero
Covermotiv: © Shutterstock/Jan Schneckenhaus;
©Trevillion Images/Magdalena Russocka
Satz: satz-bau Leingärtner, Nabburg
Druck und Bindung: GGP Media GmbH, Pößneck
Printed in Germany
ISBN 978-3-328-60368-9

www.penguin-verlag.de

# In der neuen Heimat

Lena summte ein Lied aus dem Radio, als sie die Pforte zum Grundstück von Fräulein Gerdes öffnete. Es gab Tage, an denen schien überall Musik zu vibrieren, die zum Tanzen einlud. Vielleicht lag es an der Art, wie die Sonne ihre Nasenspitze kitzelte, vielleicht auch nur am Zwitschern der zurückgekehrten Vögel. Lena setzte einen Fuß vor den anderen, als würde sie von einem Tanzstundenkavalier in die Mitte des Raumes geleitet werden, und wiegte sich in den Hüften.

Als sie mit der Schuhspitze an einer von Wurzeln emporgedrückten Steinplatte hängen blieb, zuckte sie zusammen. Sie blickte sich um, ob jemand sie beobachtet hatte, und verlor das Gleichgewicht. »Nein«, sagte sie erstaunt und fiel trotzdem mit den Knien in die regenfeuchte Gartenerde. »Du meine Güte!«

Hastig rappelte sie sich auf. Hoffentlich hatte niemand sie gesehen. Die Menschen in Niebüll schienen sie ohnehin ständig zu beobachten, denn sie war fremd in Schleswig-Holstein und arbeitete für die britische Besatzungsregierung. Beides weckte Misstrauen, genau wie ihr pommerscher Dialekt, der so anders klang als das hiesige Platt.

Lena wischte sich den Schmutz von Kleidersaum und Schürze und ärgerte sich über die braunen Spuren, die sich nicht einfach abklopfen ließen. Wie sollte sie Fräulein Gerdes an diesem Samstag bei der großen Wäsche helfen, wenn ihre eigene Kleidung nicht sauber war?

Da half nichts, sie musste gleich als Erstes um einen Lappen bitten, um die Flecken auszuwaschen.

»Guten Tag, Fräulein Gerdes!« Lena klopfte an den Rahmen der offen stehenden Küchentür und trat ein. »Wie geht es Ihnen?«

»Hallo Lena!« Das grauhaarige Fräulein nickte ihr freundlich zu. »Du bist heute sehr pünktlich.« Lena trat ein und begrüßte auch die alte Frau Gerdes, deren Gesicht nur noch aus Falten zu bestehen schien. Ihre glasigen blauen Augen starrten ins Leere. Lena wusste, dass sie nicht mehr richtig verstand, was um sie herum geschah. Das war jedoch kein Grund, sie nicht höflich zu begrüßen. Deswegen trat sie an den Tisch, berührte den Handrücken der einstigen Hausherrin vorsichtig und ergriff dann ihre Hand.

»Es ist schön, Sie zu sehen, Frau Gerdes«, sagte sie laut und klar, weil etwas von ihren Worten vielleicht doch ankam, und wenn es nur der freundliche Klang der Stimme war. »Ich hoffe, es geht Ihnen gut.«

Mit einem neidischen Blick registrierte Lena die mundgerecht geschnittenen Kotelettstückchen auf dem Teller der alten Frau. Gestern hatte sie mit ihrer Schwester Margot in der Fleischerei gestanden, um sich von den mühsam angesparten Lebensmittelmarken ein Stück Fleisch fürs Wochenende zu gönnen. Gerade, als die Fleischersfrau ihnen das Fleisch hatte einpacken wollen, hatte Fräulein Gerdes den Laden betreten und die Situation mit einem Blick erfasst. Sie hatte erklärt, dass sie die letzten Fleischstücke schon vor drei Tagen auf ihren Namen reserviert habe.

Lena hatte gespürt, dass das nicht stimmte, doch was sollte sie tun?

Die Fleischersfrau hatte Fräulein Gerdes zugezwinkert und erklärt, dass sie sich natürlich daran erinnere. Zwei gute Stücke Fleisch, so sei es besprochen gewesen. Lena und Margot hatten das Nachsehen gehabt. Sie lebten erst seit zwölf Monaten hier, und egal, wie fleißig sie arbeiteten und wie bescheiden sie den Blick senkten, sie gehörten nicht dazu. Niemand hier hatte all diese Flüchtlinge gewollt. Sie sprachen komisch, sie hatten andere Sitten und kochten andere Gerichte, und vor allem waren es einfach zu viele. Das tuschelten die Menschen, auch wenn sie verstummten, sobald Lena ihren Blick erwiderte.

Die alte Frau erwiderte Lenas Händedruck leicht. Sie bewegte den Mund, doch man verstand nicht, was sie sagen wollte. Es schien jedoch etwas Nettes zu sein.

Fräulein Gerdes lächelte. »Das ist Lena Buth, Mutter. Sie hilft mir bei der Wäsche.«

Lena nickte und ließ die Hand los. Sie fühlte sich schäbig, weil sie eine alte Frau um ihr Fleischstück zum Mittagessen beneidet hatte. Margot und sie waren jung. Sie kamen auch mit einem Bückling zu ihren Kartoffeln aus.

Lena schluckte den Rest Groll hinunter und vertrieb ihn mit einem Lächeln. Sie brauchte das Geld, das sie bei Fräulein Gerdes verdiente, denn neben Unterkunft und Verpflegung musste sie auch das Schulgeld für ihre Schwester Margot bezahlen. Margot lebte als unbezahlte Haushaltshilfe im gleichen Haus wie Lenas einheimischer Freund Rainer und besuchte das örtliche Gymnasium, während Lena sich seit Dezember ein winziges Kellerzimmer im Pfarrhaus mit zwei weiteren Flüchtlingsfrauen teilte. Grundsätzlich verdiente Lena nicht schlecht für eine ungelernte Bürokraft, denn die Briten zahlten anständig, doch Lena kämpfte um jeden Pfennig. Sie wollte so bald wie möglich ihre Mutter und die große Schwester Lieselotte aus dem Flüchtlingslager in Dänemark nach Niebüll holen. Außerdem träumte sie von einem Studium der Medizin, auch wenn das vermutlich für immer ein Traum bleiben würde ...

Als die alte Frau Gerdes nicht antwortete, seufzte ihre grauhaarige Tochter. »Und du, Lena, wie geht es dir? Gibt es Neuigkeiten von deiner Mutter?«

»Die gibt es tatsächlich.« Lena spürte ihr Gesicht warm werden. Die Anteilnahme tat gut. Sie war am Ende wichtiger als ein voller Bauch. »Gerade heute habe ich einen Brief von ihr bekommen.«

Fräulein Gerdes lächelte.»Wie schön für dich. Und was steht drin? Geht es ihr und deiner großen Schwester gut?«

»Ich glaube schon.« Lena hatte den Brief nur kurz überflogen. Sie wollte ihn in Ruhe lesen, wenn sie mit der Arbeit bei Fräulein Gerdes fertig war, entweder vor oder nach dem Spaziergang mit Rainer.»Ich wünschte, es gäbe eine Möglichkeit, sie endlich hierherzuholen. In den Auffanglagern in Dänemark herrschen schreckliche Zustände. Aber hier sind sogar die neugebauten Nissenhütten in der Flüchtlingssiedlung überbelegt, selbst wenn ich die Miete für uns alle bezahlen könnte. Es ist schwer, ihr nicht helfen zu können, Fräulein Gerdes.«

Die ältere Frau nickte mitfühlend.»Ich verstehe dich gut. Man hat im Leben nur eine Mutter, und das verpflichtet einen als Tochter.«

»Man würde alles für sie tun, nicht wahr?«

Das ältere Fräulein nickte ernst.»So ist das wohl.« Ob das eine indirekte Entschuldigung für das Kotelett auf dem Teller der dementen alten Frau war?

Lena schluckte hart. Sie vermisste ihre Mutter mehr, als sie sagen konnte. Oft, wenn sie die Augen schloss, sah sie die hochgewachsene, aufrechte Gestalt, wie sie in der Küche des Pfarrhauses im heimatlichen Greifenberg vor sich hin werkelte. Die Mutter in Lenas Erinnerung trug ein dunkles, schlichtes Kleid. Die grauen Haare waren zu einem ordentlichen Knoten hochgesteckt. Um den Leib hatte sie eine Schürze gebunden, die bis unter die Knie reichte und am Saum mit einer schmalen Rüschenkante verziert war. Die weißen Schürzenbänder verliefen im Rücken gekreuzt, und Lena und ihre Schwestern hatten sich damit abgewechselt, die Schleife in der Taille möglichst schön binden zu dürfen. Um den Hals hing an einer dünnen Kette ihre Lesebrille.

Lena konnte sich ihre Mutter nach wie vor nicht anders vorstellen als in ordentliche, gebügelte und gestärkte Kleidung gehüllt. Im ersten Moment wirkte sie streng und zurückhaltend, doch wer genau hinsah, fand in ihrem Blick stets Wärme und Schutz. Es waren kluge Augen, die die Menschen durchschauten und trotzdem nicht über sie urteilten. Als Pfarrfrau war es ihre Pflicht gewesen, für die Menschen in ihrer Gemeinde zu sorgen, und sie hatte es gern getan. Wann immer jemand zu ihr kam und um Hilfe bat – egal ob es Rat, Trost oder ein halbes Brot für hungrige Kinder war –, die Menschen gingen nie mit leeren Händen.

Immer, wenn Lena an ihre Mutter dachte, hätte sie am liebsten geweint. Sie wünschte sich so sehr, endlich wieder von ihr in den Arm genommen zu werden, die Nase an ihrer Schulter zu bergen und von all den kleinen Sorgen zu erzählen, die der Alltag als junge Flüchtlingsfrau und ungelernte Dolmetscherin für die britische Armee mit sich brachte. Es war schon viel zu lange her, dass sie sich rundum beschützt und sicher gefühlt hatte.

Seit einem Jahr lebten sie in Niebüll. Die inzwischen fünfzehnjährige Margot war auf der Flucht von der Mutter und der großen Schwester getrennt worden. Lena hatte sie gefunden, als sie selbst unerlaubt aus dem Reichsarbeitsdienst geflüchtet war, um der näher rückenden russischen Armee zu entkommen.

Nach wie vor wusste niemand, was aus dem Vater geworden war, der in Greifenberg zurückgeblieben war, um als Pastor seine Gemeinde zu beschützen. Die Trennung von ihm schmerzte genauso entsetzlich wie die von ihren Brüdern, deren letzte Briefe auch schon Jahre zurücklagen. Man konnte nur hoffen, dass sie irgendwo in Gefangenschaft auf den Tag warteten, an dem sie zurück nach Deutschland kommen konnten, doch vermutlich …

Lena schluckte. Nicht daran denken. Gott würde sie beschützen, denn Lena selbst konnte es nicht. Sie war dankbar genug, dass sie über das Rote Kreuz erfahren hatte, dass die Mutter und die große Schwester überlebt hatten. Sicher, sie saßen in Dänemark fest, und um von dort fortzukommen, brauchte es Geld und Dokumente, doch sie waren am Leben. Verlaust, schmutzig und frierend, aber sie lebten.

»Vielleicht gibt es bald eine Möglichkeit …« Fräulein Gerdes stockte. »Nein, ich will dir keine falschen Hoffnungen machen.«

»Worum geht es?«, fragte Lena erstaunt.

»Vielleicht wird bald eines der Zimmer auf dem Dachboden frei. Das, in dem das ostpreußische Ehepaar mit der seltsamen Tochter wohnt. Sie wollen wohl nach Frankfurt, wo der Schwager der Frau lebt. Allerdings ...«

Lenas Herz klopfte heftig. »Das ... Das wäre eine großartige Chance. Dann hätte ich meine Familie wieder bei mir. Würden Sie das wirklich tun, Fräulein Gerdes?«

»Warum nicht?« Sie lächelte schmal. »Ich sehe ja, wie du hier immer mit anfasst und siehst, was zu erledigen ist. Es gibt schlechtere Untermieter, vermute ich. Bevor mir die Engländer irgendein arbeitsscheues Gesindel ins Haus schicken, nehme ich lieber euch. Wenn ...« Sie zögerte.

Lena schluckte. Auf einmal war es nicht mehr schlimm, dass Fräulein Gerdes ihr und Margot gestern die Koteletts vor der Nase weggeschnappt hatte. »Ich weiß nicht, was ich sagen soll«, bekannte sie. »Vielen, vielen Dank, Fräulein Gerdes.«

»Noch ist nichts entschieden«, mahnte die Ältere.

Lena berührte die Tasche links über der Brust ihres Kleides, in der der zusammengefaltete Brief steckte. Es war nur ein einzelnes Blatt, eng beschrieben mit einem Bleistift, dessen unregelmäßige Schreibdicke nahelegte, dass er während des Schreibens mehrfach ungeschickt mit einem scharfen Messer angespitzt worden war. Auch der edle Füllfederhalter ihrer Mutter war auf der Flucht im Pfarrhaus von Greifenberg zurückgeblieben und gehörte jetzt vermutlich einem Mitglied der russischen Armee.

»Kann ich beim Tischabräumen helfen?«, fragte Lena, als sie sah, dass Fräulein Gerdes Anstalten machte, das Geschirr zusammenzunehmen. »Und ... könnte ich wohl einen Lappen benutzen, um meine Schürze zu reinigen?«

»Natürlich. Und gib mir dann bitte eines der Schälchen aus dem oberen Schrank für die Essensreste.«

»Sehr gern.« Lena holte das Schälchen und musterte den Inhalt des Schrankes mit größerer Aufmerksamkeit als zuvor. Wenn sie vielleicht bald hier leben würde, musste sie darauf achten, wo die Dinge ihren Platz hatten, damit niemand einen Anlass fand, sich zu beschweren.

Während Fräulein Gerdes die Reste der Mahlzeit in die kleine Schüssel füllte, ließ Lena Wasser in die Spülschüssel laufen. Fräulein Gerdes hatte sie nicht darum gebeten, aber Lena wollte ihr keine Chance geben, ihren Entschluss zur Zimmervermietung noch einmal zu überdenken. Wenn sie die Chance hatte, ihre Mutter bald endlich aus dem Auffanglager hierherzuholen, musste sie sich absolut vorbildlich benehmen.

Fräulein Gerdes trocknete ab und verstaute das Geschirr in den Schränken, während ihre Mutter am Tisch saß und einen gehäkelten Topflappen in den Händen hin und her drehte. Sobald sie fertig waren, schickte Fräulein Gerdes Lena mit einem Korb Leinenwäsche in die Waschküche und forderte sie auf, Feuer unter dem Waschkessel zu machen.

Lena gehorchte lächelnd und stieg die Stufen hinab. Sie mochte es, wie sich der Korb beim Gehen an ihre Hüften schmiegte. Damit fühlte sie sich nicht mehr wie ein zwanzigjähriger Flüchtling, sondern für einen Moment als erwachsene Frau, die als Herrin im eigenen Haus Reinlichkeit und Behaglichkeit verbreitete.

Lena heizte die Feuerstelle ein und füllte den großen Waschkessel am Wasserhahn im Hof. Sie gab Schmierseife dazu und beförderte alles aufs Feuer. Während das Wasser sich langsam erwärmte, nahm sie den zweiten Kessel, füllte ihn ebenfalls zur Hälfte, um die Wäsche dort auswaschen zu können, und pustete auf die glühenden Kohlen, damit das Wasser schneller heiß wurde. Die vertrauten Abläufe taten gut und halfen ihrem Geist, sich zu beruhigen. Sorgsam ließ sie die Leinenwäsche Stück für Stück in den Kessel gleiten, damit sie das Seifenwasser aufsaugen und Schmutz und Gerüche sich allmählich aus den Fasern lösen konnten.

»Du kommst gut voran«, lobte Fräulein Gerdes, als sie zu ihr in den Keller kam. »Dein Mann bekommt später eine tüchtige Hausfrau.«

Lena war froh, dass man im Dämmerlicht ihr Gesicht nicht sehen konnte. Bestimmt war sie schon wieder rot geworden. »Danke schön.« Das hier war nicht der richtige Moment, um davon zu erzählen, dass sie nicht nur Hausfrau werden wollte, sondern auch Ärztin.

Fräulein Gerdes nahm eine der Wäschestangen und bewegte damit die Leinenstücke im Waschkessel sanft hin und her. »Da gibt es etwas, was ich dich schon länger fragen wollte. Ich habe gehört, dass du manchmal mit Webers Rainer spazieren gehst?«

Es war wie in Greifenberg. Geschichten wanderten von Ohr zu Ohr, wurden aufgebläht und veränderten sich. Es wäre Lena am liebsten gewesen, wenn niemand etwas von ihren Gefühlen für Rainer ahnte, doch natürlich redeten die Leute. Klatsch und Tratsch waren eine Währung, und vermutlich beobachtete man Lena und ihre Spaziergänge mit dem Bruder der Pastorenfrau sehr genau, seit er sich vor einem halben Jahr von seiner Verlobten getrennt hatte.

»Wir sind befreundet, ja«, sagte Lena zurückhaltend. Eigentlich gehörte es sich nicht, dass ein junger Mann und eine junge Frau auf diese Weise befreundet waren, ohne dass ihre Familien einander kannten. Doch seit dem Krieg galten die alten Regeln nicht mehr. Wie hätte Lenas Mutter Frau Weber, die warmherzige Mutter von Rainer, kennenlernen können, wenn die eine in Niebüll lebte und die andere in Dänemark?

»Eine junge Frau muss auf ihren Ruf achten«, sagte Fräulein Gerdes genauso zurückhaltend. »Wenn deine Mutter hier wäre, würde sie dir das Gleiche sagen. Deswegen ...«

»Natürlich«, sagte Lena erstaunt. Sie verstand nicht, was Fräulein Gerdes damit meinte, denn sie hatte sich immer anständig benommen. Manchmal hätte sie Rainer am liebsten geschüttelt, weil der keine Anstalten machte, sie zu küssen, doch sie würde niemals von sich aus den ersten Schritt machen. Sie wusste, was sich gehörte.

Fräulein Gerdes öffnete den Mund, als ob sie noch etwas sagen wollte, schüttelte jedoch den Kopf und schloss ihn dann wieder. Irgendetwas schien sie zu beschäftigen.

Die heißen Dämpfe der Seifenlauge stiegen Lena in die Augen. Sie blinzelte, bis sich im Augenwinkel Tränen bildeten. Nur noch ein kleiner Moment, dann würden sie zu fließen beginnen und ihr Erleichterung verschaffen. Das Verhältnis zwischen Rainer und ihr war schwieriger, als ihr lieb war. Sie hätte tatsächlich den Rat ihrer Mutter gebraucht, denn natürlich konnte sie weder Fräulein Gerdes noch eine der anderen Frauen im Ort fragen. Doch jedes Mal, wenn sie einen neuen Brief an die Mutter schrieb, stockten ihr die Worte. Es gab nichts, was Rainer falsch machte. Er war nicht respektlos und hatte nie versucht, sie zu etwas Unanständigem zu überreden. Bei jedem Treffen benahm er sich wie ein guter Kamerad. Er hörte zu, wenn Lena aus ihrem Leben erzählte, und richtete ihr freundliche Grüße von seiner Mutter aus.

Manchmal befürchtete Lena, dass er in ihr tatsächlich nichts als einen guten Kameraden sah. Im Herbst hatte es eine Zeit gegeben, in der es sich anders angefühlt hatte. Wochenlang hatte Lena den Eindruck gehabt, dass sie kurz davorstanden, sich zum ersten Mal zu küssen. Sie hatte sich in Geduld geübt und ihm als Mann den ersten Schritt lassen wollen, doch er hatte diesen Schritt nicht getan.

Vielleicht hatte sie irgendetwas falsch gemacht? Wenn doch nur ihre Mutter hier wäre und es ihr erklären könnte!

Der erste Winter nach dem Krieg war hart gewesen, nicht nur für alte Menschen. Viele Menschen in Niebüll hatten Kontakte nach Dänemark und zu den Bauernhöfen im Umland, über die sie hin und wieder an ein paar extra Kartoffeln oder eine Fleischwurst kamen. Der Hunger und die Kälte hatten trotzdem allen zu schaffen gemacht. Essen und Kohle waren Mangelware, und längst nicht jeder konnte es sich leisten, wie Fräulein Gerdes alle drei Wochen Kohle für das Beheizen der Waschküche zu verbrauchen.

»Genießt Ihre Mutter den Frühling?«, fragte Lena, als das Schweigen sich zu sehr in die Länge zog. »Ich meine, sie kann ihn nicht mehr sehen, aber … Draußen im Garten ist es schön, wenn die Sonne wieder scheint.«

»Ich bringe sie mittags nach draußen, ja.« Fräulein Gerdes lächelte ihr schmales Lächeln. »Unter dem Apfelbaum steht noch die Bank, die mein Vater vor vielen Jahren gezimmert hat. Da kann sie die Sonne genießen und ein wenig von alten Zeiten träumen.«

Es schien Lena immer noch seltsam, dass manche Dinge den Krieg und die Besatzung überlebt hatten, während so viele andere Dinge für immer verloren waren. Eine Bank im Garten, die vielleicht älter war als Fräulein Gerdes selbst, während Lena bis auf die Kleidung am Leib und ein Foto ihrer Mutter im Portemonnaie nichts mehr besaß, was an die alte Heimat erinnerte.

»Es ist gut, dass Sie und Ihre Mutter zusammen sein können«, sagte Lena und stocherte mit ihrem Stab nach einem großen Laken, das sich im allmählich hochköchelnden Wasser bauschte und unter dessen dünner Oberfläche sich Luftblasen ansammelten.

»So ist das wohl«, sagte Fräulein Gerdes. »Meiner Mutter geht es gut. Aber sie hat einen heimtückischen Husten, der mir Sorge bereitet.«

Lena nickte teilnahmsvoll. Es musste schlimm sein, wenn die eigene Mutter so alt war, dass die nächste Krankheit tatsächlich die letzte sein konnte.

Fräulein Gerdes schien zu überlegen, ob sie noch mehr erzählen sollte, entschied sich aber fürs Schweigen. Genau wie Lena bearbeitete sie das Leinen im Kochkessel mit dem Wäschestampfer. Die einzigen Geräusche im Waschkeller waren das gelegentliche Knistern des Feuers, das leise Plätschern der Seifenlauge und das dumpfe, kaum hörbare Geräusch der Wäschestampfer.

Lena genoss die Wärme, die vom Kessel aufstieg. Im Winter hatte sie oft genug gefroren, nachdem sie die Bank in der warmen Küche des Pfarrhauses hatte räumen müssen und in den Keller gezogen war. Sie würde noch viel Sonne und Frühlingswärme brauchen, bis die Erinnerung an die dumpfe Kälte aus ihren Knochen verschwand. Im Moment störte sie sich nicht daran, dass die heiße Seifenlauge auf Dauer ihre Hände ruinieren und die Haut rot und rissig machen würde. Die Wärme war wichtiger.

»Holst du bitte die Waschbretter«, sagte Fräulein Gerdes.

»Natürlich, sehr gern.« Sie stellte den Wäschestampfer an seinen Platz und holte die Waschbretter aus dem Kellerregal. Jetzt kam der härteste Teil. Die Wäsche musste über den Brettern gerubbelt und geschrubbt werden, bis die Muskeln im ganzen Körper brannten.

Jede Waschfrau würde über das Konzept der Leibesertüchtigung lachen, dachte Lena. Vermutlich auch jede Hausfrau, die Kohlen und Kartoffeln schleppte, die Töpfe auf dem Herd herumwuchtete, Böden schrubbte und sich auf Zehenspitzen reckte, um Wäsche auf die gespannten Schnüre zu bekommen, Schränke oben abzuwienern und Gardinen auf- und abzuhängen.

Lena griff mit der Wäschezange nach einem Laken, das oben im Waschkessel schwamm, und zog es zu sich. Laken zu schrubben, war unangenehmer als Hemdchen, Unterkleider und Handtücher, weil sie so groß und gleichmäßig waren. Man schrubbte ewig und hatte nie das Gefühl voranzukommen. Gleichzeitig übersah man viel zu leicht einzelne Flecken und ärgerte sich hinterher über die schludrige Arbeit. Trotzdem hielt Lena es für angemessen, Fräulein Gerdes die angenehmeren Wäschestücke zu überlassen.

»Bei mir im Büro gibt es ein Radio«, erzählte Lena. »Da kann man während der Arbeit Musik hören.« Sie erzählte nicht, von wem sie es bekommen hatte. Beim Gedanken daran wurde ihr immer noch ein wenig weh ums Herz.

»Das klingt praktisch.« Fräulein Gerdes lächelte. »Aber lenkt es dich nicht von der Arbeit ab?«

Lena schüttelte den Kopf. Ihre Arbeit bestand im Wesentlichen darin, englische Texte ins Deutsche zu übersetzen und umgekehrt. Außerdem musste sie zunehmend chaotisch geschriebene Abrechnungs-belege abtippen und Diktate aufnehmen, als wäre sie eine gelernte Sekretärin. Seit dem vergangenen Herbst, als alle Autos von Ex-Nazis im Zuständigkeitsbereich ihrer Vorgesetzten beschlagnahmt worden waren, saß sie im Büro fest. Die aufregenden Reisen fehlten ihr.

»Ich habe das Gefühl, dass ich mich sogar besser konzentrieren kann, wenn gleichzeitig etwas Musik gespielt wird. Besonders mag ich die Swing-Stücke, wenn sie etwas von Louis Armstrong spielen oder so.«

Lena war sich nicht ganz sicher, ob Armstrong wirklich Swing spielte oder nicht doch eher Jazz oder noch etwas anderes Modernes. Sie war auf dem Dorf aufgewachsen und kannte die Unterschiede nicht, aber sie mochte die Fröhlichkeit, die in der neuen Musik lag. Es war herrlich, auf der Arbeit ein eigenes Radio zu besitzen!

Während der Wintermonate hatte der neu entstandene Norddeutsche Rundfunk regelmäßig darüber berichtet, wo die Kohlezüge gerade waren und unter welcher Brücke sie voraussichtlich in einer halben Stunde fahren würden. Lena hatte dann jedes Mal gelächelt, weil sie ahnte, wie viele junge Menschen in anderen Städten auf solche Aufforderungen direkt loszogen, um so viel Kohle wie möglich von den Waggons zu schaufeln, während ihre Geschwister oder Freunde unten standen und aufhoben, was das Zeug hielt.

Wenn Lena in Hamburg leben würde, hätte sie vermutlich beim Aufsammeln geholfen oder wäre sogar selbst auf die Züge geklettert. Im Krieg hatte sie gelernt, Dinge zu organisieren und nicht zu fragen, wem sie zuerst gehört hatten.

»Dieser Soldat, der dir das Radio geschenkt hat …« Fräulein Gerdes stockte. Ihre Lippen wirkten plötzlich sehr schmal.

Lena lachte auf. »O nein, um Himmels willen, Fräulein Gerdes, so ist es nicht. Es sind nur höfliche Menschen, die mir eine Freude machen wollten.«

»Zu meiner Zeit hätte ein junges Mädchen so etwas nicht angenommen.« Sie schob mit dem Stampfer ein Laken zu Lena hinüber. Lena zögerte. Sie hatte nicht allzu viel darüber nachgedacht, woher ihr ehemaliger Kollege James das handliche kleine Radio haben mochte, doch vermutlich hatte es früher in einem deutschen Haushalt gestanden. Nach Feierabend hätte sie sich natürlich keine Geschenke machen lassen, aber ...

Da kam ihr der rettende Einfall. »Es sind ja keine Geschenke an mich, verstehen Sie, Fräulein Gerdes? Das Radio ist so etwas wie die Büroausstattung. In den anderen Büros stehen auch welche.« Sie war sich nicht sicher, ob das tatsächlich der Fall war, doch ihre Worte schienen Fräulein Gerdes zu beruhigen.

Manchmal machte es Lena Angst, wie leicht ihr die Flunkereien inzwischen fielen. Es gab zu viele Geheimnisse, die sie mit sich herumtrug. Wenn sie könnte, würde sie die Uhr zurückdrehen und wieder zu der Pastorentochter werden, deren schlimmste Sorge war, dass jemand sie wegen der stibitzten Äpfel aus dem Nachbargarten zur Rechenschaft zog, doch dafür war es zu spät.

»Eine Sache noch, Lena. Ich hätte es längst ansprechen müssen. Eigentlich hätte ich dir das Zimmer gar nicht anbieten dürfen.« Fräulein Gerdes richtete sich auf. Sie wirkte verlegen und entschlossen zugleich.

»Ja bitte, worum geht es?« Die Verlegenheit der anderen übertrug sich auf Lena, obwohl sie nicht wusste, worum es ging.

»Ich weiß nicht, ob es meine Aufgabe ist, aber irgendjemand sollte es dir sagen.« Fräulein Gerdes zögerte. »Es ist nur, dass ... Du weißt ja, wie die Leute reden. Und du hast keine Mutter bei dir, die dir Ratschläge geben könnte.«

Lenas Nervosität wuchs. »Bitte, Fräulein Gerdes, wollen Sie mir nicht einfach sagen, worum es geht?«

»Also, es ist nur, weil ... Wenn du bald vielleicht in meinem Haus wohnst. Du solltest wissen, dass ich Wert darauf lege, dass ... Also, ich will nicht ins Gerede kommen. Ich lebe schon mein ganzes Leben in Niebüll, und man kennt mich hier als anständigen Menschen.«

»Natürlich, Fräulein Gerdes.« Lena verstand nicht, worauf Fräulein Gerdes hinauswollte.

»Ich kann also kaum eine junge Frau mit zweifelhaftem Ruf bei mir wohnen lassen, das wirst du sicher verstehen.«

»Natürlich nicht, aber ... Mir ist nicht ganz klar, was Sie damit meinen.« Lena ließ das Laken vom Waschbrett sinken und erwiderte Fräulein Gerdes' Blick so offen, wie sie konnte, obwohl ihr wegen der diffusen Anschuldigungen allmählich unbehaglich wurde. »Sie haben selbst gesagt, dass ich fleißig bin und mich auf Hausarbeit verstehe?«

»Nein, das habe ich nicht gemeint.« Fräulein Gerdes seufzte.

Lena bearbeitete das Laken auf dem Waschbrett weiter und konzentrierte sich ganz auf ihre Hände. Die Arbeit musste erledigt werden. Wer den ganzen Tag schwatzte, verdiente niemals genug Geld für eine Unterkunft mit Mutter und Schwestern, ganz zu schweigen von einem späteren Studium.

Fräulein Gerdes räusperte sich und warf Lena einen etwas strengen, eulenhaften Blick zu. »Es geht um diese Geschichte mit der Milchkanne. Du weißt sicher, was ich meine.«

»Nein.« Lena zog das nächste Laken aus dem Waschkessel und begann damit, es durchzuwalken und über dem Waschbrett zu schrubben. Ihr Magen grummelte unbehaglich. Sie wusste, dass man überall erzählte, Flüchtlinge würden stehlen. Bezog sich Fräulein Gerdes etwa darauf? Lena hatte sich in ihrem Haus stets so benommen, dass man sie als Vorbild für einen Hauswirtschaftskurs an einer Schule für höhere Töchter hätte hinstellen können! Zumindest hoffte Lena das, da sie selbst keine solche Schule besucht hatte, sondern als eines von wenigen Mädchen ein Jungengymnasium mit Fokus auf Sprachen und Naturwissenschaften.

»Es geht darum, dass ... Also ... Das musst du doch mitbekommen haben.« Das ältere Fräulein wirkte verlegen.

Lena schüttelte den Kopf und atmete extra langsam ein und aus.

»Es tut mir leid, ich weiß wirklich nicht, wovon Sie reden, Fräulein Gerdes. Ob Sie mir wohl auf die Sprünge helfen können?«

»Es geht um diese Sache, die du ... Die du gemacht hast.«

»Mit einer Milchkanne?« Lena war verwirrt.

»Nun ja, nicht direkt, aber ... Irgendwie doch.«

Lena lachte leise auf, um ihre Unsicherheit zu verbergen. »Wissen Sie, wie lange es her ist, dass ich zuletzt ein ganzes Glas Milch für mich allein getrunken habe? Das ist doch alles rationiert.«

»Und dann gleich eine ganze Kanne, ja.« Fräulein Gerdes lachte etwas hektisch auf, doch das Lachen erreichte ihre Augen nicht. Sie zog ein Unterhemd auf ihr Waschbrett und begann, es zu bearbeiten, besonders die Stelle unter den Armen, wo sich der Schweiß festsetzte und den Stoff schneller vergilben ließ. Dort musste man besonders vorsichtig sein, da der Stoff durch den Schweiß stärker angegriffen wurde, aber gleichzeitig waren das die Stellen, an denen man beim Waschen den Geruch gründlich entfernen musste, damit sich die Trägerin später wohlfühlte.

Lena schwieg und schrubbte weiter. Es hatte doch wohl niemand erzählt, dass sie irgendwo eine Kanne Milch gestohlen hatte? Es mochte durchaus vorkommen, dass Menschen so etwas in dieser Zeit des Hungers und der Lebensmittelrationierungen taten, doch Lenas Gewissen war rein. Sie sorgte sich, dass irgendwo tatsächlich eine Kanne Milch verschwunden sein könnte und jemand etwas falsch verstanden hatte. Wenn solche Gerüchte erst einmal im Umlauf waren, war es sehr schwer, sie wieder aus der Welt zu schaffen.

Schließlich dehnte sich das Schweigen zu sehr.

»Was ist mit dieser Kanne?«, fragte Lena, obwohl sie die Antwort fürchtete. Wenn irgendjemand solche Geschichten über sie verbreitete, dann wollte sie vorbereitet sein.

»Du weißt es wirklich nicht?« Fräulein Gerdes musterte Lena und schien einverstanden mit dem, was sie sah. Etwas Anspannung schien von ihr abzufallen. »Dann hat man mir wohl etwas Falsches berichtet.«

»Wer erzählt Geschichten über mich?« Das mulmige Gefühl in Lenas Bauch vertiefte sich.

»Niemand, niemand. Es hat wohl alles seine Richtigkeit und ich bin diejenige, die es falsch verstanden hat. Mach dir keine Sorgen.« Sie blickte in den Waschkessel und sah Lena nicht an. »Aber sei lieber vorsichtig, Lena, und benimm dich weiterhin anständig, wenn junge Männer im Spiel sind. Die Leute reden, und ich muss auf meinen Ruf achten.«

Lena schluckte. »Natürlich, Fräulein Gerdes.« Sie fokussierte ihren Blick auf das Laken in ihren Händen und schrubbte damit über das Waschbrett, bis ihre Fingerspitzen schmerzten.

# Heimkehrer

Es war ein kühler Frühlingstag. Ein Rest Feuchtigkeit vom letzten Regenschauer lag noch in der Luft, doch vor einer halben Stunde war die Wolkendecke aufgerissen. Bis auf ein paar in der Ferne dahinziehende Schäfchenwolken war das Firmament strahlend blau, und die Sonne bemühte sich, die Winterkälte aus Gedanken und Knochen zu vertreiben.

Rainer Weber war froh über den Mantelstoff, der sich zwischen ihm und der feuchten Bank befand. Er rechnete damit, eine Weile auf Lena warten zu müssen, und wollte nicht, dass ihm die Kälte zu sehr unter die Haut kroch.

Seine Mutter hatte ihn aus dem Haus gescheucht, weil sie einen großen Hausputz veranstalten wollte. Sein halbherzig vorgebrachtes Angebot, dabei zu helfen, war mit Gelächter beantwortet worden. Er hatte nicht darauf bestanden, auch wenn er in der Zeit beim Militär vermutlich gründlicher zu putzen gelernt hatte als seine Mutter. Nicht nur, weil der Spieß eine ganz eigenwillige Art hatte, unordentliche Rekruten zu demütigen, bis sie fast in Tränen ausbrachen.

Den eigentlichen Grund für Rainers Putzfimmel kannte er selbst nicht. Seit er von der Front zurück war und als Helfer in der Apotheke arbeitete, war er besessen von dem Drang, sich die Hände zu waschen. Morgens stand er extra früh auf, um sich in der kleinen Küche mit eiskaltem Wasser von Kopf bis Fuß zu waschen, ohne dass es jemand mitbekam. Wenn er abends nach Hause kam, setzte er sich oft mit der Zeitung in den Sessel und wartete auf das Abendbrot, aber hin und wieder wurde der Drang zu stark, und er stand auf und fiel mit Staubtuch oder Lysolwasser über an und für sich blitzsaubere Oberflächen und Schubladeninhalte her.

Auf jeden Fall wollte sich seine Mutter beim Putzen nicht auf die Finger schauen lassen und hatte ihn deswegen hinausgeworfen, obwohl Lena ebenfalls noch mindestens eine halbe Stunde damit beschäftigt wäre, die Wäsche bei Familie Gerdes zu waschen. Bis zum gemeinsamen Spaziergang würde noch etwas Zeit vergehen.

Rainer lächelte versonnen.

Es gab schlimmere Dinge, die man an einem kühlen Maisamstag tun konnte, als auf einer Bank vor der Kirche in Niebüll zu sitzen und den vorbeigehenden Menschen zuzusehen. Viele grüßten ihn und wurden zurückgegrüßt.

Die meisten Vorbeigehenden kannte er, aber nicht alle. Noch vor einem Jahr hätte er bei jedem Gesicht gewusst, wo er es einordnen musste, aber inzwischen waren zu viele Fremde in der Stadt. Rainer war niemand, der Vorurteile hatte, und er wusste nicht zuletzt durch die Bekanntschaft mit Lena, dass nicht alle Flüchtlinge so schlecht waren wie ihr Ruf, doch genau wie die meisten Einheimischen störte es ihn, dass inzwischen mehr und mehr Menschen hier lebten, deren Sprechweise man aufgrund der seltsamen Dialekte kaum noch verstand.

»Moin Joachim«, grüßte er den Mann seiner Schwester, als der näher kam.

»Moin Rainer. Sind die Krücken noch ganz?« Der Schwager lachte etwas zu laut über den eigenen Witz.

Rainer lächelte schief und schwieg. Er hatte Joachim noch nie besonders gemocht, aber seit einem halben Jahr verabscheute er ihn mehr, als er sagen konnte. Im vergangenen Herbst hatte er von Lena erfahren, was Joachim im Krieg getan hatte. Seitdem war die milde Antipathie in Hass umgeschlagen, den er sorgfältig unterdrückte und für sich behielt. Immerhin musste er seinem Schwager jeden Sonntagmittag am Tisch gegenübersitzen und um des Familienfriedens willen höflich zu ihm sein.

»Es soll bald Wahlen geben«, erklärte Joachim und grinste breit. Rainer fragte sich jedes Mal aufs Neue, wie jemand mit Joachims Vergangenheit so selbstgerecht lächeln konnte. »Hab gehört, die Tommys wollen, dass wir unseren Bürgermeister selbst bestimmen.« Rainer nickte und wurde gegen seinen Willen neugierig. Das Gerücht hatte er auch schon gehört. Eigentlich fand er die Vorstellung gut. Sein Chef und Mentor Herr Tauber liebte es, lange Vorträge über die Würde des Menschen, die Bedeutung der geistigen Emanzipation des Individuums von den Zöpfen der Vergangenheit und die Befreiung des Goetheschen Humanismus vom Opium des Volkes zu halten. Dabei mischte er fröhlich Thesen. Herr Tauber hatte erklärt, Demokratie sei die einzig wahre Regierungsform, vorausgesetzt, die Menschen würden endlich zu intelligenten und verantwortungsvollen Bürgern heranwachsen. »Also nie«, hatte Herr Tauber gesagt und meckernd gelacht. »Dummheit stirbt niemals aus, Junge, lass es dir gesagt sein.«

Die Vorstellung, tatsächlich bald zur Wahl zu gehen, löste in Rainer ein Unbehagen aus, für das er keine Worte fand. Er konnte sich noch daran erinnern, dass sein Vater zur Wahl gegangen und sich über den alten Hindenburg aufgeregt hatte, doch die Erinnerung war diffus. In der Zeit, in der er erwachsen geworden war, hatten andere über die Regierung bestimmt, erst Hitler und dann die Engländer. Man konnte sich über ›die da oben‹ ärgern, aber der Ärger fühlte sich vertraut an. Wenn etwas schiefging, war es nicht seine Schuld. Die Vorstellung, auf einmal mehr Mitspracherecht zu haben, lockte und beunruhigte gleichermaßen. Er verstand zu wenig von Politik und traute sich keine qualifizierte Entscheidung zu.

»Weiß man schon, wer zur Wahl steht?«, fragte er. Normalerweise versuchte er, Gespräche mit Joachim so schnell wie möglich zu beenden, doch dieses Mal war die Neugierde stärker.

»Bisher ist alles offen.« Joachim lächelte auf eine unangenehme Art und Weise. »Wenn du willst, stell dich zur Wahl. Wir leben in seltsamen Zeiten. Vielleicht schafft es sogar ein Krüppel wie du ganz nach oben.«

Rainer biss die Zähne aufeinander. Er hätte nicht fragen sollen.

»Ich wünsch dir noch einen schönen Tag, Joachim. Grüß meine Schwester von mir.«

»Wenn ich sie sehe.« Joachim lachte und ging weiter.

Rainer ahnte, dass er schon jetzt auf dem Weg ins Wirtshaus war. Hildegard tat ihm leid. Sie musste es jeden Tag mit Joachim aushalten. Doch vermutlich benahm er sich seiner Frau gegenüber anders als bei Rainer.

Die schöne Frühlingsatmosphäre schien für den Moment verdorben. Rainer sah Joachim hinterher. Hildegards Mann strahlte ein Selbstbewusstsein aus, das Rainer nie besessen hatte. Rainer neigte dazu, alles infrage zu stellen, besonders sich selbst. Joachim schien solche Selbstzweifel nicht zu kennen. Kaum vorstellbar, wenn man bedachte, was für furchtbare Dinge er im Krieg getan hatte.

Eine Lerche zwitscherte hoch oben am Himmel. Ihre Freude vertrieb die Dunkelheit, die sich für einen Moment ausgebreitet hatte. In jeder Familie gab es schwarze Schafe und Dinge, über die man nicht sprach, wusste Rainer. Wenn er am Apothekentresen stand, bekam er so etwas oft genug zu hören, zumindest in Andeutungen. Er musste seinen Schwager nicht mögen.

Rainer hatte die Taschenuhr zu Hause gelassen, deswegen wusste er nicht, wie spät es war. Außerdem machte Lena an Samstagen nie zu einer bestimmten Zeit Feierabend. Es war ein angenehmes Gefühl, hier zu sitzen, ohne sich um die Uhrzeit sorgen zu müssen. Lena würde kommen, wann immer sie so weit war. Er hatte keine Eile. Die Luft duftete nach Frühling und nach Feldern, auf denen wieder etwas wuchs, und ein bisschen nach verbranntem Treibstoff.

Als Rainer Lena kennengelernt hatte, hatte ihn ihr Wunsch erstaunt, selbst am Steuer eines großen Fahrzeugs zu sitzen. Autos waren für sein Empfinden ein Männerding. Etwas, für das sich Jungs interessierten, während Mädchen mit Puppen spielten und lernten, wie man Schürzen schneiderte. Mädchendinge, bei denen ein Junge lieber nicht zu viel nachfragte, um nicht ausgelacht zu werden.

An dem Tag, an dem er Lena das erste Mal am Steuer eines Autos gesehen hatte, hatte ihn der Anblick fasziniert. Sie hatte ernst und konzentriert gewirkt, als sie das Fahrzeug mit den Soldaten auf der Ladefläche durch die Straße gesteuert hatte. Lena hatte völlig anders ausgesehen als bei Treffen mit seiner Mutter, wo sie als Flüchtling aus der Fremde bescheiden den Blick senkte. Sie sah auch anders aus als bei den Treffen mit Rainer, wo in ihren Augen etwas Warmes und Leuchtendes lag, was in ihm das Gefühl weckte, ihr vertrauen zu dürfen. Diese fremdartige und starke Lena war eine völlig andere Frau, die er gern besser kennenlernen würde, auch wenn sie ihn ein wenig einschüchterte.

Ein mittelgroßer Mann ging die Straße entlang. Er wirkte wie ein neuer Flüchtling, verloren und schmutzig nach den Strapazen der Reise. Das Bündel über dem Rücken kennzeichnete ihn als Neuankömmling. Seine Kleidung war stellenweise lädiert, aber sie schien ordentlich geschneidert zu sein. In seiner Haltung lag eine distanzierte Würde, die ihn von den Menschen um sich unterschied.

Rainer merkte, wie er innerlich auf Abwehr ging. Hörte das denn niemals auf? Natürlich war es die Aufgabe aller Deutschen, für die Vertriebenen aus dem Osten zu sorgen, aber irgendwann waren es einfach zu viele! Jede Unterkunft in Niebüll war belegt. Ganze Familien hatten den Winter in notdürftig beheizten Gartenhäuschen verbracht, Kinder bettelten an den Straßen, und man munkelte, dass die Fremden stahlen. Irgendwann, so hatte er in der Apotheke mehr als einmal gehört, gäbe es mehr Fremde als Einheimische in der Stadt.

Als der Mann Rainer ansah, erstarrte er. Der andere war kein Fremder. Er brauchte einen Moment, um durch das hart und bitter gewordene Gesicht die Züge des früheren Freundes zu erkennen. Tatsächlich begriff er erst, wer vor ihm stand, als das Erkennen in den Augen des anderen aufblitzte.

»Erwin?«, fragte Rainer ungläubig. »Erwin Olsen?«

»Moin«, sagte der andere. Er schien ebenfalls kaum glauben zu können, dass er Rainer vor sich hatte, obwohl damit doch eigentlich zu rechnen gewesen war. Wenn man nach Hause kam, warteten dort die Menschen, die man immer gekannt hatte. Rainer erinnerte sich an ein ähnliches Gefühl von Verlorenheit, weil sich die Welt in der Heimat im Gegensatz zu einem selbst trotz der Bombardements kaum verändert hatte.

Rainer stand auf und streckte die Hand aus. Erwin ergriff sie. Sie standen voreinander und sahen sich an. Vielleicht gab es Dinge, die in einem solchen Moment gesagt werden sollten, aber Rainer fand die Worte dafür nicht. Erwin lebte. Rainer lebte. Mit beidem war nicht mehr zu rechnen gewesen.

Trotzdem standen sie hier.

»Wie lange bist du schon zurück?«, fragte Rainer schließlich, als sie einander losgelassen hatten.

»Komme gerade erst an.« Erwin blickte sich um, als sei die Stadt eine unwirkliche Vision und die Gebäude würden sich in Luft auflösen, sobald er mit dem Finger daran tippte.

»Ich wusste nicht, dass du …« Rainer wusste nicht, wie er den Satz beenden sollte. Dass du noch lebst? Dass du heute nach Hause kommst?

Er hätte Erwins Mutter fragen können, aber es gab so viele, die vermisst waren. Man fragte nicht mehr. Was nützte es, einen anderen Menschen erneut auf seinen Schmerz zu stoßen, wenn er für den Augenblick etwas Frieden fand und nicht daran denken musste?

Außerdem war Erwin einige Jahre älter als Rainer. Er hatte ihm als Jungen einige Tricks auf dem Fußballplatz gezeigt, aber sie waren nie so etwas wie beste Freunde gewesen. Sechs oder sieben Jahre Altersunterschied waren dafür trotz Sympathie zu viel, und als der Krieg begann, verschwand Erwin wie die meisten jungen Männer.

Erwin war entsetzlich dünn, fand Rainer. Nach den Kriegsjahren und dem vergangenen Winter hatten alle Menschen an Gewicht verloren, doch Erwin wirkte wie ein Skelett.

»Es war eine harte Zeit«, sagte Erwin.

»Warst du in Gefangenschaft?«

»Irgendwie schon.« Ein Schatten seines alten, trockenen Humors flackerte über Erwins Gesicht. »Aber das ist nichts, wovon man zwischen Tür und Angel erzählt.«

»Natürlich nicht.« Rainer wusste nicht, was er sagen sollte. Der aufgeflackerte Humor in Erwins Blick erstarb. Etwas Dunkles schien sich um ihn zu legen. Er öffnete den Mund, als ob er etwas sagen wollte, aber die Worte fehlten. Es sah aus, als würde er sich ducken wollen, doch er richtete sich auf. Rainer sah die Anspannung, die ihn erfüllte. Das hier war ein Mann, der viel zu lange Todesangst gehabt hatte. Offenbar hatte er noch viel Schlimmeres erlebt als Rainer.

»Komm erst mal zu Hause an«, sagte Rainer. »Der Krieg ist vorbei. Man braucht eine Weile, um das zu begreifen. Aber die Welt ist noch dieselbe wie früher.«

Erwin nickte. »Das fürchte ich auch.«

Ein Vogel zwitscherte. Der Wind duftete nach feuchter Erde und trug eine Spur von Salzwasser und Algen mit sich. Eine Schäfchenwolke zog weiter und erlaubte der Sonne, Rainer und Erwin mit Strahlen von frischer, neuer Frühlingswärme zu übergießen.

Sie sahen einander an. Rainer blieb stehen und nutzte die Krücken, um die Balance zu halten. Der Altersunterschied schien keine Rolle mehr zu spielen. Sie waren nur noch zwei junge Männer, denen der Krieg böse mitgespielt hatte und die versuchen mussten zu leben, als ob der jahrelange Albtraum niemals stattgefunden hätte. Das waren Dinge, von denen die Frauen nichts verstanden, ganz egal, wie furchtbar der Krieg auch für sie gewesen war.

»Du solltest nach Hause gehen«, sagte Rainer schließlich. »Deine Mutter kann es kaum erwarten, schätze ich.«

Erwin nickte, doch sein Gesicht wurde ausdrucksloser. Rainer hatte das Gefühl, dass es zu viel gab, das unausgesprochen blieb. »Komm erst mal an«, sagte er. »Heute Abend will dich deine Mutter sicher für sich allein haben, aber morgen oder übermorgen komme ich mit einem Bier vorbei. Und dann können wir reden.« Er wusste nicht, was ihn dazu brachte, dieses Angebot auszusprechen, doch es schien richtig zu sein. Eine kaum spürbare Entspannung in Erwins Haltung und ein fast unmerkliches Nicken verrieten es.

Rainer hatte noch niemanden in seinem Alter getroffen, der es aus der Kriegsgefangenschaft zurück nach Hause geschafft hatte. War Erwin von den Franzosen oder Amerikanern inhaftiert worden, oder waren es die Russen gewesen, die ihn gefangen genommen hatten? Die Bolschewisten, die alles Eigentum abschaffen und eine kommunistische Weltherrschaft errichten wollten, wenn man dem Wochenblatt glauben durfte, und vor denen man sich mehr fürchten sollte als früher vor der angeblichen jüdischen Weltverschwörung der ›Weisen von Zion‹.

Rainer erinnerte sich dunkel daran, dass Erwin früher mit den Sozialisten sympathisiert hatte. Oder mit den Kommunisten? An die Einzelheiten konnte er sich nicht erinnern, aber man erzählte sich von einer Schlägerei, in die der damals fünfzehn- oder sechzehnjährige Erwin mit einem Mitglied der Hitlerjugend geraten war, bei der es um etwas Politisches gegangen war.

Wenn es ausgerechnet die Russen waren, die Erwin gefangengesetzt hatten, läge darin eine besonders bittere Ironie. Rainer beschloss, nicht von sich aus nachzufragen. Wenn Erwin etwas erzählen wollte, würde er das tun.

Vielleicht könnte Rainer dann auch davon erzählen, was es für ihn bedeutet hatte weiterzuleben. Nach diesem Tag, an dem seine Freunde ... Die Granate ...

Nicht daran denken.

Gerade, als Erwin sich abwandte, um weiterzugehen, sah Rainer

Lena die Straße entlangkommen. Sie winkte ihm zu, doch statt wie sonst in seine Richtung zu eilen, ging sie in aufrechter Haltung und mit ruhigen Schritten. Die überschwängliche Lebensfreude, die sie sonst ausstrahlte, wirkte gezähmt und etwas unterdrückt.

»Warte kurz«, bat er Erwin. »Ich muss dir jemanden vorstellen.« Erwin nickte und warf der jungen Frau einen prüfenden Blick zu. »Sie ist nicht von hier, oder?«

Lena erreichte sie und blieb mit unsicherem Gesichtsausdruck vor Erwin und Rainer stehen. Erwin hob seine Mütze und neigte leicht den Kopf zur Begrüßung.

»Ihr kennt euch wahrscheinlich noch nicht«, sagte Rainer und hätte sich fast auf die Zunge gebissen. Wo hätten sie sich kennenlernen sollen?

Lena musterte Erwin prüfend und nickte schließlich, als ob sie einverstanden mit dem war, was sie erblickte.

»Das ist Erwin Olsen, ein alter Freund von mir«, stellte Rainer ihn vor. »Und das ist Fräulein Buth, eine Pastorentochter aus Pommern.« In letzter Sekunde dachte er daran, sie nicht als Flüchtling vorzustellen.

Erwin streckte die Hand aus. Lena erwiderte den Händedruck, doch Erwin zog die Hand hastig zurück.

»Lena spricht übrigens Englisch«, erklärte Rainer stolz. »Sie arbeitet als Übersetzerin bei den Briten.«

Ein Schatten von Erwins altem Lächeln huschte über sein Gesicht. »Sie sind offenbar eine talentierte junge Dame.«

Lena schenkte Erwin ein zurückhaltendes, aber freundliches Lächeln. »Es ist schön, Sie kennenzulernen.«

»Das Vergnügen ist ganz auf meiner Seite.«

Rainer war froh, dass Lena und Erwin sich zu verstehen schienen. Sicher tat ein wenig Freundlichkeit gut, wenn man bei der Heimkehr lauter Menschen begegnete, die früher nicht hier gelebt hatten. Das half dabei, in der neuen Zeit anzukommen.

Er hoffte, dass er im Keller noch einige Flaschen Bier fand, mit denen er Erwin besuchen konnte, denn auch dieses Getränk war rationiert. Rainer wusste aus eigener Erfahrung, wie schwer es war, aus einer so anderen Welt zurück in die Normalität zu finden. Wenn er Erwin dabei ein wenig helfen konnte, würde er es tun.

# Für eine Kanne Milch

Gisela drückte sich an die hohe Hecke, die bereits wieder so viel Grün trug, dass man sich dahinter verbergen konnte. Sie hatte den Nachmittag bei Swantje verbracht und würde gleich von ihrer Mutter Ärger bekommen, dass sie sich so lange herumgetrieben hatte. Trotzdem wagte sie in diesem Augenblick nicht, die Straße zu betreten und sich auf den Heimweg zu machen.

»Was ist denn los?«, fragte Swantje, die sie bis zur Gartenpforte gebracht hatte.

»Siehst du nicht, wer da ist?« Gisela wies mit dem Kinn auf die Straße.

»Du meine Güte!« Swantje presste die Hand vor den Mund. »Ist das Erwin von den Olsens? Er ist zurückgekommen! Da wird seine Mutter aber jubeln.« Auf Swantjes Gesicht leuchtete ehrliche, unverstellte Freude.

Gisela linste noch einmal am Tor vorbei und drückte sich dann zurück in den Schatten. Sie wollte nicht, dass jemand sah, wie sie Rainer und seinen Freund beobachtete. Es verletzte ihren Stolz, dass sie einfach nicht in der Lage war, ihn zu vergessen. »Du hast recht. Ich habe ihn erst gar nicht erkannt.«

»Versteckst du dich wegen Rainer und Lena?« Swantje klang mitfühlend. »Das war eine ganz linke Nummer, wie er dich letzten Herbst abserviert hat. Ich verstehe, dass du ihm nicht über den Weg laufen willst.«

Gisela nickte und presste sich die Hand auf den Bauch. Rainer. Es schien, als habe er auf diese grässliche Lena Buth gewartet, während Gisela aus Swantjes Fenster gesehen und gehofft hatte, dass er gleich ein paar freundliche Worte mit ihr wechseln würde. Sie hatte sich bemüht, ihm aus dem Weg zu gehen, nicht an ihn zu denken, aber ...

Jedes Mal, wenn sie ihn sah, kehrte der Schmerz zurück.

Irgendjemand würde dafür bezahlen.

»Es ist nicht wegen ihm«, zischte sie Swantje deswegen zu. »Rainer soll sein Leben leben und glücklich werden, der ist mir völlig egal. Was mich stört, ist dieses halbslawische Rucksackfräulein, mit dem er sich abgibt.«

»Die Lena?« Swantje blickte mitfühlend. »Wie hässlich das von ihr war! Sie kommt als Fremde in unseren Ort, alle behandeln sie gut, sie bekommt genug zu essen ... Aber glaubst du, sie ist dankbar für all das, was man ihr gibt? Stattdessen schmeißt sie sich an deinen Verlobten heran!«

Gisela verzog abfällig das Gesicht. »Das ist auch sonst eine ganz Hinterhältige, habe ich gehört. Rainer tut mir leid, dass er bei so einer gelandet ist. Irgendjemand sollte ihn warnen, aber ich werde es garantiert nicht tun.«

»Wie meinst du das?«, fragte Swantje neugierig.

Gisela blickte sich um. »Du darfst es aber nicht weitersagen, ja? Und verrate auf keinen Fall, dass du es von mir hast. Sonst denken alle bloß ...«

»Schon klar.« Swantje hob die Hand wie zum Schwur.

Gisela bemerkte zufrieden, dass sich Swantjes Hand auf den Rücken gestohlen hatte. Bestimmt kreuzte sie dort die Finger, um den Schwur ungültig zu machen. Besser konnte es nicht laufen.

»Ich weiß auch nicht, ob es stimmt«, fuhr Gisela leise fort und suchte in Gedanken die einzelnen Elemente der Geschichte zusammen, die sie in der vergangenen Woche mehrfach am Tresen der Schusterei ihres Vaters erzählt hatte. »Ich will ja auch keine falschen Gerüchte verbreiten.«

Swantje kicherte leise und warf einen verstohlenen Blick nach draußen. »Nun sag schon und spann mich nicht so auf die Folter!«

»Ist dir nie aufgefallen, dass die Lena in den vergangenen Monaten zugenommen hat?«

Bei der Ankunft war das fremde Flüchtlingsmädchen kaum mehr als ein Strich in der Landschaft gewesen. Jetzt war sie immer noch dünn, doch anders als andere hatte sie im Hungerwinter nicht noch mehr Gewicht verloren. Bei Pastors, wo Lena Unterkunft gefunden hatte, brauchte man nicht zu hungern. Aber war es wirklich nur das?

»Nein!« Swantje legte schützend die Hände vor ihren Bauch. »Die ist in anderen Umständen?«

»Von solchen Geschichten weiß ich nichts«, sagte Gisela hastig.

»Nur, dass sie sich heimlich Lebensmittel organisiert hat.«

Swantje lachte leise. »Wie unfein von ihr. Aber tun das nicht alle? Wer verrät den Behörden denn alles, was er besitzt?«

»Nicht so.« Gisela blickte sich um. Ihre Zunge schien über die Worte zu stolpern, die in ihrem Bauch brannten. Es waren Worte des Hasses und der Verachtung, die das fremde Fräulein dafür bestrafen sollten, was es Gisela alles genommen hatte. Ihren Verlobten. Ihre Zukunft. Ein Leben, in dem sie nicht länger Tag für Tag mit ihrer Mutter zu Hause eingesperrt war.

Swantje blickte aufmerksam.

»Du kennst doch den Bauernhof von den Dönnerschlachs, ja?«

»Der mit den vielen Milchkühen?«

Gisela lächelte kalt. »Genau den.«

»Gisela, du willst doch wohl nicht sagen ...«

»Ich sagte überhaupt nichts, ja? Aber angeblich ist sie mit dem Knecht ins Heu gegangen und hat sich anfassen lassen. Für eine Kanne Milch, die sie mit ihrer Schwester geteilt hat, und das nicht nur einmal.« Auf das letzte Detail ihrer Geschichte war Gisela besonders stolz. Sie hatte es erst gestern hinzugefügt, um ihrer erfundenen Geschichte den letzten Schliff zu geben.

»Nein!« Swantje sah angemessen entsetzt aus, doch in ihren Augen blitzte die Freude über das verbotene und unanständige Geheimnis. »Wie kann man sich nur auf diese Weise wegwerfen?«

»Das verstehe ich auch nicht.« Gisela zog abfällig die Brauen hoch.

Swantje linste um die Ecke. »Da steht sie mit Rainer und Erwin, plaudert und tut so harmlos. Sie erzählt den Leuten sogar, dass sie Pastorentochter ist. Wie kann sie dann solche Dinge tun? Für nichts weiter als eine Kanne Milch?«

»Es ist nur ein Gerücht«, sagte Gisela hastig. »Ich weiß nicht, ob es stimmt. Aber die Leute erzählen mir Dinge, wenn sie in die Schusterei kommen.«

»Das würde erklären, warum ihre ... du weißt schon ... immer noch so groß sind.« Swantje blickte wieder aus dem Tor. »Sieh nicht hin, Gisela! Ich glaube, die schauen gerade in unsere Richtung.«

In Giselas Bauch breitete sich ein saures Gefühl aus. Sie erkannte es zunächst nicht, doch es biss in ihren Magen und klammerte sich mit Widerhaken in ihr Herz. Es war Neid. Neid auf Lena Buth, die alles hatte, von dem Gisela je geträumt hatte. Sie hatte eigenes Geld, und alle Menschen mochten sie, auch ohne dass sie ständig darum kämpfte, alles richtig zu machen. Außerdem hatte sie keine Mutter, von der sie tyrannisiert wurde, und durfte allein über ihr Leben entscheiden.

Wie konnte ein Mensch, eine Fremde und Zugezogene, es wagen, Gisela mit ihrer Existenz unter die Nase zu reiben, was ihr alles fehlte?

Außerdem ...

Selbst, wenn Lena Buth nicht mit dem Knecht ins Heu gegangen sein sollte, gab es doch eine Sache, die ihre Anständigkeit massiv in Zweifel stellte: Die Zugezogene tat den ganzen Tag lang nichts, außer im britischen Hauptquartier das Dolmetscher-Fräulein zu spielen, abends für fremde Leute zu putzen und am Samstag zu waschen. Hin und wieder ging sie mit Rainer spazieren, aber man sah sie nie mit einer anderen Frau, außer am Sonntag mit ihrer Schwester. Ganz offenbar hielt sie sich für etwas Besseres.

Die Tatsache, dass kein anständiges Mädchen, keine anständige

Frau mit Lena befreundet sein wollte, bewies in Giselas Augen ausreichend, dass etwas nicht mit ihr stimmte. Eine Frau brauchte Freundinnen, um sich vollständig zu fühlen. Gisela war heilfroh, dass sie Swantje als beste Freundin hatte. Seit ihrer Zeit als BDM-Führerin war sie bei den jüngeren Frauen im Dorf beliebt. Warum hatte der Führer bloß den Krieg verloren? Seit der Niederlage zerbrach nicht nur Deutschland, sondern auch Giselas Leben. Sie sehnte sich nach der Zeit zurück, in der es Regeln und ein erfülltes Leben jenseits ihrer Familie gegeben hatte.

»Vielleicht ist Lena tatsächlich in anderen Umständen.« Swantje lachte gehässig. »Das müsste man dem Rainer mal stecken.«

»Bloß nicht«, wehrte Gisela ab. »Am Ende will der wissen, von wem du das gehört hast. Und dann heißt es bloß, ich könne nicht verkraften, dass er mich verlassen hat. Das darfst du mir nicht antun, Swantje.«

Ihre Freundin nickte nachdenklich.

Ein Windhauch brachte die Blätter der Hecke zum Wispern. Die Luft duftete nach Frühling. Doch statt der Freude und Erwartung, die sie sonst zu dieser Jahreszeit erfüllt hatten, verspürte Gisela Bitterkeit und Trauer. Alles ging schief. Ihr Leben lag in Scherben, und sie sah keinen Weg, die Scherben wieder zusammenzusetzen.

»Vielleicht war es auch nur ein böses Gerücht«, sagte sie, plötzlich von Verlegenheit erfüllt. »Man muss nicht alles glauben, was die Leute erzählen.«

Swantje wiegte den Kopf. »Es klingt aber plausibel. Bei den Flüchtlingen weiß man nie. Die haben nicht die gleiche Erziehung genossen wie wir. Und es werden immer mehr, sagt mein Vater. Dabei reicht es jetzt schon nicht für uns alle mit den Lebensmitteln. Ich kann mir schon vorstellen, dass die so etwas tun, auch wenn dann nicht mehr genug Milch für andere übrigbleibt.«

Gisela griff nach ihrer Hand. »Ach Swantje. Ich bin so froh, dass ich dich habe.«

Swantje zog Gisela an sich. »Freundinnen müssen zusammenhalten. Ich werde immer für dich da sein, glaub mir. Lass die Männer reden und Dummheiten machen, das haben sie zu allen Zeiten getan. Wir Frauen, wir wissen es besser.«

Die Umarmung tat gut. Gisela lehnte sich an und genoss den vertrauten Duft von Swantjes Haut. Eine Locke von Swantje kitzelte sie an ihrer Wange. Swantjes Haut war warm und weich. Gisela legte ihre Hand auf Swantjes und spürte, wie die Sorgen allmählich von ihr abfielen.

»Ich bin froh, dass du meine Freundin bist, Swantje.«

Swantje küsste Gisela auf die Wange, umarmte sie noch etwas fester und wiegte sie sanft hin und her.

# Spaziergang

Die Frühlingssonne wärmte Lenas Nasenspitze. Sie berührte den Briefumschlag aus Dänemark in ihrer Tasche. Es war, als würden die unregelmäßigen Bleistiftbuchstaben mit der geliebten Handschrift ihre Fingerspitzen wärmen und von besseren Zeiten erzählen. Heute Abend würde sie den Brief in Ruhe lesen.

»Und Sie kommen aus Niebüll?« Sie lächelte Rainers Freund Erwin offen an. »Sie müssen sehr glücklich sein, wieder nach Hause zu kommen.«

»Das bin ich auch.« Erwin fuhr sich mit den von der Reise schmutzigen Fingern durch die Haare und verschob seine Kappe. Er war entsetzlich dünn, fand Lena. So, als ob er im Krieg noch viel weniger zu essen bekommen hatte als alle anderen. Wie so viele Menschen schien er schlimme Dinge erlebt zu haben.

Lena wunderte sich, warum er so lange bei ihnen stehen blieb. Müsste er es nicht eilig haben, seine Mutter endlich wiederzusehen? Trotzdem schien er zu zögern, die letzten Schritte bis zu seinem Haus zu gehen.

»Ist eine seltsame Sache mit dem Heimkommen«, sagte sie zögernd und hoffte, ihm damit Worte für das seltsame Schweigen zu geben, das ihn umgab. »Manchmal fühlt es sich auf den letzten Metern so an, als könne man sie nicht mehr gehen.«

Erwin nickte. Sein Mund war ein schmaler Strich. »Es war eine lange Zeit.«

»Kennen Sie die Geschichte vom verlorenen Sohn?«, fragte Lena sanft. »Als er nach Hause kam ... Da fragte niemand, ob seine Kleidung gewaschen war, ob er Reichtümer mitbrachte oder einen

Belobigungsorden oder sonst etwas. Seine Eltern waren einfach nur dankbar, dass er noch lebte.«

Für einen Moment entglitt Erwins Gesichtsausdruck. Etwas in Lenas Herz schmerzte. »Gehen Sie nur«, sagte sie liebevoll. »Glauben Sie mir ... Ihre Mutter wird nicht danach fragen, wann Sie sich das letzte Mal gewaschen haben oder was Sie ihr mitbringen.«

»Das stimmt.« Erwin räusperte sich und richtete sich auf. »Meine Mutter ... Sie wartet schon viel zu lange.«

»Grüß sie von mir«, sagte Rainer.

Erwin löste sich von ihnen. Er wirkte weniger verloren als zuvor. »Dann ... Wir sehen uns.«

Seine Finger waren so knochig wie die eines Skeletts. Trotzdem lagen sowohl in seinem Händedruck wie auch in seinem Blick eine Kraft, die Lena dazu brachte, sich aufzurichten. Das hier war ein besonderer Mann, spürte sie. Stärker als die meisten, auch wenn die kaum sichtbaren Linien und die Schatten um die Augen sein Gesicht wirken ließen, als hätte er viel durchlitten. Mehr als die meisten, die nach Krieg und Hungerwinter an ihr altes Leben anzuknüpfen versuchten.

Lena verspürte den Impuls, ihre Hand zurückzuziehen. Etwas an ihm strahlte so viel Schmerz aus, dass sie es nicht fühlen und ertragen wollte. Der Krieg und die schlimmen Dinge waren vorbei! Sie wollte sich auf eine Zukunft konzentrieren, in der es immer genug zu essen gab und niemand frieren musste. Bald würde sie ihre Mutter wiedersehen, und irgendwann würde sie genug gespart haben, dass sie nicht länger ein mittelloser Flüchtling war, sondern studieren konnte.

In Erwins Blick lag etwas, was sie dazu brachte, sich mit diesen Wünschen oberflächlich zu fühlen. Lena schluckte. Sie war sich plötzlich nicht mehr sicher, ob sie diesen Mann mochte oder nicht.

»Ich mach mich auf den Weg«, sagte Erwin. »Wir sehen uns bestimmt bald wieder, Fräulein Buth.«

»Ich komm dich besuchen«, sagte Rainer und reichte Erwin zum Abschied die Hand.

Gemeinsam sahen sie ihm hinterher. Wie entsetzlich dünn er war!

Lenas Mutter hatte es im Brief nicht klar gesagt, aber Lena vermutete, dass die Menschen im Flüchtlingslager ebenfalls nicht genug zu essen bekamen. Sie wünschte, sie könnte die Mutter und ihre große Schwester endlich nach Niebüll holen, um hier gemeinsam zu leben. Das Geld, das Lena sich so mühsam mit Dolmetschen, Putzen und Wäsche waschen verdiente, sollte zwar eigentlich ihr Studium finanzieren, aber natürlich kam die Familie an erster Stelle. Wenn sie das Zimmer im Haus von Fräulein Gerdes tatsächlich bekamen, würde Lena vor Glück in die Luft springen.

»Bist du so weit?«, fragte sie schließlich.»Wohin wollen wir heute gehen?«

Rainer räusperte sich.»Sollen wir wieder zu der kleinen Bank gehen, von der man über die Marschen sehen kann?«

»Schaffst du das heute mit deinem Fuß?«

»Natürlich.« Er lächelte.»Und jetzt möchte ich hören, was es bei dir Neues gibt.«

Lena zögerte. Aus irgendeinem Grund war sie noch nicht bereit, ihm von der Aussicht auf ein Zimmer für ihre Familie zu erzählen. Lag es daran, dass alles noch so ungewiss war, dass die Behörden sich querstellen konnten? Oder genierte sie sich wegen der Gerüchte über Milchkannen, von denen Fräulein Gerdes erzählt hatte?

Unsinn, ermahnte sie sich. Von so etwas ließ sie sich nicht den Tag verderben.

»Bei mir ist alles wie immer«, erklärte sie.

Rainer fragte weiter:»Wie war der Tag bei Fräulein Gerdes, und wie geht es deiner Schwester? Gefällt es ihr in der Schule, ist sie immer noch die Beste in Mathe?«

»Das müsstest du doch am besten wissen. Du siehst sie häufiger als ich.« Während Lena im Keller des Pfarrhauses schlief, hatte Margot eine Notunterkunft im Haus von Rainers Mutter bekommen, von wo aus sie zur Schule ging.

»Du weißt doch, wie schüchtern sie ist. Mir gegenüber macht sie den Mund nie auf.«

»Wirklich nicht? Dabei bist du so ein guter Zuhörer.«

Rainer wirkte geschmeichelt, aber er zuckte mit den Schultern. Sie machten sich auf den Weg. Lena erzählte von der Waschküche, und wie gut es im Winter getan hatte, sich dort aufzuwärmen, selbst wenn die Kleidung hinterher klamm und feucht wurde. Jetzt im Frühling fühlte sich der Keller eher dumpf und unbehaglich an, aber es war ja Arbeit und keine Freizeit. Und Margot war selbstverständlich weiterhin die Beste in Mathematik und plante inzwischen ein Studium dieses Faches an der Universität, um eines Tages Lehrerin am Gymnasium zu werden.

»Was für ein schönes Ziel.« Rainer lächelte. »Ich wusste schon immer, dass sie klug ist, bei einer Schwester wie dir hätte mich alles andere sehr überrascht.«

»Ach du.« Lena tippte ihn sanft in die Seite. Es war ein angedeutetes Schubsen, nicht mehr, denn sie wollte nicht, dass er beim Gehen das Gleichgewicht verlor.

»Was ist denn? Glaubst du mir nicht?«

Sie lachte. »Kein Wort glaube ich dir. Du flunkerst, weil du mir schmeicheln willst.«

Rainer beschleunigte das Tempo, als ob er sich vor einer Antwort drücken wollte.

Lena hatte sich daran gewöhnt, dass sie in Rainers Gesellschaft langsamer gehen musste als auf ihren Botengängen und Einkäufen. Es störte sie nicht. Bei Rainer konnte sie zur Ruhe kommen und musste nicht beweisen, wie stark und kompetent sie war, dass sie mehr leisten konnte als alle anderen und in der Lage war, für jedes Problem eine Lösung zu finden. Bei Rainer konnte sie der Mensch sein, der sie wirklich war.

Sie liebte es, aus den Augenwinkeln zu ihm hinüberzusehen, sein scharfes Profil zu bewundern und zu betrachten, wie sich die schlecht geschnittenen Haare unter der Mütze an seinen Kopf schmiegten. An die Gehhilfen hatte sie sich schon lange gewöhnt, sie fielen nicht mehr auf, wenn sie nicht bewusst darauf achtete. Wenn sie Rainer sah, erblickte sie einen starken Mann, dessen kluger Geist ihr Respekt einflößte.

Außerdem lächelte er sie manchmal auf diese ganz besondere Art an, die ihr noch Tage später Herzklopfen bescherte und bei der sie hinterher nie wusste, ob sie es sich nur eingebildet hatte.

»Und du, wie war dein Tag?«, fragte sie. »Hast du heute Vormittag in der Apotheke gearbeitet, oder war es dein freier Tag?«

»Seit März muss ich jeden Samstag ran«, erklärte Rainer. »Viele Leute kommen erst am Wochenende zu uns, und Herr Tauber schafft es allein nicht mehr. Er sagt zwar, ich soll mir weiterhin auch mal freinehmen, aber ...«

»Stimmt ja. Wie geht es ihm denn?«

»Er redet wie ein Wasserfall, wenn man ihm keinen Tee macht, und selbst der hält ihn kaum davon ab. Manchmal wiederholt er sich inzwischen, er wird auch älter, aber ...«

»Du magst ihn, und deswegen stört es dich nicht.«

»Genauso ist es.« Rainer lächelte.

»Und, gab es irgendwelche lustigen Erlebnisse?«

»Wir hatten eine kleine Puppenmama da, deren Puppe ganz schlimme Bauchschmerzen hatte, weil sie unreife Stachelbeeren gegessen hat.« In seinen Augen blitzte Schalk auf.

»Oje, wie alt war die Puppenmama denn?«

»Keine zehn Jahre, aber sie hielt ihr Püppchen wirklich vorbildlich. Köpfchen gestützt und alles.«

Lena lächelte. »Und was hast du ihr verkauft?«

»Es war gerade nicht viel los, also habe ich eine alte Lieferliste zerschnitten und Geldscheine daraus gebastelt. Damit konnte sie dann ein Stück Traubenzucker kaufen.«

»Jetzt geht es der Püppi bestimmt besser.«

»Ganz sicher.«

Sie schwiegen und gingen weiter nebeneinander her. Lena konnte kaum glauben, dass der Krieg erst seit einem Jahr vorbei war. Es kam ihr vor, als hätte sie Rainer schon immer gekannt, wäre schon immer auf diese Weise neben ihm gegangen und hätte sich an seinen Geschichten aus dem Apothekenalltag erfreut.

»Und wie geht es deiner Mutter?«, fragte sie.

Bei ihm zu Hause war alles in Ordnung. Er erzählte vom Frühjahrsputz, wegen dem man ihn herausgeworfen hatte, was Lena ein mitleidloses Kichern entlockte.

Lena wusste nicht genau, was es war, das sie zu ihm hinzog. Vielleicht waren es die blitzenden Augen und das gutgeschnittene Gesicht. Vielleicht war es aber auch einfach die intelligente Art, mit der er die Welt betrachtete, immer wieder neue Fragen stellte und sich nie mit dem zufriedengab, was man schon sicher zu wissen glaubte. Mit ihm zu reden, forderte ihren eigenen Geist heraus. Ein wenig erinnerte es sie an die Gespräche mit ihrem Vater, damals am Küchentisch, als er sie immer wieder ermutigt hatte, selbst zu denken und sich ein eigenes Bild von der Welt zu machen.

Es gab nur ein winziges Problem: Rainer behandelte sie wie einen guten Kameraden. Sie konnte mit ihm über alles reden, und er ließ sie ebenfalls an seinem Leben teilhaben. Doch er machte keinerlei Anstalten, nach ihrer Hand zu greifen. Auch dann nicht, wenn sie allein miteinander waren. Lena fürchtete, dass sie für ihn tatsächlich nichts anderes war als eine gute Freundin.

Sie erreichten die Bank. Rainer wirkte erschöpft von dem langen Fußweg mit seinen versehrten Füßen, auch wenn er es sich sichtlich nicht anmerken lassen wollte.

Lena gähnte demonstrativ und setzte sich zuerst. »Meine Güte, das war wirklich ein ordentliches Stück Weg. Lass uns ein wenig ausruhen, bevor wir zurückmüssen.«

Rainer lächelte und setzte sich neben sie. Natürlich hatte er ihren Trick durchschaut, aber er schien sich trotzdem zu freuen, dass sie Rücksicht auf seine Einschränkung nahm, ohne explizit darauf einzugehen.

»Und wie geht es deiner Familie sonst so?«, fragte sie.

»Nun ja ... Das Kaffeetrinken am Sonntag war noch nie meine Welt. Aber seit du mir erzählt hast, was mein liebreizender Schwager im Krieg getan hat ...«

Lena nickte verständnisinnig. »Ich bin sehr erleichtert, dass Margot und ich die Sonntagnachmittage jetzt miteinander verbringen und spazieren gehen. Deine Familie hat uns damals sehr lieb aufgenommen, aber ...«

»Er ist ein Massenmörder, verdammt!«

Lena zuckte zusammen. »Das ist ein hartes Wort.«

Rainer schwieg.

»Ich habe darüber lange nachgedacht«, sagte sie leise. »Ich meine ... Irgendwie hat er nur Befehle befolgt. Das ist es, was Soldaten tun.«

»Darüber hätte ein Richter entscheiden müssen.«

Lena zuckte zusammen. Das war es also. Deswegen wollte er sie nicht küssen. Er schreckte vor ihr zurück, wie sie selbst manchmal davor erschrak, was sie getan hatte.

»Ich hätte ihm den Ausweis nicht zurückgeben dürfen«, sagte sie leise.

Rainer zuckte zusammen und sah sie an. »So habe ich das nicht gemeint, Lena.«

Sie lachte bitter auf. »Wie denn dann, Rainer?«

»Verfolgst du nicht mit, was bei den Nürnberger Prozessen gerade passiert? Mein Schwager würde wahrscheinlich ohnehin als Mittäter einsortiert werden und davonkommen. Es ist so, wie du gesagt hast. Er hat bloß Befehle befolgt.«

Lena dachte an den Tag zurück, an dem sie Joachim, oder Herrn Baumgärtner, zusammengekauert neben dem Holzstapel in seinem Garten gesehen hatte. In ihr war nichts als Hass für diesen Menschen gewesen, der ihre Schwester so lange schikaniert hatte, doch in diesem Augenblick seiner Schwäche war der Hass zusammengeschrumpft. Ihr Herz hatte ihr einen Streich gespielt. Mitleid war manchmal eine Stärke, aber es konnte sich in eine fürchterliche Schwäche verwandeln, wenn man nicht aufpasste.

»Ich könnte nicht mit ihm am Kaffeetisch sitzen«, sagte sie leise.

»Keine Ahnung, wie du das hinbekommst, Rainer.«

»Ich weiß es auch nicht.« Er stieß mit dem Schuh gegen ein Grasbüschel, das neben dem Weg in Richtung Sonnenlicht drängte. »Meine Schwester lebt mit ihm unter einem Dach, schläft jede Nacht neben ihm und wäscht seine Wäsche. Das erscheint mir viel furchtbarer.«

»Weiß sie inzwischen davon?«

Er zuckte mit den Schultern. »Ich habe ihr nichts verraten. Bei meiner Mutter weiß ich es nicht. Die tut oft Dinge, die ich nicht verstehe, und hat ihre eigenen Regeln.«

Lena nickte nachdenklich.

Eben hatte sie noch das Gefühl der Frühlingssonne auf ihrer Haut genossen. Jetzt fühlte sie, wie eine Kälte von innen in ihr hochkroch, die sich nicht mehr vertreiben ließ, seit sie die Bilder der aufeinandergestapelten Leichen gesehen hatte. Es gab Dinge, die zu furchtbar waren, um sie zu ertragen. Menschen konnten einander grauenhafte Dinge antun. Niemand außer dem Allmächtigen konnte begreifen, wie sie dazu fähig waren – und wie ein Mann wie Joachim Baumgärtner nach seiner Heimkehr trotzdem seine kleine Tochter auf den Schultern reiten lassen und in der Kirche Halleluja singen konnte.

Normalerweise versuchte sie, nicht darüber nachzudenken. Es gab dringendere Dinge zu erledigen. Eine Unterkunft für ihre Mutter und Schwestern finden, Geld verdienen fürs Medizinstudium und tatsächlich immer wieder neu die ganz alltäglichen Sorgen um Essen und Kohlen, damit man weder verhungerte noch erfror.

»Ich bin heilfroh, dass Herr Baumgärtner meine Schwester und mich inzwischen in Ruhe lässt«, sagte sie. »Aber das hilft dir natürlich nicht, wenn du beim Kaffeetrinken höflich zu ihm sein musst.«

»Immerhin kann ich mit dir darüber reden.« Rainer kickte erneut gegen das Grasbüschel.

Lena seufzte. Eine ganze Woche lang hatte sie sich auf diesen Spaziergang gefreut. Es war egoistisch, aber sie mochte es nicht, wenn Rainer auf diese Weise trübsinnig ins Leere starrte. Die Vergangenheit konnte man nicht ändern. War es da nicht besser, sich um den Aufbau einer guten und lebenswerten Zukunft zu kümmern?

Es war egoistisch, aber manchmal sehnte sie sich danach, einfach eine Nacht tanzen zu gehen und all die Sorgen zu vergessen. Am liebsten mit Rainer, auch wenn das wegen seiner Füße vermutlich niemals passieren würde. Aber sie wollte leben und nicht für immer den Kopf einziehen müssen!

»Woher kennst du Erwin eigentlich?«, fragte sie, um das Thema zu wechseln. »Wart ihr früher so etwas wie Freunde?«

»Er ist älter als ich, aber er hat mir Fußballtricks beigebracht.«

»Das ist lieb von ihm.« Lena zerbrach sich den Kopf, was sie noch sagen konnte, um Rainers Gedanken von seinem Schwager abzulenken. Vielleicht war es doch an der Zeit, die große Neuigkeit zu erzählen. »Habe ich dir eigentlich erzählt, dass ich meine große Schwester und meine Mutter vielleicht bald aus Dänemark hierherholen kann?«

»Das sind gute Neuigkeiten.« Dieses Mal leuchteten seine Augen wirklich. »Wie kommt es dazu?«

Lena erzählte von dem Dachzimmer im Haus von Fräulein Gerdes, das bald frei würde. Sie verschwieg die seltsamen Andeutungen mit der Milchkanne und berichtete stattdessen, dass sie neben Miete und ein wenig Mobiliar auch eine Zugfahrkarte und ein Reisevisum für Mutter und Schwester besorgen müsste, wenn es so weit war.

Rainer reckte sich und legte wie zufällig den Arm hinter Lenas Rücken, als er die Arme zurück nach unten nahm. Sie wagte nicht, sich zu bewegen, damit der Arm nicht fortrutschte. So etwas hatte er schon lange nicht mehr getan. »Ich freue mich für dich, Lena. Wenn du irgendwelche Hilfe dabei brauchst, egal, ob es ums Tünchen des Zimmers oder andere Dinge geht, dann fragst du mich, ja?«

»Natürlich.« Sie senkte den Blick. Es fiel ihr nach wie vor schwer, um Hilfe zu bitten. Sie hatte sich in den vergangenen Jahren daran gewöhnt, stark zu sein und Verantwortung für andere zu tragen. »Meine Mutter wird ebenfalls helfen wollen. Sie mag dich, und sie mag Margot. Bestimmt wird sie sich auch mit deiner Mutter gut verstehen.«

Plötzlich schien es real zu werden und verstärkte das warme und schöne Gefühl von Rainers Arm in ihrem Rücken. Lenas Mutter würde nach Niebüll kommen. Es handelte sich nur noch um Wochen, vielleicht einige Monate, dann war es so weit. Lena fühlte jeden Atemzug des Mannes neben ihr. Sie versuchte, sich nicht zu bewegen, damit Rainer nicht auf die Idee kam, den Arm wieder wegzunehmen.

Schließlich drehte sie ganz leicht den Kopf und sah ihn an. In seinen blauen Augen lagen Wärme und Zuneigung. Lena ertappte sich dabei, die Luft anzuhalten, und ließ den Atem ganz leise entweichen.

»Du hast schöne Augen«, sagte Rainer leise. »Wenn die Sonne so darin funkelt, sehen sie aus, als ob sie aus purem Gold wären.«

»Danke«, sagte Lena. Sie rückte etwas näher zu ihm, nur einen halben Millimeter, eigentlich war es gar kein Rücken. Ihr Körper entspannte sich einfach nur, ganz sanft, und fand den Platz, an dem sie sein wollte. So dicht neben Rainer, wie gerade noch schicklich war.

Er hob die Hand und streichelte ihr über die Wange, so, als ob er eine Haarsträhne zurück in die Frisur befördern wollte. Eine hoffnungslose Aufgabe bei dem Wind, der hier gleichbleibend von der Küste ins Land wehte.

Lena befeuchtete ihre Lippen und sah ihn fragend an. Kurz erinnerte sie sich an Fräulein Gerdes' Warnung über anständiges Verhalten, doch der Wind schien die mahnenden Worte mit sich davonzutragen.

»Du wirst doch nicht so frech sein, mich einfach zu küssen?«, hörte sie sich plötzlich sagen.

Rainer wurde rot. »Natürlich nicht.« Er nahm hastig den Arm zurück und setzte sich aufrecht hin.

Natürlich nicht. Die Worte taten weh. Es fühlte sich an, als hätte ein Ball Lena mitten in den Bauch getroffen. Ein grässliches Gefühl! Die Worte waren ausgesprochen. Es hatte keinen Sinn, darüber zu diskutieren. Lena merkte, wie ihre gute Laune und ihre Zuversicht schwanden, doch sie zwang sich, den Kopf aufzurichten und so selbstbewusst zu lächeln, wie sie es fertigbrachte.

»Dann ist ja gut«, sagte sie.

Gemeinsam machten sie sich auf den Rückweg, doch dieses Mal suchte Lena Rainers Nähe nicht so wie auf dem Hinweg. Sie berührte den Brief in der Brusttasche ihres Kleides, doch er strahlte nicht den gleichen Trost und die gleiche Wärme aus wie zuvor.

# Fremd

Das hier waren die Straßen, in denen Erwin aufgewachsen war, begrenzt von Jägerzäunen und ordentlich geschnittenen Hecken. Jeder Schritt versicherte ihm, dass er einmal hierhergehört hatte. Die meisten Häuser sahen aus wie damals, als man ihn als Zwanzigjährigen fortgeholt hatte. Die britischen Luftbomber hatten hier nicht so gewütet wie in Berlin. Viele Menschen kamen ihm vertraut vor, andere waren neu in der Stadt. Erwin hatte in der Zeitung gelesen, dass sich viele Einheimische über die große Anzahl an Flüchtlingen in ihrer Heimat beschwerten. Auf der Straße hörte man immer noch den heimischen Dialekt, aber andere Gespräche fanden in weicher klingenden Mundarten statt, die er als Pommersch oder Ostpreußisch einschätzte.

Die Welt war nicht mehr dieselbe. Wie konnte dieser Ort noch Heimat für ihn sein, nach allem, was er erlebt hatte?

Im Mund glaubte er immer noch den Geschmack des Schlamms zu schmecken, in dem er gelegen hatte, während ein Wachsoldat ihm den Fuß auf den Nacken drückte und ihn tiefer und tiefer in den Morast stieß. Erwin hatte geglaubt, ersticken zu müssen, doch schließlich hatte man ihn losgelassen, damit er sich hochrappelte und zum Amüsement der Wachsoldaten Schlamm gespuckt und heftig nach Luft gerungen hatte, bis man ihn erneut nach unten drückte.

Manche Erinnerungen ließen sich nicht mit weißer Tünche bedecken und reinigen, ganz egal, wie sehr er es versuchte.

»Guten Tag, Herr Baumgärtner«, grüßte er, als ihm Rainers Schwager entgegenkam.

Der andere grüßte zurück, ging aber weiter und verwickelte einen anderen Mann in ein Gespräch. Erwin meinte, das Wort ›Bürgermeister‹ zu hören, aber vielleicht hatte er sich getäuscht. Soweit er wusste, stellten die Briten nach wie vor die Regierung. Sie herrschten hier nicht anders als die Russen in der sowjetischen Zone. Man musste sich unterordnen, wenn man überleben wollte.

Der Boden unter seinen Füßen fühlte sich vertraut an. Wenigstens etwas. Eine junge Mutter schob einen Kinderwagen vor sich her und sang leise, um ihr Baby zu beruhigen. Es schien Ulla zu sein, die Schwester seiner Schulkameraden Werner und Herbert. Wie es aussah, hatte sie einen Mann gefunden und eine Familie gegründet. Erwin lächelte beim Gedanken daran, dass er früher einmal in sie verliebt gewesen war. Wie unendlich lange das zurücklag!

Seine Brust verkrampfte sich. Ein neuer Hustenanfall kündigte sich an. Erwin atmete flach und versuchte, es hinauszuzögern. Als sich der Husten schließlich Bahn brach, war es weniger schlimm als befürchtet. Er wartete, bis er wieder Luft bekam, und ging weiter.

Schließlich blieb er vor seinem Elternhaus stehen. Er hatte bereits in einem Brief erfahren, dass sein Vater in den letzten Monaten an der Front in Italien gefallen war. Der Gedanke daran macht ihn traurig. Es war sein Vater gewesen, der ihm beigebracht hatte, die Nazis infrage zu stellen. Ohne ihn würde das Haus leer sein, auch wenn Erwin eine schamvolle Dankbarkeit dafür verspürte, dass er sich nicht länger mit Politik beschäftigen musste.

Der Jägerzaun wirkte verwittert und moosbedeckt. Offenbar war seine Mutter in den vergangenen Jahren nicht dazu gekommen, sich darum zu kümmern. Auch die Fassade des Hauses konnte einen neuen Anstrich vertragen, zumindest, wenn man die Farben dafür auftreiben konnte. Es gab Arbeit, die auf ihn wartete. Heimat war der Ort, wo man Moos vom Jägerzaun abschrubbte und nach weißer Anilinfarbe suchte, um das Holz vor Verwitterung zu bewahren.

Doch wenn das hier seine Heimat war, warum war es dann so

schwer, den Schritt durch die Pforte zu machen und bis zur Haustür zu gehen?

Der Geruch von weißer Tünche schien direkt vor ihm aufzusteigen, doch Erwin wischte sich über die Nase und vertrieb ihn damit. Er war im Krieg gewesen. Das galt für alle Männer seiner Generation, aber sein Krieg war ein anderer gewesen. Trotzdem würde er sagen, dass er gekämpft hatte. Niemand würde es wagen, nach Einzelheiten zu fragen.

Zumindest hoffte er das.

Erwin wusste, dass seine Mutter auf ihn wartete. Er hatte ihr auf ihren jüngsten Brief nicht mehr geantwortet, sondern hatte seine Sachen zusammengepackt und war losgefahren. Die Soldaten an der Zonengrenze hatte er bestochen, das funktionierte immer noch, auch wenn ihn das nervöse Herzklopfen Jahre seines Lebens gekostet haben mochte. Berlin und die Russen brauchten ihn nicht mehr. Sollten sie andere Überlebende auf ein Podest hieven und zu Helden machen, er hatte genug davon.

Vielleicht sah die Mutter in genau diesem Augenblick aus dem Fenster und wartete sehnsüchtig auf ihn. *Hör auf mit der Politik,* hatte sie ihm geschrieben. *Ich brauche dich hier, jetzt, wo dein Vater nicht mehr ist.*

Nein, sie stand wohl nicht am Fenster. Wenn die Mutter ihn sähe, dann gäbe es nichts, was sie im Haus hielte. Sie würde ihm entgegenlaufen und ihn in die Arme schließen, und anschließend würde sie ihn wie angekündigt mästen. Und wahrscheinlich würde sie dabei keine Sekunde aufhören zu reden, um ihm all die kleinlichen Tratschereien aus Niebüll zu erzählen, die ihn schon früher nicht interessiert hatten.

Er wusste nicht, ob er dazu in der Lage war.

Wie sollte man nach Jahren des Schweigens, des Duldens, des Kämpfens und Überlebens den Schritt in eine ganz normale Küche machen?

Es fühlte sich an, als klebte die Tünche noch immer an seinen

Händen. Reines, schimmerndes Weiß, das in alle Ritzen floss und seine Finger verfärbte, während er die Welt so malte, wie sie hätte sein sollen.

Erwin biss die Zähne zusammen. Das alles war lange vorbei. Er machte einen Schritt über die Schwelle und blieb stehen. Als hinter ihm ein Automobil vorbeifuhr, zuckte er unwillkürlich zusammen und drehte sich um. Als er die britischen Uniformen der gutgelaunten Soldaten erblickte, entspannte er sich wieder. Das hier, das waren die Guten.

Schritt für Schritt kämpfte er sich vor in Richtung Hauseingang. Früher war er wie alle ganz selbstverständlich durch den Kücheneingang hinein- und hinausgelaufen, doch er spürte, dass so etwas heute nicht angemessen war. Schließlich stieg er die zwei Stufen zur Haustür empor und zog an der Glockenschnur.

Schritte näherten sich von innen. Sie waren langsamer, als Erwin erwartet hatte. Als seine Mutter die Tür öffnete, stieß sie einen Schrei aus und zog ihn herein. Kaum, dass die Tür hinter ihnen geschlossen war, umarmte sie ihn so fest, als ob sie ihn nie wieder loslassen würde. Erwin spürte mehr, als er es hörte, dass sie schluchzte. Er drückte sie fest an sich und streichelte über ihren warmen, lieben Rücken, über die Strickjacke und die gekreuzten Schürzenbänder, und bemühte sich vergeblich, die stillen Tränen auf seinen Wangen zurückzuhalten. Seine Mutter war kleiner als er, was ihn mit Zärtlichkeit erfüllte, weil sie in seinem Herzen immer noch unendlich groß war. Sie wirkte schwächer, als er sie in Erinnerung hatte, doch gerade dafür liebte er sie in diesem Augenblick mehr als je zuvor in seinem Leben.

»Du darfst nie wieder fortgehen«, sagte sie schließlich und verkrampfte ihre Hände an seinen Schultern. »Versprich es mir, versprich es mir!«

»Jetzt bin ich ja hier, Mutter«, sagte er leise, unterdrückte ein Husten und küsste sie auf den Scheitel. »Und ich kümmere mich gleich morgen um den Jägerzaun. Versprochen.«

51

Sie begann erneut zu weinen, leise und hoffnungslos, wie Erwin noch nie einen Menschen hatte weinen hören. Hilflos hielt er sie fest und fragte sich, warum ausgerechnet diese Worte einen solchen Zusammenbruch bewirkt hatten. Vielleicht hatte sein Vater auf seinem letzten Fronturlaub versprochen, sich nach der Rückkehr darum zu kümmern?

»Jetzt wird alles gut, Mutter«, sagte er unbeholfen. »Wirklich. Ich bin wieder da.«

»Ich dachte, du bleibst für immer in Berlin«, brachte sie hervor. »Wolltest du nicht ...«

Er machte einen Schritt nach hinten und legte einen Finger auf den Mund. »Ich glaube nicht mehr an eine bessere Welt, Mutter. Keine Politik mehr, versprochen.« Er merkte erst in dem Moment, in dem er es aussprach, dass es die Wahrheit war. Zu viele Jahre hatte er damit verbracht, von etwas zu träumen, was in der Realität niemals funktionieren konnte. Gegen seinen Willen musste er lächeln.

»Es ist vorbei, und ich bleibe zu Hause.«

»Wirklich?« In ihrem müden, erschöpften Gesicht leuchtete so viel Liebe, dass Erwin spürte, dass er die richtige Entscheidung getroffen hatte.

»Ich habe es versprochen, Mutter. Keine Politik mehr. Nie wieder.«

»Dann komm mit in die Küche. Du bist entsetzlich dünn geworden. Ich muss dich füttern und päppeln, damit du wieder zu Kräften kommst.«

Erwin hustete in die Armbeuge und lächelte. »Danke, Mutter.«

Statt ihn in die Küche zu ziehen, blieb sie vor ihm stehen und nahm ihn noch einmal in den Arm. Ihre Haare dufteten genauso wie früher.

# Lenas Mutter

Am Sonntag saß Lena wie jede Woche in der Kirche neben Margot. Auf ihrer anderen Seite saßen die Töchter der Pfarrfamilie, die zwölfjährige Sigrun direkt neben Lena. Sie saßen weit genug vorn, dass sie jedes Wort der Predigt mitbekamen.

Lena fand es immer wieder faszinierend, wie sich der ganz normale Mann vom Frühstückstisch im Pfarrhaus verwandelte, sobald er die Kanzel betrat und dort zu predigen begann. Seine Stimme wurde eindringlich und bekam diese tragende Intensität, die Lena unwillkürlich an ihren Vater erinnerte. Wenn ihr Vater gepredigt hatte, hatte sich seine Stimme ebenfalls verändert. Es waren nicht länger Worte, mit denen man Gespräche führte, sich unterhielt oder Dinge in Frage stellte. Wer unter dem Kreuz stand und zur Gemeinde sprach, dessen Stimme verwandelte sich in einen Fluss, der mit sich trug und den Geist von Ballast befreite. Die Stimme des Predigers lud dazu ein, sich zu entspannen und tief in sich hineinzuhorchen, ob man die Stimme Gottes in sich selbst fand.

An diesem Tag war Lena jedoch zu unruhig, um während der Predigt zu innerem Frieden zu finden. In ihrer Brusttasche steckte immer noch der Brief ihrer Mutter, den sie Margot nachher vorlesen würde. Unter der Kirchenbank stand ein kleines Körbchen mit den Picknickutensilien, daneben eine sorgfältig zusammengefaltete und verschnürte Decke. Lena hörte zu, wie der Pastor von Gerechtigkeit und Ungerechtigkeit predigte, von der Lehre des Herrn Jesus Christus, auch die andere Wange hinzuhalten und sich in Bescheidenheit zu üben, weil das Reich Gottes nicht von dieser Welt sei. Es waren schöne Gedanken, doch heute fand Lena darin nicht denselben

Trost wie sonst. Sie musste an die Läuse im dänischen Lager denken, an das Baby einer fremden Frau, von dem ihre Mutter schrieb, und ein wenig verfolgten sie immer noch Fräulein Gerdes' Worte über die Milchkanne. Was hatte sie bloß damit gemeint?

Margot stieß sie mit dem Ellenbogen an und neigte leicht ihren Kopf zu Lena.

»Rainer schielt zu dir herüber«, wisperte sie.

»Na und«, wisperte Lena zurück. »Warum glaubst du, das interessiert mich?«

Margot schwieg so lange, dass Lena schon glaubte, sie hätte die Schwester mit ihren Worten verletzt. Lena ließ die Predigt durch sich hindurchgleiten, hörte jedes Wort, aber vergaß seine Bedeutung, sobald sie das nächste hörte. Sie wollte weder hören noch denken, und am allerwenigsten wollte sie irgendetwas fühlen außer der immer noch recht winterlichen Kälte im hohen Kirchenschiff.

»Hattet ihr Streit?«, flüsterte Margot schließlich.

Lena schüttelte leicht den Kopf, damit die Leute nicht merkten, dass sie sich unterhielten. »Er will mich nicht küssen«, wisperte sie so leise, dass die Worte nicht mal die Lehne der Bank vor ihr erreichten.

Margot zuckte zusammen, und Lena bereute ihre unbedachten Worte. So etwas gehörte nicht in die Kirche.

»Erzähle ich dir nachher«, wisperte sie deswegen. »Lass uns lieber der Predigt zuhören.«

Margot nickte. Aus den Augenwinkeln sah Lena das Unbehagen auf ihrem Gesicht und ärgerte sich, weil sie Margot davon erzählt hatte. Sie sollte ihre jüngere Schwester beschützen, statt ihr die Lasten ihres eigenen Lebens aufzuladen!

»Er predigt gut, oder«, flüsterte sie deswegen, um das Thema zu wechseln.

»Vater war besser.«

Noch so ein Thema, das wehtat. Lena nahm Margots Hand, drückte sie kurz und sah wieder nach vorn.

Als kleines Kind hatte sich Lena gewundert, warum ihr Vater am Sonntag stets so viel früher als ihre Mutter und die Kinder aus dem Haus ging. Sie wusste natürlich, dass ihr Vater *Gottesdienst halten* musste, aber sie hatte diese Worte nie damit in Zusammenhang gebracht, dass dieser in schwarzen, wallenden Stoff gehüllte Mann vorn in der Kirche so lange redete, dass sie irgendwann zu summen oder zu singen begann, weil sie das Zuhören langweilte.

Irgendwann hatte sie sich dann jedes Mal an ihre Mutter gekuschelt, ein wenig so, wie die fünfzehnjährige Margot sich jetzt an sie lehnte, und war weggedämmert. Die Worte des Mannes drangen durch sie hindurch, verwandelten sich in Wellen und das sanfte Säuseln von Blättern im Sommerwind, von denen man sich davontragen lassen konnte.

Es tat gut, neben Margot zu sitzen und ihre Hand zu halten. Wenn Lena abends im Bett lag, fühlte sie sich oft entsetzlich einsam. Tagsüber sprach sie zu niemandem davon, sie war schließlich so gut wie erwachsen, aber nachts trieb sie die Sehnsucht nach ihrer Familie manchmal beinah in den Wahnsinn.

Wie sehr sie ihren Vater vermisste! Keiner der an die Greifenberger Adresse gerichteten Briefe war je beantwortet worden. Weder Lena noch ihre Mutter hatten eine Ahnung, wie es ihm unter der russischen Besetzung ergangen sein mochte.

Sigrun auf Lenas anderer Seite quietschte auf und schubste ihre Schwester. »Hör auf damit!«

Lena warf der Elfjährigen einen strengen Blick zu.

»Sie hat zuerst geschubst«, flüsterte Sigrun ihr verständnisheischend zu.

»Du bist die Große, du musst ein Vorbild sein.« Lena richtete sich auf und sah nach vorn. Ihr war nur zu bewusst, dass sie und Margot sich ebenfalls unterhalten hatten und nicht der Predigt folgten.

Sigrun zog einen Schmollmund, ahmte aber Lenas Haltung nach und sah ebenfalls konzentriert nach vorn, um ihrer jüngeren

Schwester zu signalisieren, dass es keinen Zweck hatte, sie zu ärgern. Lena lächelte in sich hinein.

Schließlich erhob sich die Gemeinde für das Abschlusslied. Lena hatte immer gern gesungen, besonders in der Kirche, wenn die Orgel so laut war, dass niemand mitbekam, ob sie wirklich jeden Ton traf.

Nach dem Ende des Gottesdienstes verließ sie mit den anderen die Kirche. Direkt beim Rauskommen blickte sie in die helle Sonne und musste blinzeln. Heute war das Wetter noch schöner als am Vortag. Bis auf winzige Schäfchenwölkchen strahlte der Himmel leuchtend blau. Ein guter Tag für ein Picknick mit ihrer kleinen Schwester.

Sie blieben für einen Moment bei der Pfarrfamilie stehen. Lena lobte Sigrun dafür, dass sie aufgehört hatte, ihre Schwester zu ärgern, während Sigruns Mutter sich mit einer Freundin unterhielt und geduldig auf ihren Mann wartete. Auch Frau Weber gesellte sich dazu, die Mutter der Pfarrfrau und des so viel jüngeren Rainers, in deren Haus Margot eine Unterkunft gefunden hatte. Lena versuchte, nicht nach ihm Ausschau zu halten.

»Wie geht es dir, Lena?«, fragte Frau Weber freundlich.

»Vielen Dank, Frau Weber.« Lena wippte mit den Knien und ertappte sich dabei, dass sie beinah einen Knicks gemacht hatte. Die warmherzige Frau Weber mit den vielen Lachfältchen, deren fast weiße Haare unter dem Kopftuch in ihre Stirn fielen, gehörte zu ihren Lieblingsmenschen in Niebüll, obwohl sie mitunter sehr streng sein konnte. »Margot hat mir vorhin erzählt, dass Sie Ärger mit Schnecken in Ihrem Salat haben?«

»Es geht früh los dieses Jahr, das stimmt wohl.« Frau Weber erzählte von ihrem Garten, und Lena versuchte sich zu merken, wie sie mit wildem Knoblauch und Essigwasser Blattläuse vertreiben konnte. Im Moment lag die Aussicht auf einen eigenen Garten zwar in weiter Ferne, aber man wusste nie, wann man derartiges Wissen gebrauchen konnte.

Hin und wieder sah Lena aus den Augenwinkeln zu Rainer, doch er unterhielt sich mit einer älteren Dame, die er vermutlich aus der Apotheke kannte.

Als sich die blonde Gisela zusammen mit ihrer Freundin Swantje dazustellte, verspürte Lena einen Stich im Herzen. Rainer und Gisela waren einmal verlobt gewesen. Er hatte Lena nie erzählt, was genau zum Ende der Verlobung geführt hatte, doch der entscheidende Schritt musste von ihm ausgegangen sein. Seitdem warf Gisela Lena bitterböse Blicke zu, wann immer sie sich begegneten. Lena senkte dann jedes Mal den Kopf. Sie wusste, dass sie hier im Ort die Fremde und auf das Wohlwollen der Menschen angewiesen war.

Gisela schien Lenas Aufmerksamkeit zu spüren, jedenfalls sah sie plötzlich in ihre Richtung. In ihren Augen lag die gleiche Verachtung wie immer, doch dieses Mal meinte Lena, außerdem eine Spur Triumph wahrzunehmen. Was hatte das zu bedeuten?

»Schau nicht zu dem blonden Gift hinüber«, flüsterte Margot Lena zu, sobald Frau Weber in ein anderes Gespräch verwickelt wurde. »Die ist gefährlich. Vor der musst du dich in Acht nehmen.«

»Woher willst du das wissen?«, fragte Lena genauso leise zurück. »Du kennst sie doch überhaupt nicht. Oder erzählt man sich das jetzt schon im Gymnasium?«

Margot schnaubte. »Ich sehe so was. Glaub mir.«

Lena musterte ihre sonst so zurückhaltende Schwester und nickte schließlich. Margot wirkte oft verträumt und so, als gehöre sie nicht ganz in diese Welt, doch sie schien es ernst zu meinen.

Gisela legte den Kopf schief und winkte Lena zu. Auf den ersten Blick schien ihr Lächeln nichts auszudrücken als unbeschwerte Sonntagsfröhlichkeit, aber es reichte nicht bis zu den Augen. Lena schauderte. Trotzdem winkte sie zurück.

»Lass uns gehen«, flüsterte Margot.

»In Ordnung.«

Sie verabschiedeten sich und machten sich auf den Weg an den Stadtrand. An Margots Seite legte Lena die Strecke in der halben

Zeit zurück, die sie mit Rainer gebraucht hätte, weil Margot so zügig ausschritt wie sie selbst. Sie redeten beim Gehen nicht viel. Es war, als wären sie wieder auf einer Reise ins Ungewisse, deren Ziel sie nicht kannten, weil die Heimat mit jedem Schritt weiter hinter ihnen zurückblieb und vom Feind erobert wurde. Natürlich war die Flucht eine entsetzliche Zeit gewesen, doch gleichzeitig waren sie während dieser Wochen auch sehr eng miteinander verbunden gewesen. Immer wieder mit Massen anderer Flüchtlinge auf Militärfahrzeuge springen, stundenlang zu Fuß durch die Kälte laufen, die Dankbarkeit für winzige Lebensmittelgeschenke von Menschen, die noch in ihrer Heimat geblieben waren ... In dieser Zeit war es Lena vorgekommen, als könne sie spüren, was Margot dachte und umgekehrt. Das Band zwischen Schwestern ging tiefer als Worte. Seit sie in Niebüll eine neue Heimat gefunden hatten, hatte die Verbindung etwas nachgelassen, doch Margot war immer noch einer der wichtigsten Menschen der Welt für Lena. Sie war so spröde, so zart und verletzlich, und mit ihrem Talent für Mathematik bewegte sie sich in Sphären, die Lena nicht verstehen, sondern nur lieben konnte.

Schließlich fanden sie eine grasbewachsene Stelle unter einem Baum, an der sie ihre Picknickdecke ausbreiteten. Lena holte die Kuchenstücke und die Thermosflasche mit Tee aus dem Korb. Margot hatte Butterbrote geschmiert.

Sie genossen die Mittagssonne und aßen, ohne dass Lena den Brief erwähnte. Schließlich packten sie das Geschirr zurück in den Korb. Margot ließ sich nach hinten sinken und sah nach oben in die sprießenden Blätter. Der Baum, der noch vor einem Monat kahl und tot gewirkt hatte, hatte in unglaublich kurzer Zeit Knospen getrieben, die jetzt förmlich zu neuen Blättern explodierten.

»Magst du mir den Brief vorlesen?«, fragte Margot schließlich.

»Sehr gern.« Lena holte ihn aus der Brusttasche und begann.

*Liebe Lena, liebe Margot, Lieselotte und ich haben uns sehr über euren jüngsten Brief gefreut. Es ist schön zu lesen, dass es euch gut geht und dass ihr keinen Hunger leiden müsst. Wir freuen uns beide, dass*

*Du, liebe Margot, schon wieder eine Eins in Mathe geschrieben hast und dass Du, liebe Lena, noch eine weitere Stelle für zwei Stunden pro Woche gefunden hast. Pass jedoch bitte auf, dass Du Dich nicht überarbeitest ...*

Margot blickte hoch.»Ich komme mir so egoistisch vor. Du arbeitest den ganzen Tag bei den Engländern, und abends gehst du putzen oder waschen. Was ist daneben schon ein bisschen Mathe?«

Lena strich ihrer Schwester die Haare aus dem Gesicht und lächelte.»Wenn du die Ältere wärst, würdest du es genauso machen. Bildung und ein guter Schulabschluss sind wichtig.«

»Du hast doch selbst kein Abitur.«

»Aber ich werde es nachholen, sobald ich kann. Wie soll ich sonst Medizin studieren?«

Margot sah Lena mit großen Augen an.»Meinst du das tatsächlich ernst? Ich dachte, du heiratest früher oder später Rainer.«

»Ich kann doch trotzdem Ärztin sein? Dann kommen die Leute erst in meine Praxis und dann in seine Apotheke.« Lena lächelte sehnsüchtig beim Gedanken daran.

»Und ich kümmere mich tagsüber um deine Kinder und bringe ihnen Mathematik bei.« Margot lächelte ebenfalls.

Lena lachte auf und schüttelte den Kopf.»Die dürfen in der Praxis spielen und ihre Hausaufgaben machen und müssen ganz lieb sein. Du, Margot, du wirst genauso studieren wie ich. Wer so einen klugen Kopf hat, der muss einfach etwas aus sich machen.«

»Ich und studieren?« Margot lachte scheu.»Lena, du weißt, dass ich mich morgens oft nicht mal in die Schule traue. Eine Universität mit all den Männern wäre viel zu groß für mich.«

»Du wirst trotzdem studieren, und zwar Mathematik«, sagte Lena entschieden.»Weil ich es so will. Hörst du, Margot? Du hast Talent, und ich glaube an dich.«

Margot errötete und sah zu Boden.

»Ich frage mich manchmal, wie du das schaffst«, gab Lena zu. »Ganz ehrlich, ich bin nicht dumm, aber mit den Zahlen hatte ich immer meine Schwierigkeiten. Du dagegen … Hast du eigentlich mal in dieses Mathematikbuch geschaut, das der alte Apotheker Rainer für dich mitgegeben hat?«

»Na klar!« Jetzt leuchteten Margots Augen.

»Und du hast verstanden, worum es darin ging?«

Margot fing an, etwas über Integralfunktionen zu erzählen und darüber, wie sie sich verschoben und dass das etwas mit Sinus und Cosinus zu tun hatte. Lena hörte einen Moment zu, doch schließlich wischte sie lachend mit der Hand durch die Luft. »Du hast mich abgehängt«, gab sie neidlos zu. »Wie kann es nur sein, dass dir so etwas Freude bereitet?«

»Es liegt Schönheit darin«, sagte Margot leise. »Die Zahlen und Symbole sind wie bunte Kristalle aus Licht, und wenn alles stimmt, dann legen sie sich aneinander und beginnen zu leuchten.«

Lena schüttelte den Kopf und griff nach der Hand ihrer Schwester. »Du bist etwas Besonderes, Margot.«

Sie schwiegen einen Moment, weil sie beide wussten, wie unwahrscheinlich die Chancen auf ein Studium für sie waren. Sie waren Mädchen, und sie waren Flüchtlinge. Die Menschen waren oft barmherzig, schenkten ihnen alte Kleidung, hatten ihnen Unterkunft gewährt und Lena Arbeit gegeben, doch als Flüchtling musste man bescheiden und dankbar bleiben. Der anständige Weg für eine Frau war, zu heiraten und ihren Mann zu unterstützen. Wenn ihr Mann seine Pflicht nicht erfüllte, durfte sie sich notfalls mit Putzen und Hausarbeit etwas dazuverdienen, aber keinesfalls mehr als er.

Außerdem kostete eine Universität Geld, das sie nicht hatten.

Trotzdem war es schön, hier draußen zu sitzen und von einer Zukunft zu träumen, in der all das möglich war.

»Wenn Gott will, werden wir beide studieren«, sagte Lena schließlich. »Aber heute … Heute haben wir diesen Brief von unserer Mutter, und dafür dürfen wir ebenfalls dankbar sein.«

»Wie geht er weiter?«

Lena las weiter vor. Ihre Mutter schrieb von Läusen im Lager und eiskaltem, rationiertem Wasser zum Haare waschen. Auch ohne dass es klar ausgesprochen wurde, fühlte Lena Entsetzen beim Gedanken daran, dass ihre früher stets so adrette und respekteinflößende Mutter sich Läusebisse auf der Kopfhaut aufkratzen musste.

Sie schrieb von einer Stelle bei einem Bauern, bei dem Lieselotte ein paar extra Lebensmittel bekam – immerhin mussten sie dadurch kaum Hunger leiden –, und von einem Baby, das vor Kurzem im Lager geboren worden war und das vielleicht kein anderes Leben kennenlernen würde.

*»Und trotzdem danken wir Gott jeden Tag dafür, dass wir am Leben sind und dass er uns und euch beide in diesen schweren Zeiten behütet«*, schloss Lena. *»Möge der Herr Jesus euch weiterhin beschützen und über euch wachen. Tausend Grüße und Küsse von eurer Mutter und eurer Schwester Lieselotte.«*

Margot verzog gequält das Gesicht. »Wir müssen sie dort herausholen, Lena.«

Lena nickte. »Wahrscheinlich gibt es bald einen Weg.« Sie erzählte Margot von dem Dachzimmer im Haus von Fräulein Gerdes.

Margot wirkte zunächst ungläubig, aber dann leuchteten ihre Augen auf. »Das wäre eine unglaubliche Gelegenheit. Meine Kameradinnen in der Schule erzählen immer, dass es nahezu unmöglich ist, jetzt noch einen Wohnplatz in Niebüll zu finden. Sie wollen bald neue Notunterkünfte bauen, aber … Dort zu leben, wäre ja auch nicht anders als in dem Lager in Dänemark, und außerdem kann das noch Monate dauern.«

»Dort könnten wir immerhin zusammenleben.«

»Am Ende bekommst du dann auch noch Läuse, und die Briten kündigen dir.«

Lena wuschelte Margot durch die Haare für diese Frechheit. »Die kannst du überall bekommen, das weißt du doch.«

»Wir hatten auf unserer Flucht keine.«

Lena lachte auf. »Das hast du bloß verdrängt.«

»Ich hatte noch nie in meinem Leben Läuse!«

»Und was war, als du drei Jahre alt warst und ich deine fiesen Halblocken mit einem Nissenkamm kämmen musste? Du hast mich in den Finger gebissen, das weiß ich noch.«

»So etwas würde ich nie tun«, verkündete Margot hoheitsvoll.

»Aber sag mal, was ist jetzt eigentlich mit dir und Rainer?«

Sofort wurde Lena wieder ernst. »Ich weiß es nicht. Ich glaube, er kann sich einfach nicht vorstellen, ein Flüchtlingsmädchen zu heiraten. Auch wenn ich keine Läuse habe, aber ...«

Margot legte die Hand auf Lenas. »Große Schwester, er kann sich keine bessere als dich wünschen, das schwöre ich.«

Lena erwiderte den Händedruck. »Wenn er das doch nur ebenfalls sehen würde«, sagte sie beklommen. »Margot, ich weiß einfach nicht, was mit ihm los ist. Es ist, als würde er nicht mitbekommen, dass ich eine Frau bin.«

# Erwins Geschichte

Am Montagnachmittag übernahm Rainers Chef Herr Tauber die Apotheke. Rainer hatte ihn darum gebeten, um Erwin besuchen zu können. Herr Tauber hatte sich sofort einverstanden erklärt und Rainer zwei Bierflaschen aus seinem Geheimvorrat mitgegeben.

Als Rainer an der Küchentür klopfte, war er nervös. Obwohl er Erwin mochte, waren sie früher nie enge Freunde gewesen. Der Altersunterschied hatte sie voneinander ferngehalten, auch wenn sie sich hier und da über den Weg gelaufen waren. Normalerweise gab es beim Fußball unausgesprochene, aber sehr strikte Regeln, wer mit wem spielte und wer nicht. Trotzdem hatte Erwin den Jüngeren und insbesondere Rainer hin und wieder ein paar Tricks gezeigt, bevor er seinen Abschluss machte und kurz danach an die Front musste. Angeblich war sein Vater Kommunist oder Sozialist oder etwas Ähnliches gewesen, aber das konnte auch ein Gerücht sein. Erwin war ein wenig klüger gewesen als der Durchschnitt, aber das merkte man erst, wenn man ihm Fragen stellte. Von sich aus hielt er den Mund und dachte sich seinen Teil.

Das, hatte er Rainer damals erklärt, sei normalerweise der beste Weg, mit einer verrückten Welt umzugehen.

Rainer hatte erst viel später verstanden, was er damit gemeint hatte.

»Hallo, Rainer«, begrüßte ihn Frau Olsen etwas erstaunt. »Wie schön, dass du vorbeikommst.«

Rainer zuckte mit den Schultern. Ein wenig genierte er sich nach wie vor wegen seiner Krücken, wenn er bei anderen Menschen vor der Tür stand, aber es wurde Monat für Monat besser. Er hatte sich ja nicht ausgesucht, sich die Zehen im russischen Winter abzufrieren. Wenn die Welt ihm ein Leben als Invalide zumutete, dann war es vielleicht auch sein Recht, der Welt umgekehrt den Anblick eines versehrten Mannes an Krücken zuzumuten.

»Ich wollte Erwin besuchen«, sagte er ruhig.

»Wie schön.« Ihr müdes Gesicht hellte sich auf. »Er sitzt den ganzen Tag in seinem Zimmer und starrt ins Leere. Ein wenig Besuch wird ihm guttun.«

Rainer wusste nicht, was er dazu sagen sollte. Vermutlich, ging ihm auf, hatte seine Mutter nach seiner Heimkehr ähnlich über ihn geredet. Der Gedanke war ihm unangenehm.

»Na ja, er hat ein Buch auf dem Schoß liegen.« Sie lachte unsicher, als ob sie ihren Worten die Schärfe nehmen wollte. »Aber er scheint nicht darin zu lesen.«

Rainer entschied sich für ein Lächeln, das hoffentlich beruhigend wirkte. »Er braucht vermutlich einfach etwas Zeit, um wieder anzukommen. Das ging mir damals ähnlich.«

»Ja, vermutlich ist das so.« Ihr Blick ging für einen kurzen Augenblick zu seinen Krücken, dann sah sie ihm wieder ins Gesicht. »Es ist jedenfalls schön, dass du uns besuchen kommst. Wollt ihr euch in den Garten setzen? Dann gehe ich hoch und scheuche ihn runter.«

Eigentlich hätte Rainer lieber unter vier Augen mit Erwin geredet, doch er verstand den Gedanken der Mutter. Sonne half gegen das dumpfe Gefühl, das einen überkam, wenn die Erinnerungen an die Front einen herabdrückten und dem Geist Tag für Tag etwas mehr von seiner früheren Beweglichkeit nahmen, bis man sich so matschig fühlte wie Kartoffelbrei ohne Salz.

Er ließ sich von Erwins Mutter auf einen der Gartenstühle bugsieren. Sie bat ihn, kurz zu warten, und verschwand im Haus.

Rainer betrachtete die Krücken, die neben ihm auf dem unsauber gemähten Rasen lagen. Sie kamen ihm nach wie vor wie ein Fremdkörper vor. Tief im Innern war er immer noch der Junge, der herumrannte und Fußball spielte.

Frau Olsen kam mit einem Porzellanstövchen und einer Tischdecke nach draußen. So früh am Tag war das mitgebrachte Bier wohl nicht angemessen. Rainer sah zu, wie sie die Decke über den Holztisch legte und das Stövchen in die Mitte stellte. Als sie ihm die Streichhölzer reichte, zündete er das kleine Teelicht an und wartete dann, bis sie mit der Teekanne und den Tässchen kam.

Schließlich schenkte sie zwei Tassen ein, gab ein wenig Milch dazu und entschuldigte sich für den fehlenden Zucker, doch immer noch war kein Erwin in Sicht. Sie sah nervös hoch zum Fenster im ersten Stock und winkte ungeduldig. »Warte noch einen Moment, er kommt sicher gleich«, sagte sie dann und verschwand im Haus.

Rainer entspannte sich. Es war ein schöner Montagnachmittag. Normalerweise würde er jetzt in der Apotheke stehen und sich um die Bedürfnisse und Wehwehchen der Bewohner Niebülls und umliegender Dörfer kümmern. Stattdessen saß er in der Sonne, im Rücken ein Kissen und vor sich eine Tasse milchleuchtenden Tees. Das Leben könnte schlechter sein, fand er. Er streckte die Beine aus und nahm den ersten Schluck. Herrlich, auch wenn der Zucker fehlte. Das hier war echter Ostfriesentee, wunderbar herb und vollmundig, mit einer leicht cremigen Milchnote, wie er sie liebte. Etwas Besonderes, was man in diesen Zeiten nicht oft serviert bekam.

Schließlich kam Erwin nach draußen. Er blieb in der Tür zwischen den Töpfen mit Küchenkräutern stehen und blinzelte. Die Sonne schien ihm zu hell zu sein.

Rainer erinnerte sich noch gut an das Gefühl, als er selbst aus dem Lazarett zurückgekommen war. Alle Welt hatte ihn bemitleidet wegen seiner Füße, doch der wahre Schaden hatte an anderer Stelle gesessen. Er hatte etwas verloren, das er vorher besessen hatte und immer für selbstverständlich gehalten hatte. Für dieses Etwas besaß er nach wie vor keinen Namen. Erst, als er den Ausdruck in Erwins Gesicht sah, begriff er, dass er selbst inzwischen zumindest einen Teil davon wiedergefunden hatte, und für eine Sekunde dachte er an Lena.

»Moin«, grüßte er Erwin.

Erwin kam zu ihm und setzte sich seitlich zu ihm, damit sie beide auf die Beete mit den Johannisbeersträuchern dahinter blicken konnten. »Moin«, sagte er leise.

»Dein Tee wird kalt.«

»Das wäre schade.« Ein Schatten von Erwins altem, trockenen Lächeln huschte über sein Gesicht. Er hob die Tasse und trank mit geschlossenen Augen kleine Schlucke.

Rainer lächelte und sah wieder zu den Johannisbeerbüschen, die hier genau wie in vielen anderen Gärten blühten. Es war ein schöner Tag. Er erinnerte sich plötzlich, dass er als Kind mal als Mutprobe in diesen Garten eingebrochen war, um von den Beeren zu naschen. Erwins Mutter hatte ihn erwischt und mit dem Besen verjagt, wenn er sich richtig erinnerte. Doch sie schien es ihm nicht nachzutragen, sonst hätte sie ihm nicht so leckeren Tee serviert.

Sie tranken schweigend. Rainer schenkte ihnen neu ein, und auch die zweite Tasse wurde in Frieden und Stille getrunken. Es fühlte sich gut an, viel besser als die ständigen Schnattereien seiner Schwestern beim Sonntagskaffee oder auch im Haus seiner Mutter beim Abendessen, wenn all die im Haus untergekommenen Menschen durcheinanderredeten und die Kinder Radau machten. Vermutlich gab es auch in diesem Haus Flüchtlinge, man hatte schließlich überall fremde Menschen aufnehmen müssen, aber in diesem Augenblick waren sie nichts weiter als zwei Männer aus Nordfriesland, die die Sonne eines späten Maitages genossen.

»Und? Was gibt es Neues?«, fragte Erwin schließlich mit schiefem Lächeln, als Rainer die dritte Tasse einschenkte.

»Nicht viel. Die Briten benehmen sich anständig. Die Leute leben ihr Leben. Kohle war knapp diesen Winter, genau wie Lebensmittel, aber das wird bei euch nicht anders gewesen sein.«

Erwin nickte.

Wieder schwiegen sie eine Weile.

»War eine harte Zeit«, sagte Erwin schließlich.

Rainer nickte ebenfalls und nahm noch einen Schluck Tee. Wenn Erwin darüber reden wollte, würde er es tun. Wenn nicht, tat es einfach gut, gemeinsam in der Sonne zu sitzen und zu wissen, dass all das Schlimme vorbei war. Für immer. Sie waren wieder zu Hause, und nach all den furchtbaren Dingen im Krieg konnte das Leben endlich weitergehen.

»Du warst in Stalingrad, oder?«, fragte Erwin schließlich. »Muss ganz übel gewesen sein.«

Rainer schüttelte den Kopf. »Unsere Einheit hat es kurz davor erwischt. Ich habe überlebt, aber mir hat es die Zehen abgefroren, und ich kam ins Lazarett. Das hat mir den Höllenkessel erspart.«

»Glück gehabt«, sagte Erwin leise.

»Und du? Wohin hat es dich verschlagen?«

Erwin starrte ins Leere. Rainer bereute, dass er gefragt hatte, doch schließlich räusperte Erwin sich. Er legte eine Hand auf die Tischkante und schloss die Finger so fest darum, dass die Knöchel weiß wurden. »Ich war im Lager«, sagte er tonlos.

Rainer nickte. Er spürte, dass es falsch wäre, jetzt nachzufragen. Erwin würde von sich aus erzählen, wenn er so weit war.

»Es war ein Albtraum«, sagte Erwin schließlich. »Der Hunger, die Kälte … Das war schlimm genug.« Er schloss die Augen, als ob alle Sonne seiner Heimat nicht ausreichte, um die Kälte aus seinen Knochen zu vertreiben.

»Aber …?«, fragte Rainer. Er spürte, dass da noch mehr war.

»Das Schlimmste waren die Aufseher.« Erwin ballte die Hände zu Fäusten. Wieder wurden die Knöchel seiner beinah skeletthaft dünnen Finger weiß. Er schluckte sichtbar, löste die Fäuste und umkrampfte dann die Lehnen seines Stuhles. »Es hat ihnen Spaß gemacht, verstehst du?«

Rainer presste die Kiefer aufeinander und nickte. Er konnte sich vorstellen, wovon Erwin sprach. Der Krieg brachte die schlimmsten

Seiten in Menschen hervor. Wenn man ihnen erlaubte, das Tier in sich zu wecken, konnten sich friedliche und gutherzige Familienväter in Monster verwandeln, ganz egal, ob sie aus Russland, England oder Frankreich stammten.

»Sie haben Verbrecher zu Aufsehern gemacht. Wann immer sie eine Gelegenheit fanden, uns zu quälen und zu schikanieren, haben sie die genutzt.«

Rainer schwieg. Am liebsten wäre er aufgestanden und weggegangen, so viel Schmerz strahlte Erwin aus, aber das wäre falsch. Erwin hatte all das ertragen müssen, doch es war sein Recht, dass ein anderer Mensch ihm zuhörte und damit anerkannte, dass er mehr war als das, was er hatte ertragen müssen.

»Irgendwann haben wir sie ausgeschaltet.« Erwin starrte ins Leere. Seine Sprache klang verwaschen.

»Wie habt ihr das angestellt?«

Erwin schüttelte den Kopf. »Wir mussten ständig Appell stehen«, erzählte er weiter, auf eine tonlose Art, die Rainer verriet, dass er den Horror ein weiteres Mal durchlebte. »Stundenlang. Im Winter, im knietiefen Schnee, und die Hälfte von uns hatte keinen Mantel. Aber auch im Sommer. Und dann hieß es: Mütze auf, Mütze ab.«

Rainer hörte schweigend zu, während sich die Stille dehnte.

Erwin machte ein Geräusch, das ein Schluchzen hätte sein können. »Einmal, da stand so ein Kleiner neben mir. Total abgemagert, und er hat ständig gehustet. Ich glaube, er hatte Tuberkulose. Der ist irgendwann zusammengebrochen. Da hat der Aufseher gelacht, ihm die Mütze vom Kopf getreten und ihn mit einem Genickschuss hingerichtet.«

»Um Gottes willen!« Rainer war entsetzt. »Das ... Das waren doch keine Menschen mehr, das waren Tiere!«

»Sie haben gesagt, wir seien die Tiere.«

Ein Grauen senkte sich über den Tisch, das zu tief ging für Worte.

Rainer hätte am liebsten vor Entsetzen losgeweint, doch das ging natürlich nicht.

Wie konnte man anderen Menschen so etwas antun? Er wusste, dass die Alliierten mit Kriegsgefangenen nicht gerade nett umgingen, aber solche Geschichten hatte bisher noch niemand erzählt. Er hatte von Baracken gehört, in denen es kalt war und die Männer husteten, bis sie auf die Krankenstation verlegt wurden und oft genug an Entkräftung starben, aber ...

»Wie habt ihr das nur ausgehalten?«, fragte er, obwohl er wusste, dass es keine Antwort gab.

Erwin schüttelte den Kopf. »Das haben wir nicht.«

»Aber du bist immer noch da. Sie haben dich am Ende gehen lassen.«

»Nein. Das hätten sie niemals getan. Kurz bevor die Alliierten kamen, wollten sie uns noch verlegen, obwohl fast ein Viertel der Gefangenen so schwach war, dass wir nicht mehr laufen konnten. Ich habe ...«, Erwin schluckte sichtbar. »Die Amerikaner ...« Er verstummte.

Rainer spürte, wie sich die Welt verschob. Er brauchte einen Moment, um zu verstehen, was Erwin gerade gesagt hatte. Irgendetwas passte nicht zusammen. »Ich dachte, du wärst in einem russischen Kriegsgefangenenlager gewesen? Und da haben dich die Amerikaner rausgeholt?«

Erwin musterte ihn prüfend. »Das ist die Geschichte, die ich erzählen werde, ja. Ein russisches Lager.«

»Aber in Wahrheit war es anders?«

Erwin richtete den Kopf auf und sah an den Johannisbeersträuchern vorbei in eine Ferne, die sich Rainers Blick entzog. »Sie haben mich kurz nach meiner Einberufung ins Arbeitslager Buchenwald geschickt. Die Deutschen. Weil ich Kommunist war.«

»Ach du Scheiße.« Rainer wusste nichts Genaues über Buchenwald, aber er hatte den Film über das Lager in Auschwitz gesehen. Hatte Erwin etwas Ähnliches erlebt?

»Genau.« Erwins Hände verkrampften sich so sehr um seine Tasse, dass es aussah, als würden gleich entweder die Hände oder die Tasse zerbrechen. »Die, die mir und meinen Kameraden all das angetan haben – und ich habe dir noch nicht mal einen Bruchteil von dem erzählt, was wirklich passiert ist –, das waren Deutsche.«

Rainer schluckte hart.

»Und deswegen wollte ich niemandem davon erzählen. Ich möchte nicht mehr in Politik hineingezogen werden.«

»Das verstehe ich.« Rainer stellte seine Teetasse so sorgfältig auf der Untertasse ab, wie er vermochte. Seine Hände zitterten plötzlich, und er hatte Angst.

# Neu in der Stadt

Dorothee Bajetzky schritt die Stufen zum Rathaus in Niebüll empor. Sie hatte ihre Schuhe blitzblank geputzt und die Kellerfalten ihres schlichten, dunkelblauen Kleides waren sorgfältigst gebügelt, weil die Hauswirtin ihr erlaubt hatte, ausnahmsweise das Bügeleisen in der Küche zu benutzen. Sie hatte ihre Frisur vor dem Verlassen des Hauses dreimal in der Spiegelscherbe kontrolliert, die sie hinter den Dachbalken der winzigen Unterkunft versteckt hatte, die sie sich mit zwei anderen Frauen aus dem Osten teilte. Die älteren Zimmergenossinnen hatten die Nase darüber gerümpft, wie sich Doro herausputzte, aber es kümmerte sie nicht. Sie hatte ihre Heimatstadt aus freien Stücken verlassen, aber das änderte nichts daran, wer sie war. Auch wenn es sie jetzt in die tiefste Provinz verschlagen hatte, sie kam aus Berlin, und darauf war sie stolz.

Am Empfangstresen saß ein britischer Soldat, dessen Rang Doro aus seinen Abzeichen nicht ablesen konnte. Sie hatte sich nie fürs Militär interessiert, wenn man davon absah, dass sie die Uniformen der Wehrmacht faszinierend männlich gefunden hatte. Verglichen damit sahen die Briten langweilig aus, doch die Uniformen waren immer noch um Klassen besser als die heruntergekommenen Alltagskleider der Menschen auf den Straßen.

»Guten Tag«, grüßte Doro in flüssigem Englisch. »Ich bin auf der Suche nach Arbeit. Haben Sie vielleicht eine Stelle als Übersetzerin oder Sekretärin zu vergeben? Ich arbeite sorgfältig und zuverlässig.« Sie legte das Empfehlungsschreiben auf den Tisch und hoffte, dass nicht zu viel von der Feuchtigkeit ihrer Hände durchgedrückt hatte. Mit einunddreißig Jahren war sie alt genug, um nervös zu sein, denn sie brachte keine Berufserfahrung im Büro mit, wie man sie von einer Frau in ihrem Alter erwarten würde. Der Mann musterte sie skeptisch, nahm das Schreiben aber an sich und schlug es auf. Er überflog die Zeilen, auf denen Doros alte Chefin ihr ausgezeichnete Englischkenntnisse in Wort und Schrift bescheinigt hatte, auch wenn sie bei der Schrift ein wenig übertrieben hatte. Doro hatte schon als Mädchen in der Jazzkneipe gekellnert und damit nach ihrem Schulabschluss weitergemacht, bis die Reichsmusikkammer Swing und Jazz als undeutsch verdammte. Auf diese Weise hatte sie Englisch gelernt, denn viele der Musiker kamen aus England oder Amerika und waren nur zu gern bereit, einem bewundernden Mädchen etwas mehr über die Feinheiten ihrer Kunst zu erzählen. Später hatte sie sich die Buchhaltung der Kneipe mehr nebenbei angeeignet, aber das war etwas anderes als reguläre Arbeit im Büro.

»Warten Sie hier«, erklärte der Soldat am Tresen und nickte seinem Kameraden zu. »Ich gehe und frage, ob ich einen Termin für Sie machen soll.«

Doro versuchte, sich ihre Nervosität nicht anmerken zu lassen. »Danke, das ist sehr freundlich von Ihnen!«

Sie blieb neben dem Tresen stehen und blickte sich um, während der Soldat verschwand. Eine schmale Bank stand neben der Tür. Der andere Soldat war zurückgeblieben und blätterte in einer Zeitschrift, sah jedoch aus den Augenwinkeln zu Doro herüber.

»Sind Sie schon lange in Niebüll?«, fragte sie aufs Geratewohl.

»Seit drei Monaten«, antwortete der Soldat. Er hatte dunkle Haare, ein markantes Kinn und sah auf eine schwer zu beschreibende Weise gut aus. Doro genoss den Anblick. Auf seinem Namensschild stand, dass er Miller hieß.

»Und woher in England kommen Sie?«, fragte sie.

Miller erklärte etwas von einer Grafschaft im Südwesten und einem kleinen Dorf, dessen Namen sie sofort wieder vergaß. Wenn Doro von fremden Regionen träumte, dann waren es Städte wie

London, Memphis oder New Orleans. Trotzdem plauderte sie lieber mit dem Mann, als brav wie eine Bittstellerin auf der Bank neben der Tür zu sitzen. »Und woher kommen Sie, Froi-lain?«, fragte der Mann und betonte die deutsche Anrede so lustig, dass Doro einfach lachen musste. Es schien ihn nicht zu stören, er lachte mit.

»Ich bin aus Berlin«, erklärte sie. »Nach dem Krieg wollte ich erst bleiben, aber die Lebensumstände sind furchtbar. Nachdem mein Mann starb, hätte ich allein dort bleiben können, aber … Jetzt bin ich hier.« Sie zuckte mit den Schultern und lachte erneut, damit der Mann nicht merkte, wie schwer sie immer noch an Lothars Tod zu tragen hatte. Der Mann, der es wie durch ein Wunder geschafft hatte, den Krieg zu überleben, und der dann nachts betrunken vor die Straßenbahn gestolpert war und nicht mehr ausweichen konnte.

»Es ist gut, dass Sie hier sind.« In den Augen des Mannes lag etwas, was Doro unschwer als Interesse erkannte.

Sie zwang sich, nicht an Lothar zu denken, und konzentrierte sich auf den Augenblick. Das war etwas, was ein Musiker ihr beigebracht hatte, als sie siebzehn war. Denk nicht an gestern, denk nicht an morgen. Alles, was zählt, ist dieser Augenblick. *Spürst du ihn?*

Doro versuchte, den Augenblick zu spüren und den Mann, der ihr gegenübersaß. Der Mann war real, während die Erinnerungen nur in ihrem Kopf existierten. »Gibt es in Niebüll eigentlich eine Möglichkeit, tanzen zu gehen? Einen Klub, in dem Musik gespielt wird?«

Es schien die richtige Frage zu sein. Das Lächeln des Mannes wurde wärmer. »Es gibt einen Keller, in dem die Deutschen früher Bier getrunken haben. Jetzt spielen unsere Musiker dort Jazz und Swing, aber es ist nur für Armeeangehörige.«

»Dann hoffe ich doppelt, dass ich die Stelle als Übersetzerin bekomme, damit ich auch dorthin gehen darf. Ich liebe es zu tanzen!« Sie zwinkerte ihm zu.

»Sie können auch als Zivilistin in Begleitung eines Militärangehörigen gehen. Soweit ich weiß, ist das erlaubt.«

Doro schenkte ihm ein süßes Lächeln. Sie fühlte sich nicht wie einunddreißig, sondern noch einmal wie siebzehn. Keine Zukunft, keine Vergangenheit. »Für den Klub bräuchte ich jemanden, der mich einlädt, nicht wahr?«

Bevor Miller antworten konnte, kam der erste Soldat zurück. »Heute ist Ihr Glückstag«, sagte er mit so ernstem Gesicht, dass es sich nicht wie einer anfühlte. »Sie können direkt bleiben und zunächst einen deutschen und einen englischen Text probeübersetzen. Wenn das Ergebnis überzeugt, bleiben Sie zum Probediktat.«

Doro strahlte ihn an. »Das macht mich sehr glücklich, können Sie sich das vorstellen?«

Der Mann winkte ab. Er erfüllte nur seine Pflicht, sagte sein neutraler Gesichtsausdruck. Miller wirkte jetzt ebenfalls zurückhaltender. Doro hoffte, dass es trotzdem noch dazu kam, dass er sie in den Jazzklub ausführte. Noch wichtiger war ihr jedoch die Chance auf einen guten Job, mit dem sie anständiges Geld verdiente und sich nicht die Hände ruinierte.

Der Soldat brachte sie in ein winziges Zimmer, in dem ein Doppelschreibtisch stand. Das Fenster war so schmal, dass kaum Licht hereinfiel. Eine Seite des Schreibtisches schien unbelegt zu sein, auf der anderen saß ein junges Fräulein mit dunklen, streng hochgesteckten Haaren. Der Tisch vor ihr war mit Akten, einem deutsch-englischen Wörterbuch und einem Stapel Schmierblätter bedeckt. Neben ihr auf dem Boden stand eine zugedeckte Schreibmaschine. Doro schätzte das Fräulein auf maximal zwanzig.

»Das ist Miss Buth«, erklärte der Soldat auf Englisch. »Miss Buth, das hier ist Miss …«

»Bajetzky«, ergänzte Doro. »Ich weiß, der Name ist etwas schwierig auszusprechen, aber …«

»Miss Bajetzky wird hier für eine halbe Stunde arbeiten. Anschließend hole ich sie ab. Bitte sorgen Sie dafür, dass sie alle notwendigen Materialien bekommt. Ich bringe ihr gleich die zu übersetzenden Dokumente.«

»Natürlich.« Fräulein Buth hatte ein warmes Lächeln. »Machen Sie sich keine Sorgen, Private Vale.« Ich kümmere mich um Miss Bajetzky.«

Der Mann nickte ihr zu und verließ den Raum.

»Guten Tag«, grüßte Doro noch einmal. »Ich bin Doro Bajetzky, aber nenn mich doch Doro. Wie es aussieht, soll ich hier probeübersetzen.«

Die junge Frau schien sich über ihre Gesellschaft aufrichtig zu freuen. »Ich bin Lena Buth. Schön, dass du hier bist, Doro. Wenn ich den ganzen Tag in diesem Verschlag sitze, wird es auf Dauer etwas langweilig.«

»Dann hoffe ich, dass ich die Stelle bekomme. Vielleicht arbeite ich dann auch hier bei dir im Büro?«

Der Raum war klein, aber aufs Modernste ausgestattet. Direkt unter dem Fenster stand eine Schreibmaschine. An der hinteren Wand befand sich ein Schrank, daneben ein kleines Tischchen mit einem schwarzen, glänzenden Telefon darauf. Der Tisch besaß zwei Dornen, auf denen man Zettel und Erledigtes aufspießen konnte, und neben Lena stand ein Stifthalter, der mit allem Notwendigen bestückt war. Neben der Schreibmaschine befanden sich ein Locher und ein Tacker. Sogar ein Radiergummi lag neben den Tackernadeln. Das flößte Doro aufrichtigen Respekt ein, weil sie ihre Radiergummis stets binnen weniger Wochen verloren hatte.

Staub dagegen war nirgendwo zu sehen. Fräulein Buth achtete offenbar auf Ordnung und Sauberkeit.

Es wurde Zeit, sich der Aufgabe zuzuwenden, für die sie hier war. Doro setzte sich an den Tisch. »Arbeitest du normalerweise mit einem Wörterbuch, Lena?«

Die junge Frau nickte. »Ja. Öfter, als ich zugebe.«

Doro schmunzelte.

Lena erwiderte das Lächeln. »Ganz ehrlich, vier Jahre Englisch in der Schule reichen für diesen Kram niemals aus. Ich bin froh, dass … mein … Dass der nette Apothekenhelfer aus dem Ort dieses Wörterbuch für mich besorgen konnte. Niemand hat sich beschwert, und bei schwierigen Stellen und Behördensprache wäre ich ansonsten aufgeschmissen.«

»Fürs Probeübersetzen darf ich es wohl nicht verwenden, nehme ich an.«

Lena zuckte mit den Schultern und lächelte unschuldig. »Wenn du ein Wort nicht kennst, kannst du ja einfach beim Arbeiten Selbstgespräche führen. Vielleicht blättere ich dann zufällig in dem Buch und denke laut nach?«

Doro lachte leise. Lena gefiel ihr. »Wollen wir hoffen, dass ich es auch allein hinbekomme.«

»Viel Erfolg!« Lena kritzelte in ihrer Kladde herum und sah wieder hoch. »Woher kommst du, wenn ich fragen darf?«

Doro erzählte erneut von Berlin und ihrer Reise hierher, weil ihr dort niemand geblieben war, ohne den wahren Grund für die Abreise zu erwähnen. Weil Lena aufmerksam zuhörte, erzählte sie auch von ihrer Liebe zur Swingmusik. Gerade berichtete sie davon, wie sie es mit falscher Altersangabe zu ihrem ersten Job als Kellnerin gebracht hatte, als der Soldat zurückkehrte.

Er legte zwei Schriftstücke vor Doro auf den Tisch. Eines war ein deutschsprachiger Brief, bei dem ein kurzes Überfliegen Doro verriet, dass sich jemand über zu hohe Lebensmittelmarkenzuteilungen für Flüchtlinge zulasten der einheimischen Bevölkerung beschwerte. Das andere war eine englischsprachige Ankündigung einer Informationsveranstaltung mit dem Ziel der Stärkung der Demokratisierungsbewegung im besetzten Deutschland – zumindest, wenn Doro die Worte beim Überfliegen richtig verstand.

An einigen Stellen würde sie Lenas Wörterbuch sicher brauchen! »Kommen Sie mit diesen Texten zurecht?«, fragte der Soldat in einem Ton, der voraussetzte, dass er es erwartete.

»Natürlich.« Doro lächelte. »Das hier klingt hochinteressant.« Sie wies auf die englischsprachige Ankündigung. »Ich hole die Übersetzungen in einer Stunde ab. Sie können die Schreibmaschine nutzen, um alles ins Reine zu schreiben.«

Eine Stunde nur? Doro schluckte, doch sie setzte ein charmantes Lächeln auf, als ob sie sich über so viel Zeit freute. »Ich gebe mein Bestes.«

Er nickte, als ob das eine Selbstverständlichkeit sei, drehte sich um und schloss die Tür hinter sich.

Doro sah zu Lena. Beide kicherten unterdrückt los. »Sind die immer so stocksteif?«, fragte Doro.

»Meistens schon. Ihre Vorgesetzten achten sehr darauf, dass sie nicht zu sehr fraternisieren. Direkt nach dem Krieg hat man noch häufiger miteinander gesprochen, auch beim Mittagessen, aber … Das jetzt, das sind Leute, die aus England kommen und nie gesehen haben, wie schlimm der Krieg war. Ich fand die Soldaten netter, die noch frisch aus dem Kampf kamen.«

Doro witterte eine Geschichte, wollte aber nicht zu früh nachfragen. »Besser, ich konzentriere mich jetzt auf meine Arbeit. Darf ich mir gleich die Schreibmaschine von dir leihen?«

»Natürlich!«

Sie konzentrierte sich auf den Text, der vor ihr lag. Mündlich war es ihr stets leichtgefallen, mit Menschen aller Nationen ins Gespräch zu kommen und sie zu verstehen. Wenn die Worte nicht reichten, half man mit einem Lächeln, Händen und Füßen, bis alle lachten und die Welt in Ordnung kam. Aber beim Schreiben kam es auf Sorgfalt an. Die Details mussten auf eine Weise richtig erledigt werden, dass sie auch dann funktionierten, wenn Monate später ein völlig anderer Mensch damit arbeiten sollte. Die Vorstellung hatte für Doro nach wie vor etwas Irritierendes. Trotzdem gab sie sich große Mühe. Zweimal fragte sie Lena nach der exakten Bedeutung einer Formulierung, und Lena konnte aushelfen, ohne in ihrem Wörterbuch nachzuschlagen.

Der Soldat kam, als Doro gerade damit beschäftigt war, sorgfältig mit zehn Fingern den letzten Satz ihres Textes ins Reine zu schreiben. Sie ließ sich nicht irritieren und tippte weiter in genau dem Tempo, das ihr angemessen erschien. Schließlich zog sie das Blatt so elegant und routiniert wie eine professionelle Sekretärin aus der Maschine, zumindest hoffte sie, dass es danach aussah, und schenkte dem Soldaten ihr schönstes Lächeln.

»Ich bin so weit«, erklärte sie und reichte ihm beide Blätter. »Wie geht es jetzt weiter?«

Der Soldat gab ein brummiges Geräusch von sich, nahm die Texte und beschied ihr, hier zu warten.

Nachdem er den Raum verlassen hatte, rutschte Doro unruhig auf ihrem Stuhl hin und her. Es war ihr noch nie leichtgefallen, geduldig zu sein und die Dinge auf sich zukommen zu lassen.

Sie fragte Lena, wie es sie nach Niebüll verschlagen hatte. Ihrem Dialekt nach stammte sie aus einer Region Deutschlands, die noch viel weiter östlich als Doros schmerzlich vermisstes Berlin lag. Interessiert ließ sie sich die Geschichte von Lenas abenteuerlicher Flucht erzählen, auf der diese ihre kleine Schwester Margot wiedergefunden und während der letzten Kriegstage bis hierhergebracht hatte. Deutschland hatte kapituliert, bevor die britische Front Niebüll erreicht hatte.

»Da habt ihr noch mal Glück gehabt.« Doro erinnerte sich nur ungern an die ersten Tage der Besatzung Berlins. »Ich musste mich wochenlang in einem Kellerverschlag verstecken, weil die Soldaten auf den Straßen waren. Meine Chefin wollte mich nicht rauslassen, weil ich jung und hübsch bin, wenn du verstehst, was ich meine.«

Lena nickte, doch Doro erkannte, dass sie nicht genau wusste, wovon Doro sprach. Du meine Güte, wie konnte man alt genug sein, um als Übersetzerin für die Armee zu arbeiten, und gleichzeitig so wenig Ahnung vom Leben haben?

»Warst du schon mal richtig tanzen?«, fragte sie deswegen und fühlte sich bestätigt, als Lena nur etwas traurig darauf hinwies, dass ihr Tanzstundenball in Greifenberg während des Krieges ausgefallen war.

»Ach Mädchen, ich spreche doch nicht vom Tanzstundenball.« Doro lachte. »Bist du noch nie in einem Klub gewesen, um zu Swingmusik zu tanzen?« Lenas Augen weiteten sich, und eine feine Röte überzog ihr Gesicht. »Ich glaube, das ist kein Ort für ein unverheiratetes Fräulein«, sagte sie leise. Doro hörte die Sehnsucht in ihrer Stimme.

»Unsinn«, sagte sie deswegen beruhigend. »In Berlin bin ich tanzen gegangen, lange bevor ich volljährig war oder geheiratet hatte. Wenn eine Frau den Kopf aufrecht hält und genug Selbstbewusstsein hat, benehmen sich die Kavaliere anständig. Als Frau musst du noch nicht mal für deine Getränke bezahlen. Alles, worum du dich kümmern musst, ist die Frage, wer am besten tanzt.«

Bevor Lena antworten konnte, öffnete sich die Tür, und der Soldat kehrte zurück. »Miss Bajetzky, Ihre Übersetzungen erfüllen die Erwartungen. Bitte kommen Sie mit zum Captain für Ihr Probediktat.«

»Sehr gern.« Doro stand auf und schob den Stuhl zurück an den Tisch. »Brauche ich Papier und Stift?«

Der Soldat zögerte kurz.

Lena stand auf, holte ein Klemmbrett vom Regal, spannte zwei Blätter ein und reichte es Doro zusammen mit einem sorgfältig gespitzten Bleistift. »Besser, man ist auf alles vorbereitet«, sagte sie.

Der Soldat nickte und hielt Doro die Tür auf, damit sie vor ihm hindurchgehen konnte.

»Viel Glück«, rief Lena ihr hinterher. »Ich hoffe, man sieht sich wieder.«

Doro drehte sich um und warf Lena am Soldaten vorbei eine Kusshand zu. »Ganz bestimmt!«

# Die ersten Tanzschritte

Lena sah der quirligen Doro hinterher. Sie mochte, wie diese die kurzen blonden Haare mit zwei Klemmen festgesteckt hatte, wie sich das Kleid um Doros Taille schmiegte und vom Gürtel in Form gebracht wurde und die Kuli-Striche auf der Rückseite von Doros Waden, mit denen diese die Naht von Strümpfen vortäuschte. Sie wirkte elegant, obwohl ihr Kleid sorgsam gestopfte Löcher und Risse hatte und der Stoff abgewetzt war. Zwei Löcher direkt neben der rechten Schulter waren noch nicht geflickt, doch es schien nicht zu stören. Die Art, wie Doro den Kopf hielt, verriet alles, was es über sie zu wissen gab. Sie war keine höhere Tochter und auch keine Dame, sondern etwas viel Besseres:

Sie war Doro aus Berlin.

Einer Frau wie ihr war Lena noch nie begegnet.

Während Lena auf Doros Rückkehr wartete, konzentrierte sie sich auf die zu übersetzenden Unterlagen und zwang sich, nicht daran zu denken, was gerade im Büro des Captains passierte. Doro würde es schaffen und die Stelle bekommen, da war sie sich sicher.

Beinah sicher.

Und dann käme diese hübsche, verwegene Frau jeden Morgen ins gleiche Büro wie Lena. Sie könnten miteinander lachen, sich von ihren Familien erzählen und manchmal ein wenig über die Vorgesetzten tuscheln.

Wie neu und groß sich die Welt auf einmal anfühlte!

Als es schließlich klopfte und jemand die Tür öffnete, ohne auf das Herein zu warten, sah Lena auf und tat so, als hätte sie tatsächlich die ganze Zeit an ihrer Übersetzung gearbeitet, anstatt ins Leere zu starren und zu träumen. »Wie ist es gelaufen?«, fragte sie so beiläufig, wie sie konnte.

»Ich habe die Stelle.« Doro legte den Kopf nach hinten und schüttelte ihre Haare. »Ich kann es noch gar nicht richtig glauben. Als ich hier ankam, dachte ich, ich müsse dankbar sein, wenn ich eine Putzstelle oder so bekomme. Stattdessen darf ich im trockenen Büro sitzen und muss nichts weiter tun, als Dinge zu übersetzen und aufzuschreiben. Irgendjemand da oben meint es wirklich gut mit mir.«

Freude stieg in Lena auf. »Das ist ja großartig! Aber Vorsicht: Manchmal kann die Arbeit ganz schön anstrengend sein. Ich freue mich wirklich sehr, dass wir bald Kolleginnen sind. Wenn ich das gewusst hätte, hätte ich heute Kuchen mitgebracht.«

»Kuchen!« Doros Augen leuchteten sehnsüchtig auf. »Lena, der bloße Gedanke daran macht, dass ich vor dir auf die Knie fallen will. Weißt du, wie lange es her ist, dass ich das letzte Mal ein Stück Kuchen gegessen habe?«

»Man kommt nur noch schwer daran, da hast du recht. Aber wenn es im Pfarrhaus das nächste Mal welchen gibt, dann versuche ich, ein kleines Stück für dich auf die Seite zu legen.«

»Wenn du das tust, dann schwöre ich, dass ich dir in Zukunft den Vortritt lassen werde, wann immer wir gemeinsam tanzen gehen. Du darfst auswählen, welchen Kavalier du haben willst, und ich werde mich mit dem Rest zufriedengeben.«

Lena lachte und rieb sich die Nase. Solche Worte war sie nicht gewöhnt. Doro war tatsächlich anders als alle Menschen, mit denen sie sonst zu tun hatte. »Wenn wir irgendwann tanzen gehen, komme ich darauf zurück«, sagte sie deswegen so entspannt wie möglich, damit Doro sie nicht für eine Hinterwäldlerin hielt.

»Unbedingt.« Doro sah sich um. »Der Captain hat gesagt, du würdest mir das Büro zeigen, und ich sollte heute noch etwas bleiben und mir alles von dir erklären lassen. Eigentlich würde ich erst zum ersten Juni anfangen, aber im Moment besteht wohl dringender

Bedarf. Deswegen soll ich ab morgen einsteigen. Um die Einzelheiten kümmert sich dann die Buchhaltung.«

»Doro, das ist wunderbar, ich freue mich für dich.« Lena meinte es aufrichtig. »Also, das Büro hier ... Du siehst, wie knapp der Platz hier ist, vor allem, wenn wir uns bald an diesem Tisch gegenübersitzen werden. Aber wir werden uns sicher gut verstehen.«

Lena zeigte Doro, wo sich alles befand und worauf sie achten musste: Den Dorn an der Schreibtischkante für Notizen hatte sie kaum übersehen können. Wichtig war jedoch auch der Schrank, die Schubladen mit Papieren und leeren Aktendeckeln, das Telefon auf dem Beistelltischchen und der Zettel mit allen wichtigen Durchwahlnummern.

»Und was ist das?«, fragte Doro und zeigte auf das kleine Transistorradio auf dem Regalbrett über Lenas Kopf.

Lena lächelte. »Ein kleines Geschenk vom Burschen meines ersten vorgesetzten Offiziers, bevor sie zurück nach England gegangen sind. Er meinte, ich sei für ihn wie eine kleine Schwester.«

»Kleine Schwester, so, so.« Doro grinste. »Ich dachte, man soll sich nicht mit dem Feind verbrüdern. Vor allem, wenn er weiblich und hübsch ist.«

Lena fühlte, wie ihre Wangen warm wurden. »So war es nicht«, sagte sie verlegen.

Doro stupste sie gegen den Arm. »Erzähl schon, ich verrate auch nichts.«

Lena zögerte. Von diesem Teil ihres Lebens hatte sie niemandem erzählt, nicht einmal Margot. Doch irgendetwas an Doro kam ihr vertrauenswürdig vor. Sie musste in ihrem Leben viel mehr Dinge zwischen Männern und Frauen gesehen haben, als Lena sich vorstellen konnte. »Es war der Lieutenant«, sagte sie schließlich. »Lieutenant Harris.«

Doro riss die Augen auf und pfiff anerkennend. »Habt ihr ... Also ...«

Lena schüttelte hastig den Kopf. »Geküsst haben wir uns nie, keine Sorge. Ich weiß auch nicht, ob ich mir alles nur eingebildet habe, aber ... Manchmal, wenn wir uns angesehen haben, dann ...«

Doro nickte zustimmend.»Manchmal passiert so etwas. Hinterher tun alle so, als wäre es nie geschehen, aber die Wahrheit ist, dass man sich mit den Augen etwas versprochen hat.«

»Genau so war es«, sagte Lena scheu.

»Und wie ist es ausgegangen?«

»Ich habe einen anderen Mann gewählt«, sagte Lena leise.»Also, ich weiß nicht, ob mich der Lieutenant wirklich gewollt hätte, verstehst du? Aber dieser andere Mann ... Von hier ... Er hat seinem Schwager die Nase gebrochen, weil der mich ...« Sie stockte. Die Geschichte mit Joachim war für diesen Augenblick zu kompliziert.»Rainer ist auf jeden Fall einer von den Guten.«

»Und jetzt gehst du mit ihm?« Doro schien fasziniert.»Lebt er auch hier in Niebüll?«

Lena seufzte.»Ich glaube, für den bin ich auch nur eine kleine Schwester, genau wie für den Offiziersburschen damals.«

Doro schüttelte fachkundig den Kopf.»Wenn er seinem Schwager die Nase gebrochen hat, dann liebt er dich.«

»Und warum küsst er mich dann nie?«

»Aha.« Doro lachte.»Ich merke schon, wir werden eine Menge Dinge zu besprechen haben, wenn wir Kolleginnen sind und zusammenarbeiten. Vielleicht bist du zu verkrampft, wenn es um Rainer geht?«

»Wie meinst du das?«

»Männer mögen es, wenn eine Frau das Leben leichtnimmt und glücklich ist. Das zieht sie an wie eine Blüte die Honigbiene. Wenn du dich verkrampfst und versucht, alles richtig zu machen, dann denkt er, du bist nur ein guter Kamerad. Das ist schließlich das, was sie den Jungs an der Front beibringen: Alles richtig machen, Befehle befolgen und die Erwartungen erfüllen. Wenn du willst, dass dich ein Mann liebt, benimm dich nicht wie einer von ihnen.«

Das waren unerwartete Erkenntnisse, die Doro da verkündete.

Lena wünschte beinah, sie hätte ein Notizbuch und könne mitschreiben, um diese Großstadtweisheiten später in Ruhe Revue passieren zu lassen. Sie ahnte dunkel, dass Doro eine genauso unbezwingbare Energie entwickeln konnte wie ihr geliebter Jeep Willys aus dem Fahrzeuglager der Armee, der unbeirrbar nach vorn strebte und ihr keine Zeit ließ, all die Blumen und Felder am Straßenrand mit der gebotenen Achtsamkeit zu betrachten. Vorwärts, vorwärts!

»Und was soll ich stattdessen tun?«, fragte Lena. »Wenn ich es falsch mache, vertreibe ich ihn endgültig.«

Doro lachte. Sie schien sich in der Rolle der Lehrerin zu gefallen. »Männern gegenüber gibt es nichts Besseres, als die Dinge auf die falsche Weise anzugehen«, verkündete sie mit aufblitzenden Grübchen im Mundwinkel. »Die brauchen das. Sie wollen uns nicht verstehen, sie wollen uns lieben. Sei nicht immer so kameradschaftlich und ehrlich, Lena, sei lieber ein wenig geheimnisvoll.«

Gegen ihren Willen lachte Lena mit. »Und wie stelle ich das an?«

»Hör auf, Trübsal zu blasen und ständig so brav zu sein. Genieß dein Leben, und wenn Rainer nicht mitmachen will, dann genieß es allein.«

»Darf ich mir Notizen machen?«

Doro lachte, schüttelte den Kopf und musterte das Transistorradio. »Du darfst gleich etwas anderes. Wir schauen, ob sie ein Jazz oder Swingstück spielen, und dann bringe ich dir bei, richtig zu tanzen. Keinen Tanzstundenkram, sondern so, wie sie in den wilden Zwanzigern getanzt haben. Du wirst sehen, es gibt nichts Besseres.« Sie drehte an den Knöpfen herum, bis eine Ansagerstimme ein Stück der Dutch Swing College Band ankündigte.

»Und was wird das?« Lena blickte nervös zur Tür. »Ich glaube nicht, dass das die richtige Musik zum Arbeiten ist.«

»Aber zum Tanzen.« Doro drehte die Musik lauter. »Komm, ich zeige dir die Schritte. Am wichtigsten ist, dass du aufhörst, alles richtig machen zu wollen. Swing ist etwas, das du fühlen musst. Es muss unterhalb deines Bauchnabels kribbeln, und dann musst du dich frech fühlen. Das ist das Wichtigste. Schau, so sind die Schritte.« Sie umfasste Lenas Schultern und Taille, als ob sie der Mann wäre, und sagte die Schritte an, während der Ansager noch einige Worte über die Band erzählte.

Der Platz neben dem Schreibtisch reichte kaum aus, doch Lena hatte in der Tanzstunde ohnehin gelernt, dass kleine Schritte eleganter aussahen. Sie ließ sich von Doro führen und dachte nicht länger darüber nach, wie seltsam das alles war. Es würde schon gutgehen. Wenn tatsächlich jemand an die Tür klopfte und fragte, was sie anstellten, würde Doro das mit ihrem umwerfenden Lächeln regeln, das darauf vertraute, dass niemand ihr ernstlich böse sein konnte.

Der Song begann. Blechbläser spielten ein Intro, das verspielter und herausfordernder klang als alles, was Lena in der Tanzstunde je gehört hatte. Sie hatte im Radio manchmal Jazz- und Swingmusik gehört, aber nie versucht, dazu zu tanzen. Doros Hand an ihrer Taille forderte sie heraus, und sie versuchte, sich unterhalb ihres Bauchnabels *frech* zu fühlen, was auch immer das bedeutete.

Fast von allein wurden ihre Schritte wiegender und sinnlicher. Lena konzentrierte sich darauf, die Füße richtig zu setzen, doch Doro nahm die Hand unter Lenas Kinn und hob es an. »Beim Tanzen musst du nach oben sehen, wusstest du das nicht?«

»Warum das?«, fragte Lena und hatte das Gefühl, dass ihr Körper und ihr Sein in alle Richtungen gezerrt wurde, weil sie gleichzeitig versuchte, die ungewohnten Schritte weiterzusetzen, nach oben zu sehen und auf Doros Worte zu antworten.

»Weil die Musik direkt vom Himmel kommt.« Doro schloss die Augen und bewegte Lena in kleinen Kreisen auf dem schmalen Fleck neben dem Schreibtisch. »Sie ist das Geschenk, das uns helfen soll, alles Böse zu ertragen.«

Lena nickte und schloss ebenfalls die Augen. Doro duftete nach Seife, nach Freude und ein wenig nach Sommermoos, wenn man unter Bäumen lag und dem Spiel der Blätter in der Windbrise zusah, bis einem die Augen ganz schläfrig zu fielen.

Mit jedem Tanzschritt löste sich etwas mehr in ihr. Die Sehnsucht nach ihrer Familie schmerzte immer noch, aber unterhalb des Bauchnabels erwachte etwas Neues. Es fühlte sich tatsächlich frech an, und Lena liebte Doro für diese herrliche Beschreibung des neuen Gefühls. Das hier war eine ganz andere Art des Erwachsenwerdens. Man musste keine Verantwortung mehr tragen und durfte die Härte des ständigen Arbeitens von sich abfallen lassen. Es war nicht länger nötig, die Schultern einzuziehen und den Kopf zu senken, weil man nur ein Flüchtlingsmädchen war, denn in Doros Armen wurde sie zur Königin.

Schließlich endete das Stück, und der Sprecher kündigte die Nachrichten an. Doro trat neben das Radio und drehte es so leise, dass man es kaum noch hören konnte.

Lena öffnete die Tür des Beistelltischchens und zog eine Flasche Wasser und ein Glas heraus. Sie schenkte ein und reichte das Glas Doro, die einen Schluck nahm, bevor sie es Lena zurückgab.

»Nach so einem Tanz sollte man Schwesternschaft trinken, hm?«

Lena lächelte schüchtern und nahm das Glas. »Du bist ganz anders als alle Leute, die ich kenne.«

»Ist das ein Kompliment?«

»Auf jeden Fall.«

Doro verzog ihr Gesicht zu einer lustigen Grimasse. »Weißt du, das ist etwas, was die Menschen mir schon mein ganzes Leben erzählen. Aber nicht jeder meint es so nett wie du.«

»Das kann ich mir vorstellen.« Lena warf einen Blick zur Tür. »Wir sollten uns besser wieder an den Tisch setzen, oder? Nicht, dass jemand die Musik gehört hat und sich fragt, was wir hier für Dummheiten anstellen.«

»Du bist ein sehr vernünftiger Mensch. So jemanden brauche ich in meinem Leben.« Doro nahm den Stuhl und setzte sich Lena gegenüber. »Und du hast gesagt, du kannst auch noch Kuchen organisieren. Was für ein Glück ich habe.«

»Wo hast du so tanzen gelernt?«

»In Berlin.«

»Wenn man da so tanzt, warum bist du fortgegangen?«

Doro seufzte. »Seit die Alliierten die Hauptstadt unter sich aufge-
teilt haben, gibt es mir da zu viel Politik und zu wenig Jazz. Ich hatte
gehofft, dass es besser wird, aber ... Es ist nicht mehr so wie früher.«

»War das unter Hitler wirklich besser?«

»Nein.« Doro lachte auf. »Aber rate mal, wie alt ich bin.«

»Zweiundzwanzig«, sagte Lena aufs Geratewohl, obwohl das nicht
stimmen konnte, wenn Doro noch vor dem Krieg mit Musikern
aus Amerika getanzt haben wollte.

»Mehr als zehn Jahre daneben. Ich bin vierunddreißig, und ich
habe schon mit sechzehn gekellnert. Deswegen erinnere ich mich
noch an das Berlin vor Hitler, und ich muss dir ganz ehrlich sagen:
Er hat es ruiniert. Nichts weiter als Aufmärsche und Paraden, und
all die lustigen Transvestiten und anderen schrägen Gestalten aus
den Klubs und Kabaretts hat er in Lager sperren lassen, damit sie
sein schönes, sauberes Deutschland nicht vergiften ...«

Lena wusste nicht, was sie dazu sagen sollte. All das hatte nichts
mit der Welt zu tun, die sie kannte.

»Weißt du, was sie unter Hitler über Jazzmusik erzählt haben?«,
fragte Doro grimmig. »Dieser hysterische Schreihals, der uns allen
vorschreiben wollte, wie wir leben sollen, hatte keine Ahnung von
Musik.«

*Hysterischer Schreihals.* Die Worte klangen blasphemisch. Es
fühlte sich immer noch falsch an, so über den Führer zu sprechen,
und doch ... Man brauchte Worte wie diese. Der Führer, dieser
Mann, der Deutschland eine große Zukunft versprochen hatte, war
kein Übermensch mehr.

»Ich weiß nicht, was er gesagt hat«, sagte Lena. Im Haus ihres Vaters hatte man über vieles gesprochen, auch über Hitler und nicht
immer gut, aber Jazzmusik war nie ein Thema gewesen.

»Dann hör gut zu und schmeiß dich weg. Man muss darüber lachen, auch wenn es Menschen die Existenz gekostet hat. Die Reichs-

musikkammer in ihrer ganzen arischen Vollkommenheit hatte nämlich verfügt, dass Jazz ein entarteter, von dunkelhäutigen Menschen mit Hilfe des Weltjudentums vollführter Dressurakt ist, mit dem die Seele des deutschen Volkes vergiftet werden solle.«

»Oh.« Lena ahnte, dass die Reichsmusikkammer die dunkelhäutigen Menschen anders bezeichnet hatte. Die Worte wirkten vertrauter, als ihr lieb war.

»Das klingt ganz nach unserem großen Führer, oder?« Doro lachte spöttisch. »Wir haben ihn manchmal nachgeäfft, in den Kellern, wo es niemand hören konnte, aber eigentlich war es nicht zum Lachen.«

»Ein Dressurakt«, sagte Lena sinnend. »Ganz ehrlich, Doro, es hat sich angefühlt wie das Gegenteil davon. So, als ob das Tanzen mit dir die Nazidressur aus mir rausgespült hat. Wie oft sind wir alle in einer Reihe marschiert, nicht nur die Jungs in der Hitlerjugend, sondern auch der Bund Deutscher Mädel? Das war doch die wahre Dressur. Marschieren für die neue Zeit.«

»Und das merkst du jetzt erst?«

»Man verdrängt es so schnell.«

Sie lachten. Lena schob ihre Papiere auf dem Tisch zur Seite und tat für einen Moment so, als würde sie arbeiten. Ein wenig war sie immer noch in Sorge, dass jemand hereinkommen und sie dabei erwischen konnte, wie sie Spaß miteinander hatten.

»Kommst du nächstes Wochenende mit mir tanzen?«, fragte Doro unvermittelt. »Ich glaube, der Private vom Eingang würde mich ausführen, aber ohne eine Freundin an meiner Seite mag ich nicht gehen. Sonst denkt er noch was Falsches von mir.«

Eine Freundin. Lenas Herz wurde warm. Für einen Augenblick dachte sie an Fräulein Gerdes und die Notwendigkeit, auf ihren guten Ruf zu achten, aber …

»Ich habe nichts anzuziehen«, sagte sie. »Lassen die mich dann überhaupt rein?«

Doro lachte glücklich auf. »Wenn du so lächelst wie jetzt, ganz bestimmt.«

# Die Wahrheit

Das Schweigen am Tisch in Olsens Garten dehnte sich. Erwin hielt seine Teetasse fest. Die Stille fühlte sich beinah schmerzhaft an. Rainer suchte nach Worten, die ihm entglitten, und blickte in seine leere Teetasse. Irgendwo zwitscherten Vögel. Ein sanfter Windhauch streichelte seinen Nacken. In der Kanne war noch genug Tee für eine Tasse für jeden von ihnen, also würde das Gespräch noch eine Weile dauern.

Es war hart, sich vorzustellen, dass Erwin die Kriegsjahre in einem Lager verbracht hatte. Der Krieg war schlimm genug gewesen. Das mit den Lagern ... Das waren Juden gewesen. Und Jüdinnen. Aber niemand, mit dem Rainer seinerzeit einen Ball hin- und hergeschossen hatte.

»Jemand hat mich verpfiffen«, sagte Erwin schließlich. Die Worte hatten keinen echten Klang. Sie waren so leise und emotionslos, als hätte der Wind sie aus der Asche eines zerbombten Hauses an diesen schönen und warmen Ort getragen.

»Wie meinst du das?«, fragte Rainer vorsichtig. Er hatte das Gefühl, sich mühsam an einem Seil entlanghangeln zu müssen. Jedes Wort konnte das falsche sein, aber Schweigen war ebenfalls falsch.

Erwin kippte den Rest seines Tees hinunter, als müsse er sich einen üblen Geschmack aus dem Mund spülen. »Am Anfang war ich bei der Wehrmacht, wie du später auch.«

Ein ungutes Gefühl erfüllte Rainer. »In welcher Einheit warst du?«

»Mechanisierte Infanterie. Wir waren an der Ostsee eingesetzt, in der Nähe von Hela. Da, wo die Menschen früher Urlaub gemacht haben.«

Rainer nickte. Er spürte, dass es falsch wäre, jetzt von seiner Einheit zu erzählen, auch wenn die Bilder ihn nach wie vor verfolgten und es sicher gut täte, mit jemandem darüber zu reden. Der Frost. Der Schnee, der sich in den Augenlidern festsetzte und dort gefror, nachdem man die eigene Nase schon lange nicht mehr fühlte. Das Entsetzen, als seine Freunde und Kameraden ... Der Knall. Das Blut, das mehr Matsch war und sich überall verteilte. Erwin hatte Schlimmeres erlebt.

»Wir waren einem mittleren Schützenpanzerwagen zugeteilt«, sagte Erwin langsam, als müsse er erst in seinen Erinnerungen suchen. »Einer von denen ... Da hatte es einen Skandal gegeben. Angeblich war bei einer Übung in Mecklenburg einer davon mit seiner Besatzung im Sumpf abgesoffen, oder sie hatten den Fahrer nicht mehr rechtzeitig herausbekommen ... Niemand wusste so richtig, worum es da ging, aber man tuschelte in der Einheit. Es fühlte sich an wie ein schlechtes Omen.«

»Die Front macht abergläubisch.« Rainer erinnerte sich, wie er zu beten begonnen hatte, wenn von der feindlichen Front aus Schüsse zu hören waren. Davor und danach hatte er sich für einen aufgeklärten Menschen gehalten, aber wenn es um Leben und Tod ging, war einem plötzlich jeder Strohhalm recht.

»Die Stubenkameraden und ich ... Wir haben abends regelmäßig Skat gekloppt. Gab ja nichts anderes zu tun.«

An die Skatabende erinnerte sich Rainer ebenfalls. Manchmal mit Einsatz, meist ohne, damit der Spieß nichts zu meckern hatte. Fünf Pfennig pro Runde konnte man sich leisten, wenn es ohnehin keine Gelegenheit gab, den Sold auszugeben. Er erinnerte sich gern an den Tag, an dem er den rothaarigen Martens aus der Stube mit einem Grand ohne Buben, aber mit vier Assen und einer Zehn überboten hatte, obwohl der andere alle Buben hatte. Das Spiel hatte er gewonnen.

Ob Martens Stalingrad überlebt hatte?

Erwin verzog das Gesicht. »Ich war dumm, verstehst du? Aber ich habe den Kameraden aus der Stube vertraut. Wir haben zusammen gekämpft, also dachte ich, ich kann mich auf sie verlassen.«

Rainer nickte.

»Beim Spielen haben wir uns irgendwann über Politik unterhalten. Ich habe etwas von Engels erzählt.« Er hielt inne. »Und davon, dass der Kommunismus das Ziel hat, eine bessere Welt für alle Menschen zu erschaffen, nicht nur für die Reichen.«

»Auweia. Das klingt riskant.« Rainer hatte über diesen Philosophen von Herrn Tauber erfahren und wusste, dass es sich dabei um etwas anderes handelte als die bolschewistischen Schreckgestalten von den Propagandaplakaten, auf denen Menschen mit roten Fahnen gezeigt wurden, die durch die Straßen zogen und wahllos Menschen an Laternenmasten aufhängten. Trotzdem waren es diese Horrorbilder entfesselter Mörderbanden, die die meisten Menschen mit dem Kommunismus verbanden.

Erwin senkte den Kopf und antwortete nicht.

»Was ist passiert?«, fragte Rainer sanft.

Erwin schloss die Augen. Er schien lange mit sich zu kämpfen.

»Ein paar Tage später wurde ich zum Verhör geholt, und dann …«

»O mein Gott.«

»Der ist weit fort, wenn solche Lager gebaut werden.«

Rainer schüttelte entsetzt den Kopf.

Sie schwiegen lange. Rainer holte schließlich die beiden Bierflaschen aus seiner Tasche, löste den Verschluss mit einem Plopp und schob eine davon zu Erwin. Sie stießen an und nahmen jeder einen Schluck.

»Danach habe ich mich oft gesehnt, wenn ich im Lager war.« Erwin blickte auf die braune Flasche, als sei er verwundert, dass etwas Derartiges in einer Welt wie dieser existierte.

»Ich war nur an der Front. Wir haben uns auch nach vielen Dingen gesehnt, aber …« Rainer verstummte.

Wieder huschte ein Schatten von Erwins altem, trockenen Lächeln über sein Gesicht. »Die zumindest ist mir erspart geblieben.«

Es war nicht lustig.

Sie lachten trotzdem.

Und verstummten.

Rainer nahm noch einen Schluck. Er wusste nicht, was er sagen sollte. Natürlich hatte er von den Lagern gehört, und bei der Entnazifizierung musste man sich davon distanzieren, aber es war etwas gewesen, was zu groß und zu grausam gewesen war, um es zu verstehen. Wenn jemand einen einzelnen Menschen quälte, dann empörte man sich darüber. Der Täter schien nicht länger vertrauenswürdig, man tuschelte über ihn und schloss ihn aus der Gemeinschaft aus. Das mit den Lagern dagegen ... Es war zu groß. Zu abstrakt. Im Grunde konnte man es nicht verstehen.

Irgendwie schienen alle, die er kannte, entschieden zu haben, dass es nie stattgefunden hatte. Man konnte sich etwas Derartiges schlicht und einfach nicht vorstellen. Das Gehirn setzte aus und vergaß, was es kurz zuvor gehört hatte.

Natürlich war es auch Wahnsinn, an der Front mit einem Gewehr auf einen fremden Menschen zu schießen, dessen einziges Verbrechen war, dass er eine andere Sprache sprach und für einen anderen Offizier kämpfte als man selbst. Auch dort taten hinterher alle so, als sei es normales und anständiges Verhalten gewesen. Man hatte Befehle befolgt. Jetzt war das alles vorbei. Der Krieg war genau wie die Lager etwas, was nichts mit dem alltäglichen Leben zu tun hatte und von wo aus man versuchen musste, den Weg zurück in ein normales Leben zu finden.

Rainer fragte sich plötzlich, wie es ihm gelang, jeden Sonntag mit seinem Schwager am Kaffeetisch zu sitzen. Offenbar war sein Gehirn in der Lage zu vergessen, sobald er im gleichen Raum mit Joachim Baumgärtner war.

Zugegebenermaßen fand er häufig Ausreden, warum er gerade in dieser Woche nicht konnte und zum Beispiel ein Brett in der Schuppenwand austauschen musste oder die Kisten im hintersten Dachbodenverschlag sortieren und durchgehen, ob sich dort noch etwas Wertvolles fand, aber … Im Alltag behandelte er Joachim mitunter nicht anders als andere Soldaten, die von der Front zurückgekehrt waren und das, was geschehen war, hinter sich zurücklassen wollten. Etwas, worauf diese Soldaten ein Recht hatten, nur … Joachim war keiner von ihnen.

Joachim war einer der Täter.

Und Lena hatte Rainer jede Chance genommen, diese Tat zu beweisen und dafür zu sorgen, dass ein ordentliches Gericht den Mann für das verurteilte, was er getan hatte. Stattdessen konnte Joachim jeden Tag friedlich durch seine Stadt stolzieren, im Schützenverein Skat kloppen, seine Frau küssen und beim sonntäglichen Kaffeetrinken große Reden über Untermenschen und die Arroganz der Alliierten schwingen.

Es quälte Rainer, seit er davon erfahren hatte. Lena war durch einen Zufall in den Besitz des Dienstausweises gekommen, der bewies, wo Joachim im Krieg stationiert gewesen war. Wachmann in Treblinka. Keiner der ganz großen Täter an der Spitze, aber ein Teil des Systems. Rainer wusste nicht genau, was Joachim getan hatte, aber er war ein Teil der widerlichen Maschinerie der Vernichtungslager gewesen.

Lena hatte den Dienstausweis nicht benutzt, um Joachim anzuzeigen. Schlimmer, sie hatte zugelassen, dass er vernichtet wurde. Ganz egal, wie sehr Rainer Lena mochte … Seit er davon erfahren hatte, konnte er nicht mehr unbefangen mit ihr umgehen.

Der friedliche Nachmittag fühlte sich wie eine unglaublich hässliche Lüge an. In Wahrheit schien die Sonne nicht auf seine Nase. Auch die Vögel sangen nicht, die Johannisbeeren würden keinen Ertrag bringen, die Heckenrosen dufteten nicht und auch der Duft feuchter Frühlingserde war eine Lüge.

»Woran denkst du?«, fragte Erwin.

Rainer ertappte sich dabei, dass es ihm lieber wäre, er hätte all die

Dinge über Erwins Zeit im Lager nicht erfahren. Es wäre einfacher, wenn er ein normaler Frontheimkehrer wäre, der vielleicht noch einige Zeit in einem Gefangenenlager der Alliierten abgesessen hatte, aber am Ende den Weg zurück in den Alltag gefunden hatte. Dann hätte man Mitleid haben können, ihn ein wenig von seiner Mutter umsorgen und aufpäppeln lassen, und irgendwann würde wieder Normalität einkehren.

Die Zukunft war wichtiger als die Vergangenheit. Das sagten alle. Immer wieder.

Manchmal sagten sie auch, dass unter Hitler nicht alles schlecht gewesen sei. Er hatte immerhin für Arbeitsplätze gesorgt, für Stabilität und Sicherheit und Wohlstand, all diese Dinge, an denen es jetzt fehlte. Er hatte Autobahnen und Fabriken bauen lassen. Damals hatte man noch stolz sein dürfen auf seine Nation.

»Es ist furchtbar, was du erleben musstest«, sagte Rainer schließlich.

Erwin lachte trocken und hustete. »Das klingt so, als sei das alles nur ein Unfall gewesen. Ein Schicksalsschlag, mehr nicht.«

Rainer wiegte nachdenklich den Kopf. So formuliert, klang es falsch. Er hatte jedoch das Gefühl, dass es Erwin guttat, darüber zu reden und seine Gedanken zu sortieren. »Wie würdest du es nennen?«

»Die Nazis haben auf das gespuckt, was unsere Nation hätte großmachen können. Deutschland war nämlich nicht dieser Schwachfug mit ›ein Volk, ein Reich, ein Führer‹. Wir hatten eine Demokratie, und das war etwas Gutes. Daran hätten wir festhalten sollen.« Er hustete.

Rainer nickte. »Bald soll gewählt werden, habe ich gehört.«

Es war Joachim, der ihm davon erzählt hatte. Mit einem Lächeln, das Rainer Unbehagen verursacht hatte. Irgendetwas lag in der Luft. Sein Magen verkrampfte sich, ohne dass er den Grund dafür greifen konnte.

Erwin fuhr fort, auch wenn er noch einen Moment nach Luft rang. »Die Nazis haben all das zerstört, was unser Land hätte groß machen können. Wir hätten ein Vorbild sein können, so fortschrittlich, wie wir einmal waren. Stattdessen haben wir uns aufgespielt wie der strunzdumme Muskelprotz in der Untersekunda, den alle verachten, dem sie aber trotzdem aus dem Weg gehen, damit er nicht zuschlägt. Dafür wird man uns international für den Rest unseres Lebens verachten.«

»Eine messerscharfe Analyse«, erkannte Rainer an. Es fühlte sich seltsam befreiend an, mit jemandem zu reden, der Ahnung von Politik hatte und kein Blatt vor den Mund nahm. »Nicht sehr schmeichelhaft für unsere Nation, aber ich kann dir kaum widersprechen.«

Erwin hob wieder den Mundwinkel zu diesem zynischen Ausdruck, der neu war. Vor dem Krieg hatte er das Gesicht nicht auf diese Weise verzogen. »Der Faschismus hat schlimme Verbrechen gegen andere Völker verübt, aber die schlimmsten waren die, die er gegen sein eigenes Volk verübt hat.«

»Wie meinst du das?« Rainer erinnerte sich, dass er solche Gedanken ebenfalls manchmal verfolgt hatte, doch sie waren ihm stets wieder entglitten.

Erwin schien zu überlegen. »Im Lager haben wir manchmal darüber diskutiert. Wir hatten antifaschistische Zirkel, mit denen wir versucht haben, einander zu beschützen. Im Lauf der Zeit funktioniert es etwas besser, auch wenn … Egal. Aber in diesen Gesprächen habe ich viel gelernt.«

»Wenn ich jetzt sage, das klingt wie eine gute Sache, dann ist das unglaublich hässlich, oder? Immerhin war das Lager als solches die totale … Also …«

»Ich habe viel gelernt.« Erwin musste erneut husten, aber dieses Mal war es schneller vorbei. Er nahm noch einen Schluck Bier und blickte sinnend auf den Tisch mit den leeren Teetassen. »Hitler hat der deutschen Jugend das Denken abgewöhnt. Aber vor allem hat er alle einsperren und umbringen lassen, die nicht in sein Bild von unserer Nation gepasst haben.«

Rainer nickte beklommen.

»Ich frage dich: Bin ich denn kein Deutscher? Mein einziges Verbrechen war, dass ich eine andere politische Einstellung hatte, aber ich war doch auch ein Teil dieses Volkes.«

*War*, registrierte Rainer. Erwin sprach in der Vergangenheitsform.

Rainer nickte schwach. »Über solche Dinge habt ihr in Buchenwald diskutiert?«

Erwin ließ die Schultern kreisen und bewegte den Kopf hin und her, bevor er antwortete. »Über solche Dinge. Aber auch über das internationale Proletariat, die Abschaffung des Kapitalismus und darüber, wie man nach dem Krieg eine bessere Welt bauen kann. Eine Welt, in der es keine Faschisten mehr gibt.«

Rainer ließ den Gedanken wirken. Auf seltsame Weise war er beeindruckt. Das hier klang größer und konkreter als die Dinge, über die er bisher in der Apotheke mit Herrn Tauber diskutiert hatte. Eigentlich war er gekommen, um Erwin zu helfen, nach den schrecklichen Kriegserfahrungen zurück in die Realität der neuen Zeit zu helfen, doch stattdessen wollte er mehr von Erwin lernen.

»Wie kann man eine solche Welt bauen?«

»Keine Ahnung.«

»Ich dachte, ihr habt darüber diskutiert?«

Erwin verzog das Gesicht. »In der russischen Zone wollen sie Fakten schaffen und diskutieren nicht nur. Hast du eine Vorstellung, wie das funktioniert?«

Rainer schüttelte den Kopf.

Erwin schnaubte. »Die Realität sieht anders aus als die schönen Worte, glaub mir.«

Rainer war beeindruckt. »Wirst du dabei mitmachen? Bei dieser neuen Welt?«

Es tat gut, mit Erwin über solche Dinge zu sprechen.

Erwin schüttelte den Kopf. »Meine Zeit als Politischer ist vorbei. Jetzt bin ich zu Hause. Ich möchte Zeit mit meiner Mutter verbringen und so leben, als ob das alles niemals passiert wäre.«

Rainer war seltsam enttäuscht. »Das wollen doch alle.«
»Habe ich darauf etwa weniger Recht als der Rest der Welt?«
Darauf wusste er keine Antwort.

»Hör zu, Kleiner«, sagte Erwin und klang versöhnlicher. »In der russischen Zone, da wollen sie diese neue Welt tatsächlich bauen. Ich war erst begeistert und wollte mitarbeiten, aber ... Irgendwann erzähle ich dir vielleicht von den Verhaftungen. Für eine bessere Welt braucht es bessere Menschen, aber es sind dort die gleichen wie überall. Ich habe keine Kraft mehr, verstehst du?« Er verzog das Gesicht, presste die Hand auf die Brust und unterdrückte mühsam ein trockenes Husten.

Rainer nickte. Es gefiel ihm nicht, aber er begriff auch, dass man die Last für den Aufbau der besseren Zukunft keinem Mann aufbürden durfte, der all das durchlitten hatte, was Erwin hatte ertragen müssen. Das wäre die Aufgabe für Männer wie ihn gewesen, doch war er selbst etwa besser? Er konzentrierte sich auf seine Arbeit in der Apotheke, genoss trotz der Sache mit dem Dienstausweis die Spaziergänge mit Lena und drückte sich vor der Erkenntnis, dass er sich endlich für ein Studium bewerben musste, wenn er nicht für immer als angelernter Helfer arbeiten wollte.

So gern er auch in der Apotheke arbeitete, der jetzige Zustand bedeutete, dass es nichts gab, was er Lena bieten konnte. Eine Frau wie sie verdiente, dass man ihr die Welt zu Füßen legte, und dazu war er nicht in der Lage.

Bis auf Weiteres bedeutete das, dass er sich zwar an ihrer Freundschaft erfreuen durfte, aber kein Recht auf mehr als das hatte. Ganz egal, wie bitter das schmeckte. Wenn er es nicht hinbekam, die Verantwortung für seine eigene Zukunft zu übernehmen, wie konnte er dann erwarten, dass Lena eine Familie mit ihm gründete?

Völlig unmöglich.

Trotzdem nagte die neue Erkenntnis an ihm. Erwins Existenz stellte sein Leben noch stärker in Frage als Lenas Andeutung darüber, dass er sie vielleicht küssen wollte. Was er tatsächlich wollte, aber das würde er niemals tun, solange er ihr keine gemeinsame Zukunft bieten konnte.

Wollte Erwin nach all dem Horror der Vernichtungslager tatsächlich weiterleben, als ob sich all das nie zugetragen hatte? Rainer rutschte auf seinem Stuhl hin und her, der sich plötzlich unbehaglich hart anfühlte. Hatte er nicht auf seine Weise bis eben dasselbe gewollt? Selbst jetzt dachte er an Lena und an all das, was er noch leisten musste, damit er ihr seine Gefühle gestehen und sie um eine gemeinsame Zukunft bitten durfte.

Schließlich platzte es beinah gegen seinen Willen aus ihm heraus: »Der Joachim Baumgärtner, das war einer von denen.«

Erwin schien für einen Moment in der Bewegung zu erstarren. »Wie meinst du das?«, fragte er schließlich.

»Im Lager.« Rainer hatte das Gefühl, über seine Zunge zu stolpern. Was tat er da? Solche Geheimnisse durfte man nicht ausplaudern. Was würde seine Mutter davon halten, der die Familie über alles ging?

»Ich verstehe nicht ganz.« Erwins Gesichtsausdruck wirkte auf eine Weise leer, die Rainer verriet, dass er zu begreifen begann, es aber nicht wahrhaben wollte. »Der Baumgärtner ist doch kein Kommunist oder Sozialdemokrat.«

Rainer schluckte. Was hatte er angerichtet? Er musste endlich lernen, vor dem Sprechen zu denken. »Ich hätte das nicht sagen sollen«, bekannte er lahm.

Erwin schwieg. Sein Gesicht zeigte noch immer den beängstigend leeren Ausdruck.

»Er war bei der SS, das weißt du doch«, sagte Rainer schließlich. »Totenkopf-Staffel. Und dann haben sie ihn nach Treblinka geschickt.«

»Das war eins von den Vernichtungslagern.« Erwins Stimme war neutral, als ob er einem Schachneuling den Unterschied zwischen einem Läufer und einer Dame erklärte.

Rainer nickte.

»Du willst doch nicht sagen …«

»Glaub mir, das will ich nicht. Ich will es überhaupt nicht sagen.«
Die Stille brandete zwischen Vogelzwitschern und dem sanften Wispern der Blätter lauter und lauter, bis sie ihn zu überrollen drohte. »Aber es ist die Wahrheit.« Etwas in Erwins Stimme bat Rainer, es zu leugnen und zu behaupten, dass er sich geirrt hatte.

Rainer schwieg.

Erwin leerte die Bierflasche und warf sie über die Schulter nach hinten. Es war eine untypisch achtlose Bewegung für ihn, die verriet, wie heftig sein Innenleben in Aufruhr geraten war. »Ich glaube es nicht«, erklärte er schließlich.

»Das ist okay.«

»Ich meine, wie soll er damit durchgekommen sein? Wenn die Briten davon erfahren würden ...«

»Sie wissen es aber nicht.«

»Und warum sagst du es ihnen nicht?«

Rainer schwieg. Wie sollte er die seltsame Situation erklären? Seine Mutter wusste davon, aber sie hatte entschieden, es für sich zu behalten. Sie hatte entschieden, dass Joachim der Vater ihrer Enkelkinder war und solange er weder Frau noch Kinder misshandelte, würde er das bleiben. Außerdem hatte er in den vergangenen Monaten weniger getrunken und arbeitete nun wieder in der Tischlerwerkstatt des Ortes, um anständiges Geld zu verdienen, und das machte Hoffnung für die Zukunft.

»Ich habe einen Schwur geleistet«, sagte Erwin mechanisch.

»Was für einen Schwur?«

»Dass ich nicht ruhen werde, bevor alle Naziverbrecher hingerichtet sind.«

»Wow.«

»Das haben wir alle. Also, in unserer Zelle damals.«

Rainer war beeindruckt. Erwin schien vor seinen Augen zu wachsen und verwandelte sich von einem nervösen und zerbrochenen Ex-Häftling in einen Helden. »Und willst du das tun?«

»Was?«

Rainer schluckte. Die Worte schienen nicht zu passen, wollten verschwinden und sich in Luft auflösen, doch sie quollen aus ihm hervor. »Joachim ... bestrafen?«

Das Wort *umlegen* lag in der Luft, doch es klang zu furchtbar für diesen Frühlingstag. Es gehörte nicht in diese Welt aus Garten, Familie und Heimat, sondern weit fort in den Osten an die Front.

»Kannst du es beweisen?«

»Was?«

»Dass er es getan hat. Dass er einer von denen ist.«

Rainer schüttelte den Kopf. Er fühlte sich nicht in der Lage, die seltsame und verworrene Geschichte zu erklären. »Lena hat ihm seinen Dienstausweis zurückgegeben. Ich denke, dass er den inzwischen verbrannt hat.«

»Lena steckt auch mit drin?« Erwins Lachen verwandelte sich in einen bitteren Husten, der nicht mehr zu enden schien. Rainer blieb zunächst sitzen, doch als Erwin immer mehr nach Luft rang, sprang er auf und zog dessen Schultern nach hinten. Schließlich atmete Erwin wieder ruhiger und schüttelte den Kopf. »Ich glaube, das musst du mir erzählen.«

Rainer erzählte Erwin die ganze seltsame Geschichte, die dazu geführt hatte, dass er sich von Gisela getrennt und einen ganzen Tag in britischer Gefangenschaft verbracht hatte. Auf den Faustschlag war er rückblickend besonders stolz, doch Erwin ignorierte diesen Teil der Geschichte, wie er fast alles zu ignorieren schien.

»Also hat Lena ihm den Ausweis zurückgegeben«, fasste Erwin den wichtigsten Inhalt zusammen. »Und du hast das Dokument nie selbst gesehen.«

»Das stimmt.«

»Die Geschichte könnte also frei erfunden sein.«

»Nein, das ist sie nicht.«

»Du hast deinen Schwager nie gefragt, ob es stimmt.« In Erwins Stimme lag ein kaum hörbares Bitten darum, dass Rainer die entsetzliche Wahrheit zurücknahm und der Welt ihre Ordnung zurückgab.

Rainer presste die Zähne aufeinander und schüttelte den Kopf.
»Ob er wirklich all diese Dinge getan hat oder ob das Flüchtlingsmädchen dir einen riesigen Bären aufgebunden hat.« Erwin wurde
lauter. »Die lügen nämlich, diese Flüchtlinge!«

»Lena ist keine Lügnerin!«

»Das sagen Männer immer, wenn eine Frau ihnen den Kopf verdreht.«

»Sag das noch mal, und ich ...«

»Na los, schlag mich!«

Rainer fehlten die Worte. Eine eisige Ruhe breitete sich in ihm
aus. Bis eben hätte er es für unmöglich gehalten, doch jetzt stand er
kurz davor, die Hand gegen Erwin zu erheben. Er atmete tief durch.
Wie hatte die Situation so eskalieren können?

Er beugte sich vor, schenkte Erwin die letzte Tasse Tee ein und
gab ein wenig Milch dazu. Dann schüttete er die letzten Tropfen in
seine eigene Tasse und kippte sie hinunter.

Erwin schien die Geste zu verstehen und nahm ebenfalls einen
Schluck.

»Hör mal, wenn du mir nicht glaubst, kannst du Lena selbst fragen«, sagte Rainer schließlich. »Ich habe mir das nicht ausgedacht.
Mir wäre es auch lieber, ich hätte so etwas nie gehört.«

»Bitte entschuldige den Ausbruch.« Erwin schien sich zu beruhigen. »Es ... Es ist gerade nicht leicht für mich. Ich will nicht mehr an
all diese Dinge denken, verstehst du? Ich bin aus der russischen Zone
hierhergekommen, weil ich nicht länger der Häftling aus Buchenwald sein will. Der verdammte Held, dessen Mission es für den Rest
seines Lebens sein muss, gegen die Nazis zu kämpfen.«

»Willst du das denn nicht?«

Erwin schwieg.

Rainer drängte ihn nicht.

»Ich will, dass es vorbei ist«, sagte er schließlich leise. »Ich will
weiterleben. So, als ob das Schlimme nie passiert wäre.«

Rainer wusste nicht, was er darauf erwidern sollte. Es kam ihm falsch vor, und doch … War es Erwins Aufgabe, die Nazis zu bekämpfen, mehr als es Rainers war? Rainer schwieg beklommen. Er hätte Erwin niemals davon erzählen dürfen, das begriff er jetzt, aber es war zu spät. Das Wissen hatte zu schwer auf ihm gelastet, und er hatte es teilen wollen. Doch statt Erleichterung zu finden, hatte er die Situation für alle noch schwerer gemacht.

»Rainer, das ist kein Spiel.« Erwin sah ihn eindringlich an. »Mit so etwas scherzt man nicht, und das ist auch nichts, was so ein Flüchtling aus Ostpommern erzählen darf, um sich wichtig zu machen. Wenn dein Schwager einer von denen war, dann gehört er vor ein ordentliches Gericht gestellt und erschossen. Punkt. Mehr ist da nicht zu diskutieren.«

Die Worte klangen brutal. Trotzdem spürte Rainer die Wahrheit darin. Sein ganzer Körper wurde kalt, als sich die Erkenntnis in ihm ausbreitete. Er dachte wie Erwin, begriff er. Das Wissen um Joachims Verbrechen und die versäumte Chance zur Vergeltung brannte seit mehr als einem halben Jahr in ihm. Vielleicht lag darin der wahre Grund dafür, dass er Lena nicht küssen wollte. Sie hatte ihm die Chance genommen, das Böse aus der Welt zu vertreiben und sie wieder in Ordnung zu bringen.

Durfte eine Frau einem Mann so etwas antun und erwarten, dass er es einfach akzeptierte?

»Man kann ihm nichts beweisen«, sagte er und spürte, wie die Wut sich rot in seinem Bauch zusammenballte. »Der Ausweis ist weg, verstehst du? Ich kann es nicht ändern! Und wenn es in Treblinka Unterlagen mit seinem Namen gegeben hat, dann muss er sie vernichtet haben. Sonst könnte er nicht unbehelligt hier weiterleben, ohne dass irgendwann die Militärpolizei nach ihm sucht, zumindest kann ich mir das nicht vorstellen.«

Erwin lachte höhnisch und drückte die Hand auf die Brust, um ein weiteres Husten zu unterdrücken.

»Sprich Lena nicht darauf an«, bat Rainer. »Sie hat genug durchgemacht.«

»Schon gut.« Erwin nahm die leere Teetasse und schien zu überlegen, ob er sie der Bierflasche hinterherschleudern sollte. »Ich werde euer glückliches Leben in der perfekten Welt nicht ruinieren, indem ich darauf bestehe, dass auch Menschen wie ich gehört werden. Wo kämen wir denn da hin?«

»Erwin …«

Erwin schüttelte den Kopf. »Ich habe genug Dreck gefressen. Da kommt es auf so was auch nicht mehr an.«

»So habe ich es nicht gemeint.«

»Geh bitte.«

»Erwin …«

Der andere schwieg. Er hielt die Teetasse fest und starrte ins Leere.

Rainer blieb noch eine Weile sitzen, aber schließlich stand er auf und machte sich auf den Weg. Er fühlte sich unendlich schäbig.

# Giselas Mutter

Gisela Neumann liebte ihre Mutter. Sie liebte sie tief, aufrichtig und voller Abscheu. Die Pflicht zur Liebe stand als Gebot in der Bibel, aber so etwas musste einer Tochter nicht befohlen werden. Die Liebe zur eigenen Mutter war etwas, das sich tief ins Blut brannte, ganz egal, in welcher Form die Mutter diese Liebe erwiderte. Man konnte nicht anders, man liebte und tat das, was die Mutter wollte. Ganz egal, wie weh einem das tat.

»Entschuldige bitte, Mutter«, sagte sie deswegen und senkte den Blick auf den Holzboden im Flur ihres Elternhauses. »Ich hätte so unordentlich gekleidet niemals das Haus verlassen dürfen.«

»Das will ich auch meinen.« Der strenge Blick der Mutter durchbohrte Gisela von Kopf bis Fuß.

Gisela fühlte sich wertlos und schäbig, obwohl sie die frisch geplättete Bluse erst am Morgen aus dem Schrank genommen hatte und sowohl Rock wie auch Weste sauber waren und keine Löcher aufwiesen. Ihre adretten Lederschuhe waren beim Verlassen der Wohnung sauber gewesen, auch an den kleinen Absätzen aus der Werkstatt ihres Vaters. Darauf achtete sie, seit ihr Vater sie als kleines Mädchen den Wert seiner harten Arbeit mit seinem Gürtelriemen gelehrt hatte. Inzwischen hatte sich auf Schuhen und Absätzen natürlich etwas Straßenstaub abgesetzt, doch das war normal. Gisela würde sie reinigen, sobald sie die Standpauke ihrer Mutter über sich hatte ergehen lassen.

»Ich habe nur einen kleinen Spaziergang gemacht, Mutter«, sagte sie leise.

»Wofür sollte der gut sein?«

»Leibesertüchtigung.« Ihre Zunge stolperte beinah über das verbotene Wort.

Die Mutter hob die Hand, und Gisela zuckte zusammen, doch im letzten Augenblick zog die Mutter die Hand zurück. »Du weißt, dass ich von diesem Nazi-Unsinn in meinem Haus nichts hören will.« Es ist kein Unsinn, wollte Gisela antworten. Leibesertüchtigung ist bedeutsam. Sie bedeutet, dass man die Kontrolle über sein Leben besitzt. In einer Welt, in der das Chaos die Oberhand gewinnt, ist so etwas sehr wichtig. Ein militärisch geschulter Geist in einem starken Körper ist zu allem fähig, auch bei einer Frau.

Natürlich sagte sie nichts dergleichen. Wenn sie ihrer Mutter widersprach, konnte es jederzeit passieren, dass diese zu weinen begann. Oder sie beschimpfte ihre Tochter als undankbar und wertlos. Gisela fürchtete sich vor diesen Momenten. Sie würde alles tun, um sie so lange wie möglich hinauszuzögern und sich und ihrer Mutter einen weiteren zu ersparen.

Bis vor zwei Jahren war Gisela Führerin im Bund Deutscher Mädel gewesen. Sie hatte vorgeturnt, Handarbeitsstunden angeleitet und mit den anderen Mädchen Rohstoffe wie Holz, Lumpen und Altpapier gesammelt. Diese Aufgabe hatte sie glücklich gemacht. Im Arbeitsdienst hatte sie sich in einer Bauernfamilie um kleine Kinder gekümmert und sie stundenlang im Kinderwagen spazieren gefahren. Auch dabei hatte sie ihren Körper auf diese zutiefst lebendige Art gefühlt, auch wenn ihr die Kameradschaft mit den anderen Mädchen in ihrer Gruppe fehlte. Sie liebte Kinder, und sie mochte es, jungen Mädchen Dinge für ihr künftiges Leben als Mutter und Hausfrau beizubringen.

Jetzt war sie eingesperrt. Es gab keine Rechtfertigung mehr dafür, sich der ständigen Aufsicht ihrer Mutter zu entziehen. Der Mutter, die sie mehr als alles andere liebte und vor der sie sich trotzdem fürchtete.

»Ich habe Rainer auf der Straße getroffen«, sagte Gisela leise. »Wir haben uns eine Weile unterhalten.«

»Was willst du noch von dem?« Ihre Mutter runzelte die Stirn. »Einer wie der verdient dich überhaupt nicht. Das habe ich dir von Anfang an gesagt.«

»Du warst einverstanden damit, dass er und ich heiraten.«

»Bevor er als Krüppel zurückgekommen ist.«

»Das spielt doch keine Rolle.« Gisela war den Tränen nah. »Ich hätte ihn trotzdem geliebt, Mutter, und wäre ihm eine gute Ehefrau geworden. Das weißt du!«

Eine Zeit lang hatte es eine Rolle gespielt, auch wenn Gisela die Vorstellung gern verdrängte. Als Rainer heimgekommen war, hatte der neue Ausdruck in seinem Gesicht Gisela fast noch mehr entsetzt als die Krücken, an denen er gehen musste. Er war nicht länger der charmante Junge, dessen Frechheit sie entzückt und betört hatte. Stattdessen starrte er häufig ins Leere und war ernster, als ihr lieb war. Als dummes Mädchen hatte sie sich gewünscht, dass er wieder so werden würde wie vor dem Krieg, anstatt ihn als den Mann zu akzeptieren, zu dem er geworden war. Das war ein Fehler gewesen. Damit hatte sie jede Chance darauf vertan, dass sie ihn heiraten und dem Zusammenleben mit ihrer Mutter entkommen konnte.

Zu allem Überfluss war diese unmögliche Lena Buth nach Niebüll gekommen. Sie hatte sich an Rainer herangemacht und ihn mit ihren dunklen Augen verhext. Und Rainer …

»Er will dich nicht.« Ihre Mutter schnalzte abfällig mit der Zunge. »Sei bloß froh, dass du den los bist.«

»Aber ich liebe ihn. Du hast mich doch immer …«

»Zieh die Schuhe aus und komm in die Küche. Schürze nicht vergessen, junge Frau. Es können nicht alle so faul wie du in den Tag hineinleben.«

Gisela zog die Schuhe aus, wischte mit einem Lappen darüber, damit der Staub verschwand, und wusch sich in der Küche die Hände. Dabei dachte sie an Rainer. Seine hellen Haare, seine blauen Augen … Wie sehr er ihr fehlte!

Sie setzte sich zu ihrer Mutter und fing an, Kartoffeln zu schälen.

Der Hungerwinter hatte sie gelehrt, die Schalen mehr abzukratzen als hinunterzuschneiden, damit so viel wie möglich von der Kartoffel übrigblieb. Jede Kalorie war kostbar, wenn die Menschen Monat für Monat hungerten. Trotz der Kontakte ihres Vaters nach Dänemark war die Versorgung im Schusterhaus manchmal knapper geworden, als ihr lieb war. Ihre Kleider saßen locker am Leib und wurden vom Gürtel gehalten, damit sie trotzdem adrett aussahen.

»Wenn Rainer und ich Kinder bekommen würden, wären sie blond und blauäugig.« Gisela nahm das Messer und strich es mehrfach über den Boden einer Steinguttasse, um die Klinge zu schärfen. »Das ist aus Rassekundesicht viel besser, als wenn er diese Rucksackdeutsche nimmt, bei der niemand weiß, was da für slawische Einflüsse reinspielen.«

»Wenn du eine richtige Arbeit hättest, würdest du nicht nur über Männergeschichten und Kinder reden. Habe ich dich falsch erzogen, dass du so faul bist?«

»Mutter sein ist eine richtige Arbeit«, sagte Gisela stolz. »Willst du sagen, du arbeitest nicht für deine Familie?«

Ihre Mutter warf einen abfälligen Blick auf die Kartoffeln in Giselas Schüssel. »Pass besser auf, wie du die Tuffel schälst. Da sieht man überall noch Reste von der Schale.«

»Ist doch nicht schlimm, Mutter. Hauptsache, wir werden alle satt.«

»Sag du mir nicht, was schlimm ist!«

Gisela senkte erschrocken den Blick. Etwas in der Stimme ihrer Mutter sagte ihr, dass es gleich wieder losging.

Bitte nicht, sagte die ängstliche Stimme eines kleinen Mädchens in ihrem Kopf. Bitte nicht schon wieder, ich will es nicht mehr hören, ich weiß es doch längst. Ich habe dein Leben zerstört. Ich bin nichts wert. Aber ich bin trotzdem hier, was soll ich denn machen? Was erwartest du von mir?

»Gibst du mir bitte die Tuffel?« Gisela streckte die Hand aus und biss die Zähne zusammen, um den Anschein von Normalität aufrechtzuerhalten. »Ich sehe zu, dass ich die Schale noch etwas besser abgekratzt bekomme.«

Die Mutter drückte ihr die Kartoffel in die Hand und räusperte sich. »Ich will dir erzählen, was wirklich schlimm ist.«

»Ja, Mutter.« Ein hässlicher Schmerz pochte in Giselas Schläfen und breitete sich von dort über die Wangen bis in ihren Nacken aus. Sie konzentrierte sich auf das Messer in ihrer Hand und schabte unendlich vorsichtig an der Kartoffelschale herum.

»Als ich neunzehn war, wollten sie mich zum Studium nach Hamburg schicken.« Ihre Mutter klang stolz, doch in ihrer Stimme lag etwas Kindliches, das nicht zu einer Frau in ihrem Alter passte.

Gisela kannte die Geschichte, trotzdem lächelte sie erstaunt und bewundernd in der Hoffnung, der Geschichte dieses Mal einen anderen Ausgang zu geben. »Mutter, das ist ja großartig. Da kannst du stolz drauf sein!«

Gisela wusste, dass es kein Studium an der Universität gewesen wäre. Eine Lehre als Näherin hatte ihre Mutter machen sollen, mehr nicht. Nähen war etwas, was Gisela längst beherrschte, doch sie schluckte ihren Groll mit geübter Sorgfalt hinunter. Als ob man das Nähen nicht bereits als Kind lernte, und später im Hauswirtschaftsunterricht und in der Hitlerjugend!

Im Bund Deutscher Mädel hatte Gisela regelmäßige Nähnachmittage für die Jüngeren veranstaltet, bei der sie den spöttischen Worten ihrer Mutter zum Trotz den anderen beibrachte, wie man mit Schnittmustern Babylätzchen, Babymützen und andere Dinge nähte, die eine junge Mutter benötigte. Das war schließlich die erste und wichtigste Aufgabe einer Frau! Mutter sein und sich um die eigenen Kinder kümmern. Man musste sie lieben und sie stark für das Leben machen, anstatt sie ständig zu quälen.

Was sollte im Vergleich dazu großartig daran sein, für eine Lehre als Näherin nach Hamburg geschickt zu werden?

»Das war ich.« Die Mutter ließ ihre Hände auf dem Schneidbrett liegen und sah versonnen an Gisela vorbei. »Vielleicht wäre ich eines Tages sogar Maßschneiderin geworden, für die feinen Leute von der Elbe.«

»Das klingt hübsch, Mutter.« Es gelang Gisela nicht, ihre Stimme unter Kontrolle zu halten. Sie hatte Angst und war wütend. Wütend, weil ihre Mutter immer wieder dieselbe Geschichte erzählte, und ängstlich, weil sie wusste, worauf das alles hinauslief. Ihr Bauch verknäulte sich wie im Alter von acht Jahren, als sie das alles zum ersten Mal gehört hatte.

»Red nicht so frech daher!«

»Bitte entschuldige, Mutter.«

Gisela senkte ergeben den Blick und griff nach der nächsten Kartoffel. Sie musste es über sich ergehen lassen, man konnte es nicht abkürzen. Es half, wenn sie dabei ihre Hände beschäftigt hielt und den Blick senkte, denn wenn die Mutter Giselas hilflose Wut in den Augen aufblitzen sah ...

Das war nicht gut.

Ihre Mutter erzählte von der Schönheit Hamburgs und ließ es dabei klingen, als sei die Stadt vor dem Krieg eine von Meisterarchitekten modernisierte Version des Garten Eden gewesen. Riesige Ozeandampfer, alte Herrenhäuser und Gärten, in denen es sogar Gewächshäuser mit richtigen Orangenbäumen gab ...

Gisela starrte mit bemüht ausdruckslosem Gesicht auf die Kartoffel in ihrer Hand und hörte mit aufeinandergepressten Zähnen zu, wie ihre Mutter erzählte. Von den Nachtklubs in Hamburg, die eine unverheiratete junge Frau nach Giselas Wissen ohnehin nie hätte besuchen dürfen, von den schmucken Matrosen und von den Booten auf der Elbe, auf denen sie so gern gefahren wäre. Davon, wie hübsch ihre Mutter damals war, wie schlank ihre Beine waren und welchen Glockenhut sie am liebsten getragen hatte.

Und von dem Mistkerl, der ihr auf der Kirmes Schnaps ins Bier gemischt haben musste, denn sonst hätte sie niemals ...

Hass und Abscheu verzerrten für einige Sekunden das Gesicht ihrer Mutter, und wie jedes Mal hätte Gisela am liebsten über den

Tisch gegriffen, hätte die Mutter gepackt und sie geschüttelt. Hör auf damit! Ich bin dieses Kind, von dem du redest. Wie kannst du solche Dinge in meiner Gegenwart aussprechen? Du bist meine Mutter, du solltest mich lieben.

Mama, hör auf damit!

Doch die Mutter hörte Giselas stummen Hilfeschrei nicht und sprach weiter. Wie sie eine Freundin gefragt hatte, wo man Hilfe bekommen könne, um den kleinen Unfall im Bauch loszuwerden. Wie viel das koste und wohin man dafür fahren müsse. Doch die Freundin hätte nichts gewusst oder das zumindest behauptet, die scheinheilige Betschwester ...

Auf diese Weise sei ihr Leben zerstört worden. All ihre Träume waren gescheitert. Stattdessen saß sie für immer als Hausfrau in diesem Kaff fest, ohne etwas, was sie im Leben erreicht hatte. Wenn sie einmal tot wäre, würde nichts auf dieser Welt an sie erinnern.

Giselas Messerschneide glitt immer wieder über die gleiche Kartoffelstelle, ohne zu schneiden oder etwas zu verändern. Ihr Körper verkrampfte sich, von den Zehen durch die Waden, durch den Po und den Rücken hinauf, bis in die Ohren und alle Muskeln darum. Gisela wollte aufspringen und davonlaufen, immer weiter, bis in ein großdeutsches Reich, in dem das Muttersein respektiert und wertgeschätzt wurde.

»Hast du es denn nicht wenigstens ein bisschen liebgehabt?«, fragte sie leise. Ihre Kiefermuskeln schmerzten. »Dieses Baby?«

Die Mutter hielt inne. Ihr Blick traf Giselas. Er war flatterig und hilflos. Gisela sah die Angst eines Mädchens, das jünger war als sie selbst, doch das faltige, geliebte Gesicht war das ihrer Mutter. Es passte nicht zusammen. Mitleid und Wut erfüllten sie zur gleichen Zeit. Wie sollte sie das aushalten?

Sie griff über den Tisch und nahm die Hand ihrer Mutter.

»Ich weiß nicht, was ich gefühlt habe«, sagte die Mutter leise. »Ich war so überfordert ...«

»Das muss schlimm gewesen sein«, sagte Gisela. In diesem Augenblick fühlte sie heftige Liebe für die Frau, in deren Leib sie gewachsen und ins Leben gekommen war. Und wie immer hoffte sie an dieser Stelle, dass es ihr möglich wäre, die Mutter zu trösten und ihre Vergebung zu erlangen.

Gisela selbst konnte sich kaum etwas Schöneres vorstellen, als ein eigenes Kind in den Armen zu halten. Sie verstand ihre Mutter nicht, aber das durfte sie nicht zugeben, denn dadurch wurde es noch schlimmer. Stattdessen presste sie die Hand ihrer Mutter fester und fester und hoffte, dass die andere ihre Not verstehen und sie an sich ziehen würde. So, wie andere Mütter es mit ihren Töchtern hin und wieder taten. Gisela hatte es beobachtet. Mütter taten so etwas. Andere Mütter.

»Hör auf damit!« Giselas Mutter entzog ihre Hand und schlug Gisela auf den Handrücken, als wäre sie ein freches Mädchen, das ihr gutes Kleid mit schmutzigen Fingern betatschte. »Das war ja noch nicht mal das Schlimmste.«

Gisela senkte den Blick. Sie nahm ihr Messer und zerschnitt die perfekt gerundete Kartoffel in Scheiben von der Breite eines Kinderdaumens. In ihr brodelte Zorn. Es gab kein Entkommen. Rainer hatte sich in diese fürchterliche Pommersche verliebt, und die wenigen anderen Männer, die keine Soldaten waren, hatten ebenfalls ein Mädchen. Bis ans Ende ihres Lebens würde sie hier mit ihrer Mutter am Küchentisch sitzen und sich diese Geschichte anhören müssen. Wieder und wieder.

Sie hatte das Leben ihrer Mutter zerstört, weil es nicht möglich gewesen war, sie abzutreiben.

Es gab kein Entkommen.

Gisela holte tief Luft und versuchte es trotzdem. »Wenn das alles so furchtbar war … Warum hast du das Lütte nicht zur Welt gebracht und irgendwo ausgesetzt? Oder zur Adoption freigegeben?«

»Ich wäre erledigt gewesen.« Ihre Mutter schnaubte bitter. »Die Leute hätten trotzdem Bescheid gewusst.«

»In Hamburg kannte dich niemand.«

»Und wenn ich zurück nach Hause gekommen wäre?« In ihren Augen schimmerten Tränen. »Du hast keine Ahnung, wie grausam die Menschen ...«

Gisela senkte den Blick. Ihr Kopf schmerzte, so fest presste sie die Zähne aufeinander. Rainer war fort, und damit die Chance, diesem Haus eines Tages zu entkommen. Nicht mal zur Leibesertüchtigung durfte sie jetzt noch gehen. Irgendwann würde sie ...

Sie wusste, wer schuld an ihrer Gefangenschaft war. Es war die Fremde, diese Lena Buth. Langsam und heimlich wie ein jüdisch-imperialistischer Parasit hatte sie sich in Giselas Leben geschlichen und ihr den Mann gestohlen. Jetzt gab es keine Hochzeit mehr, von der sie träumen konnte und die ihr irgendwann einen Weg aus dieser Welt eröffnen würde. Sie war allein. Es gab niemanden mehr, der ihr helfen konnte. Keinen Weg hinaus aus diesem Albtraum. Es würde immer so weitergehen, bis Giselas Kopf genauso wirr war wie der ihrer Mutter und sich ihre Gedanken ebenso im Kreis drehten.

Aber bevor dieser Tag kam, würde sie sich rächen. An Lena, dieser hässlichen Zugezogenen, die an allem schuld war.

Eine neue Idee keimte in ihr auf. *Die Leute hätten trotzdem Bescheid gewusst.* War das die Lösung – oder zumindest der nächste Schritt? Ein Baby, das zur Welt gebracht und im Stich gelassen wurde, weil man es nicht liebte und nie gewollt hatte. Daraus konnte man etwas machen ...

»Mutter, verzeih mir bitte«, sagte Gisela und senkte den Blick, um den Vortrag abzukürzen. Eigentlich müsste sie sich jetzt noch anhören, dass ihr Vater Mundgeruch hatte und auch an anderen Stellen stank, weil er sich nie wusch, und dass ihr kleiner Bruder die Mutter bei seinem Weg in die Welt fast zerrissen hatte. Lauter Dinge, die nie geschehen wären, wenn Gisela sich nicht unrechtmäßig ihren Weg in die Welt gebahnt hätte, denn dann hätte ihre Mutter nicht heiraten müssen.

»Was soll ich dir verzeihen?« Die Mutter blickte misstrauisch.

»Es tut mir leid, dass ich mich damals in dein Leben gedrängelt habe«, sagte Gisela. Sie hatte es schon oft gesagt. Die Worte durften auf keinen Fall mechanisch und auswendig gelernt wirken, sonst brach ihre Mutter aufs Neue in Tränen aus. Es musste ihr wirklich leidtun, sonst zählte es nicht.

»Ach, Giselinchen.« Die Mutter lächelte traurig.

»Das ist wirklich wahr, Mutter. Du hattest so große und schöne Pläne für dein Leben! Du wolltest in Hamburg studieren. Bestimmt wärst du eines Tages eine großartige Schneiderin geworden, wenn du nicht hättest heiraten müssen. Und schuld daran bin allein ich ...« Sie verstummte.

Ihre Mutter seufzte tief. »Das ist noch nicht mal das Schlimmste, mein Kind.«

»Nein, Mutter?« Gisela spürte, wie eine kalte Faust ihre Innereien zusammenpresste.

»Dein Vater ... Ich muss jede Nacht mit ihm im selben Bett schlafen, verstehst du? Weil sich das so gehört, ganz egal, ob ...« Sie zögerte.

Gisela zerschnitt die schmalen Kartoffelscheiben energisch in winzige Würfel.

»Er hat Mundgeruch«, brachte ihre Mutter schließlich hervor. »Manchmal wache ich nachts davon auf, dass er in meine Richtung atmet.«

»Wie furchtbar«, sagte Gisela mechanisch und gab die Würfel in den Suppentopf.

Es gab kein Entkommen. Und während sich die traurige Lebensgeschichte ihrer Mutter ein weiteres Mal zwischen ihnen entspann, schmiedete sie Rachepläne. Ein Baby. Lena Buth hatte also ein Baby zur Welt gebracht und es in Pommern zurückgelassen, weil sie nicht wollte, dass dieses Baby ihr Leben zerstörte. Das würde zu ihr passen, nicht wahr?

Wie furchtbar, würde Gisela sagen, wenn sie die Geschichte erzählte. Was ist das für eine Frau, die ihr eigenes Kind nicht lieben kann?

Beim Erzählen würde es ihr nicht schwerfallen, traurig zu blicken und aufrichtig empört zu fragen, wie eine Mutter so gegen ihr eigenes Kind handeln könnte.

Gisela lächelte bitter. In der Vorstellung lag weniger Genugtuung, als sie gehofft hatte. Doch etwas Trost war besser als keiner.

# Der Abend im Klub

Am Freitagabend rutschte Lena ungeduldig am Abendessenstisch hin und her. »Was bist du so nervös, Lena?«, fragte die inzwischen elfjährige Sigrun neugierig.

»Weil sie tanzen geht«, sagte die neunjährige Alma altklug. »Aber wir dürfen nicht mit.«

»Ich weiß nicht, warum wir das erlaubt haben«, sagte die Pfarrfrau und schüttelte den Kopf. »Lena, du bist noch minderjährig. Wie soll ich das deiner Mutter erklären, wenn sie nach Niebüll kommt?«

»Ich weiß Ihre Sorge zu schätzen«, sagte Lena, so warm sie konnte. »Aber ich versichere Ihnen, Frau Petersen, es wird ein harmloses Tanzvergnügen sein. Die Doro kommt doch mit und passt auf mich auf.«

»Bei diesen halben Ausländerinnen weiß man nie, was man von ihnen halten soll.«

Lena lächelte und reichte die knapp bemessene Butter weiter an Alma. »Sigrun, könntest du mir bitte das Salz geben? Vielen Dank. Frau Petersen, ich komme doch auch nicht von hier, haben Sie das schon vergessen?«

»Und seltsame Sitten hast du mitgebracht.«

»Der Krieg hat uns alle verändert.« Lena lächelte strahlend und unschuldig, wie Doro es in ihrer Vorstellung tun würde. »Früher ging man doch auch tanzen, hat man mir erzählt.«

»Aber nicht als junge Frau mit ausländischen Soldaten.«

»Ich gehe nicht wegen der Soldaten, sondern wegen meiner Kollegin. Es ist viel zu lange her, dass ich mit einer Gleichaltrigen gemeinsam lachen konnte und Spaß hatte.« Lena warf der Pfarrfrau einen bittenden Blick zu.

Frau Petersen lächelte plötzlich und hielt sich die Hand vor den Mund. »Es sind andere Zeiten, da hast du recht. Wir können wohl nicht mehr erwarten, dass sich die Mädchen so benehmen wie wir vor dem Krieg.«

Lena bildete sich ein, in ihren Augen versteckte Freude aufblitzen zu sehen. Hatte Frau Petersen gern getanzt, bevor sie Pfarrfrau wurde und ein Vorbild für die Gemeindefrauen darstellen musste?

»Wie habt ihr euch denn benommen, Mama?«, fragte Alma.

»Wir waren jede Minute unseres Lebens anständig«, erklärte Frau Petersen ernst. Nur ein winziges Blitzen in ihren Augen ließ erkennen, dass sie sich anschickte, ihre Tochter auf den Arm zu nehmen. »Vor älteren Menschen hatten wir grundsätzlich Respekt. Jedes Mal, wenn meine Mutter den Raum betrat, machte ich einen Knicks und fragte sie: Verehrte Frau Mutter, haben Sie einen Wunsch? Möchten Sie frisiert, massiert oder anders verwöhnt werden, oder reicht es aus, wenn ich meine Pflichten im Haushalt ohne Murren erledige? Und natürlich habe ich immer sofort abgewaschen und bin nie einfach in den Garten gerannt.«

Ihre Töchter starrten sie mit offenem Mund an. »Habt ihr das wirklich gemacht?«, fragte Sigrun mit einer Mischung aus Bewunderung und Zweifel. »Jeden Tag und nicht nur am Muttertag?«

»Früher war das wirklich so«, mischte sich Lena todernst ein. »Ich habe das von meiner Mutter auch noch so gelernt. Wenn ältere Menschen den Raum betreten, steht man auf und macht einen Knicks.«

Alma stand verlegen auf und versuchte einen Knicks vor dem voll beladenen Abendessenstisch. Alle lachten.

»Setz dich wieder hin«, mahnte Frau Petersen, doch in ihren Augen lag Wärme. »Lena, morgen früh erzählst du, wie es war. Es ist viel zu lange her, dass mein Mann und ich ...« Sie warf dem Pastor einen bedauernden Blick zu.

»Das geht nicht in meiner Position«, sagte er ruhig und blätterte die Zeitung um, um zu zeigen, dass ihn die Frauengespräche am Tisch nicht interessierten. Lena lächelte. Sie hätte nie erwartet, dass Frau Petersen ausgerechnet an diesem Abend so nett war. Vielleicht waren ihre Vorfreude und die gute Laune ansteckend. Hatte sie sich diesen Trick etwa von Doro abgeschaut?

Pünktlich um halb acht stand Doro vor der Küchentür und klopfte höflich an. Lena und Frau Petersen saßen am Tisch und stopften Löcher in der Kinderkleidung, nachdem die Pfarrfrau Lena einen alten Gürtel geliehen hatte, um die Taille des Kleides in Form zu bringen. Handarbeit helfe gegen Nervosität, hatte Frau Petersen erklärt. Lena mochte es, mit Stopfgarn genüsslich und langsam dem Fadenverlauf von Leinenstoffen zu folgen und genau dort, wo die Fäden gerissen waren, aus vielen kleinen Stichen eine Umleitung zu formen, die man anschließend miteinander verflocht, bis der Stoff beinah wie neu aussah.

Doro stellte sich vor, und nach einigen höflichen Worten verabschiedeten sie und Lena sich und machten sich auf den Weg.

»Schick siehst du aus«, kommentierte Doro zufrieden. Lena trug statt der Zöpfe einen wippenden Pferdeschwanz und hatte eine frisch gebügelte Bluse angezogen, doch bis auf den geliehenen Gürtel über dem Trägerkleid sah sie aus wie immer. Sie fühlte sich nicht hübsch genug für den Klub.

»Und dir sieht man die Berlinerin an.« Sie schenkte Doro ein verzaubertes Lächeln. »Wie elegant du ausschaust … Beinah, als wärst du aus Paris.«

»Danke, danke.« Doro strahlte.

Doro hatte ebenfalls ein einfaches Kleid an, doch sie hatte die Haare in Wellen gelegt und roten Lippenstift aufgetragen. Ein frech geknotetes Halstuch verlieh ihrem Erscheinungsbild eine besondere Note. Sie sah aus wie eine Dame von Welt. Lena hätte erwartet, dass sie sich neben ihr unscheinbar fühlte, doch irgendwie war Doro von einem angenehm warmen Feld umgeben, das auch Lena das Gefühl gab, zu leuchten.

Als sie auf den Eingang des Klubs zugingen, fühlte sich Lena nervöser als je zuvor in ihrem Leben. Der Rock schwang um ihre Waden. Für einen Moment wünschte sie sich, ihre Haare wären so kurz wie Doros und würden ebenfalls ihre Schultern umspielen, statt ihr im Zopf über den Rücken zu fallen. Doch sie rief sich Doros Lächeln ins Gedächtnis, straffte sich und tat selbstbewusst. Heute war das erste Mal, dass sie tanzen ging. Natürlich war das ein Abenteuer, aber wollte sie die Zeit damit verbringen, wie eine Mauerblume am Rand zu sitzen und schüchtern ins Leere zu starren? In ihrem Leben hatte sie schon ganz andere Herausforderungen bewältigt!

Sie war Lena Buth!

Die Privates Vale und Miller begrüßten Lena und Doro mit einem Handkuss und charmantem Lächeln. Lena spürte die Lippen des Mannes und überlegte, ob sie die Hand hastig zurückziehen sollte, doch dann nahm sie es wie Doro leicht und lachte mit einer Mischung aus Amüsement und sanfter Zurechtweisung.

Es tat wirklich gut, an diesem Abend nicht allein zu sein!

Zu viert passierten sie zwei uniformierte Soldaten als Türsteher und gingen eine Treppe nach unten, von wo bereits verlockende Klänge zu hören waren. Lenas Füße bewegten sich unwillkürlich im Takt. Von so etwas hatte sie geträumt. Viel zu lange hatte sie geglaubt, erwachsen werden bedeute vor allem Arbeit und Verantwortung. Natürlich musste sie Geld verdienen, natürlich half sie im Haushalt der Pfarrfamilie und kümmerte sich darum, dass Margot zur Schule gehen konnte. Doch war das wirklich alles im Leben?

Der schummrig ausgeleuchtete Raum roch nach Zigarettenrauch und verschwitzten Menschen, aber anders als in der Turnhallenumkleide. Lena konnte den Unterschied nicht greifen, aber es fühlte sich aufregend an. Hinter einem Tresen waren vor einem Spiegel zahlreiche Flaschen und Gläser aufgereiht, und ein dunkelhäutiger Mann war damit beschäftigt, schäumendes Bier in zwei Gläser fließen zu lassen. An fast allen Tischen saßen Soldaten, und Lena entdeckte noch andere Frauen.

Auf der Bühne spielten fünf Männer ein langsames Stück, das Lena nicht kannte. Einer stand mit einem Bass ganz außen an der Bühne, ein anderer spielte Klarinette, und ein dritter saß am Klavier. Der Mann in der Mitte vor dem Mikrofon bewegte einen Schellenkranz leicht versetzt zum Klang des Schlagzeugs im hinteren Bereich der Bühne, während er mit geschlossenen Augen dem Klarinettensolo lauschte.

Lena war beeindruckt. Das hier war anders als alles, was sie je erlebt hatte. Ohne Doro hätte sie sich entsetzlich fehl am Platz gefühlt, doch ihre neue Kollegin bewegte sich, als hätte sie ihr ganzes Leben an solchen Orten verbracht – was sie ja wohl auch getan hatte.

»Habe ich dir zu viel versprochen?« Doro lächelte Lena glückselig an. »Es gibt nichts Besseres als ein Abend in einem solchen Klub.«

Lena blickte zu Private Vale neben sich, der das Kinn stolz erhoben hielt. Er wirkte stolz darauf, dass sie an seiner Seite ging. Irgendwie schmeichelte ihr das, aber ein wenig falsch war es trotzdem. Es hätte Rainer sein müssen, der mit ihr in diesen Klub ging. Doch mit Rainer würde sie niemals tanzen können wie mit Doro an diesem herrlich verrückten ersten Tag in ihrem kleinen Büro.

Vale und Miller führten Lena und Doro an einen kleinen runden Tisch am Rand der Tanzfläche, auf der bereits einige Paare miteinander tanzten. Sie strahlten Fröhlichkeit und gute Laune aus. Alles wirkte etwas wilder und dunkler als das, was Lena aus ihrem sonstigen Leben kannte. Auf der Flucht hatte sie sich daran gewöhnt, dass die Regeln des Alltags nicht immer galten, doch damals war es eine bittere Notwendigkeit gewesen. Das hier war anders. Der freche Marsch des Basses ließ sie davon träumen, für den Rest ihres Lebens am Steuer eines Automobils über die Landstraßen ihrer Heimat zu fahren.

Fast alle Frauen im Raum waren Flüchtlinge, schien es Lena. Die Rothaarige in den Armen des südländisch aussehenden Sergeants kam aus Ostpreußen, genau wie die kurzhaarige Blondine auf der anderen Seite des Raumes. Bei den anderen Frauen war sie sich nicht sicher. Sie verbrachte eindeutig zu viel Zeit im Büro und mit Arbeit, wenn sie nicht mal wusste, woher die Frauen kamen, denen sie jeden Tag auf der Straße begegnen konnte!

»Was wollt ihr trinken?«, fragte Vale.

Sie sah fragend zu Doro.

»Wir nehmen Cognac mit Cola«, entschied diese. »Aber nicht zu stark gemixt, wir sind schließlich zum Tanzen hier und nicht für Dummheiten.«

Lena bewunderte Doro für ihre Weltgewandtheit und dafür, dass sie so fremdartige Getränke nicht nur kannte, sondern sich die Namen auch merken konnte.

»Kommt sofort.« Vale zwinkerte Lena zu und ging zum Tresen. Doros Begleiter Miller folgte ihm.

»Und?«, fragte Doro. »Wie gefällt es dir?«

Für Lenas Geschmack war der Raum etwas zu dunkel. Die Lampen befanden sich hinter lichtundurchdringlichen Schirmen und verströmten mehr die Andeutung von Helligkeit, als dass sie den Raum wirklich erhellten. Dadurch entstand eine Atmosphäre von Geborgenheit, die nicht dazu passte, dass sie mit beinah fremden Männern an einem Tisch saßen.

»Es ist anders«, entschied sie sich schließlich für einen neutralen Ausdruck. »Ich glaube, an so einem Ort war ich noch nie.«

»Menschen werden immer tanzen.« Doro lächelte versonnen. »Auch wenn die Welt untergeht, sie werden nie aufhören, Musik zu machen.«

Sie saßen am Tisch und warteten darauf, dass die Getränke gebracht wurden. Ihre Tischherren entpuppten sich als gute Unterhalter. Sie erzählten von ihrer Heimat im Süden Englands mit dem klangvollen Namen Cornwall und baten Lena und Doro, sie bei ihren Vornamen John und Mitch zu nennen. Gleichzeitig zeigten sie sich interessiert daran, was Lena und Doro sowohl aus ihrer alten

Heimat wie auch dem Leben in Niebüll aus deutscher Perspektive zu erzählen hatten. Schließlich forderte Mitch Vale Lena zum Tanzen auf. Sie legte schüchtern die Hand in seine und ließ sich führen. Das hier war anders als die Tanzstunden mit den Jungen, mit denen sie aufgewachsen war, und auch anders als das Tanzen mit Doro im Büro. Mitch duftete nach Rasierwasser, fremd und aufregend männlich. Es fühlte sich ein wenig bedrohlich an, ihn so nah an sich heranzulassen, doch er hielt beim Tanzen einen angenehmen Abstand und führte Lena im Rhythmus der Swingschritte über die Tanzfläche. Ein- oder zweimal stolperte sie, weil sie ein Signal von ihm falsch verstanden hatte, doch er führte sie souverän durch das Stolpern hindurch und in den nächsten Schritt hinein.

Wie aufregend das war! Einmal, als Lena zur kleinen Bühne mit den Musikern emporsah, zwinkerte der Bassist ihr zu. Fast hätte sie ihm zugewinkt, doch dann konzentrierte sie sich wieder auf Mitch und darauf, den ungewohnt freien und verspielten Rhythmus in den Füßen zu behalten.

Nachdem der Song zu Ende war, führte Mitch Lena zurück an den Tisch und rückte ihr den Stuhl zurecht, als sie sich setzte. Auf ihrem Platz stand inzwischen ein dunkles Getränk in einem bauchigen Glas. Mitchs Getränk war heller und erinnerte im schummrigen Licht von der Farbe an Kamillentee, auch wenn Lena fest davon ausging, dass es sich um etwas weniger Harmloses handelte.

Sie stießen an, während Doro und John auf der Tanzfläche die nächste Runde drehten, und Lena nahm ihren ersten Schluck. Wow! Das schmeckte unglaublich. Es prickelte im Mund, war süß und bitter zugleich, eine leichte Vanillenote schien ihre Zunge zu wärmen, etwas anderes erinnerte an Kirschtorte, und dazu brannte es ganz leicht … Was für eine Geschmacksexplosion das war, wenn man sich daran gewöhnt hatte, frisches Butterbrot mit Salz und etwas Schnittlauch als herrliche Mahlzeit zu genießen!

Das Getränk wärmte ihren Bauch von innen, obwohl es auf der

Zunge kalt war. Lena trank in kleinen Schlucken und freute sich daran, dass es auf Gottes Erde etwas so Herrliches gab.

Mit Mitch plauderte sie über die Kleider der Damen, die militärischen Ränge der Männer, und bald ließ sie sich erneut von ihm auf die Tanzfläche führen. Ihre Angst, etwas falsch zu machen, hatte nachgelassen und war warmer Zufriedenheit gewichen. Was konnte schöner sein, als Cognac mit Cola zu trinken, dieser herrlichen Musik zu lauschen und dazu zu tanzen?

Später hätte sie nicht sagen können, wie oft ihr Glas gegen ein neues ausgetauscht worden war. Zweimal, dreimal oder sogar ein viertes Mal? Tanzen machte durstig. Lachen und Reden auch. Als John sie zum Tanzen aufforderte, folgte sie ihm genauso bereitwillig auf die Tanzfläche wie vorher Mitch und ließ sich bei einem langsamen Stück enger an ihn heranziehen. Das hier war eine andere Welt. Es war dunkel und schummrig, geheim und verboten und zählte nicht auf die gleiche Weise wie die Regeln, die oben im Tageslicht galten. Es war nichts weiter als eine Insel, auf der man frei sein und tanzen durfte.

Lena schloss die Augen und ließ los. Ihre Füße waren marschiert, gerannt, gegangen, gewandert, und immer hatte es einen Zweck erfüllt. Immer war sie den Wünschen anderer gefolgt oder der Notwendigkeit zu überleben. Nie war es ausschließlich um sie gegangen. Jetzt fühlten ihre Füße Freude, mit jedem Schritt, mit dem sie neu über den Fußboden glitt, mit jeder Drehung, in die sie sich hineinfallen lassen konnte, mit jedem Mal, das sie zu ihrem Tanzpartner gezogen oder wieder von ihm fortgeschoben wurde. Sie war frei. Tanzen. Mehr nicht. Das war es, wofür ihre Füße erschaffen worden waren.

»Du bist wunderschön«, flüsterte Mitch ihr ins Ohr, als sie erneut von ihm über die Tanzfläche gewirbelt wurde. »Hast du eigentlich einen festen Freund?«

Lena zögerte. Die Frage gehörte nicht in diesen Tanz, fühlte sie. Sie machte den Abend erschreckend real. Außerdem wusste sie nicht, was sie antworten sollte. War Rainer ihr fester Freund? Sie war unsicher. Musste sie Mitch die ganze komplizierte Situation erklären, inklusive ihrer eigenen Verwirrtheit, weil sie nicht wusste, wie sie eine solche Frage beantworten sollte? Vor allem, weil der Cognac ihren Kopf inzwischen angenehm beduselte.

Wollte Mitch all diese Details überhaupt wissen?

Es ging ihn nichts an, entschied sie und wurde von ihm in die nächste Drehung geführt. Als sie aus der Drehung wieder in eine Position gelangte, in der sie ihn ansehen konnte, begriff sie. Die Frage war keine allgemein freundschaftliche Frage danach, wie es in ihrem Leben so aussah. Er wollte wissen, ob er sie küssen durfte.

Wie schnell so etwas gehen konnte, wenn man einer schönen Frau aus Berlin in einen Nachtklub für Militärs folgte! Ein Seitenblick verriet Lena, dass ein anderes Pärchen auf der Tanzfläche so eng aneinander geschmiegt schunkelte, dass ein Kuss im Vergleich dazu beinah anständig gewirkt hätte.

So etwas mit einem beinah fremden Soldaten? Nein. Das war nichts für sie!

»I am friends with everyone«, sagte sie entschieden und schob Mitch ein kleines bisschen von sich. »Aber nur Freunde, nicht mehr.«

Er lachte und schien ihr den Korb nicht krummzunehmen. Jetzt achtete er beim Tanzen etwas mehr auf Abstand, lächelte aber so liebevoll wie vorher auch.

»Tanz für mich, Nur-Freundin«, sagte er grinsend und schleuderte sie in die nächste Drehung. Dabei ließ er ihre Hand los. Lena hob die Arme, machte ein paar Schritte allein, drehte sich langsam im Kreis und genoss Mitchs bewundernden Blick, bevor er sie zurück zu sich holte und für den Rest des Liedes sicher über die Tanzfläche führte.

Es war wie ein Rausch. Die Nacht beschützte das, was Lena tat. Wie lang sie es vermisst hatte, glücklich zu sein! Es fühlte sich herrlich an, auf diese wilde und verspielte Art und Weise frei zu sein.

»Danke, dass du mich mitgenommen hast«, sagte sie zu Doro und drückte ihre Hand, als sie für einen Moment allein am Tisch saßen. »Gefällt dir das Nachtleben?«

Lena lächelte. »Bisher wusste ich nicht mal, dass so etwas existiert.«

# Neid und Gift

Am Mittwochmorgen stand Gisela hinter dem kleinen Tresen vorn in der Schusterei und langweilte sich. Es war noch früh am Tag. Später würde es warm werden, aber in der Früh könnte man einen herrlichen Lauf zur Leibesertüchtigung unternehmen. In ihrer Vorstellung ging sie mit festen Schritten durch die Stadt und nickte allen grüßend zu. Stattdessen stützte sie sich immer wieder mit den Ellenbogen auf den Tresen. Wenn sie sich dabei ertappte, richtete sie sich schnell auf. Eine solche Körperhaltung sah unelegant aus.

Sie seufzte und griff erneut nach dem Stickrahmen, auf dem eine Heckenrosengirlande zu blühen begann. Das Fehlen von Kundschaft im Laden war kein Grund, müßig zu sein. Eines Tages würde sie heiraten, und dann würde diese Tischdecke auf dem Wohnzimmertisch liegen und Behagen verbreiten.

Eines Tages würde sie glücklich sein.

Sie führte die Sticknadel sorgfältig durch den Stoff, wieder und wieder, und fand allmählich etwas Ruhe. Es dauerte lange, bis solche Blumen erblühten, doch wenn sie mit extremer Sorgfalt auf jedes Detail achtete, würde sie ihr ganzes Leben lang Freude daran haben. Während des Stickens fühlte es sich an, als bestünde das gesamte Bild nur aus winzigen Fäden, die sich miteinander verbanden, doch am Ende würde es Sinn ergeben.

Die Tür öffnete sich. Gisela sah auf und zog die Nadel zurück, damit sie nicht versehentlich den Faden an einer falschen Stelle durch den Stoff führte. Es war Frau Schwanhuber, deren Mann seit vier Jahren vermisst wurde.

»Moin«, grüßte Gisela.

»Moin. Ich hätte da ein paar Schuhe, die neue Riemchen am Knöchel brauchen.«

»Da können wir Ihnen sicher helfen. Mein Vater ist gerade in der Werkstatt und kümmert sich um ein paar Absätze, aber zeigen Sie mir doch mal, was Sie brauchen.«

Frau Schwanhuber holte die in ein altes Tuch eingeschlagenen Schuhe aus ihrem Korb und stellte sie auf den Tresen. Es waren *Mary Janes* in Kindergröße, flache und vorn geschlossene Sommerschuhe. Das weiße Leder war sorgfältig gepflegt, zeigte hier und da aber Abnutzungserscheinungen. Eines der Knöchelriemchen war eingerissen, so dass sich die Schuhe nicht mehr schließen ließen.

»Ich sehe schon.« Gisela lächelte. »Da ist die kleine Astrid mal wieder zu schnell gerannt, was?«

Frau Schwanhuber seufzte demonstrativ. »Es sind ihre Sonntagsschuhe. Sie trägt sie nur einmal die Woche. Man fragt sich wirklich, warum das Kind nicht achtsamer mit seinen Sachen umgeht.«

»Man fragt sich so vieles im Leben«, sagte Gisela einfühlsam. »Aber zumindest mit den Schuhen, liebe Frau Schwanhuber, da müssen Sie nicht fragen. Natürlich können wir Ihnen da helfen. Es kann sein, dass wir nicht genau den gleichen Weißton treffen, wegen der Versorgungslage, aber mein Vater wird Ihnen einen neuen Riemen zuschneiden und nähen. Möchten Sie ihn nur für die Seite, wo es eingerissen ist, oder auch für den zweiten Schuh?« Gisela drehte den noch intakten Riemen zwischen den Fingern und zeigte, wie dünn und brüchig das Leder auch dort schon an der Stelle war, wo der Schnallendorn regelmäßig saß.

Frau Schwanhuber nahm den Schuh ebenfalls in die Hand und bewegte den Riemen prüfend hin und her. Gisela sah ihr an, dass sie die zu erwartende Ausgabe gegen den Aufwand abwog, vielleicht schon in zwei Wochen erneut mit einem eingerissenen Riemen hierzustehen.

»Es sieht gepflegter aus, wenn es auf beiden Seiten gleich ist«, sagte Gisela beiläufig. »Wenn der andere Riemen in einem halben Jahr reißt, haben wir vermutlich nicht mehr den gleichen Farbton vorrätig.«

Frau Schwanhuber gab sich einen Ruck und schob beide Schuhe zu Gisela. »Sie haben ja recht, junges Fräulein. Machen wir es lieber gleich ordentlich, dann ist für alles gesorgt.«

Gisela lächelte in sich hinein. Sie mochte Verkaufsgespräche. Es fühlte sich gut an, Menschen von etwas zu überzeugen, was sie im Grunde ohnehin wollten. »Dann kümmern wir uns um alles. Wie geht es Ihrer Familie denn ansonsten? Ist da mit den Schuhen alles in Ordnung?«

Sie füllte den Auftragszettel aus und hörte zu, wie Frau Schwanhuber von Jungenstreichen und Mädchenabenteuern erzählte. »In der Schule gibt es jetzt zu viele Flüchtlinge«, sagte sie schließlich missbilligend. »Die Kinder haben schon angefangen, Wörter anders auszusprechen. Man glaubt, man sei selbst in Pommern oder anderswo im Osten.«

»Das muss anstrengend für Sie sein«, sagte Gisela mitfühlend. »Man hört zurzeit allerhand schlimme Dinge. Angeblich ist jemand in den Vorratsraum eines Großbauern eingebrochen, können Sie sich das vorstellen? Und den Kohlenkeller musste man im Winter auch abschließen. Wann hat es so was je gegeben?«

»Nicht, solange wir einen Führer hatten«, sagte Frau Schwanhuber entschieden. »Damals herrschte Ordnung.«

»Diese Fremden haben auch ganz andere Moralvorstellungen als wir.« Giselas Bauch verkrampfte sich, als sie erneut an Lena Buth dachte, die sich mit ihrem scheinheiligen Lächeln an Rainer herangeschmissen hatte.

»Davon habe ich auch gehört.« Frau Schwanhuber erzählte genüsslich die Geschichte von einer schwangeren Flüchtlingsfrau im Haus ihrer Nachbarin. »Dabei hat mir deren Sohn verraten, dass der Vater seit zwei Jahren vermisst ist. Solche Läuse hat man uns jetzt in den Pelz gesetzt!«

»Oh, da habe ich auch eine Geschichte gehört.« Die Worte kamen fast von allein zu Gisela, setzten sich in ihrem Kopf zusammen und formten sich, wie das manchmal geschah. Es waren Worte, die auf eine andere Weise wahr waren als das, was man sich normalerweise erzählte. Worte, die zeigten, was für ein Mensch die hässliche Hexe aus Pommern wirklich war. »Kennen Sie diese Lena Buth, die bei Pastors wohnt und für die Engländer arbeitet? Die Schwester einer Freundin, ich sag nicht welche, die geht mit der kleinen Schwester in eine Klasse. Und die hat mir erzählt ...« Gisela zögerte. »Nein, so etwas kann ich nicht weitererzählen, ich weiß ja gar nicht, ob es stimmt.«

»Erzählen Sie ruhig«, drängte Frau Schwanhuber. »Ich behalte es auch für mich, versprochen.«

Gisela tat, als ob sie zögerte. »Aber Sie dürfen nicht sagen, dass Sie es von mir haben, verstehen Sie? Es wurde mir im Vertrauen erzählt, und ...«

»Über meine Lippen dringt kein Wort«, erklärte Frau Schwanhuber feierlich.

Gisela wollte erneut die schöne Geschichte vom Knecht und der Milchkanne erzählen. Oder nahm sie die darüber, dass Lenas Vater in Pommern wegen Unterschlagung im Gefängnis saß?

Nein. Eine neue Geschichte wuchs in ihr heran, noch sanfter, noch subtiler und noch grausamer. Lena hatte Gisela ihre Zukunft gestohlen, genau wie Giselas Mutter das immer von Gisela behauptet hatte. Irgendwie ähnelten sich die beiden also.

»Angeblich hat die Lena Buth in Pommern ein Baby bekommen«, sagte Gisela deswegen. »Das musste geheim bleiben, aber die Schwester hat es natürlich mitbekommen.«

»Du meine Güte.« Frau Schwanhubers Augen leuchteten bei der Aussicht auf diesen Skandal. »Lässt sie sich nicht als Fräulein Buth ansprechen? Das klingt ja ...«

»Genau.« Gisela lächelte zufrieden, als sie sah, wie gut ihre Geschichte ankam. Ein wenig grummelte ihr Bauch und wollte sich gegen die frei erfundenen Worte stemmen, aber das Gefühl war nicht stark genug, um sich durchzusetzen. Das hier war nicht die erste Geschichte, die auf diese Weise den Weg in die Welt fand.

Es lag etwas seltsam Tröstliches darin, anderen Menschen zu erzählen, wie böse und falsch sich diese Lena Buth verhielt. Als Rainer die Verlobung mit Gisela aufgelöst hatte, hatten die Menschen Mitgefühl gehabt, aber es war bald wieder abgeflaut. Er und seine Mutter waren in Niebüll zu beliebt, als dass die Menschen sich gegen ihn gestellt hätten. Bis auf ein paar Trostworte hatte sich im Grunde niemand dafür interessiert, was Gisela durchgemacht hatte.

Es tat weh, die Verlassene zu sein.

Immer, wenn sie daran dachte, krampfte sich ihre Brust zusammen. Es war beinah, als säße sie erneut mit ihrer Mutter am Küchentisch und hörte ihren endlosen Vorträgen darüber zu, wie sehr Gisela ihr Leben zerstört hatte. Bis ans Ende ihres Lebens würde sie sich das anhören müssen. Es gab keinen Ausweg. Niemand würde Gisela deswegen trösten, weil es niemanden interessierte.

»Lena Buth wollte nicht, dass das Baby ihr Leben ruiniert«, erzählte Gisela deswegen und genoss die aufflammende Empörung in den Augen von Frau Schwanhuber. Es heilte etwas von dem Schmerz, den Gisela schon ihr ganzes Leben verspürte. »Angeblich hat sie sogar versucht, es wegmachen zu lassen, aber ihr Vater hat es verboten.«

»Wie fürchterlich.« Frau Schwanhuber schüttelte den Kopf. »Wie kann eine junge Frau sich nur für so etwas hergeben? Wenn man ein Kind hat, dann will man es doch lieben und bei sich haben.«

»Genau.« Gisela schluckte die Tränen hinunter. »Man versteht es nicht, oder, Frau Schwanhuber? Wie man so ein kleines Würmchen nicht lieben kann, das der Welt nichts getan hat und ganz hilflos die Ärmchen nach einem ausstreckt.«

Frau Schwanhuber machte ein missbilligendes Geräusch. »Das sind keine Menschen, diese Flüchtlinge. Ein Kind ohne Vater ist schlimm genug, auch wenn das in diesen schweren Zeiten vorkommen kann. Aber eine Mutter, die ihr Kind zurücklässt? Was für eine Frau ist das, so kalt und herzlos? So etwas kann man als normaler Mensch nicht verstehen.«

Die Worte drangen wie Honigmilch in Giselas Herz, heilten und trösteten und linderten den Schmerz, der sie ihr ganzes Leben quälte.

»Es ist unmenschlich«, sagte Gisela leise.

»Nehmen Sie es sich nicht so zu Herzen.« Frau Schwanhuber tätschelte Giselas Hand mit einer Wärme, die Gisela von ihrer eigenen Mutter nicht kannte. »Ich verstehe, dass einer jungen Frau wie Ihnen so etwas zu Herzen geht. Gott wird das kleine Würmchen schützen, er hat einen Plan für uns alle. So, und jetzt lächeln Sie wieder und denken an etwas anderes, hm?«

»Ich versuche es. Danke.« Gisela zwang sich zu einem Lächeln. Sie war erstaunt und entsetzt über die Dynamik, die ihre Geschichte entwickelt hatte. Beim Erzählen hatte sie alles vor sich gesehen, als ob es genau so geschehen wäre.

»Diese Flüchtlinge ...« Frau Schwanhuber zog die Hand zurück und schüttelte den Kopf. »Man hört ja ohnehin allerlei, aber das setzt dem noch mal die Krone auf. Wenn ich das der Hertha erzähle ...«

»Bitte, Frau Schwanhuber, erzählen Sie es nicht weiter«, bat Gisela noch einmal. »Ich möchte nicht, dass die Leute etwas Falsches denken, und ich weiß ja auch nicht, ob es tatsächlich stimmt.«

»Das lassen Sie mal meine Sorge sein.« Frau Schwanhuber lächelte resolut. »Ich wünsche Ihnen noch einen schönen Tag.«

»Auf Wiedersehen, Frau Schwanhuber!«

Die Glocke hinter der Eingangstür bimmelte, und dann war Gisela wieder allein. Die Stille vertiefte sich. Was auch immer ihr Vater in der Werkstatt tat, es war leise und verursachte keine Geräusche.

Gisela fror. So ging es ihr jedes Mal, wenn sie Geschichten über Lena Buth erzählte, doch dieses Mal ging die Kälte tiefer als sonst. Eine Träne lief ihr über die Wange. Sie galt dem Baby, das Lena in

Pommern zurückgelassen hatte. Wie konnte man ein so winziges und hilfloses Wesen nicht lieben, an sich drücken und vor allem Übel auf der Welt beschützen wollen?

Einen Moment fragte sich Gisela, ob sie allmählich den Verstand verlor. Das Baby existierte nur in ihrer Fantasie, oder nicht? Warum wollte sie dann weinen, immer weiter weinen?

# Gerüchte

In den Tagen nach dem Klubbesuch kämpfte Lena beim Aufstehen mit Muskelkater und einer neuen Art von Müdigkeit. Es war, als protestiere ihr Bauch gegen die Cola und den Cognac und das freche Gefühl unter dem Bauchnabel beim Tanzen. Außerdem schämte sie sich, weil sie sich von Mitch auf diese Weise hatte herumwirbeln lassen, ohne dabei an Rainer zu denken.

Nach der Freude des Tanzens war es hart, in ihrem Kellerverschlag unter dem vergitterten Fenster vom Schrillen des Weckers aufzuwachen. Lenas Beine erinnerten sich an die Freude des Tanzens, doch ihr Bauch sagte: Du weißt schon, was du alles getrunken hast?

Beim Aufwachen schien das Licht direkt ins Gehirn zu dringen, und das wurde auch am Folgetag nicht besser. Irgendwie waren die Strahlen der Sonne seit der Nacht im Jazzklub greller und bösartiger als sonst. Trotzdem setzte sie sich auf. Sie musste aufstehen und den Frühstückstisch decken, wenn sie keinen Ärger riskieren wollte.

Mit eiskaltem Wasser in Gesicht, auf Schläfen und Hals sowie an den Pulsstellen am Handgelenk, ging es etwas besser. Lena setzte Wasser für den Muckefuck auf, verdünnte Milch für das heiße Frühstücksgetränk der Kinder und deckte den Tisch. Als Frau Petersen die Küche betrat, war alles bereit und fertig.

Kaum vorstellbar, dass Doros Leben in Berlin immer auf diese Weise verlaufen war! Wie hatte sie das nur aufgeben können, um jetzt in Niebüll langweilige Bürotexte für die Briten zu übersetzen?

Die Welt schien sich nicht verändert zu haben. Lena musste weiterarbeiten, und die Freude des Tanzens verwandelte sich in etwas, das sich allmählich wie ein seltsamer Traum anfühlte.

In dieser Woche arbeitete sie am Samstag wieder bei Fräulein Gerdes. Die ältere Frau war zurückhaltend wie immer, doch sie grüßte Lena höflich und bat ihr sogar ein Glas Wasser an, bevor Lena in die Waschküche hinab sollte. Lena fragte sich, ob sie auch eine Woche nach der beinah durchgetanzten Nacht wirklich so erschöpft aussah, doch sie setzte sich dankbar an den Küchentisch und erkundigte sich nach Fräulein Gerdes' Mutter. Die hielt gerade einen frühen Mittagsschlaf, erklärte das Fräulein, aber es ginge ihr in Anbetracht ihres Alters nach wie vor gut.

Lena hatte das Gefühl, dass Fräulein Gerdes etwas auf dem Herzen lag, doch sie hatte keine Ahnung, wie sie das ansprechen könnte. Die ältere Frau wirkte besorgt und musterte Lena immer wieder mit einer Mischung aus Skepsis und Besorgnis.

»Welchen Beruf hat dein Vater noch mal?«, fragte sie schließlich.

»Er ist Pastor.« Lena wunderte sich. Das hatte sie Fräulein Gerdes schon am ersten Tag erzählt, als sie zum Probearbeiten gekommen war.

»Dann ist ihm bestimmt wichtig, dass sich seine Töchter anständig verhalten.«

Lena spürte ein neues Gefühl von Wut in sich aufsteigen. Es stimmte, sie brauchte das Geld aus ihren zusätzlichen Stellen, weil sie auf etwas Wichtiges sparte, doch alles im Leben hatte Grenzen. Da war sie einmal in ihrem Leben tanzen gegangen, und die Leute hatten nichts Besseres zu tun, als darüber zu tratschen und ihren Vater mit ins Spiel zu bringen?

»Natürlich ist ihm das wichtig«, sagte sie zurückhaltend.

»Und du bist dir mit seinem Beruf sicher? Manchmal kriegt man als Kind ja nicht genau mit, was der Vater jeden Tag macht, wenn er ins Büro geht.«

Lena musterte Fräulein Gerdes erstaunt. »Ich bin im Pfarrhaus von Greifenberg aufgewachsen. Mein Vater hat jeden Sonntag in der Kirche gepredigt, das konnte ich kaum übersehen. Wir hatten Vikare im Haus, und ständig stand jemand aus der Gemeinde bei uns in der Küche, um meiner Mutter von seinen oder ihren Sorgen zu erzählen.«

»Ach so, ach so.« Fräulein Gerdes schien zu sich selbst zu reden. »Dann habe ich da wohl etwas falsch verstanden.«

Lenas Unbehagen vertiefte sich. Sie musste an die Milchkanne denken, von der das Fräulein vor einigen Wochen erzählt hatte. »Was genau hat man Ihnen berichtet?«, fragte sie deswegen und betonte jedes Wort. Fräulein Gerdes war nicht der Feind, ermahnte sie sich. Wenn man hässliche Geschichten über sie erzählte, musste sie erfahren, woher sie kamen. Niemand außer Fräulein Gerdes war bisher bereit gewesen, ihr davon zu erzählen.

»Ach, es ist nichts, es ist gar nichts, es ist nur …«

»Fräulein Gerdes«, sagte Lena in bittendem Ton. »Wenn jemand komische Dinge erzählt, dann möchte ich davon erfahren. Können Sie das verstehen? Wie soll ich so etwas richtigstellen, wenn ich nicht weiß, worum es geht?«

»Da hast du wohl recht.« Fräulein Gerdes wirkte plötzlich hilflos und etwas fahrig.

Lena zwang sich, ihr Gesicht entspannt zu lassen und freundlich zu lächeln. Wenn sie jetzt zu nachdrücklich weiterfragte, würde das Fräulein verstummen, spürte sie.

»Hat er früher vielleicht einmal als Buchhalter gearbeitet? Manchmal entscheiden sich Leute ja erst für die Religion, wenn sie …«

Fräulein Gerdes schüttelte den Kopf.

Lena zögerte, doch dann gab sie sich einen Ruck. Wenn sie jetzt nicht nachfragte, würde sie nie erfahren, worum es bei dieser Geschichte ging. Sie musste sowohl die Wut wie auch die Angst unterdrücken und für Klarheit sorgen. Es ging nicht nur um sie, sondern auch um Margot. »Fräulein Gerdes, was ist es, das man über meinen Vater erzählt? Woher kommt dieses Gerücht?«

»Man erzählt sich …« Fräulein Gerdes hielt inne und sah Lena direkt in die Augen. Das, was sie dort sah, schien sie von Lenas Aufrichtigkeit zu überzeugen. »Lena, ich weiß nicht, wie dieses Gerücht entstanden ist, aber man erzählt sich, dass dein Vater nur deswegen in Pommern geblieben ist, weil er als Buchhalter Gelder unterschlagen hat und deswegen ins Gefängnis musste.«

Die Worte trafen Lena tiefer, als sie erwartet hätte. Ihr Vater. Der nicht auf ihre Briefe geantwortet hatte.

»Das hätte meine Mutter mir doch gesagt«, sagte sie und merkte, wie lahm ihre Worte klangen. Für einen Moment zweifelte sie an ihren eigenen Erinnerungen.

»Davon gehe ich auch aus.« Fräulein Gerdes lächelte schmal. »Vermutlich hat irgendjemand etwas verwechselt, und es ging um eine andere Flüchtlingsfamilie.«

»Natürlich.« Lena zwang sich zu einem Lächeln, auch wenn die Wut in ihrem Bauch brodelte. »Da hört man ja immer wieder die wildesten Geschichten.«

Fräulein Gerdes musterte sie skeptisch. Offenbar war es Lena nicht gelungen, die Ironie in ihrer Stimme ausreichend zu kaschieren.

»Sollen wir mit der Wäsche beginnen?«, fragte Lena deswegen, um abzulenken.

Sie verkniff sich die Bemerkung, dass sie nicht vorhatte, irgendeine der Damastservietten zu *unterschlagen*, ganz egal, was für wilde Geschichten man sich über ihre Familie erzählte. Dass das Treffen mit Rainer ausgerechnet an diesem Tag ausfiel, weil er mit seiner Mutter einen Ausflug machte, tat sein Übriges, um ihre Laune vollends zu ruinieren.

Der Schmerz über die hässliche Geschichte blieb, ganz egal, wie oft sich Lena vornahm, gelassen zu lächeln und darüberzustehen. Nachts lag sie wach und quälte sich mit imaginären Streitgesprächen gegen unsichtbare Gegner, die ihren schmerzlich vermissten Vater beleidigten, doch nie zeigte sich jemand, den sie zur Rede stellen konnte.

Am Montag bemerkte Doro, dass Lena nicht besonders ausgeschlafen aussähe.

Lena blickte sie an und versuchte, sich das Unbehagen nicht anmerken zu lassen. Gehörte Doro dazu? Verbarg sich hinter ihrer netten Fassade eine Gerüchteschmiedin, die Freude an der Macht hatte, die sie aus dem Verborgenen ausübte? Sie wusste nicht mehr, wem sie noch vertrauen konnte.

Schließlich gab sie sich einen Ruck. »Doro, was tut man gegen Gerüchte?«

Doro machte große Augen. »Was genau meinst du?«

Ihr Gesichtsausdruck war etwas zu unschuldig. Lena begriff, dass Doro etwas wusste. Die Erkenntnis fühlte sich an wie ein Messerstich im Bauch. »Jetzt sag nicht, du wohnst erst seit ein, zwei Wochen hier, und es ist schon bis zu deinen Ohren gelangt.«

Doro druckste herum. »Du weißt ja, dass ich in dem Dachzimmer mit ein paar anderen alleinstehenden Frauen zusammenwohne ...«

»Und die haben dir das mit meinem Vater erzählt?«

Doro schüttelte den Kopf und sah Lena mitleidig an. »Nein.«

Ihr wurde kalt. »Was erzählt man sich noch?«

Doro sah traurig aus. »Möchtest du das wirklich wissen, Lena?«

Lena schluckte. Plötzlich war sie sich nicht mehr sicher. Vielleicht war es manchmal besser, wenn man Dinge unter den Tisch fallen lassen konnte. Die Gerüchte stimmten nicht, da war sie sicher. Bei den Geschichten über ihren Vater musste eine Verwechslung vorliegen. Vielleicht gab es in Niebüll wirklich eine Flüchtlingsfamilie, deren Vater als Buchhalter etwas unterschlagen hatte, und jemand hatte es falsch verstanden und weitererzählt.

Doro hatte jedoch noch etwas anderes gehört.

»Sag es mir«, sagte Lena schließlich. »Ich will es wissen, und ich bin stark genug dafür.«

Doro legte den Kopf schief. »Ganz egal, was ich dir jetzt erzähle ... Du musst wissen, dass ich kein Wort davon glaube, ja? Ich habe gesehen, wie schüchtern du im Umgang mit den Soldaten warst.«

Schüchtern?

Doro musste eine andere Lena erlebt haben. Lena spürte immer noch, wie die Bassläufe durch ihren Körper rasten, wie sie sich in die Tanzschritte hatte hineinfallen lassen und wie der Soldat sie an sich gepresst hatte. Es hatte ihr erschreckend gut gefallen. Tagsüber verdrängte sie die Gedanken, doch das Gefühl stieg immer wieder in ihr auf. Manchmal glaubte sie, Mitchs Rasierwasser riechen zu können. Dann war es jedes Mal wie ein Schock, der unterhalb ihres Bauchnabels begann und ihren ganzen Körper in Brand zu setzen drohte. Sie verstand es nicht und wollte nicht auf diese Weise fühlen, doch das süße Feuer in ihrem Bauch sprach eine andere Sprache.

Am Sonntag war sie Rainer aus dem Weg gegangen, was nicht schwer war, weil er ihre Nähe ebenfalls nicht gesucht hatte. Das war etwas, was sie unter anderen Umständen verletzt hatte, doch dieses Mal war sie fast dankbar für seine Zurückhaltung gewesen.

»Was erzählt man sich, Doro?«

Ihre Kollegin räusperte sich. »Man erzählt sich, dass du ein uneheliches Baby in Pommern zurückgelassen hast.«

»Das ist nicht wahr.« Lena wurde schwindelig.

»Ich weiß.« Doro sah mitleidig aus. »Aber man erzählt es sich trotzdem.«

»Du liebe Güte. Und was soll ich jetzt machen?«

»Die Menschen erzählen sich immer Geschichten. Ich fürchte, dagegen kann man nichts tun.«

»Aber es ist gelogen!«

»Und wie willst du das beweisen?«

Zum ersten Mal, seit sie von den Gerüchten erfahren hatte, verspürte Lena wirkliche Angst. »Das kann ich nicht«, sagte sie leise. »Wie um alles in der Welt soll ich so etwas beweisen? Es gibt keine Möglichkeit ...« Sie zögerte. »Man kann sich aus der russischen Zone kein Geburtenregister schicken lassen, oder?«

»Vermutlich nicht.«

Sie sahen sich an, und plötzlich musste Lena lachen, so skurril erschien ihr die Situation. »Das ist doch lächerlich!«

»Gut, dass du es so siehst. Du bist stark, Lena.«

Lena nickte, doch plötzlich schossen ihr Tränen in die Augen und flossen über ihr Gesicht. Doro stand auf und nahm sie in den Arm, summte tröstend und wiegte sie hin und her, bis Lena sich wieder beruhigt hatte.

»Geht es wieder?«

»Keine Ahnung ...« Lena war immer noch fassungslos. Die Welt fühlte sich unwirklich und verdreht an.

Doro nickte mitfühlend. »Du hast eben gesagt, man erzählt sich auch etwas über deinen Vater. Darf ich fragen, was das ist? Manchmal hilft es, wenn man über die Dinge redet.«

Lenas Augen brannten erneut. »Ich habe dir erzählt, dass mein Vater in Pommern zurückgeblieben ist, oder?«

»Er ist Pastor, nicht wahr?«

Lena nickte. Er fehlte ihr entsetzlich, und es tat weh, dass die Menschen so hässliche Dinge über ihn erzählten. »Er ist zurückgeblieben, weil er im ersten großen Krieg Russisch gelernt hat. Da war er lange als Kriegsgefangener in einer Familie in Sibirien, verstehst du? Er hat im Haus und im Garten gearbeitet, Holz gehackt und solche Dinge.«

»Und deswegen ist er zurückgeblieben?«

»Er wusste ja, dass die russischen Soldaten kommen und dass fast niemand in Greifenberg Russisch kann. Meine Mutter hat mir geschrieben, dass er seine Gemeinde nicht im Stich lassen konnte. Die Menschen dort brauchen ihn.«

»Braucht seine Frau ihn nicht? Oder seine Töchter?«

Lena zog die Nase hoch. »Doch«, sagte sie leise.

Oh, wie sehr sie ihn brauchte, ihren wundervollen, klugen, warmherzigen und humorvollen Vater! Er konnte streng sein, vielleicht hätte er ihr nicht erlaubt, mit Doro tanzen zu gehen, aber ... Er hatte ihr Halt gegeben, wann immer sich das Leben bedrohlich anfühlte.

Ganz egal, wie sehr sie sich fürchtete, weil Menschen Dinge taten, die sie nicht verstand, ihr Vater hatte eine Erklärung dafür. Er nahm sich Zeit, damit Lena von selbst auf die Antworten kommen konnte, aber wenn sie wirklich nicht weiterwusste, erklärte er alles.

»Wir haben ihm Briefe geschrieben«, sagte sie leise. »Margot und ich, aber auch meine Mutter aus dem Lager in Dänemark.«

»Keine Antwort?«

Lena schüttelte zaghaft den Kopf.

»Ach du.« Doro streckte die Hand aus und nahm Lenas in ihre. »Hör mir gut zu. Die Postverbindungen zwischen den Zonen verlaufen oft etwas chaotisch. Vielleicht sind die Briefe einfach nicht durchgekommen.«

»In beide Richtungen, wenn die Adressen bekannt sind?« Lena konnte sich kaum vorstellen, dass so etwas mehr als ein Jahr nach Kriegsende immer noch geschah.

Doros Blick sagte, dass sie es ebenfalls für unwahrscheinlich hielt. »Es ist immerhin möglich«, sagte sie trotzdem. »Man darf die Hoffnung nie aufgeben.«

Lena nickte traurig.

»Weißt du, was das Schlimmste ist?«, fragte sie schließlich.

»Na?«

»Ich habe Angst, dass diese Geschichten über unseren Vater auch meiner Schwester Schwierigkeiten machen. Margot geht hier in die Schule und soll neue Freundschaften schließen, verstehst du?«

Lenas Kollegin nickte.

»So etwas habe ich noch nie erlebt, Doro.« Lena blickte hilflos auf einen Kratzer im Holz des Tisches direkt neben ihrem Stiftbecher. »Es fühlt sich schrecklich an.«

»Auf Gerüchte sollte man nie etwas geben«, tröstete Doro. »Weißt du, was man dazu bei uns in Berlin sagt?«

»Was denn?«

»Ist der Ruf erst ruiniert, lebt's sich gänzlich ungeniert.«

Gegen ihren Willen musste Lena lachen, wurde jedoch schnell

wieder ernst. »Du meinst, wir können jetzt jeden Freitag tanzen gehen, weil es eh keine Rolle mehr spielt?«

Doro lächelte. »Möchtest du das?«

Lena überlegte. »Ich will Margot nicht in Schwierigkeiten bringen.« Außerdem wollte sie nicht, dass Rainer enttäuscht war, wenn er erfuhr, dass sie mit anderen Männern tanzte. Und sie wollte sich nicht erneut in die Schusslinie bringen, sondern den hässlichen Geschichten erst mal Zeit geben, um in Vergessenheit zu geraten.

»Lass dich auf keinen Fall einschüchtern.« Doro drehte einen Radiergummi zwischen ihren langen Fingern hin und her. »Die Menschen werden immer über dich reden. Das tun sie, wenn du jung und schön bist und dich nicht an Regeln hältst.«

»Ich bin nicht schön.«

Doro lachte auf.

»Ganz ehrlich, ich möchte nicht, dass die Leute solche Dinge über mich reden.« Lena verzog hilflos das Gesicht. »Doro, wer macht so etwas? Wer denkt sich so etwas aus?«

Das Schweigen zog sich in die Länge.

»Sag mal«, sagte Doro schließlich zögernd. »Kann es sein, dass du eine Feindin hast? Eine Frau, die aus irgendeinem Grund sauer auf dich ist und sich rächen will, indem sie solche Gerüchte in Umlauf bringt?«

Lena starrte sie an. »Das kann nicht sein. So etwas würde doch niemand tun.«

»Wirklich nicht? Denk gut nach, Lena. Gibt es eine Frau, die das Gefühl hat, dass du sie gekränkt oder ihr etwas weggenommen hast?«

Lena schüttelte energisch den Kopf. »So etwas Böses würde niemand tun. Da bin ich mir absolut sicher.« Für eine Sekunde dachte sie an Margots Warnung aus der Kirche. Giselas zu freundliches Lächeln blitzte vor ihrem inneren Auge auf.

Lena wollte nicht glauben, dass ein anderer Mensch zu so etwas Grausamem fähig war. Ihr Vater war lieb und gut und verantwortungsvoll. Lena liebte ihn zu sehr, als dass sie sich vorstellen wollte, dass jemand tatsächlich auf diese Weise seinen Ruf zerstören wollte.

Und doch ... Was, wenn Doro recht hatte? Vielleicht steckte Gisela tatsächlich hinter diesen Geschichten.

Lena schüttelte erneut den Kopf. Sie war nicht bereit, sich eine solche Hinterhältigkeit vorzustellen. Kein normaler Mensch wäre dazu fähig.

Doro wiegte den Kopf. »Dann habe ich mich geirrt. Vermutlich sind da wirklich nur Geschichten über andere Flüchtlingsfrauen weitererzählt worden, und man hat sich im Namen geirrt. Dann war es ein Zufall, mehr nicht.«

Lena ballte die Hände zu Fäusten. »Was kann ich dagegen tun?«

Doro musterte sie ernst. »Du kannst nicht für den Rest deines Lebens den Kopf einziehen, verstehst du? Die Leute mögen das. Menschen haben eine große Schwäche dafür, wenn schöne und starke Frauen kleiner werden und sich unterordnen, damit man aufhört, mit dem Finger auf sie zu zeigen und zu tratschen. Aber du darfst diese Leute nicht gewinnen lassen.« In ihren blauen Augen leuchtete etwas Wildes, das Lena Angst gemacht hätte, wenn es nicht gleichzeitig wunderschön gewesen wäre.

»Hast du so was auch mal erlebt?«

Doro nickte traurig.

»Bist du deswegen aus Berlin weggegangen?«

»Das würde ja bedeuten, dass die anderen gewonnen hätten.«

»Und das würdest du niemals zulassen.«

Doro legte den Kopf schief, bevor sie eine lustige Grimasse zog. »So ernste Themen! Lena, wir sollten noch ein wenig arbeiten. Kannst du mir bitte zum dritten Mal erklären, was Bürgermeisterwahl auf Englisch heißt? Ich vergesse es immer wieder.«

Lena schob Doro das Wörterbuch hin und konzentrierte sich auf ihre Unterlagen. Es fiel ihr heute schwerer als sonst, sich zu konzentrieren, aber die Arbeit musste gemacht werden. Ohne Lohntüte würde es kein Dachzimmer mit Mutter und Schwester im Haus von Fräulein Gerdes geben.

Die bösen Gerüchte würden mit Sicherheit bald verstummen, wenn die Menschen etwas anderes fanden, worüber sie tratschen konnten.

# Dunkelheit

Als Erwin morgens um fünf immer noch nicht schlafen konnte, entschied er sich, es nicht länger zu versuchen. Schuldgefühle quälten ihn, weil er immer noch lebte. Zu viele andere waren gestorben, auf grausamste Arten, an die man nicht denken durfte, ohne den Verstand zu verlieren. Wenn er noch länger in die nächtlich blauen Schatten vor dem Fenster starrte, würde er den Verstand verlieren und zu weinen beginnen. Deswegen entschied er sich, einen Morgenspaziergang durch Niebüll zu machen. Es war an der Zeit, richtig anzukommen. Vielleicht würde ihm der Sonnenaufgang dabei helfen.

Er wollte nicht nur als Heimkehrer mit Rucksack durch die Straßen gehen, sondern als ganz normaler Bewohner seiner Stadt. *Zu Hause* war dort, wo die Luft sich richtig anfühlte und roch, wo die Straßen flach waren und die Häuser vertraut aussahen. Man konnte es nicht ersetzen oder vortäuschen.

Er wusch sich am Waschtisch mit dem bereitstehenden Wasserkrug über der Blechschüssel und zog Hose und Hemd an. Darüber der gestrickte Pullunder von seiner Mutter, dann machte er sich auf den Weg. Die Straßen waren leer, doch sie schienen von den Geistern der Menschen bevölkert, die früher hier gelebt hatten. Es waren Menschen aus Niebüll, die in seiner Vorstellung lebendiger und realer wirkten als tagsüber aus Fleisch und Blut: Kinder und Erwachsene, Frauen und Männer, freundliche und unfreundliche. Manche waren an der Front verschollen, doch die meisten waren geblieben.

Sie waren immer noch hier, doch ein Teil von ihm konnte nie mehr hierher zurückkehren. Es gab eine unsichtbare Wand, die ihn von den anderen trennte. Sie bewegten sich weiterhin in einer Welt, in die er nicht länger gehörte. Eine Welt, in der man lebte, als ob all das Grauen unmöglich wäre.

Schließlich blieb er vor der Kirche stehen, in die er als Kind so oft gegangen war. Das Gebäude wirkte bescheiden, zumindest gemessen an den Maßstäben großer Bauten in fernen Städten, aber es war heil geblieben. Keine Bomben hatten diese Kirche in Trümmer gelegt und zerstört, was über Jahrhunderte hinweg gewachsen war. Die Menschen glaubten weit länger an Gott, als sie an den Kommunismus geglaubt hatten. Es fiel Erwin schwer, sich vorzustellen, dass es irgendwo im Universum ein Wesen mit dem Namen Gott gab, das Einfluss auf das Leben von Menschen nahm, aber vielleicht ging es bei der Religion in Wahrheit nicht darum. Eine Kirche war ein Ort, an den man gehen konnte, wenn einen das Leben gebrochen hatte. Vielleicht war *Gott* bloß das Versprechen, dass das Leben immer noch einen Sinn hatte, wenn man so oft im Staub gekrochen war, dass es sich anfühlte, als ob man nie wieder den Kopf würde heben können.

Er ging durch die offene Tür ins Kircheninnere. Die Wände waren weiß gestrichen. Über dem Altar hing ein großes, goldenes Kunstwerk, das ihn wieder daran erinnerte, warum Religion so gefährlich war. Sie köderte Menschen mit einem Ausweg aus der Dunkelheit und zog ihnen das Geld aus der Tasche für ein besseres Leben im Jenseits. Damit hinderte man sie daran, für ein besseres Leben schon in dieser Welt zu kämpfen.

In Buchenwald hatten sie geschworen, nicht eher zu ruhen, als bis die letzten Nazis erschossen waren. Wenn es keinen Gott gab, wusste er nicht, wem dieser Schwur gegolten hatte, doch er hatte ihm in schweren Zeiten Kraft gegeben.

Musste er sich heute noch an diesen Schwur halten, nachdem die schweren Zeiten vorbei waren?

War es seine Pflicht, noch einmal zur Waffe zu greifen und Joachim Baumgärtner zu erschießen?

Eine bessere Welt. Erwin lachte höhnisch und spürte den Schmerz in seiner Brust, als der Husten erneut einsetzte. Hatten nicht auch die Nazis behauptet, eine solche Welt bauen zu wollen? Politik war eine widerliche Sache.

Warum willst du gehen, hatte man ihn gefragt. Du bist einer der Antifaschisten, und wir brauchen dich für die bessere Welt von morgen. Geh nicht in den Westen, sonst bist du ein Verräter.

Erwin hatte nicht ausgesprochen, was er bei diesen Worten gedacht hatte. Man hatte ihn schon einmal beschuldigt, ein Volksverräter zu sein. Die Worte waren geblieben, auch wenn sich die Etiketten geändert hatten. Das alles fühlte sich nicht mehr an wie sein Kampf.

Opfer wurden zu Tätern. Oder zu Helden auf einem Podest, obwohl sie nur überlebt hatten, wo so viele andere gestorben waren. Auf einem Podest hatte sich Erwin noch nie wohlgefühlt, und vielleicht war er am Ende vor allem vor diesem Podest in den Westen geflohen. Er hatte nicht das Zeug zum Helden und wollte der Welt nichts vorspielen. Alles, was er war, war ein gebrochener Mann.

Er hustete erneut und hasste sich für das Wimmern, das er nicht unterdrücken konnte. Irgendwann reichte die Kraft nicht mehr, um immer aufs Neue aufzustehen und weiterzukämpfen.

Was wäre, wenn er sich einfach vor den Altar legte und starb?

»Da bin ich«, sagte er leise und ging nach vorn. Der große Raum war hell und frei. Irgendetwas Gutes lag in dieser Weite, was seinem Geist Ruhe schenkte. Er setzte sich in die vorderste Bank und faltete die Hände. »Und was passiert jetzt?«

Niemand antwortete, aber das hatte er auch nicht erwartet. Das Wort Gottes war die Stimme im eigenen Kopf. Aber vielleicht konnte man in einer Kirche lernen, diese Stimme wieder zu hören. Vielleicht konnte er mehr werden als die Angst und die Scham, die Demütigung und das Wissen, dass er nie wieder vollständig werden konnte. Wenn Menschen zu allen Zeiten fähig gewesen waren, diese Stimme im eigenen Kopf zu hören, für das Wort Gottes zu halten und in Folge davon kluge Erkenntnisse zu finden, gelang das vielleicht auch ihm.

Damit er entscheiden konnte, ob er töten wollte oder nicht.

»Sie haben meinen Freund abgeholt«, sagte er leise. »Für eins der Lager ohne Wiederkehr. An dem Tag war ich dankbar, verstehst du? Dankbar, weil es ihn erwischt hat und nicht mich.«

Gott schwieg. Erwin dachte an einen Pinsel in seiner Hand, den er sorgfältig in den Farbeimer tauchte und mit dem er die fleckige Wand betupfte. Es hatte sich seltsam befreiend angefühlt, den Schmutz auf diese Weise loszuwerden und eine weiße Fläche zu erschaffen, die rein und gut war.

»Der andere Mann war ein Jude«, sagte Erwin leise. »So wie dein Sohn.«

Etwas löste sich, von dem er nicht gewusst hatte, wie entsetzlich es schmerzte.

»Jakob und ich sind uns am ersten Tag im Lager begegnet. Er war der einzige andere Intellektuelle bei uns im Block. Der Einzige, mit dem ich in der ersten Zeit reden konnte.«

Er wünschte, er könnte bis ganz nach vorn gehen und sich vor die Altarstufen knien, aber er blieb auf seiner Bank sitzen. Er war sich nicht sicher, ob es die Angst war, dass seine Beine ihn nicht tragen würden, oder die Angst, dass niemand vom Himmel herabkam, um ihn zu trösten und zu halten.

»Jakob war etwas Besonderes«, sagte er leise. »Egal, wie sehr sie uns gequält haben ... Er hat immer seinen Humor behalten.«

Das Kirchenschiff blieb still.

»Du bist wohl nicht überall«, sagte Erwin etwas spöttisch und genierte sich für das, was er soeben erzählt hatte. Ein Moment der Schwäche, den er für sich behalten würde. »Kein Wunder, das hat mein Vater mir schon als Kind beigebracht. Du existierst überhaupt nicht.«

Er glaubte, seinen Herzschlag zu spüren, doch vielleicht war das nur Einbildung. Der Raum war kalt, entsetzlich kalt. Er hätte draußen bleiben sollen, wo er sich an seine Kindheit erinnern konnte und die Zeit im Lager sich in nichts Schlimmeres verwandelte als in einen Albtraum, der bei Tageslicht verflog wie die Nachtängste eines Kindes.

Gott schwieg, und Erwin spürte, wie ihm erneut der Geruch von Tünche in die Nase stieg. Ein widerlicher Geruch. Am liebsten hätte er sich übergeben.

Er tastete nach hinten und fühlte das Gesangsbuch auf der Rückenlehne. Man hätte auch das Kommunistische Manifest dorthin legen können, dachte er mit einem Rest von Galgenhumor. Das war die Art Streich, die er als junger Mann gern gespielt hatte.

»Ich habe einen Schwur geleistet, verstehst du?« Erwin legte die Hände auf die Kirchenbank, als wäre das eine korrekte Andachtshaltung für eine neue Art des Betens. »Dass ich es nie wieder zulassen werde. Nie wieder.«

Endlich hatte Erwin das Gefühl, dass jemand ihm zuhörte. Er schluckte. Schwüre waren etwas, das mit Religion zu tun hatte. Vielleicht interessierten Gott weder die Lager noch die Politik, doch der Eid eines Mannes lockte ihn hervor.

»Scheiße!« In dem Wort lag mehr Gebet als in jedem Vaterunser, das er als Junge aufgesagt hatte. Eine Träne lief über Erwins Wange, eine warme Spur, die erst tröstete und dann immer kälter wurde. Er hatte Angst.

Es war im Verhörraum gewesen. Hässliche braune Spritzer bedeckten die Wände in diesen letzten Tagen, bevor die Amerikaner das Lager erreichten. Erwin hatte nicht darüber nachdenken wollen, woher sie stammten.

Der SS-Mann hatte ihm einen Pinsel in die Hand gedrückt und ihn aufgefordert, den kompletten Raum zu streichen. Ansonsten gäbe es kein Abendessen, und er müsste bis Mitternacht mit seinem kompletten Block Appell stehen.

Erwin schämte sich heute noch für die Sorgfalt, mit der er die Flecken übermalt hatte. Er würde gern glauben, dass er es vor allem aus Angst vor den Aufsehern getan hatte, doch die entsetzliche Wahrheit war, dass etwas zutiefst Beruhigendes darin gelegen hatte, die Spuren der Verbrechen auszulöschen und eine reinweiße Fläche zu erschaffen, auf der etwas Neues entstehen konnte.

Vielleicht etwas Besseres.

# Konfrontation

In der letzten Juniwoche erfuhr Lena, dass das Dachzimmer bei Fräulein Gerdes tatsächlich frei wurde. »Und da habe ich natürlich an dich und deine Frau Mutter und die zwei Schwestern gedacht«, sagte das ältere Fräulein. »Ich habe lange gegrübelt, wem ich es geben soll ... Die Leute reden schließlich ... Aber ich habe noch einmal mit Frau Petersen und Frau Weber gesprochen. Beide haben mich darin bestärkt, dass an den Gerüchten nichts dran ist. Bevor ich mir also noch mehr völlig Fremde ins Haus hole ...«

Lena hätte am liebsten einen Jubelschrei ausgestoßen. In diesen Zeiten eine anständige Unterkunft zu finden, war unwahrscheinlicher, als in ihrem geliebten Jeep Willys mit nur einer Tankfüllung bis Greifenberg fahren zu können. Überall drängten sich Menschen auf engstem Raum. Ganze Familien hausten in Kellerlöchern, durch deren unverglaste Gitterfenster bei starkem Wind Regen hineinlief. Menschen wurden in hastig gebaute Nissenhütten aus Wellblech gepfercht, in denen es im Winter drinnen kaum weniger kalt war als draußen, während sich das Metall unter der Sommersonne unerträglich aufheizte.

Sie drückte Fräulein Gerdes' Hand und brachte kein Wort heraus.

»Das Zimmer könnte zum ersten August bezogen werden. Würde das für euch passen?«, sagte Fräulein Gerdes.

Lena nickte. Blubberblasen stiegen in ihrem Bauch auf. Sie erzählte ungeordnet, wie dankbar sie war, wie sehr sich alle an der Pflege von Haus und Garten beteiligen würde, bis es dem älteren Fräulein zu viel wurde. »Wir müssen uns trotzdem um die Wäsche kümmern«, sagte sie mit der vertrauten norddeutschen Kühle.

Lena ließ die Hand sofort los. Sie hatte sich allmählich daran gewöhnt, dass die Menschen hier im Umgang weniger herzlich waren als in ihrer Heimat. Wenn es drauf ankam, konnte man sich trotzdem auf sie verlassen, spürte sie plötzlich. Hatte Fräulein Gerdes nicht Wort gehalten?

Sie schrieb ihrer Mutter die gute Nachricht am selben Abend, sobald sie einen Moment Zeit dafür fand, und warf den Brief am Sonntagmorgen auf dem Weg zur Kirche in den Postkasten.

In der Folgewoche wurde sie auf dem Rückweg von der Arbeit von Rainers altem Kameraden Erwin angesprochen. Sie war etwas erstaunt, weil sie mit Erwin kaum mehr als die wenigen Worte bei der Begrüßung gesprochen hatte. Außerdem hatte sie nie recht verstanden, was Rainer und diesen Mann verband, auch wenn sie mitbekommen hatte, dass Rainer ihn hin und wieder besuchte.

»Darf ich Sie zu einer Tasse Tee im Stübchen einladen?«, fragte er.

Lena warf ihm einen misstrauischen Blick zu. Sie hatte von ihrer Mutter gelernt, dass es sich nicht gehörte, sich von fremden Männern zu etwas einladen zu lassen. Andererseits war sie inzwischen noch ein weiteres Mal mit Doro in den Militärklub gegangen, wo ihre Tanzpartner ihnen genau wie beim ersten Mal die Getränke spendiert hatten. Etwas Schlimmeres als die Ermahnung von Fräulein Gerdes war nie passiert. Vielleicht war das eine von diesen alten Regeln aus der Nazizeit, die in diesen Tagen des Neubeginns keine Gültigkeit mehr hatten. Dennoch hatte Lena in der Hoffnung auf die Unterkunft im Haus des Fräuleins auf weitere Tanzabende vorerst verzichtet.

»Also gut«, sagte sie deswegen zurückhaltend. »Aber es darf nicht zu lange dauern. Ich muss zu Hause bei der Vorbereitung des Abendessens helfen.«

»Im Pfarrhaus gibt es viele Hände, Fräulein Buth. Ich muss Sie etwas fragen, was wichtiger ist.«

Bei dieser Ankündigung wurde Lena nervös. Sie versuchte, sich nichts anmerken zu lassen, und folgte Erwin in das Stübchen, wo es nachmittags Tee und abends gutbürgerliche Küche gegen Lebensmittelmarken und horrendes Geld gab. Er bestellte beiden einen Kräutertee und wartete, bis sie allein am Tisch saßen. Lenas Nervosität wuchs, während er mit diesem leeren Blick aus den hohlen Augen an ihr vorbeisah. Er sah ein wenig aus wie ein Skelett, fand sie, und etwas an ihm strahlte Düsternis aus. Das war kein Mann, in dessen Gegenwart man sich wohlfühlen und entspannen konnte. Doch wenn er ein alter Freund von Rainer war, wollte sie ihm zuhören.

»Man hat mir Dinge über Sie erzählt«, sagte Erwin schließlich, als sie beide eine Tasse mit grüngoldenem Tee vor sich stehen hatten. Er schien nach Worten zu suchen und schwieg.

Das Gefühl kam aus dem Hinterhalt und traf Lena wie eine Faust in den Magen. Sie schämte sich und musste an Fräulein Gerdes' Worte über ihren Vater denken. Jetzt also auch Erwin. Wollte er ihr mitteilen, dass sie in seinen Augen nicht gut genug für seinen Freund Rainer war?

Die Vorstellung schmerzte. Sie war doch eine nette junge Frau! Im Pfarrhaus half sie im Haushalt, sie unterstützte ihre kleine Schwester und hatte sogar eine Unterkunft für ihre Familie gefunden. Auf ihrer Arbeit gab es nichts an ihr auszusetzen, sie war fleißig und sorgfältig. Was sollte sie denn noch tun, um die Menschen davon abzuhalten, böse Dinge über sie zu erzählen? Sie war ein Flüchtling, aber dafür konnte sie nichts. Millionen von Menschen waren aus den deutschen Ostgebieten vertrieben worden und mussten im Reichsgebiet untergebracht werden. Das war doch kein Verbrechen!

»Was auch immer man Ihnen erzählt hat, ist wahrscheinlich nichts weiter als eine Lüge«, sagte sie kühl, rührte in ihrer zuckerlosen Tasse herum und nahm einen Schluck.

»Davon gehe ich auch aus, ja.« Erwin fixierte ihren Blick und schien sie in seine Totenschädelaugen hineinsaugen zu wollen.

Lena senkte den Blick, doch das unangenehme Gefühl blieb.

Erwin räusperte sich und sah ebenfalls auf den Tisch hinab. »Bitte entschuldigen Sie, dass ich Sie das fragen muss«, sagte er leise.

Ein mulmiges Gefühl beschlich Lena. Dieser Blick passte nicht zu den hässlichen Tratschgeschichten, die sie erwartet hatte. Es ging tiefer und führte an Stellen, an die Lena nicht gehen wollte. »Worum geht es denn?«, fragte sie trotzdem. Erwin war ein Mensch, und ihr Vater hatte sie gelehrt, dass es falsch war, auf Menschen in Not hinabzublicken. Suche Jesus in jedem Menschen, hatte ihr Vater gesagt. Er ist dort, wo jemand leidet.

Ihr Gegenüber litt, das war deutlich zu sehen.

»Man hat mir erzählt, dass Sie ...« Erwin stockte.

Lena ließ ihm Zeit. Mit jedem Herzschlag fühlte sie mehr, wie viel Angst er ausstrahlte. Es kostete sie all ihre Kraft, sich auf ihr Herz und die Wärme darin zu konzentrieren, statt in die Angst hineingesogen zu werden und sich selbst darin zu verlieren.

»Man hat mir erzählt, dass Sie im Besitz eines Gegenstandes waren.« Erwin war so dünn, dass sein Adamsapfel beim Schlucken auf und ab hüpfte. »Eines sehr wichtigen Gegenstandes.«

Kälte breitete sich in Lenas Bauch aus. »Was für ein Gegenstand soll das sein?«

Erwin senkte erneut den Blick. Qualen zeichneten sich auf seinem Gesicht ab, die tiefer gingen als alles, was Lena je in einem Menschengesicht gesehen hatte. Sie wollte diese Dinge nicht sehen. Alles in ihr verlangte danach, aufzuspringen und wegzulaufen. Warum saß sie mit diesem Menschen an einem Tisch?

Schließlich sah Erwin auf. Sein Blick bohrte sich in Lenas, und dieses Mal zuckte er nicht zurück. »Es handelt sich um einen Dienstausweis«, erklärte er.

Von einer Sekunde auf die andere begriff Lena. Dieser Mann, das war einer von *denen*. Einer der anderen, über die man in anständiger Gesellschaft nicht sprechen durfte, weil sie die Opfer waren und man sich schämte. Einer der Menschen, bei denen man einmal voller Entsetzen auf die Zahl starrte, weil es unmöglich so viele Tote gegeben haben konnte, und dann verdrängte man. Als Lena das erste Mal davon erfahren hatte, hatte sie es von sich fortgeschoben, bis es sie heftig wie eine Sturmflut überrollte und ihr Verstand aussetzte. Doch irgendwann hatte man sich ausreichend geschämt und verdrängte es. Weil man anders nicht weiterleben konnte. Man bat die Toten um Verzeihung, und man hoffte, dass es die andere Welt im Jenseits tatsächlich gab. Und Tag für Tag vergaß man ein wenig mehr und konzentrierte sich auf die Notwendigkeit, Geld, Essen und Lebensmarken zusammenzukratzen und etwas gegen die grausame Winterkälte zu unternehmen. Man musste überleben. Mögen die Toten ruhen und uns in Frieden lassen.

Aber Erwin war nicht gestorben. Er war dünn genug, um als Skelett durchzugehen, und sein Gesichtsausdruck flößte Lena Angst ein, aber er lebte. Sein Mund war so dünn wie alles an ihm, aber es lag Entschlossenheit darin.

In seinem Gesicht lag keine Vergebung, sondern etwas, was zu tief für Worte ging. Es war eine Mischung aus kaltem Zorn, Entsetzen und Scham. Mehr als alles andere entsetzte Lena jedoch der vollkommene Verlust aller Hoffnung in seinem Gesicht.

»Sind Sie Jude?«, fragte Lena leise.

Erwin lachte höhnisch auf und schüttelte den Kopf. »Ich bin Kommunist«, sagte er und verzog das Gesicht zu einer Grimasse, die wohl ein Lächeln sein sollte. »Das macht mich rassisch nicht minderwertig genug, um mich auszurotten. Deswegen durfte ich im Steinbruch arbeiten und zusehen, wie man meine Kameraden im Namen der Wissenschaft mit Fleckfieber infizierte.«

Lena starrte ihn an. Seine Worte erreichten ihr Gehirn, doch es gelang ihr nicht, sie zu verstehen.

»Trinken Sie Ihren Tee, Fräulein Buth. Nicht, dass er kalt wird. Im Winter mussten wir alle genug frieren.« Sein Lachen verwandelte sich in einen Husten, das er hinter der linken Hand verbarg. Als der Husten nicht besser wurde, zog er ein Taschentuch aus der Hemdtasche und hielt es sich vors Gesicht.

Lena nahm einen Schluck Tee. Ihre Gedanken rasten. Ihr Herz wummerte gegen den Brustkorb, als würde es ihn sprengen wollen. »Ich habe den Ausweis nicht mehr«, sagte sie schließlich, als der Hustenanfall vorbei war. Es kam ihr unvorstellbar vor, sich vor diesem Mann hinter einer Lüge zu verstecken oder in Halbwahrheiten zu flüchten.

»Was ist passiert?« Er observierte sie weiterhin, als würde er ertrinken und Lena mit zu sich hinabziehen wollen, wenn sie ihm keine Rettungsleine zuwarf.

»Ich hatte Angst um meine Schwester«, sagte Lena leise. Es war nicht die ganze Wahrheit, aber es war nicht gelogen. Unter seinem prüfenden Blick schienen die Worte jedoch nicht zu reichen. Sie rutschte hin und her.

Schließlich wurde sein Gesichtsausdruck milder. »Hat er Ihre Schwester bedroht?«

Lena nickte, doch dann schüttelte sie den Kopf. »Das war nicht der einzige Grund«, sagte sie leise. Eine solche Absolution wäre zu leicht verdient. Sie wollte auch nicht erzählen, dass Joachim Baumgärtner ihr aufgelauert und die Hände um ihren Hals gedrückt hatte, bis ihr schwarz vor Augen wurde und sie fast erstickt wäre.

»Was war es dann?«

Lena hätte gern geglaubt, dass er Wut oder Herablassung ausstrahlte. Dagegen hätte sie sich wehren können. Doch die Wahrheit war, dass alles, was sie darin sah, ein hilfloses Suchen nach Verstehen war. Erwin hatte Dinge erdulden müssen, die entsetzlicher waren als alles, was Lena sich je vorstellen wollte. Man hatte ihn eingesperrt und zerbrochen. Sein Blick sagte, dass er diese Tatsache genauso wenig verstehen konnte wie Lena, ganz egal, wie oft er sich das Hirn zermarterte und nach rationalen Erklärungen suchte.

Lena hatte keine solche Erklärung für ihn, und das tat ihr entsetzlich leid. Rückblickend verstand sie selbst nicht mehr, was sie zu ihrem Handeln getrieben hatte.

Als sie mit Margot auf der Flucht gewesen war und auf abenteuerlichen Wegen den Weg aus Pommern nach Westdeutschland gesucht hatte, hatte es eine Nacht gegeben, in der sie mit anderen Flüchtlingen in einer Scheune übernachtet hatten. Margot hatte gefroren, weil ihr Mantel zu dünn war, und Lena hatte entschieden, ihr einen neuen zu *organisieren*. Deswegen hatte sie sich eine Flasche Schnaps ertauscht, einen Mann betrunken gemacht und ihm in der Nacht seinen Mantel im Tausch gegen den dünnen von Margot weggenommen.

Erst in Niebüll hatten sie herausgefunden, dass der Mann Herr Baumgärtner war und seinen alten Dienstausweis aus Treblinka in den Mantelsaum eingenäht hatte. Eine große Dummheit im besetzten Deutschland, aber wer konnte schon verstehen, was in den Köpfen anderer Menschen vorging? Lena und Margot hatten zunächst nicht gewusst, worum es sich handelte. Als sie es herausfanden, behielten sie es für sich. Sie wollten keinen Ärger verursachen und die wenigen Freundschaften in der neuen Heimat nicht aufs Spiel setzen.

Lena hatte den Ausweis erst aus seinem Versteck geholt, als sie herausgefunden hatte, dass Herr Baumgärtner Margot schikanierte. ›Lassen Sie meine Schwester in Ruhe‹, hatte sie gezischt. ›Ansonsten verpfeife ich Sie bei den Briten.‹

Am Ende hatte sie ihn nicht angezeigt, sondern ihm den Ausweis zurückgegeben.

»Der wahre Grund ist, dass ich Mitleid mit ihm hatte«, sagte sie leise. »Er saß am Boden und hat geweint. Das ...«

Es hatte nicht in ihr Bild gepasst. In ihrer Vorstellung war er ein Monster, das Margot quälte und Lena Angst einflößte. Dazu passte das Wissen um das, was er als Aufseher im Lager getan hatte, vortrefflich. Wenn er nicht der Schwager von Rainer gewesen wäre, den sie so gernhatte, wenn es ihr nicht so wichtig gewesen wäre, in der neuen Heimat ein Zuhause zu finden und akzeptiert zu werden ...

So viele Wenns, aber Lena hatte ihn nicht bei der britischen Kommandantur angeschwärzt. Im entscheidenden Augenblick hatte es sich angefühlt, als ob Gott eine andere Art von Gericht für ihn bestimmt hatte.

»Er kam mir vor wie ein kleiner Junge«, sagte Lena beschämt, als Erwin nicht antwortete. »Deswegen hat er mir leidgetan. Ich weiß, das ist entsetzlich, und das hilft Ihnen nicht, aber so war es.«

»Also ist es die Wahrheit.« Erwin wirkte seltsam fassungslos. »Er ist einer von denen.«

Lena nickt beschämt.

Erwin starrte ins Leere. Er sah ebenfalls aus wie ein kleiner Junge, fand Lena plötzlich. Doch es war völlig anders als damals bei Joachim Baumgärtner. Mit dem hatte sie Mitleid empfunden, weil er seine Seele verloren hatte. Die Seele oder etwas anderes, was unverzichtbar war, das man brauchte, um ein Mensch zu sein und zu bleiben.

Bei so etwas war es leicht, Mitleid zu empfinden, denn die eigene Position war im Vergleich dazu viel stärker.

Wenn sie sich dagegen vorstellte, was der Mann auf der anderen Seite des Tisches erlebt hatte … Etwas in ihr blockierte dabei. Es ging nicht. Sie spürte die Dunkelheit, die Erwin ausstrahlte. Ihr Kopf wusste, dass das Dunkle von dem kam, was andere ihm angetan hatten, dass man ihn zerbrochen hatte, aber die Erkenntnis blieb im Kopf. Das, was sie spürte, wenn sie Erwin ansah, war nichts weiter als Angst.

»Er hat es getan, aber der Beweis existiert nicht mehr«, sagte Erwin langsam, als müsse er die Gedanken beim Aussprechen sortieren.

Lena nickte kaum merklich. Sie schämte sich und wünschte sich an einen anderen Ort.

»Erinnerst du dich noch, was für ein Rang in dem Ausweis stand?« Er schien nicht zu merken, dass er vom Sie zum Du gewechselt war.

»Wachmann«, sagte sie sofort. »Wachmann der Totenkopf-SS in Treblinka.«

»Dann hat er die Tätowierung.«

»Was für eine Tätowierung?«

Erwin zögerte und holte tief Luft. »Das haben sie uns bei einer Schulung in der russischen Zone beigebracht. Die Totenkopf-SS-Leute haben eine Tätowierung mit ihrer Blutgruppe am Oberarm. Allerdings haben sich viele von ihnen eine Schussverletzung zugefügt, damit man das nicht mehr erkennt. Eine Narbe am Oberarm beweist also leider nichts.«

Lena suchte in ihrer Erinnerung. »Als ich ... Also, als ich ... Damals, als ich den Ausweis mehr oder weniger zufällig in die Finger bekommen habe, da ... Da hatte er einen Verband am Oberarm.«

Erwin nickte. Es lag nichts Grimmiges darin, nur stille Hoffnungslosigkeit. »Ich dachte es mir.«

»Wenn Sie möchten, kann ich trotzdem eine Aussage bei der Militärkommandantur machen«, bot Lena hilflos an. In diesem Moment konnte sie nicht mehr nachvollziehen, was sie damals zum Handeln bewogen hatte. »Ich kann berichten, was in dem Ausweis stand, und dass er mich damals erpresst hat, um ihn zurückzubekommen. Vielleicht hilft das etwas.«

Sie würde ihre Stelle verlieren und musste vielleicht ins Gefängnis, aber das kam ihr plötzlich wie ein kleiner Preis im Vergleich zu dem Unrecht vor, das Erwin ertragen hatte.

In diese Überlegungen schoss ein anderer Gedanke. Rainer. Sie hatte ihm diese Geschichte im Vertrauen erzählt. Ihr wäre nie die Idee gekommen, dass er es jemandem weitererzählen würde. Trotzdem musste er es gewesen sein, der Erwin davon berichtet hatte. Die Erkenntnis schmerzte.

»Es wird nicht funktionieren«, sagte Erwin schließlich. Es klang nüchtern und entschieden. »Selbst, wenn man Ihnen vor Gericht glaubt, wird nichts passieren. Oder jedenfalls nichts, was der Rede wert ist.«

»Warum sagen Sie das?« Lena hatte das Gefühl, dass jemand mit einer eiskalten Faust in ihren Bauch hineingriff.

Erwin lächelte schief. Für einen Moment hatte Lena das Gefühl, den Menschen zu erahnen, der hinter dem Schmerz schlummerte.

Jemand, der warm und freundlich war und Schwächere beschützte.

»Weil er nur ein Wachmann war und kein leitender Offizier.«

»Aber … Er hat …« Lena verstummte.

Erwin seufzte und nahm einen Schluck Tee.

»In der russischen Zone würden sie ihn dafür hinrichten, dort ist man konsequent in der Hinsicht. Aber hier … Haben Sie nicht mitbekommen, dass aus Sicht vieler westlicher Politiker der Kampf gegen den Kommunismus inzwischen als wichtiger gilt? Der Nationalsozialismus wurde schließlich besiegt, während Stalins Ehrgeiz jeden Tag wächst.«

»Die Leute müssen doch bestraft werden«, flüsterte Lena fassungslos. »Was ist mit den Nürnberger Prozessen?«

»Da geht es nur gegen die Männer an der Spitze.«

»Was heißt das?«

»Es gibt im deutschen Vorkriegsrecht einen Passus, der besagt, dass Mittäter schwächer bestraft werden müssen als die Haupttäter. Wenn also ein Mann einen anderen Mann mit einem Messer ersticht, und seine Frau hilft ihm dabei, dann muss sie weniger streng bestraft werden als er. Er ist der Haupttäter, sie ist die Mittäterin.«

»Das klingt sinnvoll.«

»Bei den Nürnberger Prozessen kristallisiert sich gerade heraus, dass selbst die Haupttäter ganz an der Spitze nicht automatisch mit der Todesstrafe rechnen müssen. Immerhin haben auch sie nur …« Er schnaubte. »Sie haben schließlich nur Befehle befolgt. Wie Soldaten an der Front. Also sind sie lediglich mitschuldig, während die Hauptschuld bei Hitler liegt. Ein einfacher Wachmann so weit unten in der Befehlskette …«

»Das ist entsetzlich.«

»Selbst wenn Herr Baumgärtner vor ein westalliiertes Gericht kommt … Mehr als zu einem oder zwei Jahre würde er nicht verurteilt werden, vermute ich. Die Rechtsprechung ist auf der Seite der Nazis, ist Ihnen das nicht aufgefallen? Nach einer Verhandlung ist er vor dem Gesetz freigesprochen und muss nichts weiter befürchten.«

»Das kann ich mir nicht vorstellen.« Lena bekam Angst. »Ist das überall so?«

»Im Westen schon.« Er sah aus dem Fenster. »Politik ist eine widerliche Angelegenheit.«

»Warum sind Sie dann zurückgekommen?«

Er schwieg.

Lena ärgerte sich über die Frage. Sie selbst dachte jeden Tag an ihre Heimat in Greifenberg. Vor ihrem inneren Auge nahm jeder kleine Zaun, jeder Apfelbaum, jede Platte auf dem Platz vor der Kirche, überdeutlich Gestalt an. Der Ort, an den man gehörte, den vergaß man nie.

»Ich habe nicht vor Hitler gekniet«, sagte Erwin schließlich, als Lena schon nicht mehr mit einer Antwort rechnete. »Ich knie auch nicht vor Stalin.«

Lena nickte. Das konnte sie nachvollziehen. Trotzdem wusste sie nicht, was sie darauf antworten sollte.

»Vielen Dank jedenfalls für Ihre Ehrlichkeit.« Erwin richtete sich auf und winkte der Kellnerin. Sie kam schnell mit der Rechnung, die Erwin wie selbstverständlich für beide bezahlte. Lena wusste, dass sie vermutlich mehr Geld besaß als ihr Gegenüber, doch sie sprach es nicht aus. Männlicher Stolz war verletzlich und gerade in diesem Augenblick ganz besonders schützenswert.

Zum Abschied berührte Erwin seinen Hut, und dann ging er, ohne noch etwas zu Lena zu sagen. Sie blieb am Tisch sitzen, weil sich ihre Knie so weich wie Sumpfwasser anfühlten. Im Pfarrhaus wartete man auf sie, damit sie bei den Vorbereitungen fürs Abendessen half, doch sie schaffte es nicht aufzustehen.

Dieser Mann war das Opfer. Verdiente er nicht hundertmal mehr Mitgefühl als Joachim Baumgärtner? Warum war Lena dann nicht in der Lage, es ihm zu geben?

Weil sie sich schämte, begriff sie. Bei Joachim war sie die Stärkere gewesen. Er hatte sie und ihre Schwester so oft gequält, dass sie der Versuchung nicht hatte widerstehen können, sich aufzuspielen und sich in christlicher Vergebung zu üben. Sie hatte es auf eine Weise getan, die sanft war, die so leise und subtil demütigte, dass niemand ihr Stolz und Hochmut vorwerfen konnte, aber sie hatte ihre moralische Überlegenheit genossen und sich aufgespielt, um ihm einen Denkzettel zu verpassen. Mitleid konnte man nur haben, wenn man über dem Menschen stand, dem man es zukommen ließ, und in diesem Augenblick hatte sich Lena auf einer Stufe mit dem rächenden und vergebenden Gott des Alten Testaments gefühlt.

Erwin dagegen ...

Seine bloße Existenz bewirkte, dass sich Lena schämte. So sehr, dass sie sich wünschte, er würde aus ihrer Welt verschwinden, damit sie nicht länger in diese verlorenen Augen blicken musste.

Doch jetzt, wo er aufgestanden und gegangen war, fühlte sie sich noch wertloser als während des Gesprächs.

# Demokratische Wahlen

R ainer genoss seine Mittagspause auf einem Stuhl vor der Apotheke und aß das mitgebrachte Butterbrot. Die Sonne schien so warm, dass er es im Innern des Gebäudes nicht aushielt. An einem Tag wie heute konnte man nicht anders, als sich nach der Freiheit weit draußen auf den Straßen zu sehnen. Wenn er könnte, würde er auf der Stelle ein Boot mieten und damit bis nach Dänemark fahren, um dort zwischen den Dünen im Sand zu liegen und in den Himmel emporzusehen.

Es gab noch etwas anderes, das ihn mit Freude erfüllte. In seinem kleinen Köfferchen befanden sich die Bewerbungsunterlagen für gleich drei Universitäten, an denen man Pharmazie studieren konnte. Heute auf dem Heimweg würde er sie bei der Post einwerfen. Er hatte seiner Mutter nichts davon verraten, denn falls er abgelehnt wurde, würde er sich zu sehr genieren. Trotzdem tat es gut, diesen Schritt zu gehen. Herr Tauber hatte ihm ein Empfehlungsschreiben verfasst, dessen lobende Töne Rainer rot werden ließen. Er war seinem Mentor zutiefst dankbar für diese Unterstützung.

Die Gespräche mit Erwin hatten im klargemacht, dass er nicht für immer in den Tag hineinleben wollte. Es war an der Zeit, sich endlich eine Aufgabe zu suchen und Verantwortung zu übernehmen.

Rainer grüßte die Menschen, die vorbeikamen, und freute sich an ihrer guten Laune. Sicher, die Welt war böse, im Krieg starben Menschen, und es gab das unaussprechbare Grauen, wegen dem man am liebsten nie wieder in den Spiegel sehen oder sich als Deutscher fühlen wollte, aber der Sommerwind fühlte sich trotzdem gut an.

Er trug den Duft von Blumen und Ozean in sich und erzählte von Freiheit und Sehnsucht. Eines Tages ... Eines fernen, schönen, erträumenswerten Tages ...

Rainer wusste nicht, was an diesem Tag geschehen würde, doch er wusste, dass er sich darauf freute. Vielleicht würde er sich endlich trauen, Lena zu küssen und sie zu fragen, ob sie auf ihn warten wollte, während er mit dem Studium begann. Vielleicht erzählte er ihr, wie sehr er sie manchmal vermisste, wenn er im dämmrigen Raum der Apotheke stand und auf neue Kundschaft wartete. Obwohl er genau wusste, dass sie im Büro der britischen Kommandantur wichtige Dokumente übersetzte, hoffte er wider besseres Wissen, dass Lena zur Tür hereinkam und einen Kräutertee oder etwas Traubenzucker kaufen wollte.

Statt Lena kam eine andere Frau des Wegs. Gisela Neumann trug ein gut geschnittenes, wadenlanges Kleid, in dem sie zusammen mit den wippenden goldenen Locken sehr elegant aussah. Obwohl es zwischen ihm und Gisela böses Blut gegeben hatte, lächelte Rainer ihr zu. Das alles war in seinen Augen längst vorbei, und er schätzte Gisela nach wie vor als Menschen und Kameradin.

»Moin Rainer«, grüßte sie.

Rainer grüßte lächelnd zurück. »Wie geht es dir?«, fragte er.

Sie seufzte. »Meine Mutter lässt mir keine ruhige Minute, aber manchmal komme ich doch noch zum Spazierengehen, wenn ich einkaufen soll. Heute Nachmittag backe ich einen Geburtstagskuchen für meinen kleinen Bruder.«

»Wie schön. Wie geht es dem kleinen Peter denn?«

»So klein ist er nicht mehr.« Gisela lachte glockenhell. »Komm doch morgen auch vorbei, Rainer, dann siehst du es. Es gibt echten Bünting Tee mit Sahne.«

»Da muss ich arbeiten«, sagte Rainer bedauernd. In diesen Zeiten hatte man ständig Hunger, und beim bloßen Gedanken an Butter- oder Obstkuchen lief ihm das Wasser im Mund zusammen. Dazu noch starker, dunkler Ostfriesentee mit Sahne und vielleicht sogar etwas Kandis ...»Aber ich bin sicher, dass ihr eine schöne Feier haben werdet.«

»Du wärst herzlich willkommen«, sagte Gisela erneut. In ihrem Blick lag etwas Lauerndes.

Hatte sie ihm die geplatzte Verlobung immer noch nicht verziehen? »Es ist eine Familienfeier«, sagte Rainer und hoffte, dass die Worte klar genug waren. »Ich nehme an, da wollt ihr unter euch sein.«

Offenbar verstand Gisela die Botschaft dieses Mal und senkte kurz den Blick.»Unsere Spaziergänge fehlen mir.«

»Wir haben gute Zeiten miteinander erlebt, ja.« Er hoffte, dass es versöhnlich klang.»Was für einen Kuchen backst du für deinen Bruder?«

»In unserem Garten steht ein Mirabellenbaum. Der Frühsommer war so warm, dass er schon Früchte trägt, also gibt es Mirabellen-kuchen.«

»Wie schön, den mag ich auch gern.«

»Ich kann dir ein Stück vorbeibringen, wenn du magst.«

Rainer verlagerte sein Gewicht. In der Sonne wurde es ganz schön warm. Vielleicht war es an der Zeit, zurück in die Apotheke zu gehen, wo es schattiger und kühler war.

»Mal schauen. Vielleicht bleibt ja nichts übrig, weil alle den Kuchen so lecker finden.«

Gisela schüttelte den Kopf. Ihre Augen leuchteten.»Wenn der Kuchen fertig ist, schneide ich ein oder zwei Stücke ab und verste-cke sie im Schrank. Die bringe ich dir morgen Vormittag vorbei.«

Rainer wusste, dass er ablehnen sollte, aber die Vorstellung des Geschmacks von frischem Mirabellenkuchen lähmte seine Zunge gerade lang genug, dass sie die Antwort verweigerte, und dann war der passende Moment vorbei.

Gisela räusperte sich. Ihre Schultern entspannten sich, als würde sie eine Last fallen lassen.»Hast du schon gehört, dass wir bald unse-ren Bürgermeister wählen sollen?«

Rainer nickte.»Hier und da erzählt man davon. Weißt du mehr
darüber?«

»Die Alliierten wollen, dass aus Deutschland eine Demokratie
wird. Sie können sich wohl nicht einigen, wer von ihnen den neuen
Reichskanzler stellen soll.«

Rainer lachte über die unerwartet witzige Bemerkung. So etwas
hätte er von Gisela nicht erwartet.»Wirst du dich auf den Posten
bewerben?«

Sie erschrak, ihr Gesicht wurde blass.»Rainer, das geht doch
nicht, ich bin eine Frau.«

»Warum sollen wir keine Frau zur Bürgermeisterin wählen? Die
Männer haben uns in zwei Weltkriege geführt. Noch schlimmer als
wir könnt ihr es kaum verbocken, glaube ich.«

Gisela krauste die Stirn.»Rainer, du sollst mich nicht verspotten.«

Rainer hatte es nicht als Spott gemeint, doch er vertiefte das
Thema nicht. Gegen seinen Willen musste er daran denken, wie
Lena auf eine solche Neckerei reagiert hätte. Wenn man ihr einen
solchen Floh ins Ohr setzte, würde sie vermutlich tatsächlich versuchen, in ein paar Jahren zur ersten Reichskanzlerin Deutschlands
gewählt zu werden ...

»Dein Schwager will Bürgermeister werden«, sagte Gisela, als ob
sie damit die Realität zurechtrücken könnte.»Er kandidiert für eine
von diesen neuen Parteien, aber nicht für die Bolschewiken, hat er
mir erzählt.«

»Mein Schwager?«

»Der Joachim Baumgärtner«, erklärte Gisela geduldig.»Wenn es
bald Wahlen gibt, dann will er dafür sorgen, dass die Bolschewiki
da bleiben, wo ihr Platz ist.«

»Aha.« Rainer brauchte einen Moment, um die Information zu
verarbeiten.»Haben wir nicht längst einen Bürgermeister?«

»Der alte Wilhelm Kuhs wurde von den Briten wieder eingesetzt,
ja. Aber es soll demokratische Wahlen geben, und dann entscheiden
wir selbst, wer an die Spitze kommt.«

»Das ist eine gute Sache.«

»Der Joachim glaubt, dass er das Zeug dazu hat.«

»So, glaubt er das.«

Rainer schluckte hart. Ausgerechnet Joachim. Einer von der schlimmsten Sorte. Die Vorstellung, dass jemand wie er an der Spitze der Stadt stehen würde, war lächerlich. Zumindest hätte Rainer das gestern so gesagt.

Noch vor wenigen Monaten hatte Joachim so schlimm getrunken, dass seine Schwester Rainer unter Tränen anvertraut hatte, dass sie sich manchmal wünschte, dass er im Krieg geblieben wäre. Hinterher hatte sie getan, als hätte sie nie etwas Derartiges gesagt, aber Rainer erinnerte sich daran. Er erinnerte sich auch noch an ihre Erleichterung, als er sich eine Anstellung als Gehilfe in der Tischlerei besorgt hatte und wieder anfing, sich morgens zu waschen und zu kämmen.

Dieser Mann wollte jetzt der neue Bürgermeister der Stadt werden? Der Mann, der im Krieg schlimmere Dinge getan hatte als jeder andere hier?

Rainer hatte das Gefühl, dass die Kälte immer tiefer in ihn hineinkroch.

»Frauen dürfen auch wählen, hat er mir erklärt, wenn sie volljährig sind. Und er würde sich freuen, wenn ich ihm meine Stimme gebe. Weil wir ja beinah Familie füreinander sind.« Sie sah Rainer auffordernd an, als ob er und Joachim ein Geheimnis teilten, von dem sie noch nichts erfahren hatte.

»Sagt er das, ja?« Rainer nahm den Hut ab und wischte sich über die Stirn. Das waren keine guten Neuigkeiten.

»Was meinst du?« Sie legte den Kopf schief und schenkte ihm einen verlegenen Blick, der sein Herz unwillkürlich schneller schlagen ließ. »Würdest du dich freuen, wenn ich ihn wähle?«

Rainer öffnete den Mund und schloss ihn wieder. Wovon in aller Welt redete sie da? Freuen? Wusste sie denn nicht, dass …

Natürlich, ermahnte er sich. Sie wusste es nicht. Fast niemand wusste, was Joachim Baumgärtner im Krieg getan hatte. Gisela glaubte vermutlich, dass sie ihm mit einer Stimme für Joachim einen Gefallen tat.

»Es wundert mich etwas, dass er in die Politik gehen will«, sagte Rainer so neutral wie möglich. »War er nicht ein überzeugter Nationalsozialist?«

»Er hat sich genauso entnazifiziert wie wir alle.« Gisela fuhr sich mit der Hand durch die Haare. »Irgendwann muss man die Vergangenheit hinter sich lassen, oder? Außerdem ist er ein Patriot. Es ist nichts Schlimmes daran, sein Land zu lieben. Du hast doch ebenfalls in der Wehrmacht gedient und den deutschen Gruß benutzt.«

Die Wehrmacht war etwas anderes als die Totenkopf-SS, aber Rainer sprach es nicht aus. Er hatte im Krieg selbst Dinge erlebt, über die er weder sprechen noch nachdenken wollte, doch er hatte seine Pflicht erfüllt wie die Kameraden neben ihm. Das tat man, und hinterher verdrängte man alles. Anders ging es nicht mit dem Weiterleben.

Die Vorstellung, dass sein Schwager etwas Ähnliches tat und sich offenbar nicht mal für seine Taten schämte, widerte Rainer an. Joachim war nicht einfach nur Soldat gewesen! Er war Teil von dem Grauen, wegen dem man als deutscher Mann auf der Straße noch immer voller Scham den Kopf einzog, wann immer britische Soldaten einem entgegenkamen.

Joachim war Aufseher in einem Vernichtungslager gewesen. Lena hatte den Ausweis in der Hand gehalten, der es bewies. Doch sie hatte Rainer erst davon erzählt, als sie Joachim den Ausweis in einem Anfall von ihrem verdammten Mitgefühl zurückgegeben hatte, weil der unter der Last seiner Schuld zusammengebrochen war. Zumindest hatte Rainer Lena so verstanden, und zu diesem Zeitpunkt war es zu spät gewesen, etwas daran zu ändern.

Dieser Mann wollte Bürgermeister werden und die Geschicke der Stadt bestimmen? Was hatte das mit der neuen Demokratie zu tun? Für einen Moment verwünschte er Lena für ihr weiches Herz.

Sie hätte anständig handeln und den Mann anzeigen müssen. Dann wäre er für seine Verbrechen ins Gefängnis gegangen, und das Recht hätte gesiegt.

»Bist du sicher, dass du ihn richtig verstanden hast?«, fragte Rainer trotzdem. »Sprach er allgemein von Wahlen, oder will er wirklich selbst Bürgermeister werden?«

»Er hat mich gefragt, ob ich für ihn stimmen werde.« Gisela lächelte versonnen. »Natürlich mache ich das, habe ich gesagt. Er ist doch dein Schwager.«

»Tu das nicht«, sagte Rainer leise. Er spürte, wie ihm das Blut aus dem Gesicht wich.

»Wir Einheimischen müssen zusammenhalten.« Sie musterte ihn prüfend. Die Worte klangen wie etwas, das Joachim ihr eingebläut hatte, damit sie es weitertrug, dachte Rainer. Das würde zu ihm passen.

Er hatte Lena damals geglaubt, dass sie ihn zusammengebrochen am Boden gesehen hatte, aber Joachim war noch nie jemand für halbe Sachen gewesen. Rainer kannte ihn schon sein ganzes Leben. Wenn er in die Politik ging, warum sollte er sich dann mit dem Posten des örtlichen Parteisekretärs zufriedengeben?

Er mochte Macht, sonst wäre er nie in die Totenkopf-SS eingetreten. Die Vorstellung machte Rainer Angst. Ein solcher Mann als Bürgermeister seiner Stadt? Man durfte die Geschicke der neuen Demokratie niemandem anvertrauen, der in seiner Vergangenheit fähig gewesen war, Menschen ohne jedes Mitgefühl in den Tod zu schicken, und zwar nicht im Krieg für die Heimat, sondern wegen einer schrecklichen Rassen-Ideologie.

Jemand, der sich aktiv an dieser Ausrottung beteiligt hatte, sollte Bürgermeister werden?

Irgendwo in Rainer gab es eine Blockade, die den Gedanken einfach nicht zulassen wollte. Es konnte nicht sein. Es durfte nicht sein. Joachim, der Mann, dem er zumindest hin und wieder beim Sonntagstee begegnete, konnte all das nicht verbrochen haben. Sein Kopf streikte bei dem absoluten Kontrast der perversesten Unmenschlichkeit auf der einen Seite und dem liebevollen Vater, der die kleine Ilse auf seinen Schultern reiten ließ und in den vergangenen Monaten zur Freude seiner Schwester deutlich weniger trank. Rainer hatte sich für Hildegard gefreut, dass ihr Mann sich vom heruntergekommenen Trinker allmählich wieder in jemanden verwandelte, mit dem man in die Kirche gehen und ganz allgemein die Wohnung verlassen konnte, ohne sich zu schämen.

Hatte er genauso wie der Rest seiner Mitmenschen ausgeblendet, was im Osten wirklich passiert war?

Offenbar hatte er das. Rainer hatte sich stets für einen intelligenten Mann gehalten, der fähig war, die Welt kritisch zu hinterfragen. Trotzdem hatte er sich an das Wissen gewöhnt, was sein Schwager verbrochen hatte, und im Alltag nicht länger darüber nachgedacht. Immerhin gab es inzwischen erste Zeitungsberichte über Todesurteile aus Nürnberg gegen die Haupttäter und weit mildere Gefängnisstrafen, teilweise sogar Begnadigungen für Menschen, die in der Hierarchie höher gestanden hatten als der Wachmann Joachim Baumgärtner. Also konnte es nicht allzu schlimm gewe…

»Er will Bürgermeister werden«, wiederholte Rainer den wichtigsten Punkt, bevor sein Kopf erneut die entlastenden Faktoren aufzählte. »Trotz allem, was er getan hat.«

»Du warst doch auch im Krieg?« Gisela legte den Kopf schief. »Und wenn ich mich richtig erinnere, ging es dir eine Zeit lang auch nicht gut deswegen. Das macht einen Mann nicht weniger stark, weißt du? Wichtig ist nur, dass man dann wieder aufsteht und sich neue Ziele im Leben setzt.«

Rainer nickte wie betäubt. In einer anderen Zeit seines Lebens hätten Giselas Worte ihm gutgetan. Sie waren genau das, wonach er sich vor einem Jahr gesehnt hatte.

Gisela lächelte schüchtern. »Mir flößt das jedenfalls Respekt ein. Dass Joachim sich nicht auf seinem Kriegstrauma ausruht, sondern in die Zukunft schaut und sich und seiner Familie etwas aufbauen will. So etwas gefällt mir.«

Lag in den Worten eine heimliche Bitte an ihn? Rainer war sich nicht sicher, doch es spielte keine Rolle mehr. Etwas musste geschehen. Er musste mit Erwin sprechen. Die Ergebnisse der Nürnberger Prozesse zeigten, dass Joachim vor einem ordentlichen Gericht vermutlich ohnehin kaum etwas zu befürchten hätte. Trotzdem durfte er nicht Bürgermeister werden!

»Guten Tag, Fräulein Buth«, flötete Gisela plötzlich übertrieben freundlich. »Wie schön, Sie hier zu sehen.«

»Guten Tag, Fräulein Neumann.« Lenas Gesicht war weniger freundlich als Giselas, auch wenn sie den Gruß einigermaßen höflich erwiderte. »Wie geht es Ihnen?«

»Wir unterhalten uns gerade über die bevorstehenden Wahlen.« Gisela warf Lena einen herablassenden Blick zu. »Davon werden Sie nichts verstehen, Fräulein Buth.«

»Stimmt«, erwiderte Lena. »Ich bin in einer Diktatur aufgewachsen.«

Gegen seinen Willen lachte Rainer auf. In Lenas prompter Retourkutsche lag etwas, das ihm Kraft gab.

»Es handelt sich um die Lokalwahlen.« In Giselas Blick lag plötzlich Stahl, der sich gegen Lena richtete. »Ich nehme an, das interessiert Sie nicht besonders.«

Lena holte tief Luft. Ihre Gesichtszüge entglitten für eine halbe Sekunde, doch ihr freundliches Lächeln kehrte zurück. »Ich wohne in Niebüll, Fräulein Neumann. Natürlich möchte ich mehr über die bevorstehenden Wahlen erfahren. Ich muss doch wissen, wem ich meine Stimme geben soll.«

Gisela öffnete den Mund und schloss ihn wieder. Es schien einen Moment zu dauern, bis die Erkenntnis bei ihr ankam, dass nicht nur sie bei der bevorstehenden Wahl eine Stimme haben würde. »Sind Flüchtlinge denn zugelassen?«, fragte sie mit dünner Stimme.

»Davon gehe ich aus«, sagte Rainer. Ihm missfiel, wie abrupt Gisela von hingebungsvoller Freundlichkeit zu ihrer kalten und fordernden Art zurückgewechselt war. Sie hatte ihn schon früher eingelullt, weil er glauben wollte, dass es sich bei ihrer freundlichen Seite um die wahre Gisela handelte. Beinah wäre er heute erneut darauf hereingefallen. »Alles andere wäre falsch.«

»Bürgermeister wird auf jeden Fall jemand von den Einheimischen«, sagte Gisela kühl. »Da können Sie sich wünschen, was Sie wollen, Fräulein Buth.«

Lena schien sich zu einem Lächeln zu zwingen. »Dabei wäre ich selbst gern Bürgermeister geworden. Schade aber auch.«

»Vielleicht ist das tatsächlich eine Alternative für Frauen wie Sie. Wenn einen niemand heiraten will, muss man wohl arbeiten gehen.«

So verloren, wie Lena plötzlich aussah, verspürte Rainer den starken Drang, sie zu beschützen. Die Bürgermeisterwahl trat in den Hintergrund, und die Universitätsbewerbungen in seinem Köfferchen gewannen erneut an Wichtigkeit. »Was führt dich hierher, Lena?« Er bemühte sich, extra freundlich zu lächeln, damit Lena spürte, dass er nicht so über sie dachte wie Gisela.

»Ich muss mit dir reden.« Sie sah ihm fest in die Augen. »Wegen Erwin.«

Sie musste von Joachims Plänen erfahren haben. Für einen Moment fühlte Rainer Erleichterung, weil Lena an dieser Stelle, im Gegensatz zu Gisela, so dachte wie er. Das bedeutete, dass er diesen Kampf nicht völlig auf sich gestellt angehen musste.

»Er darf nicht Bürgermeister werden.« Rainer sprach es aus, bevor der Gedanke sich wieder hinter den Wällen aus Gewohnheit, Alltagssorgen und Banalitäten versteckte. »Das ist völlig unmöglich.«

»Erwin?« Lena blickte ihn verwirrt an.

»Der ist doch Kommunist«, sagte Gisela genauso verwirrt. »Den wählt eh niemand, Rainer. Erstens wollen wir hier keine Bolschewiken, und zweitens würden die Westalliierten das niemals zulassen. Die beschützen uns nämlich vor Stalin.«

Rainer schüttelte den Kopf.

»Was ist mit Erwin?«, fragte er Lena.

Lena wies mit dem Kinn auf Gisela und musterte Rainer unverwandt. »Können wir das in der Apotheke besprechen?«

Gisela hob ihren Kopf. »Muss das wirklich sein, Fräulein Buth? Rainer hat gerade Mittagspause und möchte sich entspannen. Können Sie das nicht sehen?«

Lena warf ihr einen Blick zu, vor dem Rainer sich gefürchtet hätte, dann senkte sie die Augen und wirkte wieder wie ein bescheidenes Flüchtlingsfräulein, das im Vergleich zur eleganten Gisela niemals bestehen könnte. »Wenn du keine Zeit hast, Rainer, können wir ein anderes Mal …«

»Selbstverständlich habe ich Zeit für dich.« Rainer nahm die Krücken von der Wand und stand auf. »Könntest du mir mit dem Stuhl helfen?«

»Natürlich.« Lena nahm den Stuhl und ging an Rainer vorbei in die Apotheke.

»Also dann …« Er nickte Gisela zu. »Wir sehen uns bestimmt bald. Danke, dass du mir von den Wahlen erzählt hast.«

In Giselas Augen lag eine Verlorenheit, die ihm mehr wehtat als die Kälte zuvor oder ihre Schnippigkeit. »Das tu ich doch gern, Rainer. Du weißt doch, dass du mir immer kostbar sein wirst.«

Er schluckte. Was sollte er darauf antworten?

Gisela drehte sich um und ging davon. Ihr Rock schwang um ihre Waden, und die Haare wippten beim Gehen. Statt eines Kopftuchs wie die meisten Frauen trug sie ein elegantes kleines Hütchen, das von hinten besonders schön aussah. Sie sah unglaublich stark aus, doch die Traurigkeit in ihrem Blick schmerzte ihn noch immer.

»Kommst du?«, fragte Lena aus der Apotheke. Sie wirkte ungeduldig.

# In der Apotheke

Rainer schloss die Apothekentür hinter Lena und sah sie abwartend an. »Was gibt es?«

Lena holte tief Luft. Sie hatte mehrere Tage darüber nachgedacht, wie sie es ansprechen sollte. Wie sollte sie Rainer je wieder vertrauen und sich bei ihm sicher fühlen, wenn sie ihre verletzten Gefühle mit sich allein ausmachte? Dann würde sie nie wissen, wann er das nächste Mal ihr Vertrauen brach.

»Du hast über mich geredet«, brachte sie hervor. Die Worte klangen ungeschickt und nicht wie die Lena, die sie kannte und zu sein glaubte.

Er verschränkte die Arme. »So?«

»Rainer, was soll das?« Sie fühlte sich unsicherer als je zuvor in seiner Gegenwart. »Es ist schon ... Du bist seit Monaten komisch mir gegenüber!«

Das hatte sie nicht sagen wollen, aber es hatte sich zu lange in ihr aufgestaut. Seit dem vergangenen Sommer gingen sie miteinander spazieren, aber er hatte nie Anstalten gemacht, ihre Hand zu nehmen, ihr durch die Haare zu streicheln oder etwas anderes zu tun, womit ein Mann einer Frau Zuneigung zeigte. Zu lange schon quälte sie das Gefühl, dass er in ihr nur einen Freund sah, nicht mehr. Das Gefühl saß zu tief für Worte in ihrem Bauch, aber es schmerzte und verunsicherte sie jeden Tag aufs Neue.

»Komisch, so, so.« Rainer ließ die Arme, wo sie waren.

»Und jetzt erzählst du Erwin, was ich dir unter dem Siegel der Verschwiegenheit über deinen Schwager anvertraut habe!«

Lena spürte, wie Tränen heiß und wild über ihre Wangen rannten.

Sie wollte nicht weinen, aber sie schaffte es nicht, sich zu beherrschen. Zu lange schon tat sie so, als ob all die kleinen Gemeinheiten im Alltag ihr nicht wehtaten. Die Blicke auf der Straße, die ihr zeigten, dass sie nicht dazugehörte. Das letzte Kotelett in der Fleischerei, das nicht an Lena verkauft wurde, sondern an Fräulein Gerdes. Rainer war stets der gewesen, auf den sie sich hatte verlassen können. Er flirtete vielleicht nicht mit ihr, aber er hörte ihr zu, wenn sie von ihrem Tag erzählte, und brachte sie mit kleinen Geschichten aus der Apotheke zum Lachen.

Wenn sie ihm nicht mehr vertrauen konnte, wer blieb ihr noch?

Rainer schwieg.

Lena hätte ihn am liebsten geohrfeigt oder mit den Fäusten auf seinen Oberkörper getrommelt. Die heftigen Gefühle erschreckten sie. Sie war kein gewalttätiger Mensch, aber vor allem würde sie niemals einen Versehrten mit Absicht verletzen! Das wäre so entsetzlich falsch, dass sie es sich überhaupt nicht vorstellen konnte.

»Sag doch etwas«, flehte Lena. »Du kannst das doch nicht einfach so stehen lassen!«

»Du hast doch schon alles entschieden«, sagte Rainer kühl. »Hast du mich auch nur ein einziges Mal zu Wort kommen lassen, seit wir hier reingekommen sind?«

Lena schüttelte verlegen den Kopf.

»Erwin ist ein Kamerad von mir«, fuhr Rainer fort. »Ich fand, er hat die Wahrheit verdient.«

»Weil er in einem von diesen Lagern war?« Lena verzog das Gesicht und schüttelte entsetzt den Kopf. »Das ist furchtbar, das stimmt, aber warum erzählst du ihm deswegen das von deinem Schwager?«

»Ich fand, er sollte es wissen.« Rainer wirkte jetzt defensiv.

»Wird es denn besser, wenn Erwin jetzt jedes Mal, wenn er durch die Stadt geht, deinen Schwager sehen und alles noch einmal durchleben muss?«

Rainer schloss kurz die Augen. »Auf den Gedanken bin ich nicht gekommen«, bekannte er.

»Jetzt gibt es kein Zurück mehr. Er weiß es.«

Rainer nickte.

»Früher oder später erfährt Joachim, dass ich nicht geschwiegen habe«, fuhr Lena fort. »Und dann ... Hast du schon mal darüber nachgedacht, dass du meine Schwester und mich mit deiner blöden Quatscherei in Gefahr bringen könntest? Vielleicht tut er Margot etwas an, um mich fürs Ausplaudern zu bestrafen.«

Rainer zuckte zusammen. »Nein.« Auf seinem Gesicht zeichnete sich allmählich Begreifen ab.

Männer! Sie glaubten, sie könnten die Welt regieren, aber sie waren nicht mal in der Lage, ein fünfzehnjähriges Mädchen zu beschützen, weil sie so sehr mit Politik beschäftigt waren.

»Was ist, wenn Margot etwas passiert?« Lena wischte sich die Tränen aus dem Gesicht. »Denkst du je nach, bevor du handelst? Hast du je im Leben an jemand anders außer dich selbst gedacht und Verantwortung übernommen?«

Rainers Zusammenzucken verriet ihr, dass der Vorwurf getroffen hatte.

Lena war entsetzt über die Worte, die aus ihr herausbrachen. Was tat sie hier? Sie hatte sich alles so schön zurechtgelegt. Ganz vorsichtig hatte sie fragen wollen, warum Rainer mit Erwin über solche Dinge sprach, warum er Erwin noch mehr quälen musste und ob er glaubte, dass Margot auch weiterhin sicher vor Herrn Baumgärtner war.

Stattdessen spuckte sie einen Vorwurf nach dem anderen aus. Sie wollte schweigen, aber es ging nicht. Margots Schulabschluss. Die Wohnungssuche. Die hässlichen Gerüchte und der Vertrauensbruch, weil er ohne ihr Einverständnis mit Erwin geredet hatte.

Schließlich verstummte sie.

Warum liebst du mich nicht, lautete die wahre Frage, doch Lena konnte sie nicht aussprechen. Warum lässt du dich von Gisela anschmachten, und warum leuchten deine Augen nicht mehr, wenn du mich siehst. Ich bin Teil deines Lebens, aber du willst mich nicht küssen. Ist es, weil ich ohne dich tanzen war? Gönnst du mir das Vergnügen nicht, weil du es mit deinen Krücken nicht länger kannst? Ich will nicht den Rest meines Lebens damit verbringen, darauf zu warten, dass du einen Schritt in meine Richtung machst. Aber ich bin das Mädchen und darf dich nicht küssen, ohne dass du schlecht über mich denkst. Ich muss auf dich warten, und du lässt mich zappeln und verhungern!

»Es tut mir leid, Lena«, sagte Rainer unerwartet liebevoll, als ob er die unausgesprochenen Worte trotzdem gehört hätte. »An Margot habe ich überhaupt nicht gedacht. Glaubst du wirklich, Joachim würde ihr etwas antun? Sie wohnt bei meiner Mutter im Haus und geht zusammen mit ihren Freundinnen in die Schule. Damit ist sie nur selten allein auf der Straße unterwegs, denke ich. Außerdem ist Joachim doch niemand, der einem jungen Mädchen …«

Er verstummte.

»Du hast es Erwin erzählt, damit du nicht mehr mit den Schuldgefühlen allein bist«, warf Lena ihm vor, weil die unausgesprochenen Worte hinauswollten. »Weil du es nicht aushältst, jeden Tag mit ihm umzugehen, obwohl er ein Verbrecher ist.«

Rainer zuckte zusammen. »Lena, bitte atme jetzt mal tief durch. Du wirfst mir gerade einen Vorwurf nach dem anderen an den Kopf, merkst du das? Und bevor ich dazukomme, auf einen davon zu antworten, findest du die nächsten beiden.«

Lena nickte ertappt. »Du hast recht«, gab sie leise zu. »Ich weiß nicht, was mit mir los ist.«

»Wenn du möchtest, koche ich dir einen Tee, und dann erzählst du mir alles in Ruhe. Was hältst du von der Idee?«

Lena nickte zögernd und folgte ihm in die Apothekenküche. »Ich habe nicht viel Zeit«, bekannte sie. »Vielleicht tut es auch ein Glas Wasser? Meine Mittagspause dauert nur eine Stunde, und ich habe das Mittagessen ausfallen lassen, um herzukommen.«

»Kein Wunder, dass du gereizt bist.« Er lächelte liebevoll. »Möchtest du den Rest von meinem Butterbrot?« Er hielt ihr das Schwarzbrot mit der dünnen Butterschicht hin und genierte sich, weil er ihr nichts Besseres anbieten konnte.

»Dann hast du doch nichts«, sagte Lena, obwohl ihre Hand bereits in Richtung Brot gezuckt war und ihr Magen vernehmlich knurrte.

Rainer zog die Brauen hoch und versuchte, streng zu gucken, doch in seinen Augen blitzte schon wieder der Schalk, den Lena so liebte. Sie setzte sich an den alten Holztisch der Küche und nahm einen kleinen Bissen von dem Brot. Es half tatsächlich gegen das flaue, wütende Gefühl in ihrem Bauch.

Wie leicht man sich veränderte, wenn man Hunger hatte und nicht länger der Mensch war, der man sein wollte!

Er schenkte ihr eine Tasse mit abgekühltem Kamillentee ein. »Mit kleinen Schlucken trinken«, sagte er und klang dabei ganz wie der angehende Apotheker, der er war. »Und dann erzählst du mir in Ruhe, was passiert ist. Vielleicht finden wir gemeinsam eine Lösung.«

Lena trank ihren Tee und merkte, wie sie allmählich wieder Boden unter den Füßen fand. Es fühlte sich unerwartet intim an, auf diese Weise mit Rainer in der Küche zu sitzen und von ihm Brot und Tee serviert zu bekommen. Ihr Zorn war verraucht, stattdessen war die Wärme in ihren Bauch zurückgekehrt, die sie früher in Rainers Gegenwart verspürt hatte.

Stück für Stück erzählte sie ihm, wie Erwin sie auf dem Heimweg auf einen Tee eingeladen hatte und wie sie begriffen hatte, was der arme Mann erlebt haben musste. Es tat gut, sich alles von der Seele zu reden und verstanden zu werden. Rainer unterbrach sie nicht. Er schien vergessen zu haben, mit was für einem emotionalen Ausbruch sie das Gespräch eröffnet hatte, und strahlte Ruhe und Verstehen aus.

»Es ist furchtbar«, schloss sie leise und sah ihn traurig an. »Musstest du es für ihn wirklich auf diese Weise noch schlimmer machen? Jetzt kann er sich in seiner eigenen Heimat nie wieder sicher fühlen.«

»Was für eine Sicherheit wäre es, wenn sie auf einer Lüge beru-
hen würde?« Der liebevolle Ausdruck in Rainers Gesicht machte
Platz für etwas Grimmigeres, was Lena halb gefiel und halb verunsicherte. »Wäre das wirklich die Welt, die du dir für Menschen
wie Erwin wünschst? Eine Welt, in der alle so tun, als wäre es nie
geschehen und als wäre sein Leid sein ganz persönliches Problem, das ihn daran hindert, den Weg zurück in unsere Welt voller
Zukunftsträume zu finden?«

»So ist es aber.« Lena sah ihn sanft an. »Alle tun so, als wäre es
nie geschehen. Das Leben muss weitergehen, hast du das nicht vor
ein paar Monaten selbst gesagt?«

Rainer drückte die Hände gegeneinander und schüttelte den
Kopf. »Ich habe mich geirrt.«

»Wofür soll es gut sein, wenn man den Groll ein Leben lang mit
sich herumschleppt? Wie soll dann je Frieden werden?«

Lena spürte tief in sich, dass es nicht so einfach war. Egal, wie
sehr sie den Ausdruck in Erwins Gesicht vergessen wollte, es gelang
ihr nicht. Man hatte seine Seele schlimmer verwundet, als man das
je einem Menschen hätte antun dürfen. Für ihn würde nie wieder
Frieden sein, spürte sie. Der Albtraum der Lager würde für immer
auf ihm lasten, bis zum letzten Tag seines Lebens.

Aber bedeutete das, dass auch für Lena niemals Frieden einkehren durfte? Hatte sie etwa nichts erlitten, als sie im Winter mit
blutigen Füßen durch den Schnee stapfen musste, um im Reichsarbeitsdienst Strümpfe für fremde Bauernfamilien zu stopfen, und
als sie auf der Flucht vor den Tieffliegern in den Graben floh und
sich einen Kochtopf über den Nacken hielt, damit die Schüsse sie
zumindest dort nicht trafen?

»Es muss eine Zukunft geben.« Lena sah Rainer bittend an.
»Wenn wir den Hass weitergeben, wofür soll das gut sein? Wird
Erwin nachts besser schlafen können und das Böse leichter hinter
sich zurücklassen, wenn wir Joachim angezeigt hätten?«

Der sanfte Ausdruck aus Rainers Gesicht verschwand endgültig.

»Du redest so, weil du eine Frau bist«, erklärte er. »Frauen verstehen nichts von Politik.«

Lena starrte ihn entgeistert an. »Ist das dein Ernst?«

Er verschränkte die Arme.

Lena stand auf und drückte die Hände auf den Tisch. »Lass dir mal was erzählen, mein lieber Rainer. Deine Mutter ist eine Meisterin der Gesprächsführung. Sie versteht sich wirklich gut darauf, dass sich alle Menschen in ihrer Gegenwart wohlfühlen. Ich liebe sie beinah so sehr wie meine eigene.«

»Worauf willst du hinaus?« Er klang defensiver, als ihm wahrscheinlich lieb war, doch Lena achtete nicht darauf. Seine Worte hatten sie verletzt und wütend gemacht.

»Weil deine Mutter so ein guter Mensch ist, wird sie stets darauf achten, dass sich alle Menschen in ihrer Gegenwart wohlfühlen. Deswegen behauptet sie dir gegenüber, dass sie nichts von Politik versteht. Und dann hört sie dir zu, wie du schwadronierst, und lächelt dich voller Stolz an.«

»Ich beschäftige mich halt damit.«

»Und du glaubst, das tut sie nicht?«

»Warum hat sie dann keine Meinung? Das braucht man in einer Demokratie!«

Lena ließ ihre Faust auf den Tisch krachen und genoss seinen schockierten Blick. »Dann sage ich dir jetzt meine Meinung. Deine Mutter hat dich viel zu sehr gebauchpinselt. Du hältst dich für den Mittelpunkt des Universums und glaubst, du wärst der Einzige, der im Krieg etwas Schlimmes erlebt hat. Deswegen hast du dein Wort mir gegenüber gebrochen und versuchst jetzt, mir einzureden, dass ich von Politik nichts verstehe, weil ich ein Mädchen bin.«

»Das habe ich in dieser Form niemals ges…«

»Du *hast* es gesagt!« Sie schob den Stuhl mit einer heftigen Bewegung zurück an den Tisch und ging zur Tür des Verkaufsraums. »Vielen Dank, ich finde allein hinaus.«

Sie hoffte, dass Rainer ihr hinterherkam und versuchte, sie aufzuhalten, doch er blieb in der Küche zurück. Lena trat hinaus auf die Straße und blinzelte für einen Moment in der ungewohnten Helligkeit. Das hatte ja großartig geklappt. Sie war hergekommen, um eine Lösung für das Problem zu finden, doch jetzt hatten Rainer und sie sich richtig verkracht.

Sie hatte keine Idee, wie sie die Situation von hier aus noch einmal in eine gute Richtung drehen konnte. Schlimmer noch: Vermutlich würde Rainer sie an diesem Wochenende keinesfalls fragen, ob sie mit ihm spazieren gehen wollte.

Obwohl ihr die Sonne auf den Kopf brannte, als sie zurück zur Kommandantur ging, fühlte sie sich kalt bis ins Knochenmark.

# Kein Mord!

Rainer starrte auf die Tür. Ein Teil von ihm sagte, er solle aufspringen und Lena hinterherlaufen. Was auch immer gerade geschehen war, es konnte sich nur um ein Missverständnis handeln. Bisher hatten sie sich nie auf diese Weise gestritten. Vielleicht hätte er Erwin tatsächlich nicht sagen dürfen, was Lena ihm damals anvertraut hatte.

Doch das Geheimnis gehörte nicht Lena allein!

Ganz egal, was Lena glaubte, mit Joachim geklärt zu haben, das Problem war kein persönliches zwischen ihm und ihr. An dem Tag, an dem sich Joachim Baumgärtner entschieden hatte, als Wachmann im Lager Treblinka zu arbeiten und mit seinem Knüppel zu entscheiden, ob Menschen nach links oder nach rechts gehen mussten, hatte er gegen etwas verstoßen, über das Lena nicht einfach urteilen und entscheiden durfte.

Und dafür musste er vor Gericht gestellt werden, statt in einem Anfall von hochemotionaler christlicher Vergebung von Lena Buth Absolution wegen reuevoller Tränen zu erhalten!

Denn das war es, was damals geschehen war.

Wieder fragte sich Rainer, ob das der wahre Grund dafür war, dass er beim Spazierengehen noch nie die Hand nach Lenas Hand ausgestreckt hatte. Er hatte all die Zeit versucht, für sie da zu sein, und er hatte die Antwort selbst nicht gekannt. Doch tief in sich spürte er, dass es nicht an Lena gewesen wäre, Joachim zu vergeben. Dazu hatte sie kein Recht.

Wenn es eine Zukunft für Deutschland geben sollte, und wenn diese Zukunft eine Demokratie wurde ... Dann musste es ein demokratisch bestimmtes Gericht geben, das über die Schuld von Menschen wie Joachim entschied. Ansonsten war die schöne neue Zeit ihren Namen nicht wert.

Mit genau den Worten erzählte er es am folgenden Samstagnachmittag Erwin bei seinem Besuch. Als Erwin zu lachen begann, war Rainer gleichermaßen erstaunt und verletzt.

»Glaubst du wirklich, dass es ein faires Urteil gäbe?« Erwin saß auf seinem Bett und hatte Rainer den Stuhl überlassen. Draußen tropfte ein beständiger Nieselregen auf Garten, Bäume und Straßenpflaster. Es war ein guter Tag, um beisammenzusitzen, zu schweigen und zu reden.

»Wenn wir das nicht hinbekommen, verdienen wir keine Demokratie«, sagte Rainer entschieden.

Erwin lachte. Es klang weniger bitter, als Rainer befürchtet hätte. »Was lässt dich glauben, dass wir eine Demokratie verdienen?«

»Die Demokratie ist die beste Regierungsform«, sagte Rainer und suchte in seiner Erinnerung nach den passenden Worten. »Dadurch werden wir vor den Auswüchsen der Diktatur geschützt.«

»Das hast du schön auswendig gelernt.« Erwin lehnte sich zurück und sah aus dem Fenster. »Ich mag es, wenn es regnet, ohne dass ich durch den Matsch robben muss.«

Hinter diesen Worten verbargen sich neue Albträume, spürte Rainer. Vielleicht interessierte sich Erwin weit weniger für Rainers Streit mit Lena als für das Tropfen des Regens vor seinem Fenster und den Frieden, den er brachte. Wenn das so war, wäre es unrecht von Rainer, ihn erneut auf die Frage nach der Gerechtigkeit zu stoßen.

Er schwieg und ließ Erwin Raum, falls dieser reden wollte. Erwin schien sich jedoch zu entspannen. Er lehnte sich zurück, berührte die Wand mit den Fingerspitzen und bewegte hin und wieder die Füße ganz leicht.

Es tat gut, auf diese Weise beieinander zu sein, ohne reden zu müssen. Das Plätschern des Regens vor dem Fenster verbreitete Behaglichkeit. Auf einem Bretterregal an der Wand neben der Tür standen neben den Karl-May-Büchern noch immer die Modellflugzeuge, die Erwin als Junge gebastelt hatte, mit unglaublicher Sorgfalt zusammengeleimt und bepinselt. Auch ohne aufzustehen, konnte Rainer erkennen, dass jedes Detail stimmte. Die Trägerstützen aus abgeschnittenen Zahnstochern saßen am richtigen Platz am Flügel, und die Schriftzüge wirkten so exakt, als wären sie mit großen Schablonen auf echte Flugzeuge gepinselt worden.

»Als Junge habe ich immer davon geträumt, frei zu sein«, sagte Rainer versonnen. »Ging dir das auch so, als du die Flugzeuge gebastelt hast?«

Erwin nickte.

Wieder schwiegen sie. Als Junge hatte es viele Wege gegeben, frei zu sein. Man konnte rennen, so schnell einen die Beine trugen, und mit jedem Schritt versuchen, noch schneller zu werden, bis einem irgendwann die Beine versagten und man sich nach vorn ins Gras fallen ließ, um wieder zu Atem zu kommen. Man konnte sich prügeln und herausfinden, ob man selbst stärker war oder der andere, sich durchsetzen und sich seinen Weg in die Welt bahnen.

Rainer erinnerte sich an Old Shatterhand und Winnetou. Er hatte es geliebt, beim Lesen in die Weiten der amerikanischen Prärie einzutauchen. Wenn er sich in seinem eigenen Zimmer einschloss oder hinter den Stachelbeerbüschen im Garten seiner Mutter versteckte, spürte er den Wind über den Weiten der Grasmeere, verfolgte auf seinem schwarzen Pferd Hatatitla Bösewichte und genoss die Kameradschaft freier und einander ebenbürtiger Männer. Das waren schöne Reisen gewesen, und die Freude daran mischte sich mit der säuerlichen Süße der Stachelbeeren, nach denen er aus seinem Versteck angelte, um sich zwischen zwei aufregenden Szenen den Bauch vollzustopfen.

»Hattest du je einen Blutsbruder?«, fragte er versonnen.

Erwin schüttelte den Kopf. »Es gab nie einen, der es wert gewesen wäre.«

Rainer nickte und schwieg erneut. Mit zehn Jahren hatten er und Bruno Müller sich mit ihrem Taschenmesser mit viel Mühe und Selbstbeherrschung einen schmalen Schnitt in den Unterarm geritzt. Es hatte gebrannt wie Feuer, und Rainer erinnerte sich gut an Brunos angespanntes Gesicht und die zusammengekniffenen Augen, aber beide hatten so getan, als sei es nichts. Aus den Wild-West-Büchern wussten beide, dass echte Männer am Marterpfahl ganz andere Schmerzen zu ertragen hatten. Sie hatten ihre Unterarme aneinandergedrückt und sich anschließend umarmt. Blutsbrüder für immer. Auch wenn sie in den Jahren danach nicht mehr viel miteinander zu tun gehabt hatten.

Bruno wurde nach wie vor vermisst, wie so viele.

»Hat Lena recht?«, fragte Rainer schließlich. »Hätte ich es dir nicht erzählen sollen, wenn wir ohnehin nichts ändern können?«

»Ich weiß es nicht.« Erwin sah zum Fenster. »Du kommst zu mir, Rainer, als ob du von mir eine Antwort möchtest. Aber was für Antworten hat jemand wie ich?«

Rainer schwieg.

»Wenn ich es nicht erfahren hätte, würde ich Joachim weiterhin auf der Straße grüßen, verstehst du?«, sagte Erwin schließlich. »Das möchte ich nicht mehr.«

»Ist das alles, worum es geht?« Rainer fühlte sich hilflos. »Darum, dass du ihn auf der Straße nicht grüßt?«

»Was soll ich denn tun?« Erwin lächelte zynisch. »Soll ich mir auf dem Schwarzmarkt von einem meiner kommunistischen Brüder eine Waffe besorgen und ihn erschießen? Er hat Frau und Kinder.«

»Das hatten die Menschen auch, die er …« Rainer schloss die Augen und presste die Zähne aufeinander.

»Aber wenn ich ihn erschieße, muss ich als Mörder ins Gefängnis. Ich hänge zwar nicht an meinem Leben, aber … Ich war lange genug eingesperrt.«

»So habe ich das nicht gemeint«, ruderte Rainer erschrocken zurück. »Wir können ihn nicht einfach erschießen, das ist völlig klar.«

»So?«

»Wenn überhaupt, dann muss es ein demokratisches Urteil sein.« Rainer verhaspelte sich. Er wusste nicht, wie so etwas aussehen konnte. Vor seinem inneren Auge versammelten sich die Menschen Niebülls und diskutierten so lange über Joachims Schuld und Unschuld, bis sie einer Meinung waren. Was natürlich nicht geschehen würde, weil Menschen sich nie auf etwas einigen konnten, wenn sich nicht jemand an die Spitze stellte und für Ordnung sorgte.

»Also, es muss ein demokratisch legitimierter Richter sein«, korrigierte er deswegen schnell. »Das ist es, was ich meine.«

»Dann bekommt er zwei Jahre und wird anschließend freigelassen. Schau doch auf die Nürnberger Prozesse. Die interessieren sich nur für die Leute an der Spitze, und selbst die werden manchmal freigesprochen oder nur zum Gefängnis verurteilt.«

Rainer starrte Erwin an. »Das ist nicht dein Ernst.«

»Dafür, dass du so viel über Politik erzählst, weißt du ganz schön wenig davon, wie Macht tatsächlich funktioniert.«

»Red nicht so einen Unsinn!«

»Stell dir vor, sie verabschieden ein Gesetz, das Männern verbietet, ihre Ehefrau zu schlagen. Oder betrunken nach Hause zu kommen.«

»Ja.«

»Und jetzt stell dir vor, sie sagen, dass alle bestraft werden, die das in den vergangenen zehn Jahren getan haben.«

Rainer lachte auf. »Die Gefängnisse wären voller Schwerverbrecher. Vor allem das mit dem Trinken ...«

Erwin nickte. »So ähnlich ist das mit den Nazis, sagen die Westalliierten. Wenn dein Schwager nur Befehle befolgt hat ...«

Rainer fürchtete sich plötzlich. »Also kommen sie davon? Wie kannst du das richtig finden, nach allem ...« Nach allem, was sie dir angetan haben, wollte er sagen, doch er schluckte die Worte hinunter. Erwins Ruhe kam ihm trügerisch vor. Er hatte das Gefühl, dass der andere mit den Tränen kämpfte, und das verursachte ihm Unbehagen.

Angst und aufgesetzte Gleichgültigkeit huschten über Erwins Gesicht. »Ich finde es auch nicht richtig«, sagte er leise. »Aber ganz ehrlich, was kann ich dagegen tun?«

»Du musst doch …«

»So? Muss ich?«

Rainer schwieg.

»Es war eine schreckliche Zeit.« Erwin presste die Kiefer aufeinander. »Aber ich habe genau wie jeder Mensch ein Recht darauf, sie hinter mir zu lassen und ein normales Leben zu führen. Ich muss nicht für den Rest meines Lebens die Buchenwald-Ikone sein, die überlebt hat und sich selbstlos für die gute Sache ins Rampenlicht stellt. Das war es, was Väterchen Stalin von uns verlangt hat, aber ich will es nicht.«

»Hätte ich dir das mit Joachim nicht erzählen sollen?«

Erwin sah ihn hilflos an. »Woher soll ich das alles wissen, Rainer? Sie haben mich jahrelang darauf gedrillt, in einer Reihe zu stehen, zu überleben, nicht aufzufallen. Ich habe überlebt, und ja, ich will nicht mehr daran denken, wie ich es geschafft habe. Habe ich kein Recht darauf, zurück in meine alte Heimat zu kehren und einfach zu leben?«

Rainer schämte sich. »Natürlich hast du das. Es tut mir leid.«

War es wirklich Erwin, den Rainer in dem Moment hatte schützen wollen?

In Wahrheit war er es, der mit dem Wissen um Joachims Verbrechen nicht umgehen konnte, begriff er. Seine Schwester schlief im Bett dieses Mannes. Er war der Vater von Rainers Neffen und Nichte.

Alle behandelten Joachim, als sei er ein ganz normaler Mensch.

»In Buchenwald haben wir etwas geschworen«, sagte Erwin leise. Wut glomm in seinen Augen auf, die er schnell hinter den gesenkten Augenlidern verbarg und die nicht zu dem gebrochenen Mann passte, als der er Rainer eben noch erschienen war. »Wir werden weder rasten noch ruhen, bis auch der letzte Nazitäter gefunden und bestraft wurde.«

»Das ist ein guter Schwur«, sagte Rainer leise. Die unterdrückte Wut im Blick des Kameraden beunruhigte ihn.

»Ich wollte nicht mehr daran denken.« Erwin ballte die Hand zur Faust. »Ganz ehrlich, wie soll das gehen, wenn sie im Osten jeden einsperren, der etwas gegen Stalin sagt, und im Westen allen den Hintern mit Seide abwischen, solange sie bereit sind, gegen Stalin vorzugehen?«

»So ist es doch nicht«, sagte Rainer. »Es soll eine Demokratie geben. Gerechtigkeit, die vom Volke ausgeht. Das ist die Zukunft, die entstehen soll.«

Die Bitterkeit in Erwins Augen glomm weiter.

»Du hast ja recht.« Rainer rutschte auf seinem Stuhl herum. »Wir kämpfen um unser Überleben, jeder von uns. Das Essen reicht nie, und im Winter war es entsetzlich kalt. Kinder brechen in fremde Kohlenkeller ein, und jeder hat geliebte Menschen verloren. Wer denkt an etwas so Abstraktes wie Gerechtigkeit, wenn man kaum mit dem eigenen Leben zurechtkommt?«

»Deswegen hättest du es mir nicht erzählen dürfen.«

Erwin hielt mit einer unauffälligen Geste seine Hand fest. Rainer erkannte die Bewegung. In ähnlicher Weise umfasste er seine eigene Hand, wenn sie gegen seinen Willen zu zittern begann.

Sie schwiegen.

Es fühlte sich nicht behaglich an.

Rainer stand auf, nahm das Schachspiel vom Regal und baute die Figuren auf, um etwas gegen die Stille zu tun. Erwin half dabei und setzte als ersten Zug den Königsbauern zwei Felder nach vorn. Rainer überlegte und zog schließlich ebenfalls den Königsbauern. Schweigend spielten sie Zug um Zug. Erwin besaß ein besonderes Talent dafür, mit Springern aus einer unerwarteten Richtung die Kontrolle über Schlüsselpunkte auf dem Brett zu übernehmen.

»Joachim will Bürgermeister werden«, sagte Rainer schließlich. »Ich sollte dich nicht daran erinnern, auch wenn du es mitbekommen hast. Es ist egoistisch von mir. Aber es verfolgt mich bis in den

Schlaf, und ich weiß nicht, wie ich damit umgehen soll. Es ist eine Sache, dass er sein Leben weiterleben will wie jeder andere. Aber können wir zulassen, dass ein solcher Mensch über die Zukunft unserer Stadt bestimmt?« Erwins Hand, in der er den Läufer hielt, begann zu zittern. »Das können wir nicht. Keine Nazis mehr in die Regierung.«

»Ich habe niemanden außer dir, mit dem ich darüber reden kann. Niemanden, der sich dafür interessiert. Es tut mir leid, wenn ich dich damit belaste, aber ich weiß nicht, was ich tun soll.« Erwin sah aus dem Fenster. Rainer sah, wie er mit sich kämpfte.

»Wir müssen ihn töten«, sagte er schließlich. »Hier im Westen wird ihn kein Gericht der Welt verurteilen. Selbst, wenn sie ihn für ein oder zwei Jahre einsperren ... Das reicht nicht aus.«

Töten?

Der Wechsel kam für Rainer zu plötzlich.

»Eben hast du noch gesagt, du wolltest nichts mehr damit zu tun haben.« Rainer presste die Zähne zusammen und schmeckte Blut, wo er sich auf die Wangeninnenseite gebissen hatte.

»Wir haben es geschworen.« Erwin holte tief und gut hörbar Luft. »Keine Nazis mehr an der Macht. Wenn du bereit dafür bist, dann knallen wir ihn ab. Wie früher Winnetou und Old Shatterhand.«

»Ich habe keine Waffe.« Rainer hatte das Gefühl, dass ein anderer Mensch das Reden für ihn übernommen hatte, während er fassungslos danebenstand und zuhörte.

»Ich auch nicht, aber es gibt Kameraden in Flensburg, die uns helfen können.« Der Mann, der eben noch beinah gebrochen auf dem Rand seines Bettes gesessen und Schachfiguren umhergeschoben hatte, strahlte auf einmal eine ruhige, tödliche Entschlossenheit aus.

»Also willst du ihn töten? Einfach so, ohne Gerichtsurteil, weil du und ich es so entschieden haben?«

Erwin blickte Rainer fest in die Augen. »Ist das so anders als das, was er getan hat?«

Rainer sah ihn beklommen an.

Erwin hatte recht. Wenn ein Mann nicht bereit war, dem Bösen mit der Waffe in der Hand entgegenzutreten, verdiente er kein Leben in Frieden und Sicherheit.

»Dann ist es entschieden«, sagte Erwin und streckte die Hand aus.

Rainer erwiderte Erwins Blick fest, ergriff dessen Hand aber nicht. »Ich muss darüber nachdenken.«

»Schon klar.« Erwin ließ die Hand sinken.

»Ich denke darüber nach. Das meine ich ernst.«

»Ich glaube dir ja.« Erwin setzte den Läufer zurück aufs Brett, auf die gleiche Position, auf der er eben gestanden hatte. »Du wirst denken, denken, denken, bis dein Kopf raucht.«

Rainer nickte beklommen. Erwins Worte klangen bedrohlich wahr.

# Ein Zuhause für Mutter

Wie Lena befürchtet hatte, ging Rainer ihr in der Zeit nach dem Streit aus dem Weg. Er wartete nach der Arbeit nicht mehr auf sie, fragte nicht nach gemeinsamen Spaziergängen und ließ sie nicht länger von Margot grüßen, wenn die Schwestern am Sonntag nach der Kirche miteinander spazieren gingen. Als sie sich einmal zufällig auf der Straße begegneten, sah er durch sie hindurch und tat, als wäre sie Luft, genau wie bei Begegnungen vor und nach dem Kirchgang.

Lena wusste, dass sie sich nicht richtig verhalten hatte und wäre bereit gewesen, sich zu entschuldigen. Allerdings hatte er zuerst einen Fehler gemacht. Er hatte Erwin erzählt, was Lena ihm anvertraut hatte. Das war keine Kleinigkeit. Deswegen war es an ihm, den ersten Schritt zu machen, fand sie.

Er schien das anders zu sehen.

Zum Glück gab es an anderer Stelle in ihrem Leben gute Neuigkeiten. In einem Brief kündigte ihre Mutter die Ankunft mit dem Zug am dritten August an. Der Papierkram war mühsam gewesen, doch am Ende hatte alles geklappt. Sie würde endlich das Flüchtlingslager in Dänemark verlassen können. Die Untermieter von Fräulein Gerdes waren nach Frankfurt aufgebrochen, um dort ins Haus von Verwandten zu ziehen.

»Bald wird alles gut«, sagte Margot aufgeräumt, während sie mit Lena den Feldweg entlangwanderte, um einen schönen Picknickplatz zu finden. »Ich kann es kaum erwarten, Lieselotte endlich wiederzusehen. Hat sie dir früher eigentlich auch immer die Haare gekämmt?«

Lena schüttelte den Kopf und lachte. »Sie hat es versucht, aber ich wollte nicht. Sie und ich sind altersmäßig zu dicht beieinander, als dass es mir Freude gemacht hätte, ihre Puppe zu sein.«

»Stimmt schon ...« Margot blickte versonnen über die sommerlichen Felder, deren Grün sich hier und da schon ins Gelbliche verfärbte. »Mich hat das nie gestört.«

Lena genoss die Nähe ihrer Schwester. Margot hatte sich in Niebüll gut eingelebt. Von der Unsicherheit, die sie in der Zeit direkt nach der Flucht verströmt hatte, war kaum noch etwas geblieben. Sie erzählte gern von ihren Freundinnen und Mathematikbüchern, ging aber Jungen und Männern nach wie vor möglichst aus dem Weg.

Ganz egal, wie chaotisch die Welt wurde, wie viel Unruhe die Männer darin verbreiteten, es würde immer etwas bleiben, das gut war. Margot war warm und lebendig. Sie duftete nach Sommerwärme, nach Erde und einem Hauch Kölnisch Wasser. Lena konnte verstehen, warum Lieselotte der jüngeren Schwester so gern die Haare gekämmt hatte.

Lena selbst hatte nie viel mit ihren Puppen gespielt. Sie hatte stattdessen ihren Arztkoffer genommen und Margot und die Nachbarstochter abgehorcht und ihnen wegen Mumps-Verdacht in den Mund gesehen, wie der Kinderarzt es bei ihr einmal getan hatte. Eines Tages würde sie schließlich Ärztin werden, am liebsten ganz weit im Süden.

Deutschland besaß zwar keine Kolonien mehr, aber ein Teil des Traums war geblieben.

»Für das Dachzimmer verlangt Fräulein Gerdes ganz schön viel Miete«, sagte sie und hoffte, dass es beiläufig klang. »Ich hoffe, Lieselotte findet schnell eine Stelle, wenn sie hier ist.«

Die Vorstellung, mit ihrem kleinen Einkommen als Übersetzerin und Waschhilfe ganz allein für den Unterhalt ihrer Familie verantwortlich zu sein, flößte ihr gehörigen Respekt ein. Offiziell gab es Lebensmittel ohnehin nur über Marken, aber jeder wusste, an wen man sich wenden musste, wenn man für überhöhte Preise etwas mehr bekommen wollte, um sich und der Familie hin und wieder etwas Besonderes zu gönnen. Außer Lena verdiente im Moment jedoch niemand von ihnen Geld, und sie vermutete, dass ihrer Mutter kein Schmuck oder andere Wertgegenstände geblieben waren. Der Hungerwinter musste im Flüchtlingslager noch weit schwerer zu ertragen gewesen sein als für Lena und Margot als Hausgäste in alteingesessenen Niebüller Familien.

Lena fragte sich, wie lange ihre Ersparnisse für das Medizinstudium reichen würden, wenn sie all ihr Geld für die Familie brauchte. Irgendwie würde sie es hinbekommen, da war sie sicher. Wenn man einen Traum hatte, musste man ihn verfolgen, egal wie groß die Hindernisse waren. Ihre Familie kam zuerst, aber Gott würde ihr helfen, trotzdem einen Weg an die Universität zu finden.

»Ich habe mich in der Schule umgehört. Eine Freundin hat erzählt, dass ein Zeitungsbote gesucht wird, der jeden Samstagmorgen die Zeitungen verteilt, aber vermutlich geht die Aufgabe an einen Jungen.«

Lena wehrte sonst stets ab, wenn Margot davon sprach, sich neben der Schule etwas dazuzuverdienen, doch dieses Mal nickte sie. »Frische Luft ist gut für die Gesundheit. Wenn du immer nur in deine Bücher schaust, drehen sich die Buchstaben irgendwann im Kreis.«

»Für mich nicht.« Margot knuffte Lena liebevoll mit dem Ellenbogen in die Seite. »Du weißt doch, dass ich mir alles merke, was ich gelesen habe.«

»Und ich werde nie verstehen, wie du das anstellst, du kleines Mathematik-Genie.«

»Siehst du? Ich dagegen weiß nicht, wie es anders sein könnte.«

Sie schritten fröhlich aus. Mit einem Gefühl grimmiger Befriedigung dachte Lena, dass sie an Rainers Seite nie auf diese entspannte Weise gehen konnte. Sie musste ihr Tempo stets an seins anpassen. Normalerweise störte sie das nicht, im Gegenteil. Sie genoss das Gefühl, zur Ruhe zu kommen und sich Zeit lassen zu können, weil sie endlich in Sicherheit war. Doch jetzt gerade fühlte es sich weit schöner an, neben Margot über Felder zu gehen, sich in den Küstenwind zu stemmen und den Duft des nahen Meeres zu genießen. Der Wind biss ihr in Nase und Ohren, doch die Sonne hatte genug Kraft, um ihm seinen Schrecken zu nehmen und ihn in einen verspielten Wandergefährten zu verwandeln.

Schließlich erreichten sie eine schöne Stelle, an der sie ihren Picknickkorb abstellten und die Decke auf dem Boden ausbreiteten. Margot hatte von ihrer Hauswirtin Frau Weber ein kleines Schälchen mit Kirschen aus dem eigenen Garten mitbekommen. Was für eine Köstlichkeit!

Genüsslich aßen sie ihre Butterbrote und tranken Tee aus der geliehenen Thermosflasche. Die Kornblumen wippten im leichten Sommerwind und verlockten dazu, sich gegenseitig Kränze zu flechten. Wenn Lena nicht genau wüsste, wie schnell die zarten blauen Blüten verwelkten, wäre sie aufgestanden. An einer Stelle wuchsen Margeriten, aus denen sich weit bessere Kränze flechten ließen, doch es waren nicht genug für beide Schwestern. Also saßen sie einfach auf ihrer Picknickdecke, genossen die Sonne und träumten vor sich hin.

Schließlich nahm Margot das Schälchen mit den Kirschen und hielt es Lena hin. Schön sahen sie aus, leuchtend rot und dunkel. Lena nahm eine Zwillingskirsche, hielt sie in die Luft und beugte sich dann vor, um sie Margot übers Ohr zu streifen.

»Jetzt hast du Sommerohrringe«, sagte sie, wie es das Kindermädchen früher im Pfarrhausgarten mit ihnen getan hatte.

»Wie schön!« Margot griff in das Schälchen und schob die Kirschen vorsichtig umher, bis sie ebenfalls eine Zwillingskirsche fand, und beugte sich vor. Lena kam ihr entgegen und ließ sich die Kirschen ans Ohr hängen.

Langsam naschten sie dann die Kirschen. Es waren nicht viele, und sie hatten sich beide an das ständige Gefühl von Hunger gewöhnt, doch diese Köstlichkeit war zu wertvoll, um sie hastig hinunterzuschlingen. Während Lena mit geschlossenen Augen Wind und Sonne spürte, war sie für einen Augenblick vollständig glücklich.

Erst, als sie die letzten Kirschen verzehrt hatten, erlaubte sie der Realität, zurück in ihre Gedanken zu dringen. »Wir dürfen ab Mittwoch in das Dachzimmer und alles vorbereiten. Im Zimmer stehen zwei Betten. Wenn sich Lieselotte und Mutter eines teilen, und du und ich das andere, dann kommen wir schon zurecht.«

»Gibt es auch Decken?«, fragte Margot pragmatischer, als Lena von ihrer oft etwas verträumten kleinen Schwester erwartet hätte.

»Decken schon, aber keine Bezüge. Fräulein Gerdes hat mir erklärt, dass die andere Familie ihre Wäsche mitnimmt.«

»Mutter und Lieselotte bringen sicher noch etwas mit.«

Lena nickte. Sie verkniff sich jeden Kommentar auf die Berge an sauberer, etwas vergilbter Leinenwäsche aus den Schränken von Fräulein Gerdes, die beim Waschen durch ihre Hände gegangen waren. Es störte sie nicht, unter zerschlissenen und auseinanderfallenden Resten einer Wolldecke zu schlafen, es störte sie auch nicht, wenn es keine anständige Waschschüssel oder Bügel im Schrank gab. Sie brauchte keinen Luxus.

Was Lena störte, war etwas anderes. Es verletzte sie, dass Fräulein Gerdes, die so viel besaß, nicht bereit war, etwas von ihrem Eigentum mit anderen zu teilen, die es nötiger brauchten als sie. Das widersprach dem Glauben, in dem Lena erzogen worden war. Sie sprach es nicht aus, aber es nagte an ihr.

»Die Wände des Raumes sind schäbig«, sagte sie stattdessen. »Wenn ein guter Geist uns einen Eimer Tünche vor die Füße fallen lassen würde, würde ich am liebsten alle Wände einmal weißen, bevor wir dort einziehen. Das lässt so einen Raum gleich viel wohnlicher wirken.«

»Wenn dir ein Eimer Tünche vor die Füße fällt, musst du als Erstes deine Schuhe und dein Kleid waschen.« Margot grinste naseweis.

»Du bist ein freches Ding.« Lena lächelte. Sie liebte es, wenn Margot sich sicher genug fühlte, um sie ein wenig zu ärgern. Ihre

Schwester hatte viel zu lange ängstlich ins Leere gestarrt, wann immer ihr andere Menschen über den Weg gelaufen waren. Es war gut, dass sie wieder in die Schule gehen und einen Rest normaler Kindheit nachholen konnte. Sie war nicht mehr so sensibel und schreckhaft wie früher.

»Bei Frau Weber im Schuppen steht noch etwas Tünche«, sagte Margot. »Soll ich sie fragen, ob wir davon etwas für die Dachstube bekommen?«

Lenas Gesicht wurde warm. »Das wäre sehr freundlich von ihr. Aber ...«

»Du und Rainer, ihr habt euch gestritten, oder?«

»Woher weißt du das?«

»Man merkt es ihm an. Er schaut dann beim Abendessen stets besonders grimmig und sagt niemals bitte, wenn er die Butter möchte, bis seine Mutter ihn ermahnt.«

»Ich werde froh sein, wenn meine Schwester nicht mehr als Untermieterin bei der Mutter meines ... meines ...«

»Deines Freundes«, sagte Margot entschieden. »Lena, er ist dein Freund. Ganz Niebüll weiß, dass ihr miteinander ausgeht, und meine Freundinnen wissen es auch.«

»Warum küsst er mich dann nie?«

»Weil er dafür zu viel Respekt vor dir hat.«

»Du bist zu jung, um übers Küssen zu reden.«

Margot zuckte zusammen, und Lena verwünschte sich für ihre gedankenlosen Worte.

»Danke jedenfalls für deinen Glauben an ihn und mich«, schob sie hastig hinterher. »Ich würde dich ja fragen lassen, warum er sich nicht bei mir entschuldigt, aber ich möchte dich nicht mit hineinziehen.«

»Das ist auch besser so.« Margot machte eine entschiedene Handbewegung. »Liebes Fräulein Lena Buth, um dein Liebesleben kümmere dich bitte selbst. Aber ich kann Frau Weber fragen, ob wir etwas von der Tünche für das Dachzimmer bekommen. Vielleicht hat sie auch noch ein, zwei andere Dinge, die uns dabei helfen können, uns einzurichten.«

»Das wäre lieb von dir.« Lena spuckte den letzten Kirschkern aus, den sie bis eben in der Wangentasche behalten hatte und der allmählich bitter zu schmecken begann.

»Wenn ich sie auf die richtige Weise frage, dann bittet sie Rainer bestimmt auch, uns beim Tünchen zu helfen«, sagte Margot und wirkte viel zu unschuldig, wie sie mit einem Grashalm herumspielte.

»Tu das nicht«, bat Lena, doch ein Teil von ihr wollte genau das. »Ich will nicht mehr an ihn denken, verstehst du? Am Samstag in einer Woche sehen wir endlich unsere Mutter wieder. Das ist viel wichtiger als irgendwelche Männergeschichten.«

Margot lächelte bloß und drehte den Grashalm zwischen den Fingerspitzen hin und her. Sie sah seltsam verletzlich und zart aus, und Lena hatte das Gefühl, dass sie ihre Schwester vor irgendetwas beschützen musste, für das sie keine Worte kannte.

# Hilf ihr!

Die Tage nach dem Schachtreffen in Erwins Zimmer dehnten sich allmählich zu Wochen. Rainer ging Erwin aus dem Weg und versuchte, auch Lena zu vermeiden. Die Welt, die vor Kurzem noch voller Verheißungen für die Zukunft gewesen war, hatte sich in einen bedrohlichen Ort verwandelt. Seine Hoffnungen auf eine bessere Zukunft fühlten sich nach all dem, was Erwin über die Politik der Westmächte erzählt hatte, leer und hohl an. Es würde anders werden als unter Hitler, sicher, und in den kommenden Jahren würde es weder Krieg noch Vernichtungslager geben.

Aber sonst?

Rainer bemühte sich, sein Leben weiterzuleben und nicht an die Bewerbungen zu denken, die auf den Schreibtischen ferner Studiendekane lagen und auf die es nach wie vor keine Antworten gab. Er stand morgens auf, wusch sich mit kaltem Wasser und zog sich an. Die Haare klatschte er mit Wasser an den Kopf, damit es ordentlich aussah, und steckte einen Kamm in die Westentasche. Am Frühstückstisch vertiefte er sich in die Zeitung, um die anderen am Tisch nicht ansehen zu müssen, und packte die von seiner Mutter zubereiteten Stullen wortlos in seine Tasche. Ihm fiel auf, wie die Gespräche der anderen im Haus verstummten, wenn er in die Nähe kam, doch es kümmerte ihn nicht.

Auf der Arbeit verbrachte er Stunden damit, hinter dem Apothekentresen ins Leere zu starren. Er hatte sich viel zu lange davor gedrückt, an seine eigene Zukunft zu denken. Wie sollte er Lena einen Antrag machen, wenn er nicht genug Geld verdiente, um eine Familie zu ernähren? Aber wie sollte er studieren, wenn er es nicht mal hinbekam, ohne zitternde Hände an das zu denken, was Erwin zu ihm gesagt hatte?

Er war ein Schwächling und würde für immer einer bleiben.

Manchmal hoffte er, dass Lena in der Mittagspause oder nach Feierabend vorbeikäme, doch jedes Mal, wenn die Tür ging, war es jemand anders. Dann zwang er sich zu einem Lächeln, ging höflich auf die Wünsche seines Gegenübers ein und verkaufte, was immer benötigt wurde. Vermutlich grollte Lena ihm noch immer. Er konnte sich kaum noch an den Grund ihres Streits erinnern, vielleicht verdrängte er ihn auch, aber irgendetwas hatte er mit Sicherheit falsch gemacht. Vermutlich erwartete Lena, dass er sich entschuldigte. Das würde er auch tun. Später. Sobald er herausgefunden hatte, wie er mit der Gesamtsituation umgehen sollte.

*Wir werden ihn töten*, hatte Erwin gesagt. Einfach so. Als ob es das Normalste auf der Welt sei, einem anderen Menschen eine Waffe ins Gesicht zu halten und abzudrücken.

Rainer wollte seinen Schachkameraden dafür hassen, doch er konnte es nicht. In seiner Erinnerung war Erwin ein Pazifist, auch wenn er von einer besseren Welt träumte. Man hatte diesen verträumten, manchmal sarkastischen jungen Menschen in den gebrochen wirkenden Mann verwandelt, dessen Gesichtsausdruck abrupt von Hilflosigkeit in Wut umgeschlagen war.

Was musste ein Mensch erlebt haben, um so bereitwillig einen anderen erschießen zu wollen?

Rainer wusste es auf einer abstrakten Ebene. Er hatte wie alle anderen an den verpflichtenden Aufklärungsschulungen teilgenommen. Trotzdem war es etwas anderes, dem Grauen auf diese Weise direkt ins Gesicht zu sehen. Er wusste nicht, ob er das noch einmal ertrug.

Dafür schämte er sich am meisten. Erwin hatte es direkt erlebt, und Rainer war nicht mal in der Lage, sich als Freund mit Erwins Schmerz auseinanderzusetzen.

»Ich habe eine Aufgabe für dich«, erklärte seine Mutter ihm in der letzten Juli-Woche, als die ganze Welt unter der Hitze stöhnte.

»Worum geht es?«

»Die Buth-Mädchen ziehen auf den Dachboden bei Fräulein Gerdes. Ihre Mutter und die große Schwester kommen endlich nach Niebüll.«

Lena zog um!

Sie würde nicht länger im Pfarrhaus wohnen. Das bedeutete, dass er ihr auch dort nicht mehr zufällig über den Weg lief, wenn er seine Schwester besuchte. Für einen Moment verspürte er egoistisches Bedauern deswegen, doch er zwang sich zu einem Nicken. »Das ist gut für sie. Sie vermisst ihre Mutter, glaube ich.«

»Anders als du, hm?« Sie musterte ihn mit diesem warmen Mutterlächeln, das niemand so gut konnte wie sie.

Am liebsten hätte Rainer ihr alles erzählt, doch das war natürlich unmöglich. Es gab Dinge, in die würde er seine Mutter niemals mit hineinziehen. Sie interessierte sich nicht sonderlich für Politik, das hatte sie wieder und wieder erklärt. Das Einzige, was für sie wichtig war, war ihre Familie. Er mochte es, wie sie ihm durch die Haare wuschelte, wenn sie das sagte und keine Fremden in der Nähe waren, doch das würde er niemals zugeben.

»Ich verweigere die Aussage«, erwiderte er. »Du versuchst, mir Dinge in den Mund zu legen, die ich nie gesagt habe.«

»Das ist mein Recht als deine Mutter.« Sie zog ihn an sich. Er ließ es zu und sträubte sich nur ganz wenig dagegen, falls irgendjemand zusah. Manchmal war eine solche Umarmung alles, was man brauchte, auch wenn er ihr das niemals ins Gesicht sagen würde.

In diesem Moment half es zumindest ein bisschen.

»Darf ich meinen großen, starken Sohn denn um einen Gefallen bitten?«, flüsterte sie ihm ins Ohr.

Rainer gab ein Brummen von sich, das weder Zustimmung noch Ablehnung ausdrückte.

»Ich weiß, dass die Mädchen das auch allein hinkriegen, der Krieg hat sie stark gemacht. Trotzdem fände ich es schön, wenn du ihnen dabei hilfst, das Dachzimmer für ihre Familie zu tünchen.«

»In Ordnung.«

»Es geht darum, dass sie sich willkommen fühlen«, erklärte seine Mutter weiter, obwohl er längst zugestimmt hatte. »Wenn sie alles allein machen müssen ... Dann werden sie sich im Ort weiterhin wie Fremde fühlen. Das möchte ich nicht.«

»Mutter, ich habe doch gesagt, dass es in Ordnung ist.«

»Margot wird die Schubkarre nehmen und die Tünche zum Haus von Fräulein Gerdes fahren. Begleitest du sie?«

»Gleich jetzt?« Allmählich ging ihm das doch zu schnell. »Mutter, ich habe eigentlich noch zu tun.«

»Was denn? Musst du wieder mit Lysolwasser die Ablagen im Wohnzimmer abwischen? Das habe ich heute Vormittag schon getan.«

Rainer überschlug in seinen Gedanken Möglichkeiten, um sich vor der spontanen Aufgabe zu drücken. Natürlich würde er seiner Mutter niemals ins Gesicht sagen, dass er einen ihrer Aufträge nicht erfüllen wollte. Der Mann, der mutig genug dafür war, musste erst noch geboren werden. Trotzdem drängte es ihn nicht, mit Margot durch Niebüll zu gehen und ein Dachzimmer in einem fremden Haus zu tünchen.

Vor allem, wenn er dabei Lena begegnete.

»Meine Hose ...«, sagte er deswegen und sah an sich hinab. »Ich weiß nicht, ob die Tünche so gut verträgt.«

Seine Mutter umfasste sanft sein Ohr und kniff hinein. »Seit wann ist mein Herr Sohn nicht mehr in der Lage, nach oben zu gehen und sich die alte Schmuddelhose anzuziehen, aus der die Flecken ohnehin nicht hinausgehen? Möchtest du etwa, dass die jungen Damen sich ihre Kleider ruinieren?«

Rainer hob ergeben die Hände. »Das würde ich niemals zulassen.«

Seine Mutter ließ ihn los. »Geh dich umziehen. Ich zeige Margot, wo der Eimer steht, und helfe ihr mit der Schubkarre. Beeil dich!«

Er warf ihr einen letzten Blick zu und ging nach oben. Niemals hätte er verraten, wie dankbar er in Wahrheit war, dass sie durch seine knurrige Fassade geblickt hatte und ihn zwang, sich wieder mit dem Alltag auseinanderzusetzen. Vermutlich hatte sie mitbekommen, dass er und Lena nicht mehr miteinander sprachen, aber sie würde niemals zugeben, dass es so war. Ihre offizielle Begründung war gut genug: Lena und ihre Familie sollten sich in Niebüll willkommen fühlen, nicht nur als geduldete Fremdlinge.

Gemeinsam mit Margot ging er zu Fräulein Gerdes' Haus. Mit der Schubkarre war sie langsam genug, dass er sich mit den Krücken nicht hetzen musste. Unterwegs grüßte er nach links und rechts und versuchte, ernst dreinzublicken, damit niemand merkte, wie sehr er sich darauf freute, Lena endlich wiederzusehen.

»Guten Tag, Fräulein Gerdes«, sagte Rainer nach dem Betreten der Küche zum älteren Fräulein und nahm seinen Hut ab. »Wie geht es Ihnen?«

»Gut, gut.« Sie wirkte nervös und etwas fahrig. »Es ist viel Unruhe, die man im Moment hat. Ständig neue Leute im Haus, ein einziges Hin und Her ...«

»Das kann ich verstehen. Aber mich kennen Sie doch, Fräulein Gerdes, und Lena ist ja auch eine freundliche junge Frau ...«

Sie nickte. »Wie geht es deiner Mutter, Rainer? Ihr habt auch Fremde im Haus, oder?«

Er nickte. Ganz egal, wie lange man sich das Haus mit den Neuankömmlingen teilen musste ... Für sein Empfinden waren und blieben es Fremde, auch wenn seine Mutter mit ihnen plauderte, als seien es schon ein ganzes Leben lang geschätzte Nachbarn und Freundinnen von ihr. Wenn er sich nicht inzwischen in seinem eigenen Haus als geduldeter Gast fühlen würde, würde er nicht bei jeder Mahlzeit mit der Zeitung eine Barriere zwischen sich und seiner Umwelt errichten.

Trotzdem störte es ihn, dass Fräulein Gerdes in diesem Augenblick Lena und Margot als Fremde bezeichnete, wo die beiden doch künftig in diesem Haus leben sollten.

Die Treppenstufen in den ersten Stock waren schmal. Auf den Dachboden kam man nur über eine Stiege, die kaum mehr als eine Leiter mit breiten Sprossen war, auch wenn sie ein Geländer hatte und fest in die Wand eingedübelt war. Rainer hatte Mühe, mit seinem kaputten Fuß hinaufzuklettern. Fast noch schlimmer war, dass er den Eimer Margot zum Tragen überlassen musste.

»Rainer!« Lena trat aus dem künftigen Zimmer in den Flur. Ihr Lächeln war süß und wirkte auf eine Weise scheu, die in Rainer den Wunsch weckte, sie auf der Stelle in seine Arme zu schließen. Sie trug ein altes, fleckiges Kleid, das er noch nie an ihr gesehen hatte. Vermutlich handelte es sich um eine Leihgabe seiner Schwester aus dem Pfarrhaus für die Arbeiten im Zimmer. Doch obwohl er das fleckige Kleid registrierte, war Lena ihm nie schöner erschienen als in diesem Augenblick. In ihren Augen lag ein schüchternes Leuchten, und ihre Wangen färbten sich rosig.

»Guten Tag, Lena.«

»Wie schön, dass du hier bist.«

Er verschränkte die Arme, um nicht versehentlich nach ihrer Hand zu greifen oder einen anderen Versuch zu machen, sie zu berühren. »Meine Mutter war der Meinung, dass es für Margot zu gefährlich ist, einen Eimer Tünche allein durch die Stadt zu schieben.«

»Wie außerordentlich besorgt von deiner Mutter.« Um Lenas Lippen spielte ein feines Lächeln. »Ich bin jedenfalls froh, dass du uns helfen willst. Doro und ich haben den Fußboden vor den Wänden schon mit alten Zeitungen ausgelegt.«

»Doro?«

»Meine Bürokollegin. Ich habe dir von ihr erzählt, aber ihr seid euch noch nicht begegnet, glaube ich.«

»Das kann sein. Wo ist sie?«

»Sie müsste gleich zurück sein.«

Rainer nickte.

Das künftige Zimmer der Familie Buth maß vielleicht drei mal vier Meter. Zwei Betten standen in der Mitte des Raumes, auf ihnen lag ein Tisch mit der Platte nach unten. Die Beine bestanden aus abgenutztem Holz, dessen Lack abgesplittert war. Eines war geleimt. Außerdem gab es noch einen schmalen Wandschrank, der am Fuß der Betten stand. Rainer fragte sich, wie man all diese Möbel über die schmale Stiege nach oben geschafft hatte.

Das Schweigen zog sich in die Länge.

»Kann einer von euch mir bitte den Tüncheeimer abnehmen?«, fragte Margot von unten. »Es ist schwierig genug, das Ding über die Stiegen nach oben zu bekommen.«

»Natürlich.« Rainer lehnte die Krücken an die Wand des Flures und kniete sich neben die Bodenöffnung. »Reich ihn mir einfach an.«

Margot wuchtete den Eimer nach oben, bis Rainer den Griff zu fassen bekam und ihn nach oben zog. Von unten sah er zu Lena auf. Wie hübsch sie war. Es spielte keine Rolle, dass sie ein schmutziges Kittelkleid trug, dass ihre Haare unter dem schützenden Zeitungshut ein wenig wuschelig aussahen und sie keine Strümpfe anhatte. Irgendetwas an ihr leuchtete jedes Mal, wenn er sie sah. Es war ein unsichtbares Leuchten, für das er keine Worte fand und das ihn anzog. Leuchte für mich, sei warm und schön, und umhülle mich mit diesem Leuchten, damit mein Herz wieder ganz wird, dachte er. Ich war verloren ohne dich, und ich wusste es nicht.

Aber er sprach nichts davon aus.

»Hier ist der Eimer«, sagte er stattdessen. »Habt ihr einen Stecken, damit wir die Farbe umrühren können?«

»O nein.« Sie legte die Hand an den Mund und grübelte. »Daran haben wir nicht gedacht.«

»Kein Problem.« Margot stand in der Tür und hielt inne. »Soll ich laufen und schauen, wo ich einen trockenen Stock finde, der nicht bröselt und keine Rindenreste in der Tünche verteilt?«

»Ja, bitte tu das.« Lena schenkte ihrer Schwester ein Lächeln. »Beeil dich ein wenig, ja? Ich möchte, dass wir heute fertig werden.«

Margot verschwand gehorsam. Rainer blieb allein mit Lena zurück. Die Atmosphäre veränderte sich. Er stand auf und blickte sie an. Sie schaute zurück. Der Abstand zwischen ihnen betrug gerade mal einen Meter. Beim Spazierengehen war er schon dichter neben ihr gewesen, doch es war das erste Mal überhaupt, dass sie allein in einem Zimmer waren. Es fühlte sich intim und magisch an. Wie etwas, das sie nicht tun sollten und das gleichzeitig unendlich richtig war. Tausend Gedanken schossen durch Rainers Kopf. Dass Lena wunderschön war, die schönste Frau, die je auf der Erde gelebt hatte, dass er sie küssen sollte, dass er flüchten musste, jetzt sofort, auf der Stelle, sonst war er verloren.

»Wie geht es dir?«, sagte er stattdessen.

Sie rieb sich mit der Hand über die Wange. »Viel zu tun, das siehst du ja.«

Er nickte.

»Und du, wie geht es dir?«

»Gut, danke.«

Es war schrecklich gewesen, mit ihr zu streiten. Er erinnerte sich an seine Wut und daran, dass er Lena für eine dumme Pute gehalten hatte, doch das waren Gedanken wie aus einem anderen Leben. In diesem Augenblick war jedes Gefühl davon verflogen.

Wenn seine Mutter nicht darauf bestanden hätte, dass er Margot begleitete, hätte er vielleicht nie bemerkt, wie sehr Lena ihm fehlte.

»Es ist lieb, dass du uns helfen willst«, sagte sie scheu.

»Wie es aussieht, gehört meine Arbeitskraft nicht mir, sondern meiner Mutter. Sie darf mich nach Belieben verleihen.«

Die Worte sollten lustig sein, doch der weiche Ausdruck in Lenas Gesicht verschwand. »Ach so.«

Rainer biss sich auf die Lippen. Wenn Lena wollte, dass ihm half, warum hatte sie nicht selbst gefragt? Er wäre mehr als bereit dazu gewesen, das musste sie doch wissen. Wenn sie Hilfe brauchte und es für sich behielt, dann durfte sie sich nicht beschweren, wenn es stattdessen seine Mutter war, die ihn schickte.

Gut, sie beschwerte sich auch nicht, aber ihre Augen leuchteten nicht mehr so wie eben noch.

Frauen. Was man auch tat, es war falsch. Wenn sie nicht gleichzeitig so wunderschön wären, so weich und geheimnisvoll, wenn man nicht gerade deswegen immer wieder versuchen würde, es doch noch richtig zu machen, dann wäre die Welt ohne sie weit besser dran.

»Es tut mir leid wegen unserem …«

»Mir auch«, sagte Lena schnell. »Ich war sehr dumm. An dem Tag hatte ich schlechte Laune. Es tut mir leid.«

»Ich war auch sehr dumm.«

Das Leuchten kehrte in Lenas Augen zurück. Sie sahen einander an.

»Es war ein dummer Streit«, sagte er noch einmal. »Ich hätte dir zuhören sollen. Das mit Erwin, das ist …«

»Es ist keine leichte Situation.« Lena legte den Kopf schief. »Ich kann mir vorstellen, wie sehr es dich belastet. Immerhin ist er dein Freund.«

»Er ist nur ein alter Kamerad.«

»Ihr scheint befreundet zu sein.«

Rainer zuckte unbehaglich mit den Schultern. »Keine Ahnung.«

»Bring ihn doch mit, wenn wir hier in einer Woche die Einweihungsfeier machen. Es wird eng, aber Margot leiht sich den Plattenspieler von einer Freundin. Irgendwie kriegen wir die Leute schon unter, vielleicht gibt es sogar Tanz.«

Das klang so, als würde Lena ganz selbstverständlich davon ausgehen, dass Rainer kam. Bisher hatte sie ihn zwar nicht eingeladen, aber er würde sie nicht darauf hinweisen. Die Zukunft fühlte sich mit einem Mal besser an.

»Ich kann mir vorstellen, dass es für dich wirklich schwer ist«, sagte Lena sanft und warm.

Was genau meinte sie damit? Hatte er sich verplappert, wusste sie etwas von seinen und Erwins Plänen?

»Wegen deinem Schwager«, sagte sie leise. »Er gehört zu deiner Familie, aber Erwin ist dein Freund. Wenn ich in deiner Situation wäre, wüsste ich auch nicht, was ich tun sollte.«

Er brummte. Darüber wollte er in diesem Moment lieber nicht sprechen.

»Wenn du mal jemanden brauchst, um darüber zu reden, bin ich gern für dich da.«

Rainer nickte. Die Gedanken an Joachim und Erwin verfolgten ihn bereits auf der Arbeit die ganze Zeit, drängten sich in seinen Schlaf und mischten sich mit den demütigenden Panikanfällen, während derer er sich erneut an die Front versetzt fühlte. Bei Lena wollte er nicht auch noch daran denken.

Trotzdem war es nett, dass sie es anbot.

Fröhliche Frauenstimmen ertönten aus dem Flur. Der Moment der Stille war vorbei. Rainer spähte durch die Tür der Dachstube und sah erst Margot und dann eine unbekannte, blonde Frau nach oben klettern. Die Haare der Fremden wippten um ihre Schultern. Eine Stoffblume am Kragen ihres Kleides verlieh ihr eine adrette Note und ließ sie besonders wirken.

Sie streckte ihm freundlich die Hand zur Begrüßung entgegen. »Hallo! Du musst Rainer sein. Ich freue mich, dich kennenzulernen. Lena hat mir schon viel von dir erzählt, aber bis eben wusste ich nicht, dass du mit ihrer Schwester in einem Haus wohnst. Ich bin Doro, und ich komme aus Berlin, aber dort habe ich mich nicht mehr wohlgefühlt.«

Rainer ergriff ihre Hand und drückte sie. Der Redeschwall überraschte ihn ein wenig, doch Doro wirkte so warm und fröhlich, dass man ihr nicht böse sein konnte. »Schön, dich kennenzulernen.«

»Wollen wir anpacken?« Sie reichte Lena eine fleckige Schürze, die sie mitgebracht hatte. »Lena, hast du Rainer schon einen Zeitungshut gebastelt?«

»Du und deine Zeitungshüte.« Lena lächelte und griff an Rainer vorbei, um die Schürze zu nehmen. »Die braucht man doch nur, wenn man die Decke streicht, damit einem keine Farbe in die Haare tropft.«

»Ohne Zeitungshut darf man nicht tünchen. Das ist ein Verbrechen gegen die Gesetze des Jazz und lässt den richtigen Swingrhythmus vermissen. Willst du ein solches Risiko eingehen?«

»Lieber nicht. Margot, kannst du für Rainer noch einen Hut falten? Dann rühre ich die Farbe um.«

»Natürlich.« Margot reichte ihr einen Stock, der offenbar lange genug im Regen gelegen hatten, dass Wind und Wetter alle Rinde von ihm gelöst hatten.

Lena prüfte die Festigkeit, doch er zerbrach nicht in ihren Händen. »Prima. Der ist genau richtig.« Sie stellte den Tüncheeimer auf die Zeitungsunterlage vor der Wand, öffnete ihn und begann, mit ruhigen und gleichmäßigen Bewegungen zu rühren.

Doro drückte Rainer einen Pinsel in die Hand. »Hier, ich schlage vor, dass du die Ecke mit der Schräge übernimmst. Sei nicht zu sparsam mit der Tünche, sonst sieht man die Striche, aber verschwende auch nichts, es muss für den ganzen Raum reichen. Hast du schon einmal getüncht, geht das mit deinem Fuß? Und sind das deine Gehhilfen neben der Tür, ist es in Ordnung für dich, wenn ich sie auf das Bett lege, damit sie beim Streichen nicht im Weg sind?«

Wie viel diese Frau reden konnte! Holte sie zwischen ihren Sätzen überhaupt Luft?

»Es sind meine.« Rainer entschied sich, nur auf die letzte Frage zu antworten und den Rest zu ignorieren. »Und ja, du kannst sie gern auf das Bett legen. Streichen kann ich trotzdem, auch wenn mein Fuß nicht mehr ganz ist.«

»Dann stellen wir den Eimer näher zu dir, dann musst du nicht so weit laufen, würde ich sagen. Funktioniert es für dich, wenn er auf dem Boden steht, oder sollen wir lieber einen Stuhl nehmen? Wir können ihn mit Zeitung auslegen. Dann musst du dich nicht jedes Mal bücken.«

Rainer hasste es nach wie vor, wenn Menschen ihn auf seine Behinderung hinwiesen und sie zum Thema machten, aber an dieser Stelle war es vernünftig. Deswegen schluckte er sein Unbehagen hinunter. »Das ist eine gute Idee, danke. Ich glaube, damit wird es tatsächlich einfacher für mich.«

»Für die anderen auch.« Doro lachte. »Wetten, dass sie mir auch danken werden, weil sie sich nicht ständig bücken müssen, um ihren Pinsel in die Farbe zu tauchen? Das geht auf Dauer ganz schön auf den Rücken, glaub mir.«

Rainer lächelte. Wie recht sie hatte. Es fühlte sich schön an, dass sie mit ihren Worten den Unterschied zwischen ihm und den anderen kleiner werden ließ. Niemand bückte sich gern häufiger, als er musste, das galt auch für Menschen mit ganzem Fuß. Doro schien in Ordnung zu sein, auch wenn sie gern redete.

»Du klingst erfahren«, sagte er, damit sie nicht wieder anfing, ihm Fragen zu stellen. »Hast du schon mal getüncht?«

Sie nickte vergnügt und setzte sich ihren Zeitungshut so auf, dass er keck in ihre Stirn ragte. »In Berlin war ich Kellnerin in einem Jazzklub. Die Inhaberin war ein unglaublich schnuckeliger Schatz. Damals haben wir alle mit angefasst, wenn es nötig war. Deswegen weiß ich das mit den Zeitungshüten auch.«

Margot lachte und reichte Rainer seinen Hut. »Du siehst, Rainer, sowohl Widerstand wie auch Diskussionen sind zwecklos. Das hier ist dein Hut. Setz ihn auf. Doro hat gesprochen.« Sie setzte sich ebenfalls einen Zeitungshut auf ihre dunklen Locken, die sie im Nacken hochgesteckt hatte.

Sie begannen mit der Arbeit. Rainer mochte den Tünchegeruch. Er war sauber und klar und verbreitete ein Gefühl von Heimeligkeit. Die Frauen unterhielten sich ein wenig, über Arbeit und andere Menschen, doch sie erwarteten nicht von ihm, sich am Gespräch zu beteiligen. Ihre Stimmen waren eine Kulisse voller Geborgenheit und Frieden.

Plötzlich war Lena ganz nah bei ihm. Sie bearbeitete mit ihrem

Pinsel die Fensteröffnung. Als sich ihre Blicke trafen, hielten beide inne.

»Das ist beinah so, als würde man sein eigenes Zuhause einrichten, oder?«, sagte sie zu ihm.

Rainer schluckte. Plötzlich schien es ihm sehr dringend, endlich eine Antwort von der Universität zu bekommen. Er wandte sich von Lena ab, tauchte seinen Pinsel in die Farbe und konzentrierte sich auf das nächste kleine Stück Dachstubenwand. Lenas enttäuschten Seufzer versuchte er zu ignorieren, so gut er konnte.

# Dachboden-Heimat

An dem Tag, an dem Lenas Mutter und Schwester ankommen sollten, stand Lena mehr als eine Stunde vorher am Gleis und wartete ungeduldig. Immer wieder blickte sie auf die Vergissmeinnicht, die zwischen den Ritzen um das Bahnhofsschild wuchsen. Die Sonne beschien ihre Nasenspitze und ließ ihren Scheitel warm werden. Im Norden stand der Wasserturm, an dem die Dampflokomotiven ihre Kessel auffüllten.

Margot stand neben ihr. Am Anfang hatten sie noch miteinander geredet, doch inzwischen verharrten sie in einem ungeduldigen Schweigen. Fast zwei Jahre waren vergangen, seit sie ihre Mutter und ihre Schwester das letzte Mal gesehen hatten. Lena erinnerte sich noch an die jähe Freude, als sie die Rote-Kreuz-Nachricht über den Verbleib von Mutter und Schwester bekommen hatte, an die Briefe und all die Sehnsucht danach, einander wiederzusehen.

Jetzt stand der große Augenblick kurz bevor. Lenas Hände waren feucht. Sie konnte sich ihre Mutter kaum vorstellen, ohne gleichzeitig an das Haus zu denken, in dem sie so viele Jahre für Behaglichkeit gesorgt hatte. Auf einmal hatten sich die Rollen verkehrt, und es war an Lena, für ihre Mutter zu sorgen. Das fühlte sich falsch an. In den vergangenen zwei Jahren hatte Lena erwachsen werden müssen, doch tief im Innern sehnte sie sich trotzdem danach, hin und wieder ins Haus ihrer Kindheit zurückkehren zu dürfen und noch einmal die Geborgenheit zu spüren, die sie dort überall umfangen hatte.

Die Gleise führten nach links und nach rechts. Ihre Mutter würde aus Richtung des Wasserturms kommen, bevor der Zug weiterfuhr.

Ein jegliches im Leben hatte seine Zeit, stand in der Bibel. Es gab Zeiten, um sich zu trennen, und Zeiten, um sich wiederzufinden. Jetzt war die Zeit, wieder Tochter zu werden.

Schließlich sah Lena in der Ferne die Dampfwolke, die den näher kommenden Zug ankündigte. Die Gleise begannen zu summen und zeigten damit, dass sich etwas Großes näherte. Lena war sich nicht sicher, ob sie erst das Rattern der Räder wahrnahm oder die Lokomotive erblickte. Gleich, gleich war es so weit!

Die Sekunden schienen sich endlos in die Länge zu ziehen, doch schließlich hielt der Zug, und die Türen öffneten sich. Lena umfasste Margots Hand. Die Schwester zitterte, und Lena streichelte ihr beruhigend mit dem Daumen über den Handrücken. Wo war ihre Mutter, wo war Lieselotte?

Ein Mann mit Krücken stieg aus, dann eine alte Frau mit Gehstock und Kopftuch. Für einen Moment fürchtete sich Lena, dass die Mutter im vergangenen Winter massiv gealtert war, weil sie auf der Flucht so furchtbare Dinge erlebt hatte, doch dann stieg die dunkelblonde Lieselotte aus dem Zug, ließ sich den Koffer anreichen und hielt der Mutter die Hand zum Aussteigen hin.

»Mutter!« Lena und Margot eilten zu ihnen und nahmen Lieselotte den Koffer ab. Sie zogen die Mutter vom Bahnsteigrand fort und standen jetzt etwas verlegen voreinander.

Seit ihrem letzten Beieinandersein war schrecklich viel Zeit vergangen. Lenas Mutter war dünn und blass geworden. Die Falten in den Augenwinkeln hatten sich vertieft. Trotzdem leuchteten ihre Augen. »Meine Mäuseleins«, sagte sie leise und sah Lena und Margot voller Wärme an. »Ich kann es kaum glauben, euch wiederzusehen. Wie schön, dass es euch gibt.«

»Ach, Mama!« Lenas Augen brannten plötzlich. »Es war so schrecklich lange.«

Ihre Mutter öffnete die Arme. Lena und Margot drückten sich hinein und ließen sich halten. Obwohl die Mutter knochig geworden war, schien sie Wärme und Fülle auszustrahlen. Lena schluchzte auf.

Das Leben war kompliziert geworden, aber für eine Sekunde war es wieder warm und vollkommen. Ihre Mutter roch genauso wie früher. Ein wenig nach warmem Apfelmus mit Rosinen und Vanillesoße, ein wenig nach Moos und Erde. Lena erinnerte sich plötzlich, dass sie als Kind manchmal in den Wäscheschrank gekrochen war und den Duft ihrer Mutter aus ihren Blusen und Kleidern wie ein magisches Elixier in sich aufgesogen hatte, wenn sie etwas ausgefressen hatte und sich nicht in die Küche wagte, damit man nicht mit ihr schimpfte.

Wie hatte sie die Trennung bloß so lange ausgehalten? Wie konnte man leben ohne eine Mutter, bei der man sich in die Arme flüchtete und gehalten wurde, bis alles wieder gut war?

Lena spürte, wie sich die Angst und Anspannung von Jahren auflösten. Die Winterkälte im Arbeitslager 1944 fiel endlich von ihr ab, genauso wie die Verantwortung für über sechzig Arbeitsmaiden, die zusammen mit ihr am Pommernwall geschaufelt hatten, um die russischen Panzer aufzuhalten. Solange ihre Mutter sie hielt, spielte es keine Rolle, dass Lena im Krieg Dinge *organisiert* hatte, dass sie einen Massenmörder nicht vor Gericht gebracht hatte, dass die Menschen im Ort sie als Flüchtling und Menschen zweiter Klasse behandelten. Mütter konnten die ganze Welt mit einer einzigen Umarmung in Ordnung bringen.

Als sie sich voneinander lösten, schien ihre Mutter trotzdem kleiner zu sein, als Lena sie in Erinnerung hatte. Ein Jahr im Flüchtlingslager hatte sie verändert. Sie wirkte zarter und zerbrechlicher. In Lena wallte ein heftiger Schub Liebe auf. Sie würde ihre Mutter beschützen, komme, was wolle!

»Hattet ihr eine gute Fahrt?«, fragte sie unsicher. »Margot und ich haben das Zimmer für uns vorbereitet. Wir haben auch etwas zu essen da, aber es ist natürlich alles etwas ...« Ihre Stimme stockte.

»Es wird schon passen.« Ihre Mutter lächelte. »Es ist so schön, dass wir jetzt wieder zusammen sind.«

Erst jetzt sah Lena ihre Schwester Lieselotte an. Lieselotte war immer die Ältere gewesen. Manchmal hatte Lena sie um die Freiheiten beneidet, die das mit sich brachte, manchmal war sie erleichtert gewesen, unangenehme Pflichten an die Ältere abschieben zu dürfen. In diesem Augenblick spielte nichts davon eine Rolle. Lieselotte war wieder da. Ihre Schwester. Einer der Menschen, die ihr geblieben waren, während die Brüder in Russland vermisst waren und es auch vom Vater keine Nachrichten gab.

Sie umarmten sich und hielten sich lange, bevor Lena Lieselotte freigab und Margot sie umarmte.

»Kommt mit«, sagte Lena schließlich. »Ich zeige euch den Weg.«

Sie und Margot trugen das Gepäck. Unterwegs zeigte ihnen Lena die Stadt und erklärte, was wo war. Fleischerei, Gemischtwaren laden, Apotheke und die Werkstatt, die sich auch um die Autos kümmerte, in denen Lena fahren gelernt hatte.

»Davon hast du mir geschrieben, ja.« Die Mutter lächelte. »Ich kann mir immer noch nicht vorstellen, dass du so etwas Schwieriges gelernt hast. Mein kleines Mädchen ist erwachsen geworden.«

»Mir wäre das zu gefährlich, am Steuer eines Automobils zu sitzen«, sagte Lieselotte in einem Tonfall, aus dem Lena eine Spur Neid herauszuhören glaubte.

»Wenn man es richtig macht, ist es sicherer als auf der Pferdekutsche«, erklärte Lena stolz. Dann erinnerte sie sich daran, was ihre Mutter und die Schwester alles durchgemacht hatten. Das hier war der falsche Zeitpunkt, um sich mit Lieselotte über die Sicherheit britischer Militärfahrzeuge zu unterhalten. Deswegen räusperte sie sich und setzte neu an. »Am wichtigsten ist mir jedenfalls, dass ihr beide endlich hier seid. Margot und ich haben eine Suppe vorbereitet, die wir gleich warm machen können, während ihr euch frisch macht und ein wenig ausruht.«

»Wir haben zwei Dauerwürste mitgebracht«, erklärte Lieselotte. »Von einem dänischen Bauern, bei dem ich gearbeitet habe. Im Koffer ist auch ein kleiner Sack Kartoffeln.«

»Wie wundervoll.« Lena machte einen kleinen Hüpfer, der wegen des Koffers ungeschickter ausfiel als geplant. »Wartet nur ab, wir machen es uns hier richtig hübsch. Morgen melden wir euch an, damit ihr eure Bezugsmarken bekommt, und morgen Abend haben wir ein paar Gäste, damit ihr euch hier schnell willkommen fühlt.«

Aus den Augenwinkeln sah Lena, wie ihre Mutter ein Gähnen hinter dem Handrücken verbarg. Sie musste erschöpft sein.

»Das findet alles erst morgen statt.« Lena lachte leise. »Keine Sorge, Mutter. Heute müsst ihr nur noch ein kleines Stückchen gehen, dann erreichen wir das Haus von Fräulein Gerdes.«

»Das ist die Dame, von der du geschrieben hast, ja?«

Lena nickte. Ein kleines bisschen stolz fühlte sie sich, weil sie das alles möglich gemacht hatte. »Ich helfe ihr samstags beim Waschen. Da hat sie gesehen, dass ich zuverlässig bin und die Frauen aus unserer Familie mithelfen und sich für die Hausarbeit nicht zu schade sind. Als das Zimmer frei wurde, habe ich gefragt, und sie hat ja gesagt.«

»Du bist schon immer leicht mit Menschen ins Gespräch gekommen.« Lieselotte lächelte. »Ich werde mir so schnell wie möglich ebenfalls eine Arbeit suchen. Gemeinsam schaffen wir das.«

Sie erreichten das Haus von Fräulein Gerdes. Lena führte ihre Familie nach hinten, wo sie am Kücheneingang anklopften und eintraten. Fräulein Gerdes saß am Tisch und schlug Pfannkuchenteig. Auf dem Herd dampfte Apfelmus in einem Topf. Lena lief das Wasser im Mund zusammen. Sie war traurig, dass sie für ihre Mutter und Schwester nur Suppe und Butterbrot anbieten konnte, keine solchen Leckereien. Heimlich hoffte sie, dass Fräulein Gerdes anbieten würde, ihre Schätze zu teilen, doch das tat sie nicht. Sie begrüßte Lenas Mutter und Lieselotte freundlich, gab ihnen die Hand und erkundigte sich nach der Fahrt, doch in ihren Augen lag keine echte Freundlichkeit. Sie war die Hausherrin, während die anderen geduldete Fremde waren, die sie aufgrund der Gesetze durch die Besatzerarmeen bei sich wohnen lassen musste.

Lenas Mutter erfasste die Situation mit einem Blick. Lena spürte ihr Zusammenzucken. Es war, als könne sie den Schmerz ihrer Mutter spüren, die vor einem guten Jahr noch Herrin im eigenen Haus gewesen war und jetzt als Bittstellerin ins Haus einer anderen kam.

Sie hatte stets Gastfreundlichkeit ausgestrahlt, die von Herzen kam. »Wir sind Ihnen sehr dankbar, dass wir hier wohnen dürfen«, erklärte sie. In ihrer Stimme lag Respekt, aber keine Unterwürfigkeit.

»In den Lagern in Dänemark ließ man uns jeden Tag spüren, wie unerwünscht wir als Flüchtlinge in einem Land waren, das zuvor von unserer Armee okkupiert worden ist. Es tut gut, wieder unter Landsleuten zu sein und sich willkommen zu fühlen.«

In den Worten hätte eine Spitze liegen können, doch irgendwie gelang es Lenas Mutter, die Worte ehrlich und aufrichtig klingen zu lassen.

Fräulein Gerdes errötete etwas. »Ich kann mir vorstellen, dass das angenehmer ist, ja.« Sie bot ihnen trotzdem nicht an, später die Pfannkuchen zu teilen.

Lena erklärte Lieselotte und ihrer Mutter, wo sich das Holzhäuschen mit dem Herz an der Tür befand, und führte sie dann die Treppe nach oben bis zum Dachboden. Das Zimmer auf der linken Seite würde ihnen gehören.

Die Mutter öffnete die Tür und betrachtete den Raum. Eine Träne rann ihre Wange hinab. »Lieber Herr Jesus, ich danke dir!«

Lieselotte trat neben sie. Zwei Betten mit weißen, sauberen Decken und Kissen. Die Bilder an der frisch getünchten Wand, die Frau Weber ihnen geschenkt hatte, und der Blumenstrauß, den Margot und Doro gestern an den Wegrändern gepflückt hatten, nicht zuletzt der kleine Läufer auf dem Fußboden und die porzellanene Waschschüssel mit dem Waschkrug …

All das strahlte Behaglichkeit und Heimeligkeit aus. Lena und Margot hatten die erste Nacht bereits im Bett auf der linken Seite verbracht und ihre wenigen Besitztümer hierhergeholt.

»Das ist jetzt unser Zuhause«, sagte Lena leise. »Wir haben einen kleinen Schrank, und ein Freund hat uns eine Stange an die Wand gebaut, an der wir unsere Kleidung aufhängen können. Und wir haben jede Menge Nägel an den Dachbalken und in der Tür, sodass der Platz schon reichen wird.«

Ihre Mutter betrat den Raum und sah sich um. Der Geruch nach frischer Tünche hing noch in der Luft, genau wie der behagliche Duft nach Reed, mit dem das Dach gedeckt war. Die Seife auf dem kleinen Teller neben der Waschschüssel duftete nach Reinlichkeit, und in den vom Flüchtlingshilfswerk erhaltenen Bettbezügen hing noch der Duft nach Frühlingswind und Sonne. Zwei Zierkissen von Frau Weber gaben jedem Bett eine persönliche Note. Es war beinah, als hätte es den Krieg nie gegeben.

Lena schloss leise die Tür hinter ihnen, nachdem sie alle ins Zimmer gekommen waren. Jetzt war die Familie für sich. Sie sah, wie eine kaum spürbare Anspannung aus den Gesichtern von Lieselotte und ihrer Mutter wich, und spürte, wie sich ihr eigener Rücken aufrichtete. Jetzt waren sie wieder zusammen. Jetzt würde alles gut werden.

Margot und Lena halfen den Neuankömmlingen, den Koffer auszuräumen, und gemeinsam fanden sie im Zimmer einen Platz für alles, was untergebracht werden mussten. Dann baten sie ihre Mutter und Lieselotte, sich für einen Moment hinzulegen. Lena mochte sich kaum vorstellen, was die beiden alles durchgemacht hatten. Zusammen mit Margot ging sie hinab in die Küche, um das Abendessen für Mutter und Schwester vorzubereiten. Fräulein Gerdes hatte Pfanne und Herd sauber zurückgelassen und aß vermutlich mit ihrer Mutter in dem Zimmer, das sie sich miteinander teilten. Lena war dankbar, dass sie auf diese Weise den ersten Abend allein mit ihrer Familie verbringen durfte.

Margot kümmerte sich um die Suppe auf dem Herd, während Lena die Kartoffeln und die Dauerwürste in dem Schrankfach verstaute, das Frau Gerdes ihrer Familie zugeteilt hatte. Ein wenig mulmig war ihr beim Gedanken daran, solche Schätze an einem Ort zu deponieren, an dem jeder hineingreifen und sich bedienen konnte, doch sie würde sich daran gewöhnen müssen. Von jetzt an aß sie nicht mehr als Gast bei anderen, sondern zusammen mit ihrer Familie.

Sie schnitt dünne Scheiben des dunklen Brotes ab, bestrich sie sparsam mit Butter und streute ein wenig Salz darüber. Außerdem stibitzte sie drei Halme Schnittlauch aus dem Topf im Fenster, schnitt sie klein und streute sie auf die Brotscheiben. Als das Wasser kochte, goss Lena Hagebuttentee auf, den sie von Rainer geschenkt bekommen hatte, und deckte den Tisch für vier Personen. Schließlich war alles fertig.

»Möchtest du sie holen?«, fragte Lena.

»Geh nur.« Margot lächelte. »Ich habe Lust, mich heute wie die Hausfrau zu fühlen, die euch alle bewirtet.«

Lena drückte ihre hochgewachsene kleine Schwester an sich, zog ihren Kopf hinab und gab ihr einen Kuss auf die Stirn, bevor sie nach oben ging. Sie klopfte an die Tür zu dem Zimmer, das künftig ihre Heimat sein sollte, und trat ein, ohne auf das Herein zu warten.

Lieselotte saß auf dem Bettrand und kämmte sich die Haare, während ihre Mutter sich vor der Waschschüssel das Gesicht mit frischem Wasser benetzte.

Lenas Herz wurde so warm, dass sie das Gefühl hatte, ihre Haut würde von innen verbrennen. Es war verwirrend, wieder die mittlere Schwester zu sein und nicht mehr die große, die Verantwortung für sich selbst und Margot trug. Es war auch seltsam, ihre Mutter an einem Ort zu sehen, den sie mit ihren eigenen Händen eingerichtet hatte, statt im Haus zu leben, das der Mutter gehörte. Doch nichts davon spielte in diesem Augenblick eine Rolle.

»Ihr habt mir unglaublich gefehlt«, sagte sie.

Lieselotte lächelte. »Komm, hilf mir die Haare zu flechten. Dann geht es schneller.« Sie scheitelte die Haare in der Mitte und drückte den einen Strang Lena in die Hand. Gemeinsam flochten sie zwei Zöpfe, während ihre Mutter sich die eigenen Haare mit einigen Nadeln zu einem Knoten zusammensteckte.

»Es ist ein hübsches Zimmer geworden«, sagte Lenas Mutter und blickte sich anerkennend um. »Ihr habt es gut gemacht.«

Lenas Herz schwoll vor lauter Stolz und Freude an. »Ach, das ist doch nichts«, wiegelte sie trotzdem ab. »Wir haben es gern getan und hatten Hilfe.«

Ihre Mutter nickte, und für einen Augenblick war da wieder das alte Lächeln, an das sich Lena so gut erinnerte und dem weder graue Haare noch Falten etwas anhaben konnten.

# Willkommensfeier

Rainer war froh, dass Erwin ihn zur Einweihungsparty für Lenas neues Zuhause begleiten wollte. Seit dem Gespräch über Joachim hatte er Erwin noch einige Male besucht, um mit ihm Schach zu spielen. Es erschien ihm falsch, seinen alten Kameraden völlig auf sich gestellt zu lassen. Sie hatten Figuren auf dem Brett hin und her geschoben, doch die Atmosphäre im Raum war trübsinnig geblieben. Rainer war genauso gefangen in seinen Erinnerungen an die Front wie Erwin in den Nachwirkungen eines völlig anderen Horrors. Im Alltag der Stadt war für keine davon Platz. Jeder wusste, dass es an den Wiederaufbau ging. Man brauchte starke Menschen, um eine gute neue Welt zu bauen. Für Schwäche, für Ängste und für den Blick zurück war weder Raum noch Zeit. Es tat gut, sich mit Erwin zu treffen, mit dem Gefühl von Verlorenheit nicht allein zu sein, doch das war nichts, für das sie Worte finden konnten.

Über Joachim sprachen sie nicht mehr. Rainer war sich nicht sicher, ob sich Erwin für seinen Wutausbruch schämte oder ob er entschieden hatte, die notwendigen Schritte allein zu unternehmen. Manchmal schien es Rainer so, als solle er nachfragen, doch er fand nie die richtigen Worte. Wenn Erwin darüber sprechen wollte, würde er es schon sagen, hoffte er.

Rainer war ohne Erwin zu einem der ersten Treffen der wiedergegründeten SPD gegangen. Er wollte mehr darüber erfahren, wie die Parteien funktionierten und was der Unterschied zwischen Sozialismus und Kommunismus war. Das Treffen war spannend gewesen, und er hoffte, dass Erwin eines Tages mitkommen würde, aber gleichzeitig war ein Gefühl von Enttäuschung zurückgeblieben.

Was auch immer diese neue Demokratie werden sollte, sie fühlte sich weniger kameradschaftlich an als die einstigen Sitzungen der Hitlerjugend. Die Diskussionen waren weit entfernt von dem beglückenden Meinungsaustausch, die in seiner Fantasie zu einer besseren und demokratischeren Welt gehörten.

Außerdem hatte sich niemand für das interessiert, was Rainer zu sagen hatte.

Für die Party hatte Rainer sein bestes Hemd angezogen. In seinem Rucksack trug er zwei Gläser selbstgemachter Marmelade von seiner Mutter. An der Außenseite war ein sorgsam in Packpapier eingewickelter Blumenstrauß aus dem Garten befestigt.

Anders als sonst ging er zum Haupteingang und klingelte. Es dauerte einen Moment, dann kam Erwin nach unten und öffnete die Tür. Er trug ein gestreiftes Hemd und sah mit seinem Filzhut ganz anders aus als sonst. Beinah fesch. Er hielt einen abgedeckten Teller in der Hand, auf dem sich vermutlich Kuchen befand.

»Moin«, grüßte er den Freund.

»Moin«, grüßte der zurück und sie machten sich auf den Weg.

Bei Fräulein Gerdes klopften sie wie üblich am Hintereingang an und gingen durch die Küche ins Haus. Das ältere Fräulein grüßte sie reserviert. Rainer zog den Hut vor ihr und begrüßte auch ihre zahnlose alte Mutter am Küchentisch höflich, auch wenn die ihn vermutlich nicht mehr hören konnte. Sie tauschten einige Worte.

Fräulein Gerdes war sichtlich unzufrieden damit, wie viele Menschen heute ihr sonst so stilles Haus betraten. »Mit so etwas habe ich nicht gerechnet, als ich Fräulein Buth ein Heim angeboten habe. Sie schien immer so ein nettes, stilles Fräulein zu sein. Aber diese Blondine aus Berlin ... Ich sage dir, Rainer, die hat einen schlechten Einfluss.«

»Die Doro? Die scheint doch ganz nett.«

»Hat sie dir auch schöne Augen gemacht, ja? Lass dich von der bloß nicht täuschen. Hast du nicht mitbekommen, dass sie in Tanzklubs geht? Angeblich bringt sie Fräulein Buth auf Abwege.«

Die Worte versetzten Rainer einen Stich, den er sich nicht anmerken lassen wollte. »So schlimm wird es schon nicht sein.«

»Na ja.« Fräulein Gerdes schnaubte. »Man erzählt sich wilde Dinge.«

Rainer war sich nicht sicher, ob er diese Dinge erfahren wollte. Gleichzeitig wäre es unhöflich, einfach weiterzugehen. »Die Menschen reden viel«, sagte er deswegen. »Vielleicht brauchen sie das einfach.«

»Genauso, wie es andere brauchen, mit englischen Soldaten tanzen zu gehen?« Ihr Blick bekam etwas Lauerndes.

Rainer schluckte. Die Vorstellung tat ihm weh. Seine Zehen schmerzten plötzlich. Es waren die Zehen, die man ihm in Russland abgetrennt hatte, aber er spürte sie überdeutlich. Davon würde er Fräulein Gerdes aber nichts sagen. Lena verdiente mehr als diese Art von Tratsch hinter ihrem Rücken. »Wenn Fräulein Buth tanzen gehen möchte, soll sie das tun. Ist doch nichts dabei.«

Fräulein Gerdes blickte abfällig und hob die Schultern. »Das kann man so und so sehen.«

Rainer nickte und hielt es für besser, das Gespräch an dieser Stelle zu beenden. »Einen schönen Tag noch, Fräulein Gerdes! Ich kenne den Weg, Sie brauchen ihn uns nicht zu zeigen. Genießen Sie den schönen Samstag noch ein wenig!«

Das ältere Fräulein nickte grimmig.

»Was für ein Drachen«, flüsterte Erwin, als sie die Treppe in den ersten Stock bewältigt hatten. »Die möchte ich nicht als Hauswirtin haben.«

»Lena versteht sich wohl mit ihr. Außerdem … Wer kann in diesen Zeiten wählerisch sein, wenn es um Wohnraum geht?«

»Das stimmt wohl.«

Erwin hielt die Krücken, während Rainer sich auf der Stiege nach oben kämpfte, und hob sie zu ihm, bevor er selbst nach oben kletterte. Rainer lehnte die Krücken neben der Treppe an die Wand. Hier oben war alles so eng, dass er sich im Zweifelsfall an der Wand festhalten konnte, um das Gleichgewicht nicht zu verlieren. Das war sinnvoller, als andere Menschen aus Versehen mit seinen Gehhilfen zu stoßen.

Aus dem Dachzimmer erklangen bereits Musik und fröhliche Stimmen. Rainer war plötzlich nervös. Er löste den Blumenstrauß aus dem Papier und nahm ihn in die Hand.»Bist du bereit?«, fragte er Erwin.

»Wenn du es bist.«

»Dann wird das wohl nichts.«

Sie tauschten ein verlegenes Nicken, dann ging Rainer zur offen stehenden Tür der Dachstube und klopfte an den Rahmen.»Guten Tag!«

»Rainer!« Lena schenkte ihm ein glückliches Lachen.»Wie schön, dass du kommen konntest. Darf ich dir meine Mutter und meine Schwester Lieselotte vorstellen? Guten Tag, Erwin, ich freue mich, dass du da bist.«

Rainer stellte mit einem Blick fest, dass sie die einzigen Männer waren. Außer Doro waren zwei Schulfreundinnen von Margot gekommen. Die ältere Frau auf dem Stuhl neben dem Fenster musste Lenas Mutter sein, die jüngere Frau neben ihr die große Schwester. Beide sahen freundlich aus, auch wenn in ihren Gesichtern deutlich die Anspannung der harten Monate im Auffanglager zu lesen war.

Rainer begrüßte beide mit Handschlag und einer angedeuteten Verbeugung, die gut aufgenommen wurde, und überreichte seinen Blumenstrauß. Der stieß auf Begeisterung, und Margot wurde losgeschickt, um sich von Fräulein Gerdes eine Vase zu leihen und sie mit Wasser zu füllen. Rainer ahnte, dass in diesem Zimmer eigentlich kein Platz für einen Blumenstrauß war, aber der Duft erfüllte das Zimmer und verbreitete Freude. Auch die mitgebrachte Marmelade und der Kuchen wurden angemessen gewürdigt.

»Schau nur.« Lena zeigte ihm den kostbaren Gegenstand, der in einer Ecke des Zimmers stand.»Margots Freundin durfte den Plattenspieler mitbringen, ist das nicht wundervoll? Wenn wir wollen, können wir gleich tanzen.«

»Äh …« Rainer machte einen halben Schritt nach hinten. »Ich glaube, fürs Tanzen habe ich zwei linke Füße.«

»Zier dich nicht so!« Sie lachte. »Hier ist doch niemand außer uns, der es sehen könnte.«

Rainer blickte sich im Raum um und zog eine übertriebene Grimasse, mit der er Lena erneut zum Lachen brachte. Er war sich nicht sicher, ob er sie je so glücklich gesehen hatte. »Du freust dich, dass deine Mutter zurück ist, oder?«

Sie nickte. »Familie ist das Wichtigste im Leben.«

Aus dem Mund einer Frau, die so viel arbeitete wie sie und es sogar zu einer Stelle als Übersetzerin geschafft hatte, klangen diese Worte besonders schön. »Vielleicht tanzen wir nachher wirklich ein wenig«, gab er nach. »Aber lass mich erst mal ein wenig ankommen und mit den anderen Gästen reden.«

»Natürlich. Kennst du schon Elisabeth und Nora, Margots Klassenkameradinnen?«

Rainer begrüßte auch diese beiden mit einer angedeuteten Verbeugung. Noras Dialekt klang ähnlich wie Lenas, Elisabeth dagegen stammte aus dem Ort. Offenbar verloren die Unterschiede in der Herkunft bei so jungen Menschen ihr Gewicht schneller als bei den älteren. Nachdem die Mädchen ihre anfängliche Nervosität abgelegt hatten, verwickelten sie Rainer in ein Gespräch über Fußball. Noras Onkel hätte es einmal beinah bis in die Nationalmannschaft geschafft, erzählte sie, aber dann kam der Krieg, und Deutschland spielte nicht mehr international.

Rainer hätte nicht erwartet, in zwei jungen Mädchen Gesprächspartnerinnen zu diesem Thema zu finden, aber er ließ sich bereitwillig auf das Gespräch ein. Aus den Augenwinkeln sah er, wie Doro Erwin mit einem ihrer Redeschwälle in Beschlag nahm. Er lächelte unerwartet zufrieden. Natürlich, schoss es Rainer durch den Kopf. Er mag nicht über das reden, was er erlebt hat, aber das muss er bei Doro auch nicht. Die redet genug für drei Frauen.

Nachdem Margot mit einer Blumenvase zurückkehrte, kümmerte sich Elisabeth um den Plattenspieler. Andächtig drehte sie die Kurbel, bis sie mit der Aufziehspannung zufrieden war. Sie zog eine Schellackplatte aus einer Tasche, hob die Nadel und legte die Platte vorsichtig auf den Abspielteller. Dann führte sie die Nadel an die richtige Stelle, setzte die Platte sanft in Bewegung und schaltete den Plattenspieler ein. Sobald die ersten Töne erklangen, schloss sie die Abdeckung.

»Ich liebe Swing-Musik«, sagte Doro mit leuchtenden Augen. »Erwin, tanzt du mit mir?«

»Das habe ich nie gelernt«, sagte Erwin unerwartet scheu. »Ich möchte dir nicht auf die Füße treten.«

»Keine Sorge, das mit dem Auf-die-Füße-Treten ist meine Aufgabe. Vertrau mir, das kriege ich wunderbar hin.«

Erwin lachte. Es war ein unerwartetes Geräusch, heiser und ein wenig fremdartig. Rainer war nicht sicher, ob er Erwin seit dessen Heimkehr überhaupt schon einmal hatte lachen hören. Doro musste eine große Zauberin sein, wenn sie eine solche Magie wirken konnte. Sie musste mindestens fünf Jahre älter sein als Erwin, doch das schien die beiden nicht zu stören.

Lena neben ihm wippte mit dem Fuß, doch sie war nicht so frech wie Doro, die sich ihren Tanzpartner selbst gewählt hatte. Rainer wagte nicht, sie aufzufordern. Mit seinem kaputten Fuß konnte er nicht mehr richtig tanzen, und er wollte sich vor den anderen nicht lächerlich machen. Trotzdem sah er zufrieden zu, wie Margot mit ihrer Freundin Elisabeth tanzte und Nora von Lieselotte aufgefordert wurde. Der Raum wirkte zu eng, um drei Paaren das Tanzen zu ermöglichen, aber irgendwie funktionierte es, und wenn jemand sich anrempelte, lachten alle und es wurde noch lustiger.

Als das Stück zu Ende war, klatschten alle. Lena ging zum Tisch und schnitt den Kuchen in kleine Stücke. Es gab nicht genug Sitzplätze oder Teller für alle, doch das störte niemanden. Jeder nahm sich ein Stück und atmete den Duft zufrieden ein, während sie darauf warteten, dass alle etwas hatten.

»Heute ist ein wunderschöner Tag«, erklärte Lena allen Anwesenden. »Ich habe meine Mutter und meine Schwester wiedergefunden. Das ist ein Tag der Freude. Wenn es nach mir ginge, müssten wir einen neuen Nationalfeiertag ausrufen!«

Alle lachten.

»Willkommen in deiner neuen Heimat, liebe Mutter«, sagte Lena und deutete eine respektvolle Verbeugung vor ihr an. »Und willkommen auch du, liebe Lieselotte!«

Alle im Raum klatschten. Rainers Herz ging auf, als er einen Bissen von seinem Kuchen nahm und die Hand unterhielt, damit die süßen Krümel nicht auf den Boden fielen. Das hier war etwas völlig anderes als die sonntäglichen Teegesellschaften mit seiner eigenen Familie, bei der er sich stets bemühte, Joachim gegenüber eine gute Miene zu machen, während sich sein Bauch verknäuelte.

Lenas Mutter stellte sich neben Rainer und hob ihr Wasserglas, um ihm damit zuzuprosten. »Wie geht es Ihnen, Herr Weber?«

»Vielen Dank«, erwiderte er. »Es ist schön, Sie kennenzulernen, Frau Buth. Lena hat mir schon viel von Ihnen erzählt.«

»Sie hat mir auch manchmal von Ihnen geschrieben.« Frau Buth lächelte.

»Ich hoffe, Sie hatten eine gute Reise«, sagte Rainer.

»Vielen Dank. Jetzt, in Friedenszeiten, ist das ja ein Kinderspiel, verglichen mit dem, was wir auf der Flucht erlebt haben …« Ein Schatten huschte über ihr Gesicht.

Rainer schwieg teilnahmsvoll.

»Das ist zum Glück lange her.« Frau Buth lächelte wieder. »Niebüll ist eine wunderschöne Stadt. Sie haben Glück, hier zu leben.«

»Bald werden Sie sich hier wie zu Hause fühlen.«

»Genau wie Lena.« Sie musterte ihre Tochter liebevoll. »Was machen Sie eigentlich beruflich, Herr Weber?«

Rainer hatte das Gefühl, dass das die Frage war, um die es die ganze Zeit gegangen war. »Ich arbeite zurzeit als Aushilfe in der Apotheke im Ort«, erklärte er. »Das reicht aber nicht für die Zukunft, die ich mir vorstelle. Deswegen habe ich mich an den Universitäten Flensburg, Hamburg und Hannover für das Pharmazie-Studium beworben. Aktuell warte ich noch auf Rückmeldung.«

Frau Buth wiegte nachdenklich den Kopf. »Das sind gute Pläne, aber es sieht aus, als würden Sie noch eine Weile brauchen, bis ...« Sie zögerte.

Rainer nickte. »Der Krieg hat viele Dinge durcheinandergebracht. Die Universitäten eröffnen schrittweise, aber noch sind wir alle weit weg von den anständigen Lebensläufen, die es früher gegeben hat. Aber das wird sich ändern.«

»Da haben Sie wohl recht, Herr Weber.« Sie lächelte.

Rainer lächelte zurück.

Margot ging zum Plattenspieler, zog ihn auf und ließ die Schellackplatte erneut laufen. Lena warf Rainer einen schüchternen Blick zu, in dem eine Bitte lag. Sie wollte mit ihm tanzen, das war deutlich zu sehen. Wusste sie denn nicht, dass er das seit dem Krieg nicht mehr konnte?

*Bitte*, sagten ihre Augen. *Ich wünsche es mir. Bitte mach mir die Freude!*

Rainer kämpfte mit sich und gab sich schließlich einen Ruck. Er trat zu ihr und deutete eine Verneigung an. »Darf ich bitten, mein Fräulein? Ich fürchte, ich bin kein ... kein großer Tänzer. Nicht so, wie ...«

»Das macht nichts«, sagte Lena so schnell, dass es klang wie ein Wort. »Ich kann auch nicht richtig tanzen.«

»Das kann ich mir kaum vorstellen.«

»Tanzen muss nicht perfekt sein, sagt Doro. Hauptsache, man hat Freude daran.«

»Doro muss auch nicht führen.«

»Das kann sie aber.«

Rainer wusste nicht, was er darauf antworten sollte.

»Möchtest du, dass ich beim Tanzen führe?« In Lenas Augen blitzte der Schalk.

»So weit kommt es noch!« Rainer lachte, legte den Arm auf ihre Hüfte und reichte ihr die Hand. Lena legte ihre vertrauensvoll in seine und schenkte ihm ein süßes Lächeln, das ihn verlegen machte. Auch mit zwei heilen Füßen hatte er sich in der Tanzstunde nie hervorgetan. *Du musst es nicht richtig machen,* hatte ein Freund ihm damals zugeflüstert. *Du musst das Mädchen nur glauben lassen, dass du weißt, wie es geht.* Wie um alles in der Welt sollte er das anstellen, wenn das *Mädchen* jemand war, den er so sehr mochte wie Lena? Sein Mund war trocken, und er schluckte hart.

Das Intro setzte ein. Die Instrumente produzierten Klänge, die im ersten Moment fremd klangen. Zu laut, zu dreist, zu verspielt für anständige deutsche Tanzmusik. Doch dahinter lag ein Rhythmus, in dem tatsächlich etwas Freches lag. Etwas Altes und Fröhliches, das überlebt hatte und auf Rainers Herzschlag reagierte.

Lena sah ihn versonnen an und bewegte sich mit ihm. Winzige Härchen hatten sich an der Stirn aus ihrem Pferdeschwanz gelöst und verlockten dazu, sie voller Sanftheit und Zärtlichkeit zurück in die Frisur zu streicheln. Er hatte nie gelernt, Swing zu tanzen, doch der Platz reichte ohnehin nicht, und mit seinen versehrten Füßen würde er sie niemals voller Kunstfertigkeit durch den Raum wirbeln.

Darum ging es nicht, spürte er plötzlich. Das hier war nichts, wo er sich beweisen musste. Er war kein Soldat mehr, und wahrscheinlich würde er nie ein Held werden, dem man Statuen baute. Er hatte auch nicht das Zeug dazu, Bürgermeister zu werden, und bei der Parteiversammlung hatte sich niemand für all die klugen Gedanken interessiert, die er nicht aussprach. Geld verdiente er ebenfalls nahezu keines.

Offenbar brauchte Lena nichts davon, um auf diese unvorstellbar süße und schüchterne Art für ihn zu lächeln. Ihr reichte es, ihn zu halten oder von ihm gehalten zu werden. Ihre Wangen leuchteten in schüchternem Rosa, und in ihren Augen blitzte eine Freude, die nichts Aufgesetztes hatte. Sie war glücklich, und Rainer war derjenige, der sie glücklich machte.

Noch nie in seinem Leben hatte er sich so stark und männlich gefühlt.

Sie machten winzige Tanzschritte. Manchmal kämpfte Rainer mit dem Gleichgewicht und hatte das Gefühl, dass er sich zwischenzeitlich mehr an Lena festhielt, als dass er sie führte, aber es schien sie nicht zu stören. Selbstvergessen strahlte sie ihn an und schunkelte mit ihm im Rhythmus der Musik. Rainer spürte das *freche* Gefühl in der Musik, das ihn dazu verlockte, Lena enger an sich zu ziehen oder sie provokant in Drehungen zu führen, doch er hielt sich zurück.

Schließlich war das Lied zu Ende. Alle, die getanzt hatten, lösten sich voneinander und applaudierten, genau wie diejenigen, die am Rand gestanden oder auf dem Bett gesessen und zugesehen hatten.

Als Nächstes forderte Margot Rainer auf, während Lena mit Erwin tanzte und Doro Lenas Mutter um die Ehre bat. Zu Rainers Erstaunen ließ sich die ältere Frau darauf ein. Er konnte sich nicht vorstellen, dass seine eigene Mutter mit der blonden Frau aus Berlin auf diese Weise tanzen würde, aber irgendwie gefiel es ihm. Er hoffte, dass Lena in vielen Jahren immer noch so viel Freude an kleinen Dingen verströmen würde wie ihre Mutter, und nach der nächsten Erholungspause bat er Frau Buth ebenfalls um einen Tanz und bemühte sich um eine angemessene Mischung aus Respekt und männlicher Führungskompetenz auf der Tanzfläche. Dabei scheiterte er grandios, und nach dem dritten heftigen Stolpern der beiden stellten sie sich an den Rand der Tanzfläche, doch sie hatten ein wenig miteinander gelacht.

Rainer konnte sich nicht erinnern, wann er sich das letzte Mal so wohl in seiner Haut gefühlt hatte wie heute.

Später am Abend zauberte Doro aus einer weiteren Tasche unter dem Bett eine Flasche hervor, in der laut ihrer Aussage Sekt war, auch wenn die Flasche kein Etikett besaß. Angeblich hatte einer der Besatzersoldaten sie ihr verkauft, der sie wiederum von einem

Franzosen hatte. »Wer weiß, vielleicht ist es sogar Champagner«, sagte sie und zwinkerte.

»Wenn wir fest daran glauben, ist es sogar Ambrosia.« Erwin stand neben ihr und zwinkerte zurück.

Rainer staunte und versuchte, sich nichts anmerken zu lassen. Er hätte nie erwartet, dass Erwin noch immer in der Lage war, auf diese Weise zu entspannen, zu lächeln und mit einer Frau zu schäkern. Für einen Moment schien alles möglich.

Lena stahl sich neben ihn und hielt ihre Hand so dicht neben seine, dass er die Wärme spüren konnte. »Bist du glücklich?«, fragte sie ihn leise.

Rainer nickte. Lenas Finger berührten seine kaum spürbar. Er streichelte mit dem Zeigefinger über ihren Handrücken, ganz langsam, ganz zärtlich, und blickte konzentriert zum Dachfenster. Lena stand so dicht neben ihm, dass er jeden ihrer Atemzüge fühlte. Er bildete sich ein, sogar ihren Herzschlag fühlen und hören zu können. Ihr Herz schlug genauso schnell wie seins.

# Doro

Nach der kleinen Einweihungsfeier teilten sich Rainer und Erwin auf, wer welche Dame nach Hause begleiten würde. Da Elisabeth und Doro dicht beieinander wohnten, war es an Erwin, beide zu begleiten und dafür zu sorgen, dass der Plattenspieler gut zurück zu Elisabeths Familie fand. Sowohl Lena wie auch ihre Mutter baten mehrfach darum, den Eltern einen ganz herzlichen Dank für die Leihgabe auszurichten, was Erwin und Elisabeth gern versprachen.

Als sie Elisabeth zu Hause abgeliefert hatten und weitergingen, war Erwin mit Doro allein. Sie hakte sich mit einer Selbstverständlichkeit bei ihm ein, die ihn erstaunte, immerhin hatten sie sich erst heute kennengelernt. Er würde jedoch einen Teufel tun, sein Glück an dieser Stelle zu hinterfragen oder herauszufordern.

»Sie tanzen wirklich gut«, tastete er sich vor. »Wo haben Sie das gelernt, Fräulein Bajetzky?«

»In Berlin.« Sie lachte fröhlich. »Vor dem Krieg, und auch in der Anfangszeit … Da war Berlin eine gute Stadt, um dort zu leben. Nicht mehr so schön wie in den Zwanzigern, hat man mir erzählt, aber mir hat es gefallen.«

»Dann haben Sie ein anderes Berlin kennengelernt als ich.« Während seiner Zeit dort waren ihm vor allem die Trümmerberge in Erinnerung geblieben und der bittere Hunger im Winter.

Er hatte ein Mädchen kennengelernt. Sie hieß Michaela, und Erwin hatte sie gemocht. Michaela war fremden Menschen gegenüber schüchtern, doch nach und nach war sie aufgetaut. Erwin hatte sich Hoffnungen gemacht, dass sie mehr für ihn empfand, doch eines

Tages hatte sie ihm strahlend erzählt, dass ihr Verlobter zurückgekehrt war. Erwin hatte ihr gratuliert und aufrichtig versucht, sich mit ihr zu freuen.

Im vergangenen Winter war Michaela gestorben. Kurz nach ihrer Hochzeit. Sie hatte Tuberkulose gehabt, die gleiche Krankheit, die auch Erwins Lieblingsgroßvater getötet hatte. Laut Arzt war es jedoch nicht die Krankheit gewesen, die ihr Leben beendet hatte, sondern der Hunger und die Entkräftung. Vielleicht auch der Verlust der Hoffnung, hatte er gesagt und damit die Erschütterung gemeint, die die bedingungslose Niederlage für alle Deutschen bedeutete.

Die neue Welt hatte Erwin sich anders vorgestellt, wenn er in den Baracken von Buchenwald davon geträumt und mit den Kameraden darüber diskutiert hatte, welchen Nazi sie nach ihrer Flucht oder der Befreiung als Erstes erschießen wollten.

Und jetzt war da Doro. Fünf Jahre älter als er und voller Leben. Es fühlte sich gut an, mit ihr durch die Straßen zu gehen. Erwin versuchte, nicht über den Augenblick hinauszudenken.

»Es ist seltsam, dass wir uns in Berlin nie begegnet sind«, sagte Doro, als sie das Haus erreicht hatten, in dem sie Unterkunft gefunden hatte.

»Wer weiß, ob Sie dort mit mir getanzt hätten«, scherzte Erwin und fühlte eine fremdartige Leichtigkeit in sich aufsteigen. »Bei einer solchen Auswahl an Kavalieren ...«

»Das stimmt.« Doro warf ihm einen koketten Blick unter den Wimpern hervor zu. »Sie müssen wissen, Herr Olsen, dass ich sehr anspruchsvoll bin.«

»Dann ist es wohl besser, ich frage Sie nicht, ob ich Sie am kommenden Samstagnachmittag auf einen Tee im Stübchen einladen darf. Sie könnten mir einen Korb geben, und das würde meinem Stolz einen schweren Schlag versetzen.«

»Es ist schade, dass Sie nicht fragen.« Sie fuhr sich spielerisch mit der Hand durch die Haare. »Tee trinke ich nämlich sehr gern.«

»Ich auch.«

Was redete er hier? Wie konnte er Michaela so leicht vergessen, als ob sie in Berlin genauso verblasst war wie der junge Mann mit dem Namen Erwin, der vor vielen Jahren gegen seinen Willen aus seinem Leben gerissen wurde, erst zur Wehrmacht und dann ins Konzentrationslager?

»Es sind schwierige Zeiten«, fuhr er fort. »In Berlin kannte ich eine andere junge Frau, aber die ist ...«

»Hat sie einen anderen kennengelernt?«

Erwin nickte und schüttelte dann den Kopf. Er schluckte den Kloß im Hals hinunter. »Dann wüsste ich, dass sie am Leben und glücklich ist. Das wäre leichter, glauben Sie mir.«

Doro griff nach seiner Hand und sah ihn ernst an. »Ich verstehe, wie Sie sich fühlen. Als ich meinen Mann verloren habe, hatte ich auch das Gefühl, dass mir die Welt nie wieder einen Funken Freude bringen würde.«

»Sie waren verheiratet?«

Doro nickte verlegen. »Es ist lange her. Und jetzt denken Sie bestimmt, dass ich viel zu alt für Sie bin.«

»Das käme mir nie in den Sinn, Frau Bajetzky. Bitte entschuldigen Sie, dass ich Sie bis eben als Fräulein angeredet habe.«

»Das macht doch nichts.«

Für einen Moment schwiegen sie. Es tat gut, sich auf diese Weise an der Hand zu halten. Doro hatte ihm mit ihrer Freude am Tanzen etwas zurückgegeben, von dem er nicht gewusst hatte, dass es noch existierte. Jetzt spürte er, dass es in ihr auch eine andere, tiefere Seite gab. Sie kannte Schmerz und Verlust, aber sie hatte sich entschieden, das Leben weiterhin zu lieben und zu tanzen.

Darin lag eine Stärke, die ihm Respekt einflößte.

Wenn Doro den Schmerz ihrer Vergangenheit hinter sich zurücklassen und wieder fröhlich sein konnte ... Vielleicht existierte dann auch für Erwin eine Welt, in der mehr möglich war als Scham, Schuld und Bedauern. Dann wäre er nicht mehr vor den Geistern seiner toten Kameraden verpflichtet, Joachim Baumgärtner zu erschießen, um auf eigene Faust all das Böse zu bestrafen. Rainer hatte mit seinem Schweigen mehr als deutlich gemacht, dass er ihm dabei nicht helfen würde.

Wie sollte man eine neue Welt bauen, wenn man den Schmerz und die Schuld der alten mit sich trug und sich daran festklammerte, weil es der einzig mögliche Weg schien, damit den Geistern der Toten Gerechtigkeit widerfuhr?

Erwin zog die Hand zurück, ohne seine Einladung zum Tee zu wiederholen. Er hätte nicht fragen dürfen. Auf ihn wartete eine Aufgabe, an deren Ende er vermutlich verhaftet, eingesperrt und als Mörder verurteilt werden würde. Er durfte sich nicht auf eine Frau einlassen, die so schön war und deren Gegenwart ihm so guttat. Das würde ihn schwächen und ihm die Kraft für seine Aufgabe rauben.

»Ich wünsche Ihnen eine gute Nacht, Frau Bajetzky«, sagte er und zog zum Abschied seinen Hut. »Schlafen Sie gut.«

Doro wirkte etwas enttäuscht, nickte jedoch. »Gute Nacht, Herr Olsen.«

Erwin sah zu, wie sie zum Haus ging. Das Kleid schwang um ihre Beine. Das zierliche Hütchen saß keck auf ihren blonden Haaren. Es wäre schön gewesen, mit ihr Tee trinken zu gehen und sie näher kennenzulernen. War seine Rache an Joachim Baumgärtner, der ihm persönlich nie etwas getan hatte, wirklich wichtiger als seine eigene Zukunft?

Er hatte Angst davor, ins Gefängnis zu kommen oder zu sterben. Doch bevor er zuließ, dass ein Kriegsverbrecher seine Heimatstadt regierte, würde er handeln. Erwin Olsen, der den Albtraum von Buchenwald im Gegensatz zu so vielen anderen guten Männern überlebt hatte, würde nicht als anonyme Leiche in einem Massengrab enden, wie man es seinerzeit für ihn vorgesehen hatte.

Wenn sein Leben endete, dann würde er mit einem großen Knall abtreten und einen der Täter mitnehmen. Das schuldete er all den Toten, die er nicht hatte retten können.

# Dinge gehen zu Ende

L ena ... Entschuldige bitte. Hast du einen Moment Zeit?«
»Natürlich, Fräulein Gerdes.« Lena löste das Kopftuch und
blieb in der Küchentür stehen. Seit der kleinen Feier waren einige
Tage vergangen, aber das warme Gefühl von Glück füllte sie nach
wie vor aus.»Was kann ich für Sie tun?«

»Es ist mir etwas unangenehm, aber ...« Fräulein Gerdes räusperte sich.»Ich fürchte, ich muss dir mitteilen, dass ich deine Hilfe
in der Waschküche in Zukunft nicht mehr benötige.«

»Oh. Ist etwas passiert?« Lena brauchte einen Moment, um die
Worte einzuordnen.»Hoffentlich nichts mit Ihrer Mutter ... Geht
es Frau Gerdes gut?«

»Ja, sie macht gerade ein Schläfchen.« Fräulein Gerdes seufzte.

Lena war erleichtert, dass ihr erster Verdacht nicht zutraf. Wenn
der alten Frau Gerdes etwas zugestoßen wäre, gäbe es in diesem
Haushalt bald deutlich weniger zu waschen.»Dann ... Warum brauchen Sie meine Hilfe nicht mehr, Fräulein Gerdes?«

»Das ist ... nun ... das ist nicht so leicht zu erklären.« Die ältere
Dame zupfte einen Fussel vom Ärmel ihres Kleides und strich die
Küchenschürze zurecht.»Es geht um ... Nun ...«

»Gibt es Schwierigkeiten mit dem Geld?«, fragte Lena behutsam.
»Fräulein Gerdes, das ist nicht schlimm. Ich helfe Ihnen trotzdem
gern. Sie haben mir und meiner Familie schließlich auch ...«

»Nein. Nein, Geld ist nicht das Problem.«

Doch ein Problem gab es. Lena sah es am Gesicht des Fräuleins.
Es musste ein ernstes Problem sein, sonst würde die andere nicht so
herumdrucksen und um Worte ringen. Sie schien verlegen.

Plötzlich begriff Lena, was es war. Sie schüttelte ungläubig den Kopf. »Sagen Sie bitte nicht, es gibt ein neues Gerücht. So oft gab es jetzt schon etwas, das über mich erzählt wurde. Es hat nie gestimmt, Fräulein Gerdes, das wissen Sie doch!«

Gisela. Das hier war ihre Schuld. Lena hätte nicht sagen können, woher sie es wusste, doch plötzlich war es glasklar. Sie musste daran denken, wie Gisela Rainer in der Mittagspause vor der Apotheke umgarnt hatte. Gisela kämpfte mit unfairen Mitteln, sie wollte sich an Lena rächen.

Die Vorstellung schmerzte. Ein solches Maß an Bosheit ging über das hinaus, was Lena sich vorstellen konnte. Trotzdem schien mit einem Mal alles zusammenzupassen.

Fräulein Gerdes wehrte ab. »Nein, nein, keine neuen Gerüchte. Nein.«

»Was ist es dann?«

Das Schweigen zog sich in die Länge. Lena öffnete den Mund und schloss ihn wieder. Sie war bereit zu widersprechen, um ihre Stelle zu kämpfen, doch wie sollte sie das tun, wenn man ihr keine Argumente für die Kündigung gab?

»Bitte mach es für uns beide nicht noch schwieriger«, bat Fräulein Gerdes. »Lena, wir haben uns doch immer gut verstanden.«

»Warum entlassen Sie mich dann?« Sie wusste, dass sie nicht nachfragen sollte, das machte die Situation nur schlimmer, aber sie konnte nicht anders.

»Ich habe meine Gründe.« Und über diese Gründe würde sie Stillschweigen bewahren, sagte ihr Gesicht.

»Das ist nicht Ihr Ernst.« Lena blickte Fräulein Gerdes an und zwang sie, den Blick zu erwidern. »Hatten Sie an meiner Arbeit je etwas auszusetzen?«

»Nun ja …« Das ältere Fräulein blickte verlegen. »Das ist es nicht, darum geht es nicht. Es ist nur …«

»Aha.« Lena stemmte den Arm in die Seite. »Was ist es dann, wenn ich fragen darf? Habe ich etwas falsch gemacht? Ist mir je beim Aufhängen ein Bettlaken heruntergefallen, erneut schmutzig geworden, oder habe ich Servietten nachlässig geschrubbt, sodass Flecken darin blieben?«

»Einmal war da diese dunkle Stelle auf der Serviette ...«

Lena hätte am liebsten geschrien. »Die habe ich Ihnen aber gezeigt, Fräulein Gerdes! Sie haben selbst gesagt, dass es sich da vermutlich um Fleischsaft handele und es auch sein könnte, dass der Fleck schon älter sei. Außerdem ist das Monate her. Deswegen können Sie mir nicht heute fristlos kündigen, das geht nicht.«

»Nein, nein ...« Das Fräulein faltete fahrig die Hände und löste sie wieder. »Wegen so etwas kann man das wohl nicht tun, da hast du recht, Lena.«

»Also behalten Sie mich als Waschhilfe? Weil ich meine Arbeit immer einwandfrei erledigt habe?« Lena hörte, wie zynisch sie klang. Das war nicht gut. Sie würde Fräulein Gerdes kaum davon überzeugen können, sie ihre Stelle behalten zu lassen, wenn sie der Dame das Gefühl gab, sie zu verspotten.

»Nein, nein, das geht natürlich auch nicht.« Das Fräulein blickte an Lena vorbei und vermied ihren Blick. »Das wirst du verstehen, so etwas kann ich nicht machen. Was sollen denn die Leute ...«

»Die Leute sind mir völlig egal.« Lena hätte am liebsten mit dem Fuß aufgestampft oder wäre in Tränen ausgebrochen. Was um alles in der Welt geschah hier? Es war nicht richtig, es konnte einfach nicht richtig sein!

Statt wütend zu werden, holte sie tief Luft und atmete langsam aus, wie man es ihr als Kind beigebracht hatte. Vater unser im Himmel. Geheiligt werde dein Name. Dein Reich komme, wie im Himmel so auf Erden. Unser tägliches Brot gib uns heute, und gib mir gefälligst auch meine Stelle als Waschhilfe zurück! Ich brauche das Geld, um für meine Mutter und meine Schwestern sorgen zu können. Außerdem will ich irgendwann studieren, und ohne Geld kann ich mir das in die Haare schmieren, also mach was, lieber Herr Jesus!

Von irgendwoher kam eine Welle aus Ruhe und Wärme, die sie einhüllte und die Hektik aus ihrem Geist vertrieb.

»Könnten Sie mir das noch einmal richtig erklären?«, bat Lena. »Sie möchten mich nicht länger als Waschhilfe beschäftigen, aber Sie können mir keinen richtigen Grund dafür nennen. Das erscheint mir verwirrend. Ich würde es gern besser verstehen, Fräulein Gerdes.« Sie bemühte sich um einen extra hilflosen Augenaufschlag und ganz viel Bescheidenheit, anstatt die Vase vom Flurregal zu nehmen und gegen die Wand zu schmeißen. Es kostete sie Beherrschung, aber die Herausforderung gelang.

»Es ist wegen meiner Freundin, Frau Neumann«, sagte Fräulein Gerdes schließlich widerstrebend. »Sie hat mir gesagt, dass sie sich wundert, dass ich deine Familie zu mir ins Haus gelassen habe, bei allem, was man sich über euch erzählt.«

Lenas Augen brannten vor Hilflosigkeit. Frau Neumann. Giselas Mutter. Mit dieser Information war es nicht schwer, sich die wahre Quelle der Gerüchte zusammenzureimen.

»Fräulein Gerdes, ich weiß nicht, was man sich erzählt. Aber Sie können sicher sein, dass es von vorn bis hinten gelogen ist. Sie kennen mich schon so lange. Bitte verlassen Sie sich auf Ihr eigenes Urteil und nicht auf die Gerüchte!«

»Aber das habe ich, Lena.« In Fräulein Gerdes' Augen lagen jetzt ein wenig Mitleid und Bedauern. »Ich habe mitbekommen, was für eine Orgie ihr da oben im Dachzimmer gefeiert habt. Am liebsten hätte ich euch die Wohnerlaubnis sofort wieder entzogen, aber Frau Neumann meint, das geht nicht so einfach. Die Behörden könnten etwas dagegen haben, weil Wohnraum so knapp ist und die Begründung nicht reicht.«

Lena wurde schwindelig. Orgie? Sie hatten ein wenig Musik gehört und getanzt, Kuchen gegessen und mit Doros Sekt angestoßen, aber ... Ihre Mutter war die ganze Zeit dabei gewesen! Es hätte genauso gut in der Tanzstunde unter den Augen der strengen Frau Michels in Greifenberg passieren können.

Hatte sie sich nicht nach all den Jahren des Leids und der Not ein wenig unschuldige Freude mit ihrer Familie und ihren Freunden verdient?

»Sie und Ihre Mutter waren eingeladen«, sagte Lena tonlos. »Sie hätten ein Stück Kuchen bekommen, und meine Mutter hätte sich gefreut, Sie an diesem Tag besser kennenzulernen.«

»Diese Art von Vergnügungen ... die passt nicht für ... für ...«

»Für Alteingesessene?« Lena spürte erneut Wut in sich aufsteigen. Bleib höflich, ermahnte sie sich. Ganz egal, wie sehr du sie in diesem Augenblick hasst, sie ist immer noch deine Vermieterin. Zeig Respekt, sonst wirft sie uns alle auf die Straße, und was wird dann aus Mutter?

»Genau.« Fräulein Gerdes errötete. »Ich wusste, dass du es verstehen würdest, du warst ja schon immer ein sehr vernünftiges Mädel.«

Lena verstand überhaupt nichts. Sie hatte Fräulein Gerdes vertraut. Die ältere Dame war vielleicht keine Freundin, aber sie hatten oft zusammen am Waschzuber gestanden und sich unterhalten. Lena wusste von ihren Sorgen wegen der Blattläuse im Garten, sie kannte alle gesundheitlichen Probleme von Fräulein Gerdes' Mutter und die Schwierigkeiten, das Grab des Vaters in diesen Zeiten angemessen zu pflegen. Umgekehrt hatte Lena ihr von ihren Kindheitsfreundschaften, der Kirche in Greifenberg und den Autofahrten durch Nordfriesland erzählt.

Und jetzt drohte diese Frau ihr, sie wegen ein bisschen Musik und Tanz vor die Tür zu setzen, und kündigte ihr die Stelle als Waschhilfe, auf die Lena dringend angewiesen war?

»Es war Frau Neumann, die Ihnen das alles erzählt hat, oder?«, sagte Lena nachdenklich.

»Wir sind alte Freundinnen, ja.« Fräulein Gerdes' Gesichtsausdruck wurde etwas weicher. »Damals wäre sie um ein Haar nach Hamburg gegangen, um dort eine Ausbildung zur Modedesignerin zu machen. Kannst du dir das vorstellen? So weit weg aus Niebüll zu kommen, all die Schiffe im Hafen zu sehen und ...« Sie verstummte.

Lena begriff. Sie begriff mehr, als Fräulein Gerdes vermutlich selbst verstanden hatte. Die Erkenntnis schmerzte, aber gleichzeitig lag darin auch etwas Befreiendes. Was auch immer hier schiefgegangen war, es war nicht Lenas Schuld. Sie hatte nichts falsch gemacht, was auch immer für Gerüchte über sie im Umlauf waren. Auch die kleine, unschuldige Willkommensfeier im Dachzimmer war nichts Schlimmes und Verwerfliches, ganz egal, was für ein abfälliger Ausdruck eben gerade über Fräulein Gerdes' Gesicht gehuscht war. Das Problem war ein ganz anderes.

Fräulein Gerdes war neidisch.

Vermutlich wusste sie es selbst nicht, wahrscheinlich würde sie es sich niemals eingestehen, aber Lena hatte gesehen, wie ihre Augen geleuchtet hatten, als sie gerade davon erzählte, wie Frau Neumann als junge Frau die Chance bekommen hatte, die Welt zu sehen. All die Schiffe im Hafen von Hamburg! Eine spannende Arbeitsstelle als Modedesignerin!

Fräulein Gerdes hatte nie geheiratet. Sie war in Niebüll geblieben und hatte sich erst um die Pflege ihres Vaters und dann ihrer Mutter gekümmert. Von einem Heiratsantrag hatte sie nie etwas erzählt, also hatte es entweder keinen gegeben oder sie hatte ihn abgelehnt, um sich besser um die Eltern zu kümmern. Jetzt lebte sie in dem Haus, das sie von den Eltern geerbt hatte, lebte von Rücklagen und einer kleinen Rente und verbrachte jeden Tag damit, einer dementen Frau Haferbrei, pürierte Kartoffeln und Suppe einzuflößen oder endlos zu warten, während ihre Mutter Fleischstücke zerkaute, die ihr manchmal aus dem Mund fielen.

Ganz egal, wie sehr Fräulein Gerdes ihre Mutter liebte, das hier konnte nicht das Leben sein, von dem sie als junge Frau geträumt hatte.

Was musste sie empfunden haben, wenn Lena ihr von ihren aufregenden Erlebnissen erzählt hatte, von fremden Orten, an die Fräulein Gerdes niemals reisen würde, und von der Kameradschaft mit anderen jungen Frauen? Ganz zu schweigen von den Fahrten in den

Automobilen der Briten durch Nord- und Ostfriesland, in denen Lena sogar am Steuer gesessen hatte ...

Flüchtlinge waren willkommen, solange sie hart arbeiteten und bescheiden waren, begriff Lena. Die Erkenntnis brannte sich schamvoll durch ihren Bauch bis hinab in ihre Waden, die sich anspannten und zum Fortlaufen bereit machten. Flüchtlinge durften niemals erzählen, dass es in ihrer alten Heimat vielleicht schöner war als an ihrem neuen Aufenthaltsort, dass sie sich danach sehnten und trotzdem versuchen wollten, sich ein gutes Leben aufzubauen. Das gehörte sich nicht. Flüchtlinge mussten unterwürfig und dankbar sein, sonst half ihnen niemand.

Wenn eine junge Flüchtlingsfrau es wagte, das Leben zu lieben und von einer Zukunft zu träumen, die besser war als die Zukunft der Alteingesessenen ...

Nein. Das schickte sich nicht. Es musste bestraft werden, in welcher Form auch immer.

Wut brodelte in Lenas Bauch. Offenbar funktionierte die Welt auf diese Weise. Deswegen hasste Gisela Lena mit einer Inbrunst, die sie einer einheimischen Kameradin niemals entgegenbringen würde, und wenn die ihr hundertmal den Verlobten weggenommen hätte. Lena war die Fremde, und sie hatte gewagt, nach einem Leben zu greifen, das für Flüchtlinge nicht vorgesehen war.

Sie senkte den Blick. »Ich verstehe.«

»Vielleicht findest du ja andernorts eine Stelle. Ich drücke dir auf jeden Fall die Daumen.«

Lena nickte. Die Worte kamen ihr falsch vor. Trotzdem fühlte sie sich verpflichtet, etwas Freundliches zu sagen. Wer wusste, was sonst noch passieren würde?

Sie schluckte alles hinunter, was sie fühlte, und zwang sich zu einem Lächeln. »Danke, Fräulein Gerdes. Das ist sehr freundlich von Ihnen.«

Erst als sie die Treppe nach oben stieg, kamen ihr die Worte in den Sinn, die passend gewesen wären. Sie hätte Fräulein Gerdes anbieten können, sie beim nächsten Mal im Jeep mitzunehmen, damit sie auch einmal etwas von der Welt sah.

Bei der Vorstellung begann sie nervös zu lachen und presste die Hand vor den Mund, bis sie sich wieder unter Kontrolle hatte und das Zimmer ihrer Familie erreichte.

»Was gibt es denn, Lenchen?«, fragte ihre Mutter.

Lena schnaubte. »Ach, das blöde Fräulein Gerdes.«

»Sprich bitte niemals so über andere Menschen. Erst recht nicht über jemanden, der freundlich zu dir war. Am Ende fällt das alles zurück auf uns.«

»Du hast ja recht, Mutter.« Lena ließ sich auf dem Boden neben dem Stuhl nieder und legte ihren Kopf an die Knie ihrer Mutter. Eigentlich war sie zu alt, um sich auf diese Weise anzukuscheln, doch in diesem Augenblick schien es keine Alternative zu geben. Die Welt war grau und böse geworden. Sie brauchte Trost.

Ihre Mutter strich ihr über die Haare. »Erzähl mir, was los ist, mein Mäuselein«, sagte sie sanft, aber bestimmt.

»Es ist nichts.« Lena wollte nicht, dass ihre Mutter von den bösen Gerüchten erfuhr. Sie hatte genug durchmachen müssen. Alles, was Lena in diesem Moment von ihr brauchte, war ein wenig Halt und Liebe.

Mit jedem Atemzug floss etwas mehr von der Anspannung aus Lena hinaus. Es tat gut, in diesem Augenblick nicht allein zu sein. Schließlich erzählte Lena doch, was sie beschäftigte. Sie verriet ihrer Mutter nicht, was genau man sagte, aber sie berichtete von ihrem Verdacht, dass Gisela dahintersteckte.

»Der nette junge Herr Weber war früher ihr Verlobter?«

Lena nickte verzagt. »Ja.«

»Ich kann verstehen, dass sie dir grollt, er ist ein feiner junger Mann.«

»Aber es ist nicht meine Schuld, Mutter! Vor allem … Er ist ja nicht mal in mich verliebt. Er behandelt mich stets nur wie einen guten Kameraden.«

Ihre Mutter lachte leise. »So, tut er das?«

Lena fühlte ihr Gesicht heiß werden. »Das war das erste Mal überhaupt, dass wir getanzt haben.«

Ihre Mutter schwieg. Als Lena hochblickte, sah sie ein warmes, verträumtes Lächeln. Es war lange her, dass ihre Mutter sie so angesehen hatte. Die Last der vergangenen Monate schien von ihr abgefallen zu sein. Lena lächelte zurück.

»Es ist eine schwierige Geschichte«, gab die Mutter zu. »Aber ich bin sehr stolz darauf, wie du damit umgegangen bist.«

»Wie meinst du das?«

»Es stimmt ja. Wir sind Flüchtlinge. Die Menschen wollten nie, dass wir hierherkommen, und wir sind von ihrer Barmherzigkeit abhängig. Das schmeckt bitter für den eigenen Stolz, besonders für einen jungen und klugen Menschen wie dich, aber Stolz hilft nicht beim Überleben.«

Lena schluckte und nickte. »Es tut ganz schön weh«, gab sie leise zu. »Ich hätte diese Frau so gern angeschrien. Was fällt ihr ein? Sind wir etwa keine Menschen mehr, nur weil der Krieg uns vertrieben hat? Oder hätten wir in Pommern bleiben sollen, damit die Russen uns Mädchen ...«

Sie verstummte. Jeder kannte diese Geschichten, aber man sprach nicht darüber. Vielleicht waren es nur Gerüchte. Genau wusste Lena nie, was damit gemeint war, aber sie hatte oft genug gespürt, dass ihr Vater damals Recht getan hatte, die Frauen seiner Familie vor der heranrückenden Front in Sicherheit zu bringen.

Die streichelnden Finger ihrer Mutter vertrieben den Schmerz. Die Welt war nicht der schöne Ort, den man ihr als Kind versprochen hatte, aber sie war nicht so böse, wie sie manchmal erschien. Irgendwo blieb immer etwas Schönes, auf das man sich freuen konnte.

Und doch ...

»Mutter, wir haben doch nichts Schlimmes getan. Du warst dabei. Es war ein kleines Beisammensein, mehr nicht. Warum werden wir trotzdem so behandelt?« Ihre Augen brannten. »Ich möchte kein Mensch zweiter Klasse sein!«

»Wer möchte das schon?«

Es schmerzte sie, wie grausam Menschen zu anderen Menschen sein konnten. Über so etwas durfte man nicht nachdenken, sonst splitterte irgendwann etwas im eigenen Kopf. Lenas Mutter streichelte ihr liebevoll über die Haare.

# Ein friedlicher Sonntagnachmittag

Eine Woche später konnte sich Rainer dem Kaffeetrinken bei seiner Schwester im Pfarrhaus nicht entziehen. In den vergangenen Wochen hatte er immer eine Ausrede gefunden, warum er ausgerechnet dieses Mal nicht dabei sein konnte. Seine Mutter hatte dann genickt, aber Rainer hatte gespürt, dass ihr Geduldsfaden allmählich dünner wurde.

»Was ist es dieses Mal?«, hatte sie gefragt. »Hast du einen Mückenstich am kleinen Finger, wegen dem du die Gehhilfen nicht festhalten kannst?«

»Unterschätze so einen Mückenstich nicht, Mutter. Wenn der anschwillt und man den Finger nicht mehr richtig beugen kann ...«

»Sag nicht, du hast wirklich einen.«

»Nein«, musste Rainer zugeben, und damit war es besiegelt. An diesem Sonntag musste er nach der Kirche mit ins Pfarrhaus. Zu Ruth, seiner Schwester, mit den vielen Töchtern, und ihrem Ehemann, der zurzeit sowohl für die Gottesdienste in Niebüll wie auch in der Nachbargemeinde Deezbüll zuständig war. Auch seine Schwester Hildegard würde da sein, mit ihren zwei Söhnen und dem Nesthäkchen Ilse.

Und natürlich Hildegards Mann. Joachim Baumgärtner.

Der Mann, den Erwin töten wollte, damit er nicht die Macht über ihre Heimatstadt an sich riss. Weil Joachim ein Massenmörder aus dem KZ war, auch wenn man das nicht mehr beweisen konnte. Rainer verdrängte das Wissen darum, so gut es ging, wie er es tat, seit er von Lena gehört hatte, was Joachim getan hatte. Lenas Umzugsvorbereitungen und das kleine Fest mit ihrer Familie hatten ihn eine Weile abgelenkt, doch die Kommunalwahlen rückten näher.

*Wir müssen ihn töten,* hatte Erwin gesagt.

Rainer wusste, dass es richtig wäre, aber es fühlte sich nicht so an. Gleichzeitig wusste er, dass vermutlich nichts geschehen würde, wenn er das Thema nicht mehr ansprach. Dann würde einfach alles im Sande verlaufen und er konnte so tun, als hätte er von allem nichts gewusst.

»Was ist nur los mit dir?«, schimpfte seine Mutter auf dem Weg ins Pfarrhaus. »Rainer, so kenne ich dich überhaupt nicht.«

»Ich mich auch nicht«, murmelte er.

Doch statt weiter nachzufragen, hakte sie sich bei ihm ein und ging mit ihm die Straße entlang.

Im Pfarrhaus wechselte Rainer einige Worte mit den Kindern, doch die verschwanden bald in der Küche an den Kindertisch, wo eine neu angekommene Flüchtlingsfrau sich um alles kümmern würde. Rainer ging mit dem erwachsenen Teil seiner Familie ins Wohnzimmer und nahm Platz. Zusammen mit seiner Mutter, seinen Schwestern Ruth und Hildegard und ihren Männern waren sie zu sechst. Das bedeutete, dass man den Wohnzimmertisch nicht ausziehen musste. Es bedeutete aber auch, dass Rainer als Jüngster den unbequemsten Platz bekam, an dem man sich ständig das Knie am Tischbein stieß.

Hildegards Mann Joachim war kein großer Mann. Er war schmal und bestenfalls durchschnittlich groß, doch etwas an ihm sorgte dafür, dass man ihn nicht übersehen konnte. Wenn er den Kopf hob und das Wort ergriff, hörten alle zu. Für Rainer fühlte es sich an, als sei der andere Mann permanent in Dunkelheit gehüllt, doch niemand sonst am Tisch schien es zu merken. Alle plauderten ganz normal weiter.

»Und du, lieber Joachim, wirst bald für das Amt des Bürgermeisters kandidieren und den alten Wilhelm Kuhs herausfordern«, sagte Ruths Mann schließlich leutselig. Als Pastor hatte er natürlich Interesse daran, über die Gegebenheiten in seiner Gemeinde auf dem

Laufenden zu bleiben. »Eine mutige Entscheidung, scheint mir. Herr Kuhs ist sehr beliebt.«

Joachim zuckte mit den Schultern und breitete bescheiden die Hände aus. Die Selbstgefälligkeit in seinem Blick verhinderte, dass die Geste echt wirkte. »Herr Kuhs hat das Amt schon vor dem Krieg ausgeübt. Vielleicht wird ein Wechsel den Menschen guttun. Immerhin ist das hier jetzt die neue Zeit, in der wir alle für den Wiederaufbau tun müssen, was wir können.«

»Die neue Zeit ist vorbei«, konnte sich Rainer nicht zu sagen verkneifen. »Sie sollte tausend Jahre dauern, aber ihr Führer hat sich nach gerade mal dreizehn Jahren selbst gerichtet und dafür gesorgt, dass man seinen Leichnam mit Benzin verbrennt. Er hatte nicht mal den Mut, den Russen mit der Waffe in der Hand entgegenzutreten, wie er es selbst von kleinen Jungs verlangt hat.«

»Das war eine andere Zeit.« Joachim grinste unangenehm. »Rainer, ich dachte, du würdest dich freuen. Warst du es nicht, der mir vor einem halben Jahr bitterste Vorwürfe gemacht hat, weil ich so viel trinke, meiner Frau Sorgen bereite und meine Verantwortung als Ehemann und Vater nicht erfüllte?«

Rainer presste die Kiefer aufeinander und knirschte heftig mit den Zähnen. »Heißt das, du hast mit dem Trinken aufgehört, ja?«

Hildegard zuckte bei seinen Worten zusammen. »Rainer, bitte. Was in meiner Familie geschieht, geht dich nichts an.«

Seine Wangenmuskeln zuckten abfällig. »Nein, das tut es wohl nicht.«

Vor einigen Monaten hatte Hildegard noch in seinem Arm geweint, weil sie es nicht mehr ertrug, wie sie sagte. Ganz egal, wie oft sie die Flaschen versteckte, ihr Mann fand immer neue Wege, seine Vorräte zu erneuern. Ihre Schmuckschatulle war inzwischen vollständig leer. All der von der Großmutter geerbte Goldschmuck war auf rätselhafte Weise verschwunden.

Rainer hatte gedacht, er würde ihr helfen, wenn er Joachim zur Rede stellte. Als er kurz danach erfuhr, dass sein Schwager mit der Arbeit in der Tischlerei begonnen hatte, hatte er sich sogar gefreut, weil seine Worte Wirkung zu zeigen schienen. Natürlich trank Joachim immer noch, aber offenbar mäßigte er sich, und Rainer hatte das als Erfolg seiner Predigt verbucht.

In Wahrheit hatte Joachim vermutlich neue Energie aus den bevorstehenden Wahlen und seinen ehrgeizigen Zielen gezogen.

Hildegard sah ihn böse an. »Du hättest meinen Mann nicht auf diese Weise ...«

»Genug.« Joachim schnitt ihr das Wort ab. »Rainer, ich gehe davon aus, dass du mir am Wahltag trotz unserer Differenzen deine Stimme geben wirst. Die Kameraden im Schützenverein haben es mir ebenfalls zugesagt. Bald gibt es noch eine Wahlkampfrede im Stübchen, und dann schätze ich, dass mehr als zwei Drittel der Stimmen an mich gehen.«

War das so? Rainer konnte nicht einschätzen, wie es ausgehen würde. Willi Kuhs war in den Zwanzigern Bürgermeister gewesen und kandidierte jetzt erneut für die SPD. Rainer hätte vermutet, dass er die besten Chancen hatte, immerhin hatte er das Amt schon früher ausgeübt. Es erstaunte ihn, dass Joachim seine Pläne tatsächlich so konkret verfolgte. Konnte das klappen?

Wenn jemand in der Apotheke mit Rainer über die bevorstehenden Wahlen plauderte, dann erwähnte er oder sie für gewöhnlich, dass die eigene Stimme an Joachim Baumgärtner gehen würde. Die Menschen schienen zu erwarten, dass sich Rainer darüber freute, immerhin war er mit Joachim verschwägert. Doch war es wirklich so? Stand dieser Mann, der in Treblinka an der Ankunftsrampe der Züge gestanden hatte und mit seinem Knüppel darüber entschieden hatte, ob die Menschen direkt starben oder in den Arbeitseinsatz kamen, stand dieser Mann kurz davor, zum ersten demokratisch gewählten Bürgermeister Niebülls zu werden?

Er wünschte, die Menschen würden seinen Schwager durchschauen. Wenn sie ihn nicht wählten, dann blieb er ein Größenwahnsinniger mit furchtbarer Vergangenheit, aber als Gehilfe in der

Tischlerei war er harmlos. Dort bekäme er keine Chance, erneut so furchtbare Dinge anzurichten wie in Treblinka.

Wenn Joachim freiwillig von der Bürgermeisterwahl zurückträte, dürfte er weiterleben, dachte Rainer. Dann müssten er und Erwin nicht länger über die Frage nachdenken, was sie mit ihm anstellen wollten. Es war schlimm, dass er unter ihnen lebte, aber das konnte man ertragen. Er durfte bloß nicht in die Regierung.

Rainer nahm ein weiteres Stück Obstkuchen, das in seinem Mund zu geschmacklosen Krümeln zerbröselte.

»Genug«, mahnte Rainers Mutter und warf allen am Tisch einen strengen Blick zu. Der Blick wurde abfälliger, als sie Joachim streifte. »Ihr kennt die Regeln. Keine Politik bei Tisch!«

Rainer wünschte sich, sie würde endlich einmal klare Position beziehen, aber das war hoffnungslos. Die Familie kam immer zuerst. Die Familie musste zusammenhalten, besonders in Zeiten wie diesen. Immer dieselbe Leier.

Er ballte unter dem Tisch eine Hand zur Faust.

Seine Mutter räusperte sich streng, als könne sie damit die dunklen Wolken vertreiben. »Ruth, wie geht es Sigrun im Moment? Hat sie noch immer Ärger mit dem Flüchtlingsmädchen, das ihr das Pausenbrot gestohlen hat, oder haben die Kinder das inzwischen geklärt?«

Das Gespräch kehrte zu harmloseren Themen zurück. Alles wirkte normal. Genauso normal wie die Zukunft, von der sie alle träumten und die sie gemeinsam aufbauen wollten.

Rainer schauderte.

# Verbotene Pläne

Lena brauchte zwei Wochen, bis sie sich dazu durchringen konnte, Doro vom Verlust ihrer Stelle als Waschhilfe zu erzählen. Die Geschichte kam ihr trivial und nicht berichtenswert vor. Doch jedes Mal, wenn sie ins Bett ging, zitterte sie vor Empörung über die Ungerechtigkeit. Hätte sie nicht befürchten müssen, ihre Mutter und ihre Schwestern zu wecken, wäre sie vor Wut in Tränen ausgebrochen.

Schließlich war es Doro, die Lena kurz vor einer Mittagspause darauf ansprach. »Was ist mit dir los, Küken?«

Lena schüttelte den Kopf. »Nichts«, sagte sie abwehrend.

»Das sehe ich.« Doro nahm einen Bleistift aus ihrem Stifthalter, zog den Mülleimer mit dem Fuß heran und spitzte die Mine geduldig und konzentriert an.

Lena gab sich einen Ruck. Wenn sie nicht mit irgendjemandem darüber sprach, würde sie früher oder später platzen. Irgendjemand, der nicht wie ihre Mutter von ihr verlangte, den Kopf einzuziehen, damit es nicht noch schlimmer wurde. »Ich habe meine Stelle verloren.«

»Du hörst auf?« Doro sah sie entgeistert an. »Mit wem soll ich dann das Büro teilen?«

»Nicht hier.« Lena senkte den Blick. »Ich arbeite doch am Wochenende immer noch als Waschhilfe, um mir etwas dazuzuverdienen. Weil ich studieren möchte, das weißt du doch.«

»Stimmt ja. Wir sitzen hier Tag für Tag zusammen … Ich habe ganz vergessen, was für große Pläne du hast.«

»Daraus wird jetzt wohl nichts mehr.« Lenas Augen brannten. Ungeduldig wischte sie mit dem Handrücken darüber und konzentrierte sich auf die Wut. »Meine blöde Vermieterin hat mir gesagt, dass sie mich nicht länger braucht, kannst du dir das vorstellen? Und eine ihrer Freundinnen hat ebenfalls erklärt, dass sie mich in den kommenden Wochen erst mal nicht braucht.«

»Wegen der Gerüchte?« Doro begriff sofort, worum es ging. »Nimm dir das nicht so zu Herzen, Lena. Diese Tratschtanten verdienen es nicht besser, als ihr langweiliges Leben zu führen, bis sie daran ersticken.«

»Es ist so unfair.« Stück für Stück brach alles aus Lena heraus. Jedes einzelne Gerücht, das sie inzwischen zu hören bekommen hatte, und die Demütigung, deswegen ihre Stelle verloren zu haben. Sie erzählte auch von ihrem Verdacht, dass Rainers Ex-Verlobte Gisela die Quelle dieser Gerüchte war, um sich an Lena zu rächen.

Doro nickte. »Ich sag es dir nicht gern, aber das klingt plausibel. Hab ich dir damals schon gesagt. Solche Geschichten sind genau das, was sich eine rachsüchtige Frau ausdenken würde. Kränke niemals eine Frau, sage ich immer. Männer schlagen zu, wenn sie wütend werden, aber danach tut es ihnen leid. Frauen dagegen ...«

»Die vergessen nie.«

»Du sagst es.«

Doro schwieg eine Weile. Lena konzentrierte sich auf ihre Übersetzung und notierte den ersten Entwurf mit Bleistift. Zweimal musste sie ein Wort nachschlagen und stellte befriedigt fest, dass sie sich doch richtig erinnert hatte. Jetzt, wo sie Doro von ihren Sorgen erzählt hatte, schmerzte die Demütigung nicht mehr so stark. Sie hätte schon viel früher den Mund aufmachen sollen!

»Du kennst ja meine Einstellung dazu«, sagte Doro schließlich. »Ist der Ruf erst ruiniert, lebt's sich gänzlich ungeniert. Dein Job ist bereits weg. Jetzt kannst du auch wieder mit mir tanzen gehen.«

Lena schüttelte sofort den Kopf. »Das könnte ich meiner Mutter niemals antun. Sie ist sehr darauf bedacht, dass wir hier in der neuen Heimat einen untadeligen Ruf haben. Außerdem möchte ich nicht, dass Margots Freundinnen schlecht über sie denken ...«

»Verstehe.« Doro dachte wieder eine Weile nach. »Aber was wäre, wenn du mit mir nach Flensburg fährst? Einer der Soldaten hat mir erzählt, dass es dort einen herrlichen Jazzkeller gibt. Dort tritt bald Coco Schumann auf. Den kenne ich noch aus Berlin, er ist als Musiker hundertmal so gut wie die Soldaten, die hier im Klub auf der Bühne standen.«

»Völlig unmöglich.« Lena starrte Doro entgeistert an. »Meine Mutter würde das niemals erlauben.«

Gleichzeitig zuckte es beim Gedanken daran in ihren Füßen. Eine Reise nach Flensburg, nur Doro und sie! Wenn sie bald ohnehin nicht mehr dazu kam, fürs Studium etwas beiseitezulegen, was sollte sie dann noch mit ihren Ersparnissen anfangen?

»Du musst es deiner Mutter ja nicht sagen.« Doro zwinkerte. »Hier in der Provinz sind die Menschen alle so spießig.«

»Ich kann doch nicht einfach nach Flensburg reisen.«

»Wir erzählen allen, dass ich meine Tante besuchen möchte. Sie existiert nicht, aber das behalten wir für uns. Meine Tante hat dich und mich eingeladen, sie zu besuchen. Sie braucht ein bisschen Hilfe dabei, ihren Garten winterfest zu machen, oder irgendwie so etwas.«

»Hm …«

»Denk darüber nach, ja?«

Sie gingen in die Mittagspause. Doro erwähnte das Thema nicht weiter und erzählte stattdessen von den Avancen, die ein netter Offizier ihr neulich im Klub gemacht hatte, der leider, viel zu schade, überhaupt nicht ihr Typ war. Er hatte nichts auf dem Kasten, und darauf konnte sie auf Dauer bei einem Mann nicht verzichten. Erwin dagegen …

»Was ist mit dem?« Doros unerwartete Sprechpause weckte Lenas Neugier.

»Wer weiß?« Doro lächelte.

Plötzlich wusste Lena, dass sie mit Doro nach Flensburg fahren würde. Sie konnte nicht sagen, woher die Entscheidung kam, aber sie fühlte es. Wem nützte es, wenn sie brav war und sich an die

Regeln hielt? Wer sagte Danke? Die Guten wurden nicht belohnt, so war es doch! Die Welt gehörte denen, die mutig waren und ihren eigenen Weg gingen.

»Wegen Flensburg ...«, sagte sie.

»Du kommst mit?« Doros Augen leuchteten auf.

»Und was ...« Lena zögerte ein letztes Mal.

»Hm?«

Sie gab sich einen Ruck und sprach ihre schlimmste Angst aus. »Was ist, wenn ich Rainer deswegen verliere?«

»Weil du ohne ihn tanzen gehst?«

Lena nickte kläglich.

Doro stützte sich mit dem Ellenbogen auf den Tisch und legte ihr Kinn in die Hand. »Das könnte tatsächlich passieren, aber ich glaube es nicht. Er macht doch einen ganz patenten Eindruck?«

»Er könnte traurig sein. Wegen seiner Krücken kann er nicht mehr richtig tanzen. Wie fühlt es sich dann für ihn an, wenn ich das mit anderen mache?«

Doro nickte nachdenklich. »Ich sag dir mal was, Lena. Über die Männer. Und das merkst du dir bitte, weil du es im Leben immer wieder brauchen wirst.«

»Hm?«

»Wenn du sie lässt, werden sie dir alles verbieten. Es könnte ja sein, dass du ohne sie mehr Spaß hast. Ganz egal, ob es Spaß mit einem anderen Mann ist oder ob du dich einfach amüsierst, während er zu Hause ist ... Irgendetwas ist immer. Du darfst niemals zulassen, dass er glaubt, dass er irgendwelche Rechte hat.«

Lena nickte nachdenklich. »Ich möchte ihn nicht verletzen, verstehst du?«

»Was ist, wenn du nicht tanzen gehst?«

»Hm.« Lena prüfte den Gedanken. Sie würde jeden Morgen zur Arbeit gehen und abends entweder für fremde Menschen putzen oder mit ihrer Familie zusammen sein. Samstags würde sie von Waschküche zu Waschküche ziehen, um fremde Servietten, Tischdecken und Laken zu schrubben, wodurch ihre Hände immer aufgerissen und rau waren.

Natürlich bedeutete all das viel Arbeit, aber Lena vermutete, dass sie trotz allem glücklich wäre. Sie mochte es, mit Doro im Büro zu sitzen und zu plaudern, gemeinsam Mittag zu essen und hin und wieder über Kollegen, Soldaten und die Verwaltung zu tratschen. Jeden Morgen, wenn sie in der Dachkammer neben Margot aufwachte, erfüllte sie ungläubige Dankbarkeit, weil ihre Mutter und Lieselotte bei ihnen waren. Außerdem hatte sie fast jeden Tag genug zu essen und konnte oft genug noch eine Kleinigkeit für die anderen in der Rathauskantine einstecken.

»Ich käme zurecht«, gestand sie ein. »Ich weiß, du willst jetzt hören, dass mein Leben unerträglich wäre, dass ich das Tanzen vermissen würde wie nichts sonst auf der Welt ... Aber das stimmt nicht. Die Wahrheit ist, dass mein Leben so, wie es ist, ein gutes ist. Ich wache jeden Morgen auf und bin dankbar.«

»Das ist schön.« Doros Lächeln war aufrichtig. »Ich wollte dir auch nicht einreden, dass es dir an irgendetwas fehlt, versteh mich nicht falsch.«

Lena lächelte zurück. »Ich weiß. Du wolltest mir nur klarmachen, dass Rainer nicht der Mittelpunkt meines Lebens ist, oder?«

Doro krauste die Nase. Es sah sehr niedlich aus. »Diesem Gedankensprung kann ich nicht folgen, bitte entschuldige.«

»Mein Leben ... Das bin immer noch ich selbst. Lena Buth. Am Ende meiner Tage wird niemand danach fragen, wie viele Opfer ich gebracht habe, um anderen nicht auf die Füße zu treten.«

»Du sagst es.« In Doros Augen leuchtete Freude auf. »Die Menschen zerreißen sich so oder so den Mund über dich. Es nützt nichts, wenn du den Kopf voller vorauseilendem Gehorsam einziehst. Ist der Ruf erst ruiniert ...«

Lena nickte. »Ich hoffe, dass Rainer mir deswegen nicht böse ist. Aber ... Du hast deine Tante lange nicht mehr gesehen, liebe Doro. Es ist höchste Zeit, dass du sie wiedersiehst. Aber natürlich ist es viel zu gefährlich, wenn du als Frau die weite Fahrt bis nach Flensburg alleine unternimmst ...«

Doro lachte. »Das stimmt. Viel gefährlicher als die lange und weite Fahrt von Berlin bis hierher ...«

»Dann ist es abgemacht?« Lena horchte in ihren Bauch, aber da waren weder Reue noch Unbehagen. Sie hatte ihre Entscheidung gefällt. Zum ersten Mal in ihrem Leben würde sie etwas tun, mit dem sie weder ihre Pflicht erfüllte noch einen anderen Menschen glücklich zu machen versuchte.

Es fühlte sich erschreckend richtig an.

# Eine bessere Welt

Schließlich stand Erwin eines Tages kurz vor Beginn der Mittagspause in der Apotheke. Rainer hatte gewusst, dass es dazu kommen würde. Erwin hatte ihm Zeit gelassen, um das Gespräch zu verarbeiten. Als Rainer bei der Feier in Lenas neuem Zuhause gesehen hatte, wie Erwin mit der schönen Berlinerin tanzte, hatte er für einen Moment gehofft, dass man die Vergangenheit tatsächlich loslassen konnte.

Aber in dem Moment, als er jetzt Erwins Gesicht sah, begriff Rainer, dass dieser einfache Weg für ihn nicht existierte. Er hatte eine Zeit lang versucht davonzulaufen, doch es funktionierte nicht. Ein Mann musste Verantwortung für sich und andere übernehmen, sonst war er ein Kriecher und Speichellecker. Das war nicht angenehm, aber es gehörte wohl zum Erwachsenwerden.

»Moin Erwin.«

»Moin.«

»Was kann ich für dich tun?«

Erwin stemmte beide Hände auf den Tresen und sah Rainer ernst an. »Wo ist Herr Tauber?«

»Im Obergeschoss. Ruht sich aus.«

»Hast du über die Sache nachgedacht?«

Rainer ließ die Luft entweichen. Wenn er ehrlich war, hatte er nichts anderes getan. Die Situation schien unlösbar. Wenn Joachim zum Bürgermeister gewählt wurde, würde nicht einfach irgendein Nazi an der Spitze der Stadt stehen. Verbrechen gegen die Menschlichkeit, so hatten es die Richter in Nürnberg genannt.

»Wenn wir zulassen, dass er Bürgermeister wird, sind wir nicht besser als unsere Eltern, die Hitler gewählt haben«, sagte Erwin rau.

»Ist es das, was du willst, Rainer?«

»Natürlich nicht.« Er ballte die Hand zur Faust. »Aber ...«

»Ich habe mich entschieden«, sagte Erwin fest. In seinen Augen lag etwas Dunkles, das Rainer Angst machte. »Wenn du mir nicht hilfst, mach ich es allein.«

»Wir können immer noch versuchen, ihn vor Gericht zu bringen.« Rainer hatte diesen Gedanken mehrfach geprüft und klammerte sich an dieser Hoffnung fest. »Die Alliierten bemühen sich um eine faire Rechtsprechung.«

»Hast du nicht mitbekommen, wie es in Nürnberg gelaufen ist? Einige von denen wurden sogar freigesprochen. Ist es das, was du unter fairer Rechtsprechung verstehst?«

Rainer schüttelte verzagt den Kopf. Die Westalliierten schienen nicht zu wissen, was sie wollten. Einerseits verlangten sie von allen Deutschen, sich zu entnazifizieren, und berichteten in Kinos, Radios und Zeitungen über die Verbrechen, die unfassbar schienen. Andererseits hatte man beim Lesen der Zeitungen allmählich das Gefühl, dass die wahre Gefahr von Stalin ausging. Die Vergangenheit glitt immer weiter ins Dunkel. Die Menschen vergaßen viel zu schnell.

Das galt wohl auch für die Westmächte.

Erwin musterte Rainer eindringlich. »Ganz ehrlich, ich mache es. Bevor sie den zum Bürgermeister wählen, knalle ich ihn ab. Die einzige Frage ist: Muss ich es allein tun, oder stehst du an meiner Seite?«

Rainer schluckte hart. Viel zu lange hatte er sich vor der Frage gedrückt, hatte nachts im Bett mit ihr gerungen und tagsüber mit Lena das Dachzimmer gestrichen und einmal auch mit ihr getanzt. Jetzt schien es nur eine Antwort zu geben. »Ich bin dabei.«

Erwin nickte ernst und hielt Rainer die Hand hin. Rainer umfasste seinen Unterarm, genau wie Erwin umgekehrt bei ihm, und sie sahen sich in die Augen. Damit war der Bund besiegelt.

»Dann lass uns konkret werden.«

Konkret. Das Wort bedeutete, dass ein Mensch sterben würde. Der Tod war nicht länger ein namenloses Grauen von der Front im Osten, sondern würde in die Heimat eindringen. Rainer würde den Mann seiner Schwester töten.

Er wusste nicht, ob er dazu in der Lage war.

»Wir brauchen eine Pistole«, fuhr Erwin fort. »Ich besitze keine. Hast du eine?«

Seltsamerweise lag etwas Tröstliches in diesen Worten. Rainer musste sich nicht länger mit der Frage herumquälen, ob ihr Ziel richtig war. Nachdem sie entschieden hatten, was zu tun war, konnten sie mit der Planung anfangen und nach Lösungen suchen.

»Nein«, sagte er. »Wenn wir Winnetou und Old Shatterhand wären, würden wir sie von den Briten stehlen, aber ich glaube, sie bewachen ihre Lager dafür zu gut.« Er warf einen hastigen Blick zur Apothekentür, doch diese blieb geschlossen. Sie waren unter sich.

»In Flensburg gibt es Genossen, die uns sicher etwas besorgen können.«

»Genossen?«

Erwin nickte und lächelte trocken. »Ich nehme an, du weißt, was ich meine.«

»Oh. Ja, natürlich.«

Erwin meinte kommunistische Genossen. Irgendwie hatte Rainer gedacht, dass Erwin sich mit seiner Rückkehr aus der sowjetischen Zone auch von diesen Menschen zurückgezogen hatte. Die Vorstellung war naiv, wie er in diesem Augenblick selbst einräumen musste. Wenn Erwin früher als Kommunist aktiv gewesen war, existierten seine alten Kontakte noch. Und jeder wusste, dass die Kommunisten gemeingefährliche Verbrecher waren, die es darauf anlegten, die staatliche Ordnung zu untergraben und zu zerstören …

»Ich werde das nicht im Namen eurer bolschewistischen Ideologie tun«, erklärte Rainer, sobald er den Gedanken fertiggeformt hatte. »Joachim darf nicht Bürgermeister werden, das ist alles, worum es mir geht. Weil er im Krieg viel schlimmere Verbrechen begangen hat als alle anderen. Trotzdem werde ich kein Bolschewist.«

»Wir sind Kommunisten.« Erwins halbes Lächeln blieb. »Ist das ein Problem für dich?«

Rainer schluckte und schüttelte schließlich den Kopf. Wer mit den Hunden zu Bett ging, durfte sich nicht wundern, wenn er mit Flöhen aufwachte, sagte seine Mutter immer.

»Dann werde ich meinem Kameraden schreiben und ihn fragen, wie wir am besten an die Ausführungsinstrumente kommen.«

»Das klingt beinah musikalisch.« Rainer lächelte schief.

»Das ist es auch. Dieses Instrument wird das Lied der Freiheit mit einem lauten Knall eröffnen.« Erwin hob die Hand, als hielte er eine Waffe darin, und richtete sie versonnen auf die Regalwand rechts vom Tresen. »Weißt du, wie viele Jahre ich davon geträumt habe, einen von diesen verdammten Aufsehern abzuknallen?«

Rainer schluckte. »Kann ich mir vorstellen.«

»Rechne damit, dass wir in ein, zwei Wochen nach Flensburg reisen werden. Wir müssen unser neues Musikinstrument persönlich abholen, schätze ich.«

»Alles klar.« Rainer schluckte erneut, doch sein Mund blieb trocken.

# In Flensburg

Lena und Doro hatten die Erlaubnis ihres Vorgesetzten bekommen, an diesem Freitag einen halben Urlaubstag zu nehmen und früher Feierabend zu machen. Deswegen ließen sie das Mittagessen ausfallen und gingen direkt mit ihren Taschen zum Bahnhof. Im Gegensatz zu den letzten Kriegsjahren fuhren die Züge inzwischen meist pünktlich, aber darauf verlassen konnte man sich noch lange nicht. Besser, man war so früh wie möglich am Gleis, dann erwischte man vielleicht sogar noch einen früheren verspätet einfahrenden Zug, anstatt zwei Stunden auf den ursprünglich geplanten warten zu müssen.

»Hast du auch wirklich alles dabei?«, fragte Doro zum gefühlt hundertsten Mal.

»Zahnbürste, Haarbürste, Unterwäsche, Bluse, Butterbrote, Wasserflasche…«, zählte Lena auf. »Seife, Haarnadeln, Notfallgroschen, Lebensmittelmarken, Adresse des Hotels …«

»Pscht!« Doro drehte sich um. »Nicht, dass noch jemand zuhört. Deiner Mutter hast du die Geschichte mit meiner Tante erzählt, oder?«

Lena nickte. Plötzlich war ihr beklommen zumute. Sie hatte ihre Mutter noch nie angelogen. Es fühlte sich falsch an. Wenn ein Mensch im Leben ihren Respekt verdiente, dann war das ihre Mutter. Doch Lena wusste, dass sie die Erlaubnis für die Fahrt nach Flensburg niemals bekommen hätte, wenn sie zugegeben hätte, dass sie und Doro sich von Ersparnissen ein Hotelzimmer nehmen und abends in den Jazzklub gehen wollten, um gemeinsam zur Musik von Coco Schumann und seiner Band zu tanzen.

»Dein Zugticket hast du auch, oder?«

Lena umfasste ihren Brustbeutel, in dem sich sowohl das Portemonnaie mit dem großzügig bemessenen Notfallgroschen wie auch das Ticket und die Hoteladresse befanden. Sicherheitshalber holte sie alles noch einmal heraus und überprüfte es. »Alles am Mann«, erklärte sie. »Kleiner Koffer, Handgepäck, Papiere. Und du?«

»Ich ebenfalls. Mein Koffer ist allerdings geliehen.«

»Meiner auch, er gehört Lieselotte. Ich weiß nicht, wie sie es geschafft hat, dieses elegante Teil mit auf die Flucht zu nehmen, aber ich bin froh. Damit wirke ich fast wie eine Dame, oder?«

Doro lächelte. Sie pflückte eine gelbe Blume, die in einer Ritze zwischen den Bahnhofssteinen wuchs, und steckte sie Lena ins Haar. Sie brauchte einen Moment, um die Blume mit der Haarnadel richtig zu befestigen, dann trat sie einen Schritt nach hinten und musterte ihr Werk zufrieden. »Es gab nie eine schönere Dame als dich, Lena.«

»Das musst gerade du sagen!«

Lenas Kollegin sah in der Tat richtig mondän aus. Sie trug ihr schickes Kleid mit der Rüsche am Saum, das sie mit einem Gürtel in Form hielt. Ihre Haare kräuselten sich um ihre Schultern und wirkten beinah wie auf einem Filmplakat. Als Hut trug sie ein Militärschiffchen, das sie gefunden oder einem Soldaten abgeschwatzt haben musste. Sie hatte es mit rotem Band versäubert. Es wirkte frech und verwegen.

»Was sind wir doch für zwei hübsche Damen!« Doro hakte sich bei Lena unter und lachte vergnügt. »Und jetzt wartet ein ganzes Wochenende auf uns, an dem wir nichts weiter tun müssen als Spaß haben, bis uns die Füße vom Tanzen bluten. Bist du glücklich, Lena?«

»Ich war nie glücklicher«, sagte sie wahrheitsgemäß. »Was war das doch für ein schöner Tag, als du aus Berlin zu mir ins Büro geschneit bist. Ohne dich hätte ich nie herausgefunden, wie sehr ich es liebe, mit einer Freundin ins Unbekannte aufzubrechen.«

»Du warst noch nicht in Flensburg, oder?«

Lena schüttelte den Kopf.

»Dann werden wir die Stadt gemeinsam erkunden. Sie soll wunderschön sein, hat der Private mir erklärt. Vielleicht finden wir sogar ein wenig Spitzenborte oder etwas anderes Hübsches, mit dem wir dein Kleid noch partytauglicher machen können?«

»So elegant wie du werde ich nie aussehen.« Weil immer noch kein Zug in Sicht war, schlenderten sie langsam zur sonnenbeschienenen Bank des Wartestegs.

»Das wäre auch furchtbar.« Doro zwinkerte Lena zu. »Du sollst nämlich nicht wie ich aussehen, sondern wie du. Das gefällt mir viel besser, und den Herren im Klub bestimmt auch. Du wirst sehen, wir werden die absoluten Stars sein. Blond und brünett ... Sie werden uns lieben, und wir können Cognac mit Cola trinken, bis wir umfallen.«

In der warmen Augustsonne aßen sie ihre mitgebrachten Butterbrote und tranken Wasser aus den Flaschen mit Schnappverschluss, das sie sparsam dosierten. Es musste schließlich reichen, bis sie in Flensburg waren. Lena war froh über ihr Kopftuch, das sie vor der Sonne schützte. Ihr war vage bewusst, dass die Blüte neben dem Kopftuch in der Sonne zu welken begann, aber das störte nicht. Es wäre bestimmt auch gut, in den Schatten zu gehen und den Teint vor den grellen Strahlen zu schützen, aber ...

In ihren Knochen steckte noch immer die Erinnerung an die Winterkälte und die vielen Abende, an denen sie sich in eine zu dünne Decke eingehüllt hatte. In diesen Nächten hatte sie manchmal wachgelegen und ihre Hände abwechselnd zwischen den Knien gewärmt und dann damit Nase und Ohren gerieben, damit diese nicht so auskühlten.

Nach solchen Winternächten konnte es gar nicht genug Sonnentage geben, um sich wieder aufzuwärmen, fand Lena. Die Sommerwärme vertrieb die Erinnerung an die Kälte aus ihren Knochen und ihrer Seele. Im kommenden Winter würde sie an diesen Moment zurückdenken, und er würde für viele Nächte ohne Kohlen reichen müssen. Sie würde nicht im Schatten warten, sondern es hier aushalten, solange es ging.

Kurz darauf ertönte der Pfiff des Zuges, und die Gleise begannen zu summen. Lena öffnete die Augen. Die Lokomotive stieß dichte Dampfwolken aus und verlangsamte, bis der Zug schließlich zum Stehen kam.

Lena stellte erschrocken fest, dass inzwischen weitere Menschen am Gleis standen. Sie und Doro waren nicht auf die Idee gekommen, sich umzusehen, ob sie älteren Menschen den Sitzplatz hätten anbieten sollen. Bestimmt hieß es jetzt wieder, die Zugezogenen hätten keine Manieren.

Egal!

Sie stiegen in einen Waggon der dritten Klasse und fanden zwei gegenüberliegende Fensterplätze.

Ein schriller Pfiff ertönte, und der Zug fuhr an. Lena sah voller Konzentration aus dem Fenster. Sie wollte nichts verpassen. Wenn sie einmal alt war und sich an ihr Leben erinnerte, dann würde diese Fahrt die erste echte Vergnügungsfahrt ihres Lebens sein. Spielte es dann noch eine Rolle, was ihre Mutter oder ein verknöchertes Fräulein Gerdes als angemessenes Benehmen erachteten?

In diesem Augenblick fasste Lena einen Entschluss. Wenn einer der Männer im Jazzklub versuchte, sie zu küssen, dann würde sie es zulassen. Rainer tat es schließlich nicht.

Doro schüttelte den Kopf, als Lena ihr von diesem Entschluss erzählte. »Tu das nicht, Lena.«

»Warum nicht?«

»Hast du schon mal jemanden geküsst?«

Lena zögerte. »Nicht richtig«, gab sie schließlich zu. »Es gab da jemanden in Greifenberg, der hat mich ... Aber nur auf die Wange.«

Doro nickte wissend. »Das habe ich mir gedacht. Du bist unschuldig wie ein kleines Küken, liebe Lena. Deswegen hörst du jetzt auf die kluge Doro aus Berlin und machst es genau so, wie sie es von dir verlangt, ja?«

Lena lächelte.»Und was verlangt sie von mir, die ach so kluge Doro? Worauf soll ich achten, wenn es ans Küssen geht?«

»Benimm dich genauso wie zu Hause. Wenn einer beim Tanzen zu dicht kommt oder dich zu fest an sich zieht oder küssen will ... Solche Fisimatenten halt ... Dann dreh dich raus und klatsch ihm eine. So richtig schön ins Gesicht, dass es alle sehen, und laut genug, dass er sich erschreckt.«

»Oh.« Die Vorstellung ernüchterte Lena. An solche Momente hatte sie nicht gedacht, als sie vom Jazzklub träumte.

»Die nehmen sich sonst noch mehr Freiheiten heraus«, sagte Doro lakonisch.»Beim Küssen bleibt es nie, wenn du das schon am ersten Abend erlaubst.«

»Danke für den Hinweis.« Lena schluckte und drückte ihre Fingernägel in die Handinnenfläche.»Gibt es noch andere Dinge, auf die ich achten sollte?«

Doro überlegte. Dabei legte sie den Kopf schief und lächelte verträumt. Was auch immer es gab, vor dem sie Lena warnen wollte, es konnte nicht allzu schlimm sein, dachte Lena. Trotzdem hörte sie konzentriert und aufmerksam zu, als Doro von Dingen erzählte, die ihr – vielleicht – zustoßen konnten. Es ging um Hände, die sich unter Röcke schoben, die am Rücken zu weit nach unten wanderten oder Lena so dicht an einen Mann ziehen konnten, dass ihre Brüste oder ihr Bauch an ihn gedrückt wurden.

»Das würde ich nicht zulassen«, sagte Doro nüchtern.»Das kannst du machen, wenn du einen Tanzpartner ein paar Monate kennst, oder wenn es dein fester Freund ist oder so. Aber wenn du das einem Fremden erlaubst, dann denkt er ... Na ja, dann denkt er, dass du ihm den Rest auch erlauben wirst.«

Lena nickte, obwohl sie nur eine diffuse Ahnung davon hatte, was dieser ominöse Rest sein mochte. Offenbar war es weit herausfordernder, in Flensburg Jazz zu tanzen, als sie sich vorgestellt hatte. Doch die vielleicht drohende Gefahr nahm ihr nichts von ihrer Vorfreude, im Gegenteil. Sie war Lena Buth. Sie hatte einen Militärtransporter über Feldwege gesteuert und einen Nazi dazu gebracht, ihre Schwester nicht mehr zu schikanieren. Was auch immer im Jazzklub auf sie wartete, sie fühlte sich bereit.

Am Bahnhof in Flensburg lehnten sie die Angebote der Kutscher ab, die sie zu ihrer Gaststätte fahren wollten, und fragten eine ältere Frau nach dem Weg. Lena war erstaunt, wie viele Häuser hier noch in Trümmern lagen. Das kleine Niebüll war zwar Kreisstadt von Südtondern, war aber mit seinen wenigen Einwohnern und ohne Industrie kaum bombardiert worden. Flensburg war zwar ebenfalls keine Weltmetropole, war aber deutlich stärker zerstört worden. Auf den Straßen lagen immer noch Trümmer. Vermutlich würde es noch lange dauern, bis die Stadt wieder so friedlich und hell erstrahlte, wie sie früher einmal gewesen sein musste.

Lena und Doro verliefen sich zweimal. Allmählich wurde Lena durstig, weil sie das letzte Wasser kurz vor dem Flensburger Bahnhof getrunken hatte. Sie hatte nicht damit gerechnet, dass sie hier noch so lange herumsuchen würden. Endlich erreichten sie die Gaststätte. Es war ein einfaches Haus in einer Straße, in der nur drei oder vier Häuser zerbombt waren. Die grauhaarige Gastwirtin warf Lena und Doro einen misstrauischen Blick zu, fand aber die Zimmerreservierung in ihren Büchern. Doro hatte mit der für sie typischen Chuzpe in der Mittagspause vom Telefon im Übersetzungsbüro angerufen, ohne irgendjemanden um Erlaubnis zu fragen, und es hatte funktioniert.

Sie bekamen einen Schlüssel für ihr Zimmer in die Hand gedrückt und mussten ihre Papiere vorzeigen, damit die Personalien ordnungsgemäß ins Gästebuch eingetragen werden konnten. Für einen Moment fürchtete Lena, dass ihre Mutter oder ein anderer Mensch auf diese Weise herausfinden konnten, was sie hier taten, doch sie rief sich zur Ordnung. Weder sie noch Doro beging ein Verbrechen. Alles, was sie vorhatten, war ein wenig tanzen und Spaß haben.

»Erster Stock, dritte Tür links«, sagte die Gastwirtin zum Abschluss. »Frühstück ist morgens von sieben bis neun, Zimmer links neben dem Tresen. Lebensmittelmarken habense dabei?«

»Von der britischen Kommandantur in Niebüll, ja. Die gelten hier doch?«

Die Gastwirtin nickte, und damit schien alles gesagt.

Das Zimmer war spartanisch eingerichtet, doch die Laken und Bettbezüge waren sauber. Es gab zwei Betten, einen Waschtisch und ein paar Haken an der Wand neben einem dort festgeleimten Spiegelscherben. »Passt zu unserem sparsamen Gepäck«, sagte Doro zufrieden. »Außerdem wollen wir eh nicht den ganzen Tag im Zimmer versauern. Kommst du mit, ein wenig die Stadt erkunden?«

Lena hätte sich am liebsten aufs Bett gelegt und ein kleines Nickerchen gemacht, doch sie wollte nicht gegen Doro zurückstehen. »Klar, sehr gern«, behauptete sie deswegen. »Wohin möchtest du gehen?«

»Einfach ein wenig bummeln. Geld zum Ausgeben haben wir nicht, aber wir sitzen schon seit Monaten in diesem Kuhkaff fest. Vermisst du es nie, mal durch eine richtige Stadt zu bummeln und den Menschen zuzusehen?«

Lena war in einem kleinen Dorf aufgewachsen, aber sie verstand Doro. Es fühlte sich schön an, durch bewohnte Straßen zu gehen und zuzuschauen, wie die Menschen ihr Leben lebten. In Niebüll war ihr dieses Gefühl ein wenig abhandengekommen, weil sie dort stets die Fremde und Zugezogene war.

Hier dagegen war sie kein Flüchtling mehr, begriff sie. Sie war nichts weiter als eine Reisende, die für ihre Unterkunft bezahlte und ein schönes Wochenende verbringen wollte. Auf einmal hätte sie um nichts in der Welt darauf verzichten wollen, hocherhobenen Hauptes mit Doro durch diese Straßen zu flanieren.

Seite an Seite gingen sie durch die Stadt. Lena spürte, wie die Leute in ihre Richtungen blickten, doch es waren andere Blicke als in Niebüll. Was sind das für Frauen, sagten die Blicke, so stark, so selbstbewusst und so schön? Wildfremde Männer zogen den Hut vor ihnen, und Lena grüßte jedes Mal zurück. Es fühlte sich an, als gehörte ihnen die ganze Welt, schon jetzt, bevor sie überhaupt zum Tanzen gingen.

Plötzlich hielt Doro inne und zog Lena in den Schatten einer Litfaßsäule. »Tu so, als würdest du die Aushänge studieren«, zischte sie. »Schau nicht zu auffällig, aber ... Die beiden Männer dahinten, die ihren Hut so tief ins Gesicht gezogen haben.«

Lena starrte an einer Ankündigung der demokratischen Wahlen für Flensburg vorbei und erstarrte. »Das sind Rainer und Erwin«, flüsterte sie erstaunt. »Was machen die denn hier?«

»Vielleicht wollen sie auch in den Jazzklub?« Doro klang so, als glaubte sie es selbst nicht.

»Da stimmt was nicht«, sagte Lena entschieden. »Schau mal, wie die sich an die Häuserwände drücken. So, als wollen sie nicht, dass man sie sieht. Das sind keine Männer, die ein paar Tage zum Ausspannen verreisen, Doro. Die haben etwas vor.«

»Ich bin ganz deiner Ansicht. Diese zwei Männer haben ein Geheimnis vor uns. Wollen wir das zulassen?«

Lena war plötzlich sehr unsicher. »Wir können ihnen doch nicht einfach hinterherschleichen, oder?«

»Warum nicht? Wenn sie uns erwischen, sagen wir einfach, wir wollten schauen, ob sie es wirklich sind und ob sie heute Abend mit uns tanzen gehen.«

»Stimmt«, sagte Lena, doch ihr Unbehagen blieb. Gleichzeitig wollte sie wissen, was hier los war. Hatte Rainer ein Geheimnis vor ihr?

# Der Waffenschieber

R ainer konnte kaum fassen, dass er und Erwin tatsächlich nach
Flensburg gefahren waren. Unter anderen Umständen hätte er
sich gefreut, Niebüll für eine Nacht zu verlassen und etwas von der
Welt zu sehen. Als Soldat war er ebenfalls herumgekommen, doch
das war etwas völlig anderes.

In dieser Nacht würden sie im Haus der Schwester von Erwins
altem Kameraden übernachten. Ursula war ebenfalls Kommunistin,
wie sie bei der Begrüßung offen erklärt hatte, und hielt auch Rainer
für einen Genossen. Er hatte nicht widersprochen. Sobald sie ihr
spärliches Gepäck in Ursulas Wohnzimmer deponiert hatten, hatte
Erwin zum Aufbruch gedrängt: »Der Schieber wartet nicht gern.«

Rainer wusste nicht, wie viel Erfahrung Erwin mit der Übergabe
von Waffen hatte, doch er hatte gehorcht und war mitgekommen.
Tief im Innern hatte er den Verdacht, dass Erwin genauso nervös
war wie er selbst. Natürlich gab es auch in Niebüll einen kleinen
Schwarzmarkt, weil Landwirte Lebensmittel abzweigten und ohne
Lebensmittelmarken verkauften, wenn der Preis stimmte, aber das
fühlte sich anders an. In dem Moment, wo sie sich tatsächlich auf
den Weg machten, um eine Waffe zu kaufen und damit jemanden
zu ermorden ...

Es war kein Mord, sondern eine gerechte Hinrichtung, rief Rainer
sich ins Gedächtnis und klammerte sich an die Worte. Ein Mord
wurde aus niedrigen Beweggründen begangen. Das, was sie vorhatten,
war so ehrenhaft wie das Handeln eines Soldaten: Sie würden töten,
um ihre Heimat vor einem bösen Menschen zu schützen.

Der Unterschied lag darin, dass niemand ihnen einen Befehl dazu erteilt hatte. Ganz egal, ob ihr Handeln richtig oder falsch war ... Es gab niemanden, hinter dem sie sich verstecken konnten.

Die Straßen Flensburgs waren mit mehr Menschen bevölkert als in Niebüll. Viele davon trugen Lumpen, doch an diesem schönen Abend strahlten sie trotzdem gute Laune aus. Keiner von ihnen trug die Last, die Rainer verspürte. Niemand von ihnen musste sich fragen, ob das, was er vorhatte, eine Hinrichtung oder ein Mord war.

»Wollen Sie eine Zeitung kaufen, die Herren? Nur zehn Pfennige!« Ein Straßenjunge mit einer umgehängten Kiste trat auf sie zu. Es war das Flensburger Tageblatt, das auch nach Niebüll geliefert wurde.

»Wohl eher fünf Pfennige«, sagte Rainer. Er brauchte keine Zeitung, aber er hatte eine Schwäche für freche Jungen mit großer Klappe, wie er selbst einmal einer gewesen war.

»Es gibt ein Interview mit dem US-Außenminister«, erklärte der Junge so stolz, als hätte er das Interview selbst geführt. »Dort erklärt er, wie man im Namen der freien Völker in Zukunft mit Stalin im Osten umgehen soll.«

»Du bist gut informiert für einen Jungen.« Rainer lächelte.

»Ich les die Zeitungen ja alle selbst. Muss doch wissen, was ich Ihnen da verkaufe.«

Rainer las die Überschrift: *Die Welt hat genug vom Kriege.*

Ja, dachte er, das hat sie wirklich. Er selbst auf jeden Fall. Wie lange sollte man noch mit der Schuld leben, es nicht verhindert zu haben? Allen anderen schien es zu gelingen. Sie kümmerten sich um den Alltag, um Gemüsebeete und Brennholz, und vor allem immer wieder neu um etwas zu essen.

»Komm weiter«, sagte Erwin brüsk.

»Vielleicht ein anderes Mal«, sagte Rainer zu dem Jungen und tippte sich zum Abschied an die Mütze. Er folgte Erwin die Hauptstraße entlang und bog nach links ab. »Du weißt, wohin wir müssen?«

»Die Straßen sehen nicht mehr so aus wie früher, aber ja. Wir müssten gleich da sein.« Vor einer hohen Bretterwand blieb Erwin stehen und drückte gegen eine Tür, deren alte Angeln offenbar gut geölt waren und sich lautlos bewegten. Wer auch immer den Zaun gebaut hatte, legte Wert darauf, dass sie nicht auseinanderfiel. Erwin trat durch die Tür. Ein Weg aus Steinplatten führte am Haupthaus vorbei, dessen eine Wand eingestürzt war. Die meisten Fenster waren blind und zersprungen. Erwin steuerte auf ein Gartenhaus zu, das hinter einigen Büschen stand, und klopfte dort an die Tür.

Rainer hatte das Gefühl, dass jeder Herzschlag unendlich lange dauerte, während sie darauf warteten, dass sich die Tür öffnete. Schließlich öffnete ein blonder, glattrasierter Mann und musterte sie misstrauisch von Kopf bis Fuß. »Was wollt ihr?«

»Ich bin der Genosse Erwin aus ...«

»Keine Namen. Hat euer Kontakt euch das nicht mitgeteilt?«

»Nein. Sie sagte ...«

»Ts, ts, ts.« Der Mann hob den Finger und schüttelte den Kopf. »Jetzt hast du mir bereits mitgeteilt, dass es eine Sie ist. Was würdest du machen, wenn ich ein Nazi-Spion wäre? Dann hättest du mich jetzt auf die Fährte einer Genossin gesetzt.«

Rainer war froh, dass Erwin das Reden übernahm. Er beobachtete von der Seite, wie sich Erwins Augen kurz weiteten, bevor er sich wieder im Griff hatte. »Die Nazis sind nicht länger an der Macht«, erklärte er.

»Warum möchtest du dann kaufen, was du kaufen willst?« Der blonde Mann lächelte kalt.

Erwin nickte. »Der Punkt geht an dich. Also, hast du das, was wir suchen?«

»Eigentlich mache ich die Übergaben nur an neutralen Orten wie einer Kirche oder im Park. Die Genossin, deren Namen wir nicht nennen werden, hätte dir das sagen sollen.«

»Hat sie aber nicht. Sie hat mich hierhergeschickt.« Erwin blickte sich um. Eine kleine Trauerweide beschirmte einen Gartenteich, in dessen Mitte die einst weiße Statue einer nackten Frau stand. »Noble Gegend, ich muss schon sagen.«

Der Genosse – wenn es denn einer war – entschied sich, die Worte nicht zu kommentieren. »Habt ihr das Geld?«

Das Geld. Es setzte sich aus einem Teil der Hinterlassenschaft von Erwins Vater und der Hälfte von Rainers dürftigen Ersparnissen zusammen.

Erwin zog den Briefumschlag aus der Tasche und reichte ihn dem Mann. »Es ist nicht ganz die vereinbarte Summe, aber der Ring ist aus echtem Gold. Damit kann man mehr anfangen als mit Papier.«

Der Mann zählte die Scheine brummig. »Eigentlich ist es zu wenig, aber wollen wir mal heute nicht so sein. Für einen Genossen mache ich eine Ausnahme.«

»Es ist genug«, sagte Erwin fest. »Nur Kapitalisten erhöhen die Preise im Nachhinein.«

»So?« Der Kommunist lächelte spöttisch.

»Außerdem geht es gegen einen Mann von der Totenkopf-SS.«

»Ts, ts, ts.« Er hob wieder die Hand. »Je weniger ich weiß, desto weniger kann ich verraten. Haben sie dir das nicht beigebracht?«

In Erwins Augen brandete die Erinnerung an einen alten Schmerz auf, der auch Rainer traf. Es schien kälter zu werden. »Das haben sie. Besser, als du für möglich halten würdest.«

Der blonde Mann musterte ihn aufmerksam. »Du auch, hm?«

Erwin schluckte sichtbar und nickte.

Für einen Moment sahen sich die beiden an und teilten die Erinnerung an ein Grauen, das zu tief für Worte war. Rainer fühlte sich ausgeschlossen und war gleichzeitig froh, nicht Teil davon zu sein.

»Können wir die W… Ich meine, den Gegenstand bekommen?«, fragte Erwin schließlich.

Der Mann nickte und ging ins Innere des Gartenhauses. Er kramte eine Weile herum, während Erwin und Rainer vor der Tür warteten. Rainer nahm an, dass der Mann die Waffe erst aus ihrem Versteck holen musste. Schließlich kam er mit einem in ein fleckiges Tuch eingewickelten Gegenstand zurück. »Luger, neun Millimeter, wie zugesagt. Es ist das alte Modell, aber sie funktioniert mit normalen Parabellum-Patronen.«

»Wie viel Munition?«

»Zweimal acht Schuss. Damit könnt ihr das Magazin einmal nachfüllen.«

»In Ordnung.« Erwin nahm den Gegenstand und wollte das Tuch auseinanderschlagen.

Der blonde Mann schlug ihm auf die Hand. »Nicht hier, bist du bescheuert? Was ist, wenn jemand aus dem großen Haus herschaut?«

»Du hast uns nicht reingebeten.«

»Das werde ich auch nicht.« Wieder sahen sie sich in die Augen. »Aber ich bescheiße keinen Kameraden.«

»Dann gib uns noch die Munition und wir verschwinden.«

Der Mann zog einen braunen Umschlag aus der Tasche und reichte ihn Rainer, während Erwin die in den Lumpen gehüllte Pistole in der Innenseite seiner Jacke verschwinden ließ. Rainer klemmte die Krücke unter der Achsel fest und verstaute die Patronen ebenfalls in der verschließbaren Tasche seiner Jacke. Das Gewicht zog den Stoff nach unten. Es fühlte sich an, als würde jeder Mensch auf der Straße erkennen, dass etwas mit ihm nicht stimmte.

»Also«, sagte der Blonde abschließend. »Gibt es sonst noch etwas?«

Erwin schüttelte den Kopf. »Bleib am Leben«, sagte er schlicht, drehte sich um und ging über den Plattenweg davon.

Rainer folgte ihm.

Es würde tatsächlich passieren. Rainer schluckte. Ein Gefühl stieg in seinem Bauch auf, das er nicht zuordnen konnte. Kälte. Grauen. Entsetzen. War das noch Krieg oder schon Politik?

Als sie auf die Straße kamen, sah er links zwei Frauen zügig davongehen. Eine hatte helle Locken, die andere einen dunklen Pferdeschwanz. Sie erinnerte ihn an Lena, doch das war normal. Er hatte ständig das Gefühl, Lena zu sehen. Gerade in diesem Augenblick hätte er unglaublich gern ihre Hand gehalten, den Kopf an ihre Schulter gelegt und sich von ihr die Haare aus der Stirn streichen lassen, während sie ihm mit sanfter Stimme erklärte, dass das alles nur ein Albtraum sei und niemand von ihm verlange, zum Mörder an seinem eigenen Schwager zu werden.

Doch Lena war weit fort von hier.

# Im Jazzklub

Lena und Doro wichen hastig von der Bretterwand zurück, als sie sahen, dass Erwin und Rainer auf sie zukamen. Sie hakten sich beieinander ein und gingen so schnell davon, wie sie konnten, ohne offenkundig zu rennen.

»Beeil dich«, zischte Doro. »Was auch immer die angestellt haben, ich glaube, sie möchten nicht dabei erwischt werden.«

»In Ordnung.«

Lena folgte ihrem hastigen Tempo, bis Doro plötzlich zu einem normaleren Gehtempo zurückwechselte. »Wir sollten nicht zu sehr auffallen. Aber, Lena, das eben ... Das war sehr seltsam.«

»Eindeutig.«

»Hast du verstanden, worum es da ging?«

Lenas Fantasie war normalerweise gern bereit, aufregende Dinge auszuspucken, doch dieses Mal war da nichts als Leere. »Die Jungs haben ein Geheimnis vor uns, das ist sonnenklar. Und bei diesem Geheimnis geht es nicht um eine andere Frau.«

»Ja.« Doro klang nachdenklich. Sobald sie eine Querstraße erreichten, zog sie Lena hinein. »Besser, sie erwischen uns nicht.«

»O Doro, ich hoffe, Rainer steckt nicht in Schwierigkeiten!«

»Bestimmt nicht.« Doro klang nicht so überzeugt, wie Lena lieb gewesen wäre. »Er ist ein vernünftiger Mann, das hast du mir doch immer erzählt. Lass uns überlegen. Was genau könnten sie dort gesucht haben? Was weißt du über Erwin?«

Lena bemühte sich, mit Doro Schritt zu halten. »Erwin ist Kommunist«, erklärte sie. »Wenn er Rainer in irgendwelche Geschichten hineingezogen hat ...«

»Woher weißt du das?«

»Rainer hat mir erzählt, dass Erwin …« Sie verstummte. Was auch immer Erwin während des Kriegs durchgemacht hatte, es war nicht an ihr, Doro davon zu erzählen.

»Ja?«

»Gib mir einen Moment zum Nachdenken, bitte.«

Was um alles in der Welt hatten die beiden Männer vor? Warum waren sie nach Flensburg gefahren, ohne Lena davon zu erzählen? Sie hatte gedacht, Rainer und sie seien zumindest Kameraden. Andererseits hatte auch sie ihm nicht verraten, dass sie mit Doro nach Flensburg fahren wollte, um ungehindert von strengen und abfälligen Blicken der Alteingesessenen tanzen zu gehen und glücklich zu sein.

Als sie zurück im Hotelzimmer waren, legte sich Lena für einen Moment aufs Bett. Der Bezug roch nach Schmierseife, aber darunter lag ein dumpfer Modergeruch, der aus dem eigentlichen Kissen aufstieg und den das saubere Leinen nicht vertreiben konnte.

»Müde?« Doro setzte sich auf ihr eigenes Bett und gähnte. »Sollen wir noch ein bisschen ausruhen, bevor wir uns auf den Weg machen?«

»Gute Idee.« Lena genoss die Schwärze hinter ihren Augenlidern. »Doro, was haben wir da gerade beobachtet? Was planen Rainer und Erwin?«

Die Geräusche verrieten, dass Doro es sich auf ihrem Bett bequem machte. »Zerbrich dir deswegen nicht den Kopf«, sagte sie liebevoll. »Es sind Männer. Wer erwartet von denen Logik? Vielleicht haben sie Lust bekommen, ein wenig Räuber und Gendarm zu spielen.«

»Unwahrscheinlich.« Lena gähnte, doch die Gedanken verfolgten sie, während sie in einen dämmerigen Zustand an der Schwelle zwischen Wachsein und Schlafen glitt.

»Ich habe gelernt, dass man sich nicht einmischen soll, wenn Männer sich etwas in den Kopf setzen. Früher oder später verfliegen all ihre schönen Ideen von allein. Es reicht, sie zu lieben, man muss sie nicht verstehen.«

»Das klingt schrecklich vernünftig.« Lena gähnte erneut. Doros Worte schwirrten durch ihren Kopf wie Fische durch einen Teich, aber sie konnte sich nicht länger darauf konzentrieren. Nur einen Moment schlafen ...

Als Doro sie weckte, hatte Lena das Gefühl, dass höchstens drei Minuten vergangen waren. Doro reichte ihr die Bürste und half ihr dabei, den Pferdeschwanz neu zu binden, damit die Haare verspielt über ihren Rücken fielen. Sie überprüfte den Sitz von Lenas Kleid und steckte ihr eine Brosche an den Ausschnitt der Bluse, die sie darunter trug. Dann machten sie sich gemeinsam auf den Weg.

Anders als in dem kleinen Militärklub in Niebüll war der Kellerklub in Flensburg für Gäste aller Art geöffnet. Lena und Doro suchten sich einen Weg durch zwei Nebenstraßen, bis ein improvisiert gemaltes Schild an einer Hauswand verkündete, dass sie ihr Ziel erreicht hatten. Sie bezahlten ihren Eintritt und betraten einen Ort, der Lena vorkam wie eine glamourösere Version des kleinen Militärklubs in Niebüll.

Glitzernde Vorhänge verhüllten eine Bühne, vor der sich der glänzend gebohnerte Boden eines kleinen Tanzparketts erstreckte. Runde Tische und schmale Stühle drängten sich an den Rändern des Raumes und boten einen Blick sowohl auf die Bühne wie auch die Tanzfläche. Neben der Bühne befand sich ein Tresen, hinter dem drei Frauen in schulterfreien Kleidern arbeiteten, die so viel Haut enthüllten, dass man den Ansatz ihrer Brüste sehen konnte. Lena stellte fasziniert fest, dass sie Hemdenkragen um den bloßen Hals trugen. Wie mutig sie sein mussten!

»Die lassen sich bestimmt nicht von einem älteren Fräulein herumschikanieren, weil sie auf dem Dachboden Musik gehört haben«, flüsterte Lena Doro zu.

»Wenn du wüsstest«, flüsterte Doro zurück und lachte leise. »Irgendwann erzähle ich dir etwas mehr aus meinen wilden Berliner Jahren.«

»So ein Kleid hast du als Kellnerin aber nicht getragen, oder?«

Doro zuckte mit den Schultern und lachte, statt zu antworten. Lena beneidete sie ein weiteres Mal um ihre Weltgewandtheit. Irgendwann, nahm sie sich vor, wollte sie genauso viel wie Doro von der Welt sehen. Sie wollte in allen Klubs tanzen, die es gab, alle großen Musiker persönlich kennenlernen und Kleider tragen, die noch weit eleganter waren als das von Doro an diesem Abend.

Für den Anfang würde es reichen, wenn ihre Handinnenflächen weniger verschwitzt wären. Egal, wie oft Lena damit über ihren Rockstoff strich, die Feuchtigkeit auf der Innenseite blieb.

Doro steuerte zielsicher auf den Tresen zu und begrüßte eine der Damen mit einem freundlichen Hallo. Weil noch nicht viel los war, stellte sie Lena und sich als Urlauberinnen aus Niebüll vor und fragte, welche Getränke man hier besonders empfohlen bekam. Die Empfehlung des Hauses sei schließlich im Regelfall die beste Option.

»Ich merke schon, du kennst dich aus.« Die Frau, die sich Betty nannte, schien sich über Doros Geplauder zu freuen. »Aus Niebüll kommt ihr, ja?«

»Eigentlich sind wir aus dem Osten, aber … Ja, inzwischen wohnen wir in Niebüll und arbeiten als Übersetzerinnen für die britische Armee. Lena ist eine Vertriebene, ich bin ein Flüchtling.« Doro sprach die schlimmen Worte ohne jede Scham aus, als ob beides das Normalste der Welt sei.

»Wie schön, ich bin auch eine Rucksackdeutsche.« Betty lachte. »Mich haben sie aus Schlesien verscheucht. Jetzt arbeite ich hier und verdiene das Geld für meine alte Großmutter und meinen kleinen Bruder. Könnte schlimmer sein, oder?«

Lena betrachtete die junge Frau mit anderen Augen. Sie wirkte so vergnügt und leichtfertig, dabei trug sie genau wie Lena die Verantwortung für die Reste einer auseinandergesplitterten Familie. Irgendwie wurde Betty dadurch für sie noch schöner als vorher.

Betty empfahl beiden für den Anfang ein kleines Bier und zapfte es ihnen auf ein zustimmendes Nicken von Doro. »Seid ihr allein hier, oder wartet ihr auf Gesellschaft?«

»Wir reisen zu zweit«, erklärte Doro und öffnete den Ellenbogen erneut so, dass Lena sich einhaken konnte. »Aber vielleicht lernen wir nachher noch ein paar nette Herren zum Tanzen kennen.«
»Nette Herren gibt es leider viel zu wenige auf der Welt.« Betty zwinkerte, und Doro lachte. »Aber wenn ihr wollt, tanzt doch einfach miteinander. Das ist hier erlaubt, damit die Frauen nicht einsam am Tisch sitzen bleiben müssen, während die Herren sich mit der Heimreise Zeit lassen.«
»Wie schön.« Doro drückte Lenas Hand. »Hast du gehört? Bevor du mit einem Schnösel tanzen musst, tanzt du lieber mit mir.«
»Du bist ohnehin schöner als alle Herren dieser Welt. Ich bin unglaublich froh, eine Freundin wie dich zu haben.«
Doro lachte und hob ihr Glas, um Lena zuzuprosten.
Allmählich füllte sich der Klub. Die meisten Männer waren Soldaten oder kamen in Begleitung ihrer Freundinnen. Lena spürte, dass mehr als einer von ihnen Doro und sie interessiert musterte. Ihr Gesicht wurde heiß. Allmählich verstand sie besser, warum Doro gesagt hatte, dass sie sich nicht küssen lassen sollte. In ihrer Fantasie hatte sich das aufregend angefühlt, doch in den Augen all dieser Männer war sie eine Fremde, nicht länger ein Teil der Armee und von ihren Soldatenfreunden beschützt. Das fühlte sich gleichermaßen aufregend wie verwirrend an.
Schließlich betrat ein Ansager die Bühne. Er trug ein helles Jackett mit glitzernden Borten, einen auffälligen Zylinderhut und hatte sich eine Nelke ins Knopfloch gesteckt. Mit wiegenden Schritten trat er nach vorn, tippte gegen das Mikrofon und nickte zufrieden, als das Geräusch durch den Keller hallte und die Gespräche verstummten.
»Meine sehr verehrten Damen und Herren«, kündigte er an. »Ich begrüße Sie herzlichst in unserem Swingkeller für eine weitere Nacht voller Musik und Tanz. Lassen Sie die Sorgen vor der Tür, die Schwiegermutter im Schrank und drehen Sie Ihrem Chef eine lange Nase! In dieser Nacht hat der Trübsinn Hausverbot. Bitte begrüßen

Sie mit einem kräftigen Applaus unsere Hausband und als Special Guest den Jazzgitarristen Coco Schubert aus Berlin!«

Applaus brandete auf, während der Vorhang zur Seite glitt und der Ansager die Bühne verließ. Die Band bestand aus einem Schlagzeug und einem Kontrabass, wie sie Lena aus Niebüll vertraut waren, aber statt einer Klarinette hatten sie eine Trompete und ein seltsam gebogenes, glitzerndes Blasinstrument, das Lena nicht kannte. Ganz rechts auf der Bühne stand ein freundlicher Mann mit einer Gitarre.

»Das ist Coco«, flüsterte Doro Lena zu. »Ich kenne ihn noch aus Berlin … Du meine Güte, wie aufregend! Ich hätte nie gedacht, dass er noch am Leben ist, bis mein Bekannter mir erzählt hat, dass er hier spielt.«

Lena lächelte über Doros Freude. Es gab viel zu viele Menschen, die vermisst wurden. Wer weiß, vielleicht würde sie eines Tages auch einige der alten Kameraden ihrer Schulzeit wiedertreffen? Einige von denen, die nicht wichtig genug waren, um dafür einen Suchauftrag beim Roten Kreuz abzugeben, und von denen sie trotzdem hoffte, dass sie noch am Leben waren und es ihnen gut ging.

Der Schlagzeuger zählte ein und spielte das Intro. Es war ein weicher Rhythmus, der sich unter die Haut setzte und wellenförmig ausbreitete, bis er die Zehenspitzen erreichte und in Richtung Tanzparkett lockte. Doro hatte Lena erzählt, dass man diesen besonderen Klang *smooth* nannte, und Lena hatte sich in das schöne Wort verliebt.

Doros Locken begannen zu wippen, als der Bass einsetzte. Lena erkannte das Stück: *Sing, Sing, Sing* von Benny Goodman. Ein schnelles Gute-Laune-Lied, bei dem man kaum anders konnte, als mitzutanzen.

»Sollen wir?«, fragte Doro und stellte hastig ihr Glas am Tresen ab. »Betty, pass auf, dass niemand unsere Drinks klaut, ja?«

»Geh ruhig.« Betty hob grüßend die Hand an die Stirn.

Lena ließ sich von Doro auf die Tanzfläche führen. Sie zog den Pferdeschwanz über die Schulter nach vorn und warf ihren Kopf wieder zurück. Es imponierte ihr nach wie vor, dass Doro die Schritte beim Führen beinah so gut beherrschte wie beim Folgen. Lachen sprang von einer zur anderen. Doro schob Lena in die erste Drehung, und Lena hörte auf zu denken. Sie konzentrierte sich darauf, den Beat in den Füßen zu halten, locker in der Hüfte mitzugehen und das Kinn hochzuhalten. Die anderen Instrumente setzten ein. Aus den Tönen wurde ein Klangteppich, der dazu herausforderte, wild und frei zu sein. Doro zog Lena dicht an sich, sah ihr tief in die Augen und gab sie für eine halbe Drehung frei, bevor sie sie erneut an sich zog. Lenas Füße schienen ein Eigenleben zu entwickeln. Das hier war anders als ihre Probeschritte im Büro. Es war auch anders als das Tanzen mit den Soldaten in Niebüll, denn keiner von denen hatte Doros Talent gehabt, herauszufordern und trotzdem nie mehr zu nehmen, als gern gegeben wurde. Lena wusste, ganz egal wie sehr sie Rainer liebte, das hier würde sie bei ihm niemals finden.

Der Gedanke an ihn war wie ein Glas Eiswasser, das über ihren Rücken gekippt wurde. Rainer war ebenfalls in Flensburg. Höchstwahrscheinlich hatte er weder sie noch Doro gesehen, aber er war vermutlich nicht allzu weit von ihnen entfernt untergekommen. Wenn er keine Geheimnisse vor ihr hätte, könnte sie jetzt mit ihm tanzen, statt mit Doro …

Nein. Mit seinem kaputten Fuß würde Rainer sie niemals so über die Tanzfläche schieben und locken können, wie Doro das tat. Er wäre niemals in der Lage, Lena mit diesem dreisten Lächeln die Hand an die Schulter zu legen und sie nach hinten zu stoßen, bis sie fast taumelte, um dann mit der anderen Hand zurück in den festen Griff ihres Gegenübers gezogen zu werden. Ganz egal, wie sehr sie Rainer liebte, das hier könnte er ihr niemals geben.

Sie würde es auch nicht von ihm verlangen. Aber wenn er sie jemals heiratete, würde sie darauf bestehen, mindestens zweimal im Jahr mit Doro auf Reisen zu gehen und einen Klub zu suchen, in dem solche Musik gespielt wurde und Frauen miteinander tanzen durften. Irgendwo weit genug von zu Hause fort, dass niemand sich darüber echauffierte und hässliche neue Gerüchte erfand!

»Ist etwas?«, flüsterte Doro ihr ins Ohr, als Lena das zweite Mal kurz nacheinander stolperte. »Die Leute haben bis eben geschaut, weil wir so eine flotte Sohle hinlegen, aber wenn du eine Pause brauchst, setzen wir uns lieber wieder hin.«

Zum ersten Mal kam Lena in den Sinn, dass Doro auch ein wenig stolz darauf war, dass sie so hübsch war und den Leuten auffiel. Vermutlich unterdrückte sie diese Seite von sich in Niebüll genauso, wie Lena ihre eigene Sehnsucht nach Wildheit und Freisein unterdrückte.

»Ich werde besser aufpassen«, flüsterte sie zurück. »Los, zeig mir, was du draufhast, Doro!«

»Die Schrittfolgen kennst du noch nicht!« Doro drängte Lena erneut in eine Drehung, in der sich Lena zu entziehen versuchte und doch mit jedem zweiten Schritt neu an Doro herangezogen wurde. Es fühlte sich herrlich aufregend an.

»Bring es mir hier bei«, gab Lena zurück. »Oder ändert sich der Schrittrhythmus?«

Doro antwortete nicht, sondern grinste ein klein wenig fies. Sie umfasste Lenas Schulter etwas fester. Die nächsten zwei Taktfolgen blieb es beim vertrauten Schrittmuster, doch dann stockte Doro plötzlich und zog Lena mit einem verzögerten Schritttempo an sich heran. Beinah wäre Lena gestolpert. Sie konzentrierte sich auf Doros Augen und darauf, sowohl den Willen ihrer Tanzpartnerin wie auch den Rhythmus der Musiker mit dem ganzen Körper wahrzunehmen.

»Gut.« Doro nickte ihr zu. »Achtung, gleich noch mal.« Sie führte Lena in eine Linkskurve und machte erneut den verzögerten Schritt, dem Lena folgen sollte.

Es brauchte all ihre Konzentration, doch dieses Mal folgten ihre Füße Doro beinah von selbst.

»Du hast Talent.« Doro führte Lena zurück in die einfacheren Grundfiguren, die sie besser beherrschte. Erst jetzt fiel Lena auf, wie sehr sich die Tanzfläche inzwischen gefüllt hatte. Als die Musiker den Song beendeten, applaudierte sie wie alle anderen und ließ sich von Doro zurück an die Bar führen, um etwas zu trinken, bevor es weiterging.

Der Abend war schöner, als Lena es sich in ihren wildesten Träumen ausgemalt hatte. Im Militärklub hatte stets noch eine gewisse Disziplin geherrscht, in der Lena auch etwas Sicherheit fand. Hier waren die Menschen gelöster und freier. Die Kleider der Damen waren teilweise deutlich eleganter als Lenas und Doros, doch es störte sie nicht. Sie waren hier, um sich zu vergnügen, und die Musik war großartig.

In einer Tanzpause musste sie erneut an Erwin und Rainer denken, die sie durch die Lücken in der Bretterwand beobachtet hatten, bis beide sich zum Gehen gewandt hatten. Was war in dem Umschlag gewesen, dessen Inhalt der fremde Mann so sorgsam geprüft hatte? Und was hatten sie als Gegenleistung dafür bekommen?

»Was ist los?«, flüsterte Doro ihr ins Ohr.

Lena seufzte. »Lass uns ein anderes Mal davon reden, ja? Heute Nacht wollen wir uns amüsieren.«

Doro musterte die Bühne. »Ich frage mich … Dieser Typ da mit der Gitarre, der Coco. Ich frage mich, ob ich ihn ansprechen soll. Er hat im Orchester von Ernst van't Hoff gespielt. Jazz und Swing in der Zeit, in der es verboten war.«

»So?« Lena musterte ihn aufmerksam. »Er sieht gut aus, finde ich. Hat kluge Augen, ein bisschen verletzlich.«

»Er ist schon als Musiker in unserem Klub aufgetreten, als er noch minderjährig war. Der hat es wirklich drauf.«

»Wow!« So etwas Verrücktes konnte sich Lena nicht einmal vorstellen. Als Minderjährige hatte sie getan, was ihre Eltern von ihr verlangt hatten, oder das Gesetz, wenn es um die Hitlerjugend oder den Reichsarbeitsdienst ging. Sie wäre nicht im Traum darauf gekommen, als Musikerin in einem Klub wie diesem hier aufzutreten.

»Das waren wilde Zeiten.« Doro lächelte verträumt. »Die Reichsmusikkammer hatte überall verboten, Jazz- und Swingmusik zu spielen. Das war denen zu amerikanisch, verstehst du? Weil Männer wie Louis Armstrong damit angefangen haben, und die hatten aus Sicht unserer deutschen Bonzen die falsche Hautfarbe.«

»Der Coco ist doch weiß?« Lena sah auf die Bühne und krauste die Stirn.

»Aber er war Jude oder Halbjude. Deswegen hat ihm jemand eine gefälschte Musikerlizenz besorgt, glaube ich, und er konnte trotzdem auftreten. Genau erinnere ich mich nicht mehr.« Doro lachte leise und richtete sich dann entschlossen auf. »Lena, ich glaube, ich muss ein wenig mit ihm plaudern. Irgendwann war er nämlich verschwunden, von jetzt auf gleich, und keiner wusste, was aus ihm geworden war. Ich habe damals ... Ich habe nicht zu viel darüber nachgedacht, und jetzt schäme ich mich. Da will ich wenigstens heute Hallo sagen und fragen, wie es ihm ergangen ist.«

Lena nickte. »Kein Problem. Ich warte einfach hier auf dich.« Ein wenig unbehaglich war ihr schon, doch sie würde Doro natürlich zu ihrem Bekannten gehen lassen, damit sie sich nach seiner Geschichte erkundigen konnte.

Als die Band Pause machte, legte jemand neben der Bühne eine Platte auf den Teller, und bald drehten sich die Paare erneut auf der Tanzfläche. Das erste Lied war noch nicht einmal zur Hälfte durchgelaufen, als sich ein Mann neben Lena stellte, der mindestens doppelt so alt war wie sie. Obwohl an der Bar noch Platz war, stellte er sich dicht neben sie. Sobald er sein Getränk geordert hatte und Betty mit dem Einschenken begann, musterte er Lena von Kopf bis Fuß. Das, was er sah, schien ihm zu gefallen.

»Bist du häufiger hier?«, fragte er.

Es störte Lena, dass der Mann sie duzte, als sei sie ein kleines Kind. Normalerweise wurde sie von anderen Erwachsenen gesiezt.

»Nein, heute ist das erste Mal«, antwortete sie zurückhaltend.

Er rückte näher, bis seine Hüfte ihre berührte. »Und? Wie gefällt es dir?«

»Die Musik ist gut.« Lena blickte angestrengt an dem Mann vorbei auf die Bühne.

»Ist es dein erstes Mal Live-Musik?« Er legte den Arm um Lenas Schultern und machte Anstalten, sie dichter zu sich zu ziehen. Das ging zu schnell. Eindeutig. Bis eben war sich Lena nicht sicher gewesen, aber mit diesem Mann stimmte etwas nicht. Was bildete der sich ein? Hatte er gefragt, ob er sie anfassen durfte?

»Nein«, sagte sie fest und sah dem Mann in die Augen. »Mir gefällt der smoothe Swing-Drive, den Coco Schubert drauf hat. Aber ich bin wegen der Musik hier und nicht wegen Ihnen.«

»Oho!« Der Mann lachte, nahm den Arm aber nicht weg. »Betty, bitte noch einen Drink für meine neue Freundin. Ich merke schon, wir werden uns richtig gut verstehen.«

Das war zu viel. Lena erinnerte sich an Doros Warnungen. Sie hob die Hand und schlug zu. Es knallte. Mehrere Menschen in der Nähe sahen sich um, was geschehen war. Für einen Moment genierte sich Lena, doch dann sagte sie sich, dass sie nichts falsch gemacht hatte. Wenn der Mann einen Fehler machte, war er es, der sich schämen musste, nicht sie.

»Suchen Sie sich bitte eine andere Freundin«, sagte sie kühl. »Ich habe schon eine und warte hier gern noch etwas länger auf sie. Sie dagegen sollten sich schämen!«

Der Mann hielt sich die Wange. Er hatte den Arm von Lenas Schultern gelöst und schien zu überlegen, wie er damit umgehen sollte. Doch als Betty Lena zur Hilfe kam und ihn aufforderte, sich einen anderen Platz an der Bar zu suchen, verzog er sich.

»Hier stehen normalerweise Frauen, die nach Gesellschaft suchen«, verriet Betty Lena und zwinkerte. »Aber es gibt mehr als eine Art, wie ein Herr eine Dame zum Tanzen auffordern kann, sage ich immer. Der Paul ist ein ganz schmieriger.«

Lena merkte, dass ihr doch etwas zittrig zumute war. »Dann war es gut, dass ihm heute jemand gezeigt hat, dass er so etwas nicht machen darf.«

»Du sagst es. Dein nächstes Getränk geht auf mich, Schätzchen. Was trinkst du am liebsten?«

»Cognac mit Cola«, sagte Lena mechanisch. Mindestens so sehr wie das dunkle Getränk selbst liebte sie seinen Namen. Und dann dämmerte es in ihr: »Hat der Typ dich auch schon angefasst?« Betty zuckte mit den Schultern und lachte, doch es klang etwas aufgesetzt. »Der versucht es bei jeder. Ich lass mich von so etwas nicht einschüchtern, und das solltest du auch nicht. Hier ist dein Getränk.« Sie schob Lena ein Glas über den Tresen und hob ihr eigenes, um mit Lena anzustoßen. »Und jetzt erzähl mal, was führt dich nach Flensburg?«

Sie plauderten, bis Doro zurückkam und die Musiker erneut zu spielen begannen. Doro führte Lena auf die Tanzfläche und wirbelte sie herum, als ob sie die Schatten der Vergangenheit für immer vertreiben wollte, doch Lena konnte sehen, dass sie hinter der Bühne erschütternde Neuigkeiten von Coco gehört haben musste. Kein Wunder. Wenn er ein Jude war und dann noch verbotene Musik gespielt hatte, hatten die Nazis ihm das Leben garantiert früher oder später zur Hölle gemacht. Lena bewunderte ihn dafür, dass er sich nicht unterkriegen ließ und auf der Bühne immer noch so freundlich lächeln konnte.

Wenn sie wieder zu Hause war, würde sie Rainer fragen, was er angestellt hatte, nahm sie sich vor. Vielleicht steckte er in Schwierigkeiten und brauchte Hilfe. So oder so, sie würde sich nicht unterkriegen lassen, und sie würde auch nicht so tun, als hätte sie nichts mitbekommen.

# Ein wenig Hoffnung

Giselas Spiegelbild war hässlich. Ganz egal, wie oft sie sich im bodentiefen Spiegel im Flur ihres Elternhauses betrachtete, ganz egal, wie sorgfältig sie ihre Haare legte, die Schuhe putzte und den Kragen ihrer Bluse bügelte ... Sie war abgrundtief hässlich.

Gisela wusste, dass sie ein Problem hatte. Dieses Problem war Rainer. Ihr Leben wäre perfekt, wenn er nur endlich begriff, dass sie und er füreinander geschaffen waren. Doch er verstand es nicht, und sie stürzte jedes Mal neu in dieses dunkle Loch. Zu viele Männer ihrer Generation waren gestorben. Wenn sie keinen fand, würde sie als alte Jungfer enden, die ihre Eltern bis zu deren Lebensende pflegte. Die bloße Vorstellung, sich bis zum allerletzten Moment um ihre Mutter kümmern zu müssen, verursachte ihr Albträume.

Zum Glück gab es ihre beste Freundin Swantje mit den braungrünen Augen und den hellbraunen Zöpfen. Swantje sagte ihr regelmäßig, dass sie eine schöne Frau sei, eine gute Köchin, liebevoll im Umgang mit Kindern und noch viel mehr. Irgendwann würde der richtige Mann kommen. Jemand, der eine so wundervolle Frau wie Gisela auch zu schätzen wusste.

Gisela freute sich jedes Mal, wenn Swantje so etwas sagte. Es tat gut, dass ihre Freundin sich ihr zuliebe so viel Mühe gab. Doch tief im Herzen wusste sie, dass es nicht stimmte. Wenn sie wertvoll wäre, wenn es etwas an ihr gäbe, das schön wäre ... Dann hätte Rainer sie nicht verlassen.

Dann würde ihre Mutter ihr nicht immer wieder Dinge vorwerfen, die unendlich schmerzten und für die Gisela nichts konnte.

Oder zumindest hätte sie dann eine Chance, diesem Leben zu entkommen.

Sie seufzte und verließ das Zimmer, um in der Küche mit ihrer Arbeit zu beginnen. Mechanisch enthülste sie die Erbsen und versuchte, nicht zu denken.

»Ich muss gleich einkaufen gehen«, verkündete sie, als ihre Mutter die Küche betrat.

»Was denn?« Ihre Mutter runzelte die Stirn. »Gisela, du hast die Erbsen erst zur Hälfte enthülst. Was soll das für ein Mittagessen werden?«

»Ein kleines.« Gisela zwang sich zu einem Lächeln. »Mutter, du hast doch gestern gesagt, dass du mich heute zum Einkaufen schickst, weißt du nicht mehr?«

Ihre Mutter runzelte die Stirn. »Daran kann ich mich überhaupt nicht erinnern.«

Das lag daran, dass sie es nie gesagt hatte. Gisela hoffte, dass ihre Mutter sich überzeugen ließ. In jüngster Zeit klagte sie häufig über ein schlechtes Gedächtnis. Vielleicht ließ sich die Gelegenheit nutzen, um ein wenig vor die Tür zu kommen?

»Du wolltest mich zum Kolonialwarenhändler schicken«, behauptete Gisela. »Ich soll nachfragen, ob es vielleicht ein wenig Kaffee gibt, der gegen deine ständige Müdigkeit hilft.«

Ihre Mutter runzelte die Stirn, nickte aber schließlich. Ihr Gesicht wirkte noch blasser als sonst. »Wie lieb von dir, daran zu denken.«

»Möchtest du die Erbsen fertig enthülsen? Dann kann ich direkt losgehen.«

»Das ist eine gute Idee. Gib mir bitte die Schürze.«

Gisela reichte ihrer Mutter deren Schürze vom Haken an der Wand und hängte ihre eigene auf. Sie ließ sich Geld und Marken für den Einkauf geben und versuchte, ihrer Mutter nicht in die Augen zu sehen. Ein wenig schämte sie sich für die Lüge, zumal es auch heute sicher keinen Kaffee zu kaufen gab, aber sie ertrug es nicht mehr, in diesem Haus eingesperrt zu sein.

Der erste Mensch, der ihr auf der Straße begegnete, war Rainer. Ausgerechnet der! Musste er am Vormittag nicht in der Apotheke sein?

»Was tust du hier?«, fragte sie ihn statt einer Begrüßung.

»Ich komme gerade von der Post.«

»Und was hast du da erledigt? Liebesbriefe verschickt?«

Er schüttelte den Kopf. »Noch zwei Bewerbungen für die Universität. Dieses Mal weiter im Süden.«

Eine warme Welle durchlief Gisela. »Dann wirst du tatsächlich studieren?«

Vor einem Jahr hatte er ihr erklärt, dass er sie ohne Studienabschluss nicht heiraten konnte. Damals hatte sie sehr hässlich reagiert, und vermutlich lag darin der Grund dafür, dass er nur wenige Wochen später die Verlobung aufgelöst hatte.

Bedeuteten Rainers Uni-Pläne, dass er zu Gisela zurückkehren würde?

»Du fehlst mir manchmal«, sagte sie leise. »Wenn ich im Bett liege. Ich … Ich sollte dir das nicht sagen, aber es ist die Wahrheit.«

Rainer seufzte und sah sie an, sagte aber nichts.

Gisela nahm das als Aufforderung zum Weiterreden. »Das mit dir und mir, Rainer … Das war etwas Besonderes, das musst du doch ebenfalls spüren. Du und ich, wir gehören zusammen. Früher haben wir uns manchmal gestritten, aber das ist normal, wenn sich zwei Menschen lieben. Wir hatten einfach Angst davor, wie groß unsere Gefühle waren …« Sie verstummte.

In Rainers Augen leuchtete nichts von der Liebe, auf die sie gehofft hatte. Sie hatte diese Worte oft genug geübt, wenn sie abends im Bett lag. In ihrer Vorstellung reagierte Rainer dann stets liebevoll. Er kämpfte mit seinen Gefühlen, aber früher oder später begannen seine Augen stets zu strahlen, und er zog Gisela an sich, um ihr ins Ohr zu flüstern, wie sehr er sie liebte und vermisst hatte.

Manchmal erzählte sie auch davon, wie sehr sie unter ihrer Mutter litt und wie sehr sie sich danach sehnte, endlich aus dem Elternhaus zu entkommen. Spätestens dann öffnete Rainer jedes Mal seine Arme für sie.

Dieses Mal war es anders. Rainers Gesicht blieb blass und angespannt. »Es tut mir leid, Gisela.«

Vielleicht brauchte er einfach noch etwas mehr Überzeugungsarbeit?

»Ich werde meine Mutter überreden, dass sie mich auf dich warten lässt«, erklärte Gisela scheu. »Du studierst, und währenddessen musst du dir keine Sorgen machen, dass ich etwas mit einem anderen Mann anfange wie diese Lena Buth, die mit fremden Soldaten in den Jazzklub geht und deren Vater im Gefängnis sitzt. Du wirst sehen, Rainer, alles wird gut. Ich bin eine brauchbare Hausfrau, und wenn wir erst verheiratet sind, musst du dich um nichts mehr kümmern und lebst sorgenfrei bis ans Ende deiner Tage.«

Doch auch diese Ankündigung brachte nicht das erhoffte Leuchten in Rainers Gesicht. »Es tut mir leid, Gisela«, sagte er noch einmal. »Es schmerzt mich, dass es dir immer noch so wehtut, aber es ist vorbei. Ich habe unsere Verlobung aufgelöst. Nichts, was du sagst, kann daran etwas ändern.«

Gisela öffnete den Mund und schloss ihn wieder. Sie hatte das Gefühl, keine Luft mehr zu bekommen, und streckte die Hand nach ihm aus. »Rainer ...«

Er schüttelte den Kopf, drehte sich um und ging mit seinen Krücken davon.

Gisela kam sich blamiert vor. Sie wollte ihn hassen, sie wollte neue Rachepläne gegen Lena Buth schmieden, doch ihr Kopf war vollständig leer.

»Hallo, Gisela«, sagte da eine liebevolle Frauenstimme von der Seite. »Alles in Ordnung?«

Gisela drehte sich zur Seite. Swantje! Das war der einzige Mensch, der ihr jetzt noch helfen konnte.

»Es war furchtbar«, brachte sie hervor.

»Ich weiß, mein Schatz, ich weiß.« Swantje nahm ihre Hand.

»Möchtest du davon erzählen? Lass uns zu mir in den Garten gehen, meine Mutter hat sicher Verständnis.«

»Ich war in letzter Zeit so oft bei dir zu Besuch und du nie bei mir …« Es war nur ein schwacher Versuch, Swantjes Hilfsbereitschaft abzuwehren, und Swantje durchschaute ihn selbstverständlich. »Das ist kein Problem. Dann lädst du mich einfach am Samstag zu dir ein und servierst mir Tee und Kuchen, und du bekommst heute von mir nur ein wenig Apfelschorle. So gleicht sich alles aus. Und vielleicht laden wir dann noch Pauline und Claudia ein, was hältst du davon? Ein richtiger Kaffeeklatsch unter jungen Damen.«

»Das ist eine schöne Idee.« Gisela versuchte zu lächeln, aber alles in ihr war leer. Rainer hatte sie zurückgestoßen. Von jetzt an durfte sie nicht einmal mehr von einer Versöhnung träumen. Die Härte und Gleichgültigkeit in seinem Blick hatten sie tiefer getroffen, als sie je für möglich gehalten hätte. *Es tut mir leid,* also wirklich. Hatte er überhaupt kein Mitgefühl?

Gisela ließ sich von Swantje zu ihr nach Hause führen. Ein Teil von ihr erinnerte sich daran, dass sie gleich noch ins Kolonialwarengeschäft musste, aber in diesem Augenblick tat es unendlich gut, nicht allein zu sein. Swantje war ein wundervoller Mensch. Gisela war dankbar, eine solche Freundin zu haben. Wenn sie ganz ehrlich war, liebte sie Swantje mehr, als sie Rainer oder ihre Mutter je geliebt hatte. Vielleicht sollte sie in Zukunft mehr Zeit mit Swantje verbringen, statt sich in leere und einsame Traumwelten zu flüchten.

# Schmerzhaftes Schweigen

Die Apotheke war nicht länger sicher.

Seit der Heimkehr aus dem Krieg war die Apotheke für Rainer der Ort geworden, an dem er sich beschützt fühlte. Der alte Herr Tauber verlangte nie mehr von ihm, als er zu geben bereit war. Sie konnten miteinander schweigen, über Politik und Philosophie diskutieren oder Kataloge durchgehen. Er war ein großartiger Gesprächspartner, aber er würde niemals einen unbewaffneten Mann erschießen.

Zumindest konnte sich Rainer nicht vorstellen, dass er das tun würde.

Andererseits dachte Herr Tauber vermutlich das Gleiche über ihn.

»Du wirkst so angespannt«, sagte Herr Tauber an einem Donnerstagnachmittag schließlich, als sie zwei Stunden nebeneinandergestanden hatten, ohne ein Wort miteinander zu wechseln. Staubkörnchen tanzten in den Lichtstrahlen, die durch die schmalen Fenster drangen, und ließen die Stille noch tiefer und intensiver werden. Der vertraute Lysolduft hing in der Luft und verbreitete die Illusion von Geborgenheit und Sicherheit.

Rainer schwieg. Er überlegte, ob es einen Grund gab, im Lager die Bestände zu überprüfen, doch ihm fiel keine plausible Erklärung dafür ein.

Das Warten war am schlimmsten. Das war das Erste, was die erfahrenen Soldaten den Neulingen an der Front beibrachten.

»Gibt es etwas, das dich bedrückt?«, fragte Herr Tauber weiter. »Du musst es mir nicht erzählen, aber manchmal hilft es, wenn man über die Dinge redet.«

Rainer nickte, sah seinen Chef und Mentor aber nicht an. Der schwieg eine Weile. Die Stille fing an, sich unangenehm anzufühlen. Schließlich blickte Rainer zur Seite. Anders als befürchtet, sah Herr Tauber ihn nicht an, sondern schien konzentriert den vor ihm liegenden Lieferkatalog zu studieren. Rainer öffnete den Mund und schloss ihn wieder. Was sollte er bloß sagen?

Das Bimmeln der Türglocke rettete ihn. Eine Kundin betrat den Laden, deren Gesicht im Gegenlicht zunächst nicht zu erkennen war. Trotzdem erkannte Rainer sie sofort am Fall ihres Kleides, ihrer Zöpfe und der Art, sich zu bewegen. »Lena!«

»Guten Tag, Herr Tauber, guten Tag, Rainer.« Sie machte einen kleinen Knicks in Herr Taubers Richtung. »Wie geht es Ihnen?«

»Gut, gut, danke.« Herr Tauber musterte Lena aus seinen vergnügten Altmänneraugen. »Wie schön, Sie hier zu sehen, Fräulein Buth. Was macht die Gesundheit, wie geht es Ihrer Frau Mutter?«

Die Tür fiel ins Schloss und das vertraute Dämmerlicht kehrte zurück. Lena sah nervös aus und richtete ihren Blick konsequent auf Rainers Chef. »Danke der Nachfrage, Herr Tauber. Uns allen geht es gut. Heute bin ich nicht als Kundin gekommen, ich hoffe, das ist in Ordnung.«

»Gesunde Menschen sind mir stets am liebsten. Ich vermute, Sie sind auch nicht meinetwegen hier, junge Dame?«

Lena schüttelte den Kopf. »Es ist immer schön, Sie zu sehen, Herr Tauber. Aber heute wollte ich ein wenig mit Rainer plaudern und nachhorchen, wie es ihm geht.«

»Das sind klare und offene Worte, wie ich sie mag. Nur zu, nur zu.«

Lena warf Rainer einen Blick zu und sah Herrn Tauber erneut an. Jetzt wirkte sie etwas verlegen. Was auch immer es zu bereden gab, war offenbar nicht für seine Ohren bestimmt. Gleichzeitig ging es offenbar um mehr als nur ein wenig Plauderei. Rainer war unbehaglich zumute.

»Rainer hat heute übrigens etwas früher Feierabend«, ergänzte Herr Tauber, als sei es ihm erst in diesem Augenblick eingefallen.

»Es ist schon beinah halb sechs. Viel wird heute nicht mehr passieren. Um den Rest der Kundschaft kümmere ich mich selbst.«

Rainer schüttelte den Kopf. Es gab nichts, was er in diesem Augenblick weniger wollte, als mit Lena spazieren zu gehen. In seinem Kopf herrschte ein einziges Chaos. Er musste es erst ordnen, bevor er mit Lena darüber sprechen konnte. Ganz abgesehen davon, dass ihm Lena ohnehin nicht helfen konnte. Es gab Zeiten im Leben, da musste ein Mann tun, was zu tun war. In diesen Zeiten durfte er nicht weich werden und andere um Hilfe bitten. Das würde den Entschluss verwässern und ihm die Kraft nehmen.

Er kämpfte oft genug damit, dass er zurückrudern wollte.

»Danke, Herr Tauber.« Wenn Lena wollte, konnte ihr Lächeln unglaublich herzlich sein. Rainer registrierte es erst in diesem Augenblick, in dem es jemand anderem als ihm galt. Ein Stich fuhr ihm durchs Herz. Hatte Gisela nicht auch gesagt, dass Lena mit britischen Soldaten tanzen ging?

»Na los, Rainer.« Herr Tauber nickte Rainer aufmunternd zu. »Eine junge Dame benötigt deinen ritterlichen Schutz, um die Langeweile oder bösartige Dämonen zu vertreiben. Was davon es ist, wird sie dir gleich selbst erzählen. Worauf wartest du noch?«

»Ich kann Sie doch mit dem Verkauf nicht allein lassen.« Rainer merkte selbst, wie lau die Worte klangen. Seit bald zwei Stunden hatte niemand mehr die Apotheke betreten. In der Augusthitze verließen die Menschen ihre Wohnung nur, wenn sie mussten.

»Das lass mal meine Sorge sein.« Der alte Mann lachte meckernd. »Warum bist du immer noch hier?«

Rainer holte seinen Rucksack aus der Küche und schlang ihn um die Schultern. Seine Gehhilfen standen neben dem klappbaren Tresenbrett, das Herr Tauber vergnügt emporhob, als ob es nichts wog, um Rainer hindurchzulassen.

»Also dann, Lena«, sagte er, weil ihm offenbar keine Wahl gelassen wurde. Lena wollte mit ihm reden, also musste er zur Verfügung stehen. Frauen. Sie verstanden nie, was im Leben wirklich wichtig war. Warum konnte sie ihn nicht einfach in Frieden lassen, damit er vor sich hinbrütete, bis der Tag der gerechten Hinrichtung kam? »Danke für deine Zeit.« In ihrem Blick lag Sorge um ihn, die er nicht wollte. Sie sollte ihn in Ruhe lassen, verdammt!

Gleichzeitig war er seltsam glücklich, dass sie gekommen war. Gemeinsam verließen sie die Apotheke, und Lena lenkte ihre Schritte zur Kirche. »Wenn wir uns unter einen Baum setzen, kommst du dann mit deinem kaputten Fuß wieder hoch?«

»Das müsste gehen. Es sieht vermutlich nicht allzu würdevoll aus, aber …«

Sie lächelte scheu. »Ich helfe dir gern, wenn du mich lässt. Aber ich möchte heute mit dir auf der Wiese sitzen und den Schatten genießen. Die Tage sind zu heiß. Höchste Zeit für etwas Regen und Abkühlung.«

»Schau nur, dahinten die Wolken. Dein Wunsch könnte schneller in Erfüllung gehen, als du dir vorstellen kannst.«

»Das wäre schön. Hauptsache, es passiert nicht in der kommenden halben Stunde.«

»Das ist unwahrscheinlich, da hast du recht.« Rainer setzte die Gehhilfen, so schnell er konnte. Wenn Lena nervös war, verfiel sie immer noch in den Stechschritt, den sie sich auf ihrer Flucht angewöhnt hatte. Aber er wollte sie nicht darauf hinweisen, sie wirkte angespannt genug.

Lena führte ihn seitlich an der Kirche vorbei zu einer baumbestandenen Wiese. Sobald sie den festen Weg verließen, reichte sie ihm ganz selbstverständlich den Arm, damit die Gehhilfen sich nicht im Gras verhakten und er stolperte. Bei einer Buche blieb sie stehen, bis er sich hingesetzt und es sich halbwegs bequem gemacht hatte, dann ließ sie sich neben ihn gleiten.

»Danke, dass du mitgekommen bist«, sagte sie. »Ich … Ich war ein wenig nervös.«

»Ihr habt mir kaum eine Wahl gelassen.« Rainer lächelte schief. »Möchtest du dich beschweren?«

»Vermutlich sollte ich das, aber dann könnte ich jetzt nicht neben dir sitzen und dich ansehen. Und das wäre schade.«

»Ach du.« Lena machte eine tapsige Handbewegung, als würde sie ihn schlagen wollen, doch natürlich tat sie das nicht. »Wenn du wüsstest, wie nervös ich vor diesem Gespräch war!« Er schluckte hart. »Dann geht es um etwas Wichtiges?« Sie nickte sichtlich verlegen. Ihr Gesicht färbte sich rot. »Ja. Aber ich weiß nicht, wie ich es ansprechen soll.«

Ihre Nervosität war ansteckend. Rainer schluckte. »Am besten frei von der Leber weg. Das macht es für uns beide am angenehmsten.« Sie legte den Kopf schief und spielte mit ihren Haaren. »Das klingt logisch.«

Rainer widerstand dem Impuls, sie am Pferdeschwanz zu ziehen oder nach ihrer Hand zu greifen. Er wartete, bis sie die Worte für das fand, was sie erzählen wollte, und kämpfte gegen die Nervosität.

»Du warst vor Kurzem in Flensburg, oder?«, sagte Lena schließlich.

»Wie kommst du darauf?«

»Wir haben dich gesehen.« Sie stockte. »Also, Doro und ich. Wir waren nämlich auch da. Ihre Tante ... Also, eigentlich hat sie gar keine ... Wir wollten tanzen gehen. Ohne dass so grässliche alte Betschwestern wie Fräulein Gerdes sich deswegen den Mund über uns zerreißen.«

»Ihr wart in Flensburg?«, fragte Rainer. »Du meine Güte.«

Von einer Sekunde zur anderen entstand alles erneut vor seinem inneren Auge. Erwins Genossin Ursula, die ihnen ein Zimmer für die Nacht gegeben hatte und abends selbstgebrannten Kartoffelschnaps mit ihnen trank. Der Briefumschlag mit dem Geld und dem goldenen Ring. Der seltsame blonde Genosse neben dem Gartenteich mit der moosbewachsenen Statue, die ihre Arme zum Gipfel der kleinen Trauerweide ausstreckte.

Und die Luger, die sie im Zimmer der Genossin zu dritt bestaunt hatten.

Die Pistole wirkte beinah zierlich. Sie ließ sich in jeder Umhängetasche verstecken und passte sogar in die Tasche eines Männerjacketts, wie sie unter Ursulas prüfendem Blick festgestellt hatten. Wenn man sie in die Hand nahm, fühlte sie sich im ersten Moment weit ungefährlicher an als die Panzerfaust, die Rainer im Krieg gegen die Schultern gestemmt hatte. Doch er barg etwas ähnlich Grausames und Verlockendes. Dieser achtsam verarbeitete und gefräste Metallgegenstand, dessen fragile Formgebung ihn auf seltsame Weise an die Schönheit einer Frau erinnerte, hatte etwas unglaublich Anziehendes.

›Stirb, Joachim Baumgärtner‹, hatte Erwin gesagt, als er mit der ungeladenen Pistole auf Ursulas Zimmerwand gezielt hatte. ›Nimm dies hier als kleinen Gruß von all den Menschen, die du in Treblinka in den Tod geschickt hast. Mit den besten Wünschen von …‹

Sein Verstummen an dieser Stelle war schrecklicher gewesen als jeder Name, den er hätte aussprechen können.

»Wir waren in Flensburg«, wiederholte Lena. »Wir sind tanzen gewesen, und wenn das ein Problem für dich ist, dann sag es lieber gleich, aber wir haben dich dort gesehen.«

»Mit wem hast du getanzt?«, fragte er als Erstes, was ihm wie eine mögliche Ablenkung erschien. Offenbar hatte Gisela recht gehabt. Wer weiß, vielleicht stimmte dann auch das andere, was sie erzählt hatte. Dass Lenas Vater im Gefängnis saß. Welchem Menschen konnte man heutzutage noch glauben, dass er das war, was er zu sein behauptete?

»Mit Doro«, sagte Lena fest. »Da war auch ein komischer Typ, der mich anfassen wollte, aber den habe ich geohrfeigt.«

»Aha.« Rainer brauchte einen Moment, um diese Informationen mit der Erinnerung an Erwin zusammenzubringen, der die Luger auf einen imaginären Joachim Baumgärtner richtete. Lenas Worte schienen in eine völlig andere Welt zu gehören.

»Sag mir, wer es war, und ich kümmere mich um ihn«, sagte er schließlich und merkte, dass er das sofort hätte sagen müssen.

Lena schnaubte und winkte ungeduldig ab. »Ich möchte wissen, was du in Flensburg gemacht hast.«

»Das geht dich nichts an.« Die Worte waren kaum heraus, da bereute er sie schon, doch er konnte sie nicht zurücknehmen.

Lena lächelte spöttisch. »So?«

»Weiß deine Mutter, dass du mit fremden Männern getanzt und sie geohrfeigt hast?«

»Ich habe nicht mit ihnen getanzt.«

»Und das soll ich dir glauben?«

»Bist du etwa eifersüchtig?« In ihren Augen glomm etwas zwischen Hoffnung und Empörung.

Das Gras unter seinen Beinen verströmte Sommerduft. Im Wind lag der vertraute Salzhauch, den er normalerweise nicht mehr wahrnahm und der ihm in diesem Augenblick beinah betäubend in die Nase stieg. »Lena ...«, sagte er und suchte nach Worten, die den Wortwechsel nicht entgleisen lassen würden. Er spürte ihre Empörung, aber er hatte nicht die Kraft, sich neben seinen sonstigen Sorgen auch damit noch auseinanderzusetzen.

»Was ist?«, fragte sie unerwartet sanft.

»Das, was du da erzählst ... Das sind doch alles Trivialitäten.«

»Bitte was?«

»Du machst dir viel zu viel Gedanken wegen Dingen, die überhaupt keine Rolle spielen. Hast du je darüber nachgedacht, wie gut es dir geht?«

»Trivialitäten.« Lena starrte ihn böse an. »Findest du es trivial, wenn die Leute hier mich auf der Straße anstarren, als sei ich Ungeziefer, obwohl ich genauso deutsch bin wie sie?«

»Nein, aber ...«

»Findest du es trivial, wenn Fräulein Gerdes mir meine Stelle als Waschhilfe kündigt und ich nicht mehr studieren kann, weil deine blöde Verlobte Gisela bösartige Geschichten in die Welt setzt und mein Leben ruiniert?«

»Gisela ist nicht mehr meine Verlobte.«

»Findest du es trivial, dass Doros Bekannter im Konzentrationslager Musik für die Aufseher machen musste, obwohl man ihn wegen genau dieser Musik verhaftet und eingesperrt hat?«

»Nein, aber …«

»Kannst du auch noch etwas anderes sagen als *Nein, aber?*«

»Nein.«

Sie sahen sich an. Lenas Mundwinkel zuckten. Ein Lachen versteckte sich in ihren Augenwinkeln, obwohl die Wut ihr Gesicht immer noch rot färbte. »Kann es sein, dass ich Probleme damit habe, dich ausreden zu lassen, obwohl ich gleichzeitig will, dass du endlich erzählst, was bei dir los ist?«

Rainers Mundwinkel zuckten ebenfalls. Er ließ sich einen Moment Zeit mit der Antwort. »Vielleicht, aber …«

Lena lachte los. Er sah genau, dass sie es nicht wollte, aber sie wehrte sich nicht dagegen. »Du sollst mich nicht zum Lachen bringen, Rainer Weber! Dann vergesse ich, dass ich wütend auf dich bin und du mir endlich erzählen sollst, was los ist mit dir.«

Er verkniff sich eine vorschnelle Antwort und musterte seine Schuhspitzen.

»Rainer, jetzt sag schon. Was ist los mit dir?«

»Es ist nichts.«

»Das sehe ich.«

Er seufzte. »Davon verstehst du nichts, Lena.«

»Aha.« Lena stemmte die Arme in die Seite, was im Sitzen nicht ganz die Wirkung erzielte, die es im Stehen gehabt hätte. »Weich mir nicht länger aus, Rainer Weber. Du warst in Flensburg. Mit Erwin. Je mehr du um das Thema herumstreichst, desto überzeugter bin ich, dass du etwas vor mir verbirgst. Was ist es?«

»Es ist keine andere Frau, falls du das denkst.«

»Auf so eine Idee wäre ich niemals gekommen. Das stünde mir auch nicht zu. Es gibt schließlich nichts außer Kameradschaft, was dich und mich verbindet.«

Die Bitterkeit in ihrer Stimme erschreckte Rainer. Noch etwas, von dem er nicht gewusst hatte, dass es sie belastete. Sie musste doch wissen, was er für sie empfand! Sonst würde er niemals so viel Zeit mit ihr verbringen, ihr Zimmer streichen, sich von ihr auf den Boden unter einen Baum setzen lassen und ihr zuhören, wenn sie all diese Dinge erzählte. Was sollte er denn noch tun?

»Wir werden Joachim Baumgärtner hinrichten«, platzte es aus ihm hinaus.

»Was?«

»Mit einer Luger. Das ist eine kleine Pistole, die früher sehr beliebt war. Eine Offizierswaffe.« Er redete unzusammenhängend und merkte es selbst. Vermutlich gab es nichts, was Lena in diesem Augenblick weniger interessierte als die Details der Waffe, mit der sie seinen Schwager hinrichten wollten. »Deswegen waren wir in Flensburg, verstehst du? Erwin hatte einen alten Kameraden, der ...« Er verstummte, um sie nicht mit weiteren Details zu verwirren.

Lenas Mund stand halb offen. Sie blickte an Rainer vorbei, doch ihr Blick fokussierte nichts. Die Blätter der Buche spielten im Wind und zeichneten flackernde Schattenmuster auf ihre Haut und ihr Kleid. Der Pferdeschwanz lockte noch immer und verlangte danach, dass man an ihm zog, doch Rainer hielt seine Hände im Zaum.

»Ihr werdet Joachim Baumgärtner ... hinrichten«, sagte sie schließlich wie betäubt.

»Es war Erwins Idee.« So formuliert klang es so, als ob Rainer gegen seinen Willen zu etwas gedrängt wurde. Auch wenn es sich manchmal so anfühlte, würde er seinen Freund niemals auf diese Weise bloßstellen, deswegen korrigierte er hastig: »Wir haben gemeinsam entschieden, es zu tun. Wir haben nicht die Macht, die ganze Welt in einen besseren Ort zu verwandeln. Aber wir können verhindern, dass ein solcher Mann Bürgermeister von Niebüll wird.«

»Aha.«

Das Schweigen zog sich in die Länge.

»Wir haben uns die Entscheidung nicht leicht gemacht«, erklärte Rainer nervös. »Um ehrlich zu sein, war es die schwerste Sache in meinem Leben. Ich würde lieber weiterleben und so tun, als wüsste ich von all dem nichts, aber ...« Er verstummte.

Wie sollte er die Schuldgefühle erklären, die ihn quälten, seit er im Herbst von der Vergangenheit seines Schwagers erfahren hatte? Er hatte versucht, sie zu verdrängen, doch das funktionierte nicht mehr. Das, was er von Erwin erfahren hatte, hatte ihn zutiefst getroffen. Er musste etwas tun. Im Grunde war nicht mal wichtig, was es war, solange es etwas anderes als dieses permanente, brutale Schweigen war, das sich über alles gelegt hatte, was vor dem 8. Mai des vergangenen Jahres geschehen war.

»Ihr könntet ihn vor Gericht bringen«, sagte Lena zögernd, als ob sie den Gedanken prüfte.

»Du bist die einzige Zeugin.«

»Ja, das stimmt wohl.«

»Außerdem hast du gesagt, er hat deine Schwester bedroht.«

Sie nickte erschrocken. »Aber Margot wohnt nicht länger in seinem Haus.«

»Bei allem, wozu er fähig war ... Glaubst du wirklich, deine Familie wäre sicher vor ihm?«

Sie schüttelte langsam den Kopf, als würde sie gegen den Gedanken ankämpfen.

»Er hat all diese Dinge doch nicht hier getan, sondern ...«

Rainer sah sie eindringlich an, bis sie den Blick erwiderte. »Es ist der gleiche Mann, Lena. Das gleiche Monster. Ganz egal, wie gut er sich tarnt.«

»Aber ...«

»Lena ...« Rainer ergriff ihre Hand. »Bitte verrate uns nicht, ja?«

Lena blickte auf die Hand, als würde sie einem Fremden gehören, und entzog sich ihm. »Rainer, du kannst nicht von mir erwarten, dass ich ... dass ... Du erzählst mir hier so was, und dann erwartest du von mir, dass ich weiterlebe, als sei alles völlig normal?«

Ihr kalter Blick tat weh.

»Bist du wirklich besser als ich?«, fragte Rainer genauso kühl.

»Vergangenen Sommer hast du mir fürchterliche Dinge über den Mann erzählt, den meine Schwester geheiratet hat. Darf ich dich daran erinnern? Er hat es nicht allein getan, seine Kameraden standen neben ihm, seine Offiziere hatten es befohlen, aber er hat es getan.«

Lena starrte ihn entsetzt an.

»Hast du die Aufklärungsschulungen vergessen? Leute wie mein Schwager haben entschieden, wer leben darf und wer sterben muss. Sein Lager wurde sogar von einem mächtigen Nazi-Politiker dafür ausgezeichnet, wie effizient es war. So, als ob man die Arbeit in einer Todesfabrik mit dem Schlachten von Schweinen oder Rindern in einer Großmetzgerei vergleichen kann.«

»Rainer ...« In Lenas Augen stand jetzt nackte Angst. »Das ... So etwas habe ich nie über deinen Schwager erzählt!«

»Einen Teil habe ich aus der Wochenschau. Aus dem Radio, von den Litfaßsäulen und aus den Verlautbarungen. Aber willst du wirklich behaupten, dass es nicht so war, Lena?«

Sie schloss die Augen und schüttelte den Kopf.

»Ich muss wie jeder Deutsche damit umgehen, dass all diese Dinge geschehen sind«, sagte Rainer. »Das macht mir Angst. Ich will es verdrängen und vergessen, genau wie du es willst. Für mich ist es schwer, dass ich ... Ich ... Die Front ...« Er schluckte hart. »Jeder von uns hat etwas zu tragen. Wir haben alle Hunger und fürchten uns davor, dass der kommende Winter noch schlimmer und kälter wird als der vergangene.«

»Ja«, sagte Lena leise.

»Niemand will an das größere Unrecht denken, das wir alle begangen haben, indem wir es zuließen. Bekommst du nicht mit, wie sie auf der Straße reden? ›Der Nationalsozialismus als solcher war nicht falsch, er wurde nur falsch umgesetzt. Das mit den Juden, das hätte Hitler nicht machen dürfen, aber andererseits wusste man ja schon, was man von denen zu halten hatte ...‹«

Lena schwieg.

»Das waren unsere Nachbarn, Lena«, sagte Rainer eindringlich.

»In Niebüll haben jüdische Familien gelebt. Als Kind habe ich mit ihren Kindern auf dem Schulhof gespielt. In Greifenberg muss es ebenfalls welche gegeben haben, aber eines Tages …«

»Eines Tages waren sie weg, ja.« In Lenas Augen schimmerten Tränen. »Rainer, glaubst du, ich könnte das je vergessen?«

»Genau das glaube ich.« Er merkte selbst, wie hart es klang. »Du hast es verdrängt und zu vergessen versucht. Ich habe das ebenfalls getan. Aber im vergangenen Sommer hast du, ja, du, Lena Buth … Du hast mir erzählt, was mein Schwager getan hat.«

Sie nickte und verzog ihr Gesicht zu einer Grimasse der Scham. »Es tut mir leid, Rainer. Ich war damals … Es war einfach alles …«

»Du hast von mir verlangt, es mir anzuhören und für mich zu behalten«, fuhr er unbarmherzig fort. »Ich muss an jedem Sonntagnachmittag mit diesem Mann Tee trinken, Kuchen essen und mir anhören, was für gequirlten Blödsinn er erzählt, um sich von den Damen am Tisch anhimmeln zu lassen für seine Dreistigkeit.«

»Es tut mir leid, Rainer«, wiederholte Lena leise. »Ich wusste nicht, dass es für dich so schlimm sein würde.«

»Weil du nicht nachgedacht hast.«

»Nein.«

Sie schwiegen. Die Blätter malten ihre zarten Muster auf Lenas Kopftuch, Zöpfe und Kleid. Lena schloss die Augen, als wolle sie an einen Ort tief im Innern ihres Seins flüchten, an dem Rainer sie nicht erreichen konnte.

Schließlich öffnete sie die Augen. »Willst du ihn deswegen töten?«

»Weil ich es nicht mehr ertrage, ihm sonntags am Kaffeetisch gegenüberzusitzen?«

»Genau.«

Er schwieg und dachte nach.

»Ich ertrage es nicht, da hast du recht«, sagte er schließlich. »Aber das wäre kein Grund, ihn zu erschießen. Ich könnte auch einfach zu Hause bleiben, den Streit mit meiner Mutter riskieren und auf den Sonntagstee mit meiner Familie verzichten.«

»Warum tust du es nicht?«, fragte Lena leise.

Er überlegte. Lena verdiente die Wahrheit, alles andere wäre respektlos. Doch er wusste nicht, was die Wahrheit war. Wie beschrieb man dieses Gefühl der hilflosen, eiskalt brennenden Wut in seinem Bauch?

»Joachim ist einer von vielen Tätern«, tastete er nach dem wichtigsten Gedankenfaden. »Man wird sie nicht alle bestrafen können. Wo würde man die Grenze ziehen?«

Lena nickte. Ihr Gesichtsausdruck zeigte, wie elend sie sich fühlte.

»Wenn er den Kopf einziehen würde ...« Rainer überlegte. »Wenn er ganz bescheiden den Kopf einziehen würde, verstehst du? Wenn ich mitbekäme, dass er sich schämt. Menschen haben im Krieg entsetzliche Dinge getan. Er hat Befehle befolgt, das wissen wir. Und du hast selbst erzählt, dass er die eine jüdische Frau gerettet hat ...«

Bei den Worten huschte Ekel über Lenas Gesicht, doch Rainer suchte weiter nach passenden Worten.

»Das, was ich nicht zulassen kann, ist etwas anderes. Er will Bürgermeister werden. Damit wäre er der wichtigste Mann in der Stadt. Das können wir nicht zulassen. Unsere Zukunft soll demokratisch werden. Ich weiß noch nicht genau, was das bedeutet, aber es klingt wie ein gutes Ziel. Wie etwas Wertvolles und Schützenswertes.«

Lena schien mit seinen Worten nicht einverstanden. »Demokratie, Diktatur ... Das sind alles nur schöne Worte. Die Alliierten haben uns besiegt. Wir müssen jetzt tun, was sie von uns verlangen. Das, worauf es ankommt, finden wir nicht in der Politik, Rainer.«

»Nein? Wo dann?«

Sie sah ihm ernst in die Augen. »In unseren Herzen. Was für eine Rolle spielen die Menschen an der Spitze? Wir sind Menschen. Wir sind verletzlich und schwach, und deswegen müssen wir einander helfen.«

Etwas in ihm drohte zu schmelzen und weich zu werden. Etwas, das hart und starr bleiben musste, damit er das Wort halten konnte, das er Erwin gegeben hatte. »Du hast ein gutes Herz, Lena.«

»Dann tu es nicht«, sagte sie eindringlich. »Hast du ganz vergessen, was in der Bibel steht? ›Gebt dem Kaiser, was des Kaisers ist, und gebt Gott, was Gottes ist.‹ Lass Joachim tun, was immer er für richtig hält. Es ist nicht unsere Aufgabe, über ihn zu richten.«

Er schnaubte. »Wessen Aufgabe ist es dann, Lena?«

Ihr Blick wanderte zu dem Gebäude, neben dem sie saßen. Sie lächelte seltsam verträumt.

»Damit machst du es dir ganz schön leicht!« Und weil ihn das Mitleid in ihrem Blick wütend machte, setzte er hinzu: »So, wie du es im vergangenen Sommer gemacht hast. Gibst ihm den verdammten Dienstausweis zurück, anstatt ihn deinem britischen Vorgesetzten in die Hand zu drücken, damit ein Gericht über ihn entscheidet. Jeder normale Mensch hätte …«

»Du hältst ja viel von der Demokratie.« Lena schaute nicht länger verträumt. »Ich habe getan, was ich in dem Moment für richtig hielt. Willst du nur dann demokratisch sein, wenn alle so denken wie du?«

Er schwieg.

»So etwas ist nämlich keine Demokratie«, sagte sie spöttisch.

»Bitte verrate uns nicht«, sagte er noch einmal. »Ich habe dein Geheimnis für mich behalten, so lange ich konnte. Bitte bewahre jetzt auch meins.«

»Für wie lange?«

»Nächste Woche ist eine Wahlkampfveranstaltung. Joachim will eine Rede halten. Wir haben entschieden, es dort zu tun. Erwin wird im Publikum sitzen und aufstehen. Er wird Joachims Verbrechen öffentlich bloßstellen und erklären, dass wir es im Namen der Demokratie tun. Und im Anschluss …«

Darüber hatten sie nie wirklich gesprochen. Doch die Waffe befand sich in Erwins Besitz, und Rainer hatte nie vorgeschlagen, das zu ändern.

Lena schwieg.

»Bitte sag es niemandem«, sagte Rainer noch einmal. »Ich weiß, ich habe dein Geheimnis am Ende doch weitergetragen … Aber es handelt sich nur um eine einzige Woche. Danach darfst du darüber reden, so viel du möchtest.«

»Ich werde darüber nachdenken«, sagte sie schließlich. Sie stemmte die Hände in den Boden und drückte sich nach oben. »Möchtest du, dass ich dir hochhelfe?«

Er schüttelte den Kopf. »Ich bleibe noch einen Moment sitzen. Aber danke.«

Sie nickte ihm zum Abschied zu und ging ohne ein weiteres Wort davon.

Rainer wünschte, sie würde sich noch einmal umdrehen, ihm vielleicht ein Lächeln schenken oder etwas anderes tun, was ihm Mut machte, sich der schrecklichen Tat zu stellen. Er hatte Angst, ganz egal, wie sehr er sich einredete, dass sie das Richtige taten. Doch Lena ging unbeirrt weiter, bis sie um die Wegbiegung verschwand.

# Entscheidungen

In den Tagen nach dem Gespräch mit Rainer ging es Lena schlecht. Sie konnte weder schlafen noch sich auf ihre Arbeit konzentrieren. Die Welt war dunkel geworden. Sie konnte sich einfach nicht vorstellen, was Rainer und Erwin planten. Zum ersten Mal fragte sie sich, ob Rainer im Krieg andere Menschen getötet hatte. Die Erkenntnis, dass man es nicht ausschließen konnte, reichte, um ihr neues Entsetzen einzuflößen. Manchmal zitterten ihre Hände, und oft klammerte sie sich in den dunklen Stunden vor dem Aufwachen an die schlafende Margot, als ob sie nie wieder Geborgenheit empfinden würde.

Das Schlimmste war, dass es niemanden gab, mit dem sie darüber reden konnte. Doro war voll Verständnis für Lenas Frust darüber, dass sie die Stelle bei Fräulein Gerdes verloren hatte. Wenn Lena von ihren Sorgen erzählte, hörte Doro zu und munterte sie auf. Doch Lena wusste nicht, was Doro tun würde, wenn sie von dem Mordanschlag erfuhr.

Auch sonst gab es niemanden, mit dem sie das schreckliche Geheimnis teilen konnte. Margot war zu jung, auch wenn die Schwester Lena manchmal über die Stirn strich und etwas von einer Last sagte, die zu groß für sie wäre. Ihre Mutter und Lieselotte waren viel zu vernünftig, um die Abgründe zu verstehen, die sich vor Lena aufgetan hatten. Sie würden Lena raten, alles bei den Briten anzuzeigen und sich ansonsten aus der Situation herauszuhalten, da war sich Lena sicher. Außerdem würde ihre Mutter schlecht über Rainer denken, wenn sie von dessen Plänen mit Erwin erfuhr, und aus irgendeinem Grund kam Lena diese Vorstellung unerträglich vor.

Wer blieb noch, um zu reden und das Herz auszuschütten? Früher war Lena manchmal zu Frau Weber gegangen, Rainers Mutter, doch die fiel weg, weil Lena Rainer nicht verraten wollte. Ihr eigener Vater hätte sicher einen Ausweg gesehen, doch der bloße Gedanke daran brachte Lenas Herz dazu, noch schlimmer als zuvor wehzutun. Der Pastor des Ortes? Er war mit Joachim Baumgärtner verschwägert, und es war fraglich, ob er Lena überhaupt glauben würde.

Nicht mal im Gebet fand sie noch Trost.

Zum ersten Mal in ihrem Leben spürte Lena, was es bedeutete, vollständig allein zu sein.

Wenn sie Rainer und Erwin anzeigte, dann käme Joachim Baumgärtner davon. Vielleicht schaffte er es wirklich und wurde Bürgermeister dieser Stadt.

Als Lena ihm vor einem Jahr den Ausweis zurückgegeben hatte, war es nicht zuletzt aus Mitleid geschehen. Er hatte so zerbrochen gewirkt, dass sie sich einfach nicht vorstellen konnte, wie gefährlich er war.

Was war richtig, was war falsch?

Sollte sie zulassen, dass man ihn ermordete, oder sollte sie sein Leben retten und ihn damit ein zweites Mal davor bewahren, dass er sich den Konsequenzen seiner Taten stellen musste?

Irgendwann, in einer sehr dunklen und bitteren Nachtstunde, begriff Lena, dass sie weder Erwin noch Rainer bei den Briten verpfeifen würde. Rainer war der Mann, den sie liebte. Erwin hatte unerträgliche Dinge erlebt. Wenn es einen Menschen gab, der sich über Gesetz und Ordnung hinwegsetzen und das Recht in die eigene Hand nehmen durfte, dann war es Erwin.

»Ich könnte Rainer nicht mehr lieben«, flüsterte sie schließlich tonlos, um Margot nicht aufzuwecken. Das Entsetzen war kalt und bitter. Der Mond malte den Umriss des Fensters an die Balken auf der anderen Seite des kleinen Zimmers. »Wenn er zum Mörder wird … Ich verrate ihn nicht, aber dann kann ich ihn nicht mehr lieben.«

Die Vorstellung löste noch mehr Grauen in ihr aus. Wenn Rainer wegbrach, wer blieb ihr dann noch? Doro natürlich, ihre Mutter, ihre Schwestern, aber …

Ihr wurde klar, dass es tatsächlich keinen Ehemann für sie geben würde. Der Krieg hatte die jungen Männer gefressen und ihre Knochen in die schneebedeckten Steppen Russlands gespuckt. Die Hälfte aller deutschen Frauen ihrer Generation würde sich nie verloben, wenn sie es nicht schafften, einem der ausländischen Soldaten ein Eheversprechen abzuringen.

Vielleicht lag darin der wahre Grund dafür, dass deutsche Frauen mit den Soldaten tanzten, als gäbe es kein Morgen. Es gab nämlich keines für sie.

»Ich werde nicht für den Rest meines Lebens für andere Leute putzen«, hauchte Lena tonlos in die Nacht, um Margot nicht aufzuwecken.

In diesem Moment fasste sie einen Entschluss: Sie würde studieren, und sie würde Ärztin werden. Komme, was wolle. Ganz egal, wie viel sie das kostete.

Als Erstes brauchte sie eine neue Nebentätigkeit, damit sie etwas sparen und zurücklegen konnte. Es gab niemanden, der ihr ein Studium finanzieren würde. Egal. Sie war jung und stark. Wenn sie wirklich wollte, konnte sie alles erreichen.

Um eine neue Stelle als Waschhilfe oder Ähnliches zu bekommen, mussten die Gerüchte über sie verstummen. Mehr noch, sie musste beweisen, dass sie nie gestimmt hatten.

Lena schluckte. Sie wusste, was sie zu tun hatte, doch leicht würde es nicht werden. Es gab keinen Beweis dafür, dass Gisela die Lügen in die Welt gesetzt hatte, doch tief im Herzen wusste sie, dass es so war.

Sie wollte nicht länger den Kopf einziehen und sich unterordnen. Auch der Tanzklub in Flensburg war nicht die Lösung, so aufregend es sich auch angefühlt hatte, dorthin zu reisen. Aber wenn sie eine Zukunft wollte, über die sie selbst bestimmte, dann musste sie dafür kämpfen, anstatt zu flüchten.

An ihrem freien Samstagnachmittag machte sich Lena auf den Weg zum Haus der Schusterfamilie. Sie wusste, dass Gisela Neumann regelmäßig Freundinnen zum Tee einlud. Natürlich handelte es sich bei keinem der Gäste um einen Flüchtling. Die Einheimischen blieben unter sich, und ihre Kleidung wies weit weniger Löcher und Flicken auf als die der Zugezogenen, die mit dem Nötigsten auskommen mussten und auf die Wohlfahrt angewiesen waren.

Lena schluckte hart, als sie die Gartenpforte öffnete und über den schmalen Plattenweg am Haus vorbeiging. Im hinteren Teil gab es eine von einem Geländer umgebene Veranda. Dort saßen Gisela und zwei Freundinnen und tranken Tee. Auch hier wuchsen im Garten keine Blumen mehr, sondern Gemüse und Küchenkräuter. Trotzdem standen Blumen auf dem Tisch.

Die jungen Frauen unterhielten sich entspannt miteinander, aber ihr Gespräch verstummte, als sie Lena vor der Veranda sahen. Sie fühlte sich farblos und hässlich. Ihre Hände waren rau und rissig, auch wenn sie nur noch in wenigen Waschküchen half. Früher war Lena ebenfalls ein solches Fräulein gewesen, oder sie wäre zu einem solchen geworden, aber was nützte das jetzt noch?

»Es riecht nach Läusen«, verkündete Gisela mit glockenheller Stimme.

Ihre Freundinnen lachten. Swantje und Pauline hießen sie, fiel Lena jetzt ein.

Wut stieg in ihr auf. Was wussten diese Schnattergänse davon, was es bedeutete, auf der Flucht zu sein? Hatten sie je unter einer Hecke geschlafen, während der Schnee in die Haare kroch, hatten sie je stehlen müssen, um zu überleben?

»Es riecht nach Lügen«, konterte Lena, während ihr Herz immer heftiger schlug. »Gisela, warum erfindest du Lügengeschichten über mich und meine Familie?«

Das Lachen erstarb. Die anderen sahen zu Gisela.

»Das bildest du dir ein«, sagte Gisela langsam und wedelte mit der Hand.

Lena ballte die Hände zu Fäusten und stieg die zwei Treppenstufen empor. Es gab kein Zurück mehr. Sie stand allein gegen drei Frauen. Wenn sie jetzt in Tränen ausbrach, hatte sie verloren.

Sie würde ebenfalls verlieren, wenn die Freundinnen genauso hinterhältig und böse waren wie Gisela, aber sie wollte an das Gute in ihnen glauben.

Hilf mir, Herr Jesus, betete sie. Gott war in jedem Menschen, hatte man ihr als Kind beigebracht. Sie konnte in Giselas Lügengeschichten keine göttliche Präsenz erkennen, doch vielleicht waren die Freundinnen anders. Es musste einfach so sein. Sie wollte nicht in einer Welt leben, in der das Böse stärker war als das Gute.

Deswegen verzichtete sie darauf, Gisela direkt anzusprechen, und wandte sich an Swantje und Pauline.

»Gisela erzählt Lügen über mich«, erklärte Lena den beiden. »Sie hat eine Lügengeschichte darüber erfunden, dass ich in Pommern ein Baby bekommen habe. Ich versichere euch, dass das nicht stimmt.«

Swantje und Pauline sahen sie mit offenem Mund an. Schließlich sahen sie zu Gisela, der es ebenfalls die Sprache verschlagen hatte.

»Das Schlimmste für mich ist jedoch, dass sie auch Lügengeschichten über meinen Vater erzählt.« Lena verzichtete weiterhin darauf, Gisela direkt ins Gesicht zu sehen. Wenn sie das täte, würde sie entweder schreien oder zuschlagen oder in Tränen ausbrechen. Nichts davon würde ihr weiterhelfen. Ihre einzige Chance war, dass Swantje und Pauline tief im Innern trotz all ihrer Vorurteile anständige Menschen waren.

»Was soll mit dem Vater sein?«, fragte Swantje schließlich. Es schien nicht ganz klar, ob sie sich mit dieser Frage an Lena oder an Gisela wandte.

»Er ist in Pommern geblieben.« Lena erwiderte Swantjes Blick offen. »Seit mehr als einem Jahr gibt es keine Nachricht von ihm.«

»Wie furchtbar.« In Swantjes Augen schimmerte Mitgefühl.

»Er ist Pastor, weißt du? Deswegen ist er bei seiner Gemeinde geblieben. Er trägt Verantwortung.« Und die Verantwortung für die

Gemeinde war ihm wichtiger als die für seine Töchter, auch wenn Lena das niemals aussprechen würde.

Swantje nickte stumm.

»Du kannst sicher verstehen, dass ich Angst um ihn habe.« Lena schluckte und drängte die Tränen zurück. Sie würde nicht weinen. Nicht hier, in Giselas Garten, vor den Augen all dieser Frauen, von denen sie nicht wusste, ob sie Feindinnen oder Verbündete waren. Swantje warf einen hilfesuchenden Blick zu Gisela, doch die schwieg.

»Und du kannst dir sicher vorstellen, wie unglaublich weh es mir tut, wenn ich erfahre, dass Gisela erzählt, dass mein Vater angeblich ein Buchhalter ist und wegen der Unterschlagung von Geldern im Gefängnis sitzt.« Für einen Moment wollte die Wut Lena überwältigen, doch sie drängte sie zurück. Das, was Lena wollte, war Mitgefühl und Respekt, keine Konfrontation. »Es wäre schlimm genug von Gisela, solche Gerüchte zu erfinden, wenn mein Vater sich dagegen zur Wehr setzen könnte. Aber wir haben seit mehr als einem Jahr nichts von ihm gehört. Unsere Briefe kommen ungeöffnet zurück.«

Jetzt rann doch eine Träne über ihre Wange. Lena hasste es, so schwach zu sein, aber das durfte keine Rolle spielen. Sie hatte sich entschieden, diesen Kampf zu kämpfen, und sie würde es tun.

»Ich habe von meinem Vater seit bald zwei Jahren nichts mehr gehört«, sagte Pauline leise. »Meine Mutter hofft, dass er in einem Gefangenenlager ist, aber wir haben alle Angst ...« Sie sprach nicht weiter.

Lena nickte stumm. Sie kannte dieses furchtbare Gefühl.

»Das ist alles sehr tragisch«, sagte Gisela schließlich höhnisch. »Lena, es tut uns allen aufrichtig leid, dass du deinen Vater vermisst. Aber musstest du wirklich hierherkommen, um uns davon zu erzählen, Pauline traurig machen und damit unsere Teegesellschaft zerstören?«

Lena räusperte sich und richtete sich auf. »Ja, Gisela, das musste ich. Und weißt du auch, warum?«

»Na?« Es sollte offenbar herausfordernd klingen, doch Lena spürte die Angst dahinter.

»Weil du es bist, die all diese Gerüchte über mich erfindet, Gisela. Du hast es getan, weil du neidisch darauf bist, dass Rainer mich mehr mag als dich.«

Die plötzliche Blässe auf Giselas Gesicht verriet Lena, dass ihre Worte wahr waren. Bis eben war sie nicht sicher gewesen und hatte auf das Risiko gesetzt.

Swantje und Pauline mussten die verräterische Blässe in Giselas Gesicht ebenfalls bemerken.

Lena musste sich beherrschen, um nicht über den Tisch zu langen, Gisela am spitzenverzierten Kragen zu packen und ihr eine Ohrfeige zu verpassen. So etwas tat ein Fräulein nicht.

Stattdessen wandte sie sich erneut an Pauline und Swantje. »Ich bin nicht hierhergekommen, weil ich mit Gisela abrechnen möchte oder etwas in der Art«, erklärte sie, so ruhig sie konnte. »Es ist genau andersherum. Ich benötige dringend eure Hilfe. Ohne euch schaffe ich es nicht, eine neue Stelle zu finden.«

»Gisela ist unsere Freundin«, erklärte Swantje patzig. »Du glaubst doch nicht, dass wir uns gegen sie stellen werden? Du kannst nicht einfach mit deinen Läusen und Lügengeschichten hierherkommen, Gisela auf ihrer eigenen Veranda beleidigen und dann von uns erwarten, dass wir dir helfen.«

»Das erwarte ich auch nicht.« Lena schluckte. Das, was jetzt kam, war der schwerste Teil. Wenn sie das nicht richtig hinbekam, wäre alles verloren. Sie nahm die Hände zusammen und neigte den Kopf. »Aber ich bitte euch darum.«

Schweigen.

»Wegen dieser bösen Gerüchte habe ich meine Stelle als Hilfswäscherin verloren«, erzählte Lena. Sie hasste es, sich auf diese Weise bloßzustellen, aber ihre Zukunft war wichtiger als ihr Stolz. »Ich weiß, ihr müsst alle nicht für euren Lebensunterhalt arbeiten. Bei mir ist das leider der Fall. Ich gehe jeden Morgen als Übersetzerin ins Rathaus, und abends und am Wochenende arbeite ich in fremden Haushalten und helfe beim Putzen und Waschen. Ich mache das, weil ich Geld für meine Familie verdienen muss.«

»Wirklich bedauerlich für dich«, sagte Gisela, doch es klang nicht so spitz wie vorher. Die Blässe in ihrem Gesicht war geblieben.

Lena sah ihr fest in die Augen. »Ich habe dir nichts getan, Gisela. Ich will dir nichts wegnehmen, und wenn du ehrlich zu dir selbst bist, dann wirst du einsehen, dass es einzig und allein Rainers Entscheidung war, eure Verlobung aufzulösen. Schieb mir dafür bitte nicht die Verantwortung in die Schuhe.«

Gisela öffnete den Mund und schloss ihn wieder. Mit so klaren Worten war sie offenbar überfordert.

Lena wandte sich wieder an die anderen. »Swantje, wenn du zu deiner Freundin stehen willst, akzeptiere ich das. Aber vielleicht wollt ihr mir doch helfen und euch umhören, ob es noch andere Frauen im Ort gibt, die eine Hilfswäscherin am Abend oder Wochenende beschäftigen würden. Frauen müssen zusammenhalten, und ich habe hier in Niebüll keine Freundinnen, die mir helfen würden. Ich will Ärztin werden, und dafür muss ich Geld verdienen.«

Pauline setzte sich plötzlich auf. »Dafür musst du studieren«, sagte sie erstaunt. »Traust du dir das überhaupt zu?«

Lena schluckte. »Ich habe keine Ahnung«, bekannte sie und blickte Pauline offen in die Augen. »Aber ich werde es nur herausfinden, wenn ich es versuche, verstehst du?«

Pauline schien sichtlich beeindruckt.

»Das ist ein schöner Traum«, fand auch Swantje. »Ich habe noch nie davon gehört, dass eine Frau Ärztin werden will. Was hält denn ...« Sie stockte. Trotzdem wussten sicher alle, dass sie hatte fragen wollen, was Rainer von Lenas Plänen hielt.

»Es ist mein eigener Weg.« Lena blickte von Pauline zu Swantje und schließlich zu Gisela. »Ich will nicht für immer darauf warten, dass andere sich um mein Glück kümmern.«

»Das klingt schön«, sagte Gisela schließlich. Es kam unerwartet, und sie schien mit sich zu kämpfen. Ihr Gesicht war immer noch kreidebleich.

Lena erwiderte ihren Blick. »Wegen dieser hässlichen Gerüchte habe ich die Stelle verloren, mit der ich etwas beiseitelegen konnte. Das Geld, das ich bei den Engländern verdiene, reicht nur, damit ich für meine Mutter und meine Schwestern sorgen kann.«

Ein Vogel zwitscherte.

Lena ertappte sich dabei, den Atem anzuhalten.

Gisela stand auf. Sie sah Lena direkt in die Augen. Lena erwiderte den Blick. Sie hatte erwartet, Falschheit zu sehen oder Wut. Stattdessen sah sie Trauer und Verletzlichkeit.

»Es tut mir leid«, sagte Gisela.

Lena konnte erkennen, wie schwer ihr die Worte fielen.

Gisela zögerte. »Als … Als das mit Rainer passierte …« Sie schloss die Augen und schüttelte den Kopf. »Lena, ich bin nicht so stark wie du.«

Eine solche Reaktion hatte Lena am allerwenigsten erwartet. »Wenn du wüsstest«, sagte sie und lachte unsicher.

Swantje lachte auf. Pauline und Lena fielen ein, und schließlich lachte auch Gisela.

Mehr würde sie heute nicht erreichen, spürte Lena. Gisela und sie würden niemals Freundinnen werden. Sie wusste nicht, ob sie an einer solchen Freundschaft überhaupt Interesse hätte, nach all den bösen Dingen, die die andere über sie behauptet hatte. Aber es tat gut, dass sie den Kopf nicht länger eingezogen hatte, auch wenn ihre Knie jetzt zitterten.

»Ich wünsche euch noch einen schönen Tag«, sagte Lena abschließend. »Es wäre schön, wenn die Gerüchte aufhören. Und … Wenn ihr jemanden wisst, der eine Hilfswäscherin sucht … Ich würde mich freuen, wenn ihr mich für die Stelle vorschlagen würdet.«

Die Stille dehnte sich. »Ich werde mich umhören«, sagte Pauline schließlich.

Lena nickte ihr zu, wünschte allen noch einen schönen Tag und verabschiedete sich. Auf dem Weg zur Gartenpforte bemühte sie sich, den Kopf hoch zu halten und nicht zu rennen.

Sie musste dringend Doro finden und ihr alles erzählen. Und dann würde sie in Tränen ausbrechen, weil sie kurz davorstand, Rainer für immer zu verlieren. Doro würde ihre Anspannung verstehen, hoffte sie. Ihr Bauch tat immer noch weh, so sehr hatte er sich verknäult, während sie auf der Veranda stand.

Sie fand Doro im Dachbodenzimmer, das sie bewohnte, wo sie einen Riss in ihrem Kleid flickte. Doro ließ sich jede Einzelheit der Begegnung in Giselas Garten erzählen. »Es ist großartig, wie du diese Hexen an die Wand gespielt hast«, sagte sie voller Bewunderung. »Ich glaube, das hätte ich nicht gekonnt.«

Die Worte taten Lena gut, doch die Einsamkeit dahinter blieb. Von dem, was sie wirklich beschäftigte und quälte, konnte sie Doro nicht erzählen. Rainer und Erwin würden ihren Plan in die Tat umsetzen. Die Entschlossenheit in Rainers Augen hatte Bände gesprochen.

Trotz ihres Siegs über Gisela gab es nichts, womit Lena verhindern konnte, dass ihr Freund zum Mörder wurde. Die Vorstellung schmeckte entsetzlich bitter. Sie konnte nur hoffen, dass Rainer es sich anders überlegte. Aber tief in sich spürte sie, dass seine Entscheidung gefallen war.

Genau wie ihre.

# Erinnerungen

Erwin mochte das Gefühl von Frühlingswind auf der Haut, von Sommersonne auf der Nasenspitze und die ersten kristallspitzen Schneeflocken im Winter, die auf seinen Schultern und Armen liegen blieben, während der Hut Ohren und Haare schützte. Was war besser als der Geruch frischen Brotes, das noch warm vom Ofen war und auf dem eine dünne Schicht Butter zerschmolz, bestreut mit ein wenig Salz und Schnittlauch – und dann in dieses Brot hineinzubeißen, die knusprige Kruste unter den Zähnen zerbrechen zu spüren und das weiche Innere des Brotes mit der Zunge gegen den Gaumen zu drücken, während die Salzkristalle im Mund zerschmolzen?

Es war seltsam, am letzten Abend seiner Existenz zu entdecken, wie gern er lebte.

Morgen war es so weit. Die Vorstellung schmerzte, aber nicht so sehr, wie er erwartet hatte.

Er nahm die Pistole aus der Tasche und drehte sie hin und her. Das Licht der Petroleumlampe auf seinem Tisch ließ das dunkle Metall schimmern und glitzern. Zwei Schüsse hatte er, bevor er nachladen musste. Wenn gleich der erste saß, konnte er sich mit dem zweiten selbst richten, ohne mit zitternden Händen nachzuladen. Er hoffte, dass es ihm gelingen würde. Abends, in den Baracken, hatte er es sich oft genug vorgestellt. Dort waren es andere Wachleute gewesen, die er in seiner Fantasie hingerichtet hatte, aber Verbrecher blieb Verbrecher.

Als die amerikanischen Soldaten mitbekommen hatten, was sich wirklich hinter den Mauern und Stacheldrahtverhauen von Buchenwald zugetragen hatte, hatten sie teilweise ohne Befehl ihrer Offiziere

SS-Leute getötet, die sich bereits ergeben hatten. Sie hatten sie aus ihren Verschlägen geholt, auf die Knie gezwungen und abgedrückt. Erwin hatte zugesehen, und zum ersten Mal seit dem Tod seines besten Freundes im Lager hatte er gelächelt.

Sterbt, ihr Schweine.

Sterbt alle.

Morgen war es so weit. Erwin saß auf dem Rand seines Bettes und starrte auf das Regal an der gegenüberliegenden Wand. Auf den Brettern standen Bücher, die er früher gelesen hatte, und Flugzeugmodelle, die er als Junge zusammengeklebt hatte. Am liebsten wäre er aufgestanden, hätte alles noch einmal berührt und Karl May um Rat gebeten. Winnetou hätte gewusst, wie man mit Würde in den Tod ging.

»Ich habe Angst«, erklärte er leise.

Erwin hätte nicht sagen können, ob sich die Worte an Winnetou richteten oder an den Gott, dem er morgen vielleicht ins Gesicht sehen würde. Sein ganzes Leben hatte er damit verbracht, anderen Menschen zu erklären, warum Religion nichts weiter war als ein Irrtum.

Heute hoffte er, dass er selbst es war, der sich geirrt hatte.

»In einigen Jahren sterbe ich ohnehin«, erklärte er leise.

Die Worte trösteten weniger, als er erwartet hatte.

»Gott, ich wünschte, du hättest die Welt als eine bessere erschaffen ...« Er verstummte.

Was nützten solche Wünsche?

Die Welt war so, wie sie war. Grausam, kalt und gleichgültig.

Erwin verstaute die Pistole wieder in seiner Tasche. Ein Blick auf den Wecker neben dem Bett verriet ihm, dass es beinah zwei Uhr nachts war. Er stand auf und ging so leise wie möglich zum Zimmer seiner Mutter, öffnete die Tür und kniete sich neben das Bett. Sie schlief, in ihre Decke gekuschelt wie ein kleines Mädchen. In diesem Augenblick kam sie Erwin entsetzlich wertvoll und schützenswert vor.

»Ich wäre gern geblieben«, sagte er so leise, dass er sie auf keinen Fall aufweckte. Sein Brustkorb tat entsetzlich weh.

# Im Angesicht des Bösen

Rainers Mutter hatte entschieden, nicht zur Wahlkampfveranstaltung zu gehen. Sie habe Kopfschmerzen, erklärte sie. Außerdem verstand sie nichts von Politik und interessierte sich nicht dafür. Menschen waren ihr wichtiger.

Trotz seiner Erleichterung darüber juckte es Rainer in den Fingerspitzen, ihr zu erklären, dass es bei der Politik der Zukunft genau darum gehen sollte. Wenn jeder Mensch eine Stimme bekam, dann würde die Politik sich zwangsläufig nach den Menschen richten müssen und nicht mehr umgekehrt. Man würde nicht mehr in einer Reihe marschieren, sondern durfte die Richtung bestimmen. Jeder Mensch war wichtig. Jede Stimme zählte. Das war das Versprechen, das in dem Wort Demokratie lag und von dem Rainer träumte.

»Ich gehe gern ohne dich, Mutter«, versicherte er ihr. »Wenn etwas Wichtiges passiert ...«

»Dann erzählst du mir davon, ich weiß.« Sie strich ihm liebevoll über die Wange. »Du bist so klug und verstehst die Politik viel besser als ich. Was würde ich nur ohne dich tun?«

Normalerweise hatte Rainer das Gefühl, dass er um mindestens fünf Zentimeter wuchs, wenn sie ihn auf diese Weise ansah. Dieses Mal sorgte ihr Blick eher für Beklommenheit. »Politik ist manchmal sehr kompliziert, Mutter.«

»Das glaube ich auch. Mach keine Dummheiten, ja?«

Die Worte erschreckten ihn. War das eine Floskel, oder spürte sie, dass er genau das vorhatte?

»Wenn sie mich verhaften, erzählt dir bestimmt jemand anders, was geschehen ist«, versuchte er einen Scherz aus der Unsicherheit zu machen, die ihn erfüllte.

Sie musterte ihn prüfend. »Erwarte bloß nicht, dass ich dich im Gefängnis besuche.«

Rainer zuckte zusammen, bevor er begriff, dass sie scherzte. Er zwang sich zu einer ebenfalls scherzhaften Antwort, damit sie nicht merkte, wie unruhig er in Wahrheit war. »Ich erwarte mindestens einen Kuchen mit einer Eisenfeile.«

Sie lächelte, scheinbar beruhigt. »Als ob ich Mehl und Eier verschwenden könnte.«

»Also gut.« Er musterte sie von Kopf bis Fuß. Es kam ihm vor, als sähe er sie zum letzten Mal, wie sie an dem Tisch mit der rotweiß karierten Tischdecke saß. Ein leichter Geruch nach angebratenen Zwiebeln und Stachelbeermarmelade hing in der Luft. Das Licht fiel schräg durch das schmale Fenster. Irgendwo draußen sang eine Lerche.

»Nun geh schon.« Sie machte eine Handbewegung, als wolle sie ihn hinauswinken. »Lass deine alte Mutter ein wenig in der Sonne sitzen und sich ausruhen, während ihr jungen Leute euch um so wichtige Dinge wie Politik kümmert.«

»Ja, Mutter.« Doch statt zu gehen, trat er näher zu ihr. Er nahm beide Gehhilfen in eine Hand und umarmte seine Mutter mit dem freien Arm, so sanft er konnte. Aus ihren Haaren stieg der vertraute Duft auf, dem er keinen Namen geben konnte, aber der absolute Geborgenheit verhieß. Solange seine Mutter lebte, konnte nichts auf der Welt ihm etwas anhaben.

Gestärkt verließ er die Küche. Draußen am Tor wartete Erwin. Er trug eine lederne Umhängetasche und nickte Rainer ernst zu.

»Da bist du ja.« Rainer hielt Erwin die Hand entgegen.

»Hast wohl gedacht, ich hätte es mir anders überlegt?«

»Niemals.«

Mehr gab es in diesem Moment nicht zu sagen. Seite an Seite gingen sie zum Stübchen, wo Joachims Ansprache stattfinden sollte.

Unterwegs trafen sie Gisela, die eingehakt mit Swantje ging und Rainer nur einen kurzen Blick schenkte, bevor sie weitergingen.

Die Rede sollte im Schankraum des Stübchens stattfinden. Bänke und Stühle waren für das Publikum bereitgestellt. Hinter dem Tresen zapften Wirtin und Tochter eifrig Bier, füllten Apfelsaft in Gläser und kochten Tee oder Muckefuck für die, die etwas Heißes trinken wollten. Rainer und Erwin suchten sich einen Platz hinten auf der linken Seite. Gisela warf ihnen einen kurzen Blick zu, bevor sie mit Swantje nach vorn ging und sich rechts in die zweite Reihe setzte. Sie kam Rainer plötzlich entsetzlich fremd vor.

Der Raum füllte sich. Rainers Herz schlug schneller, als er Lena zusammen mit ihrer Mutter, den beiden Schwestern und Doro sah. Offenbar interessierten sie sich auch als Zugezogene für die lokale Politik, anstatt sie wie seine Mutter den Männern zu überlassen. Lena legte ein Kissen für ihre Mutter auf einen der Stühle, und die Frauen nahmen Platz. Als Lena einen Moment in Rainers Richtung sah, hatte er das Gefühl, dass sein Herz gleich aussetzte. In ihrem Blick lag etwas, das entweder ein Vorwurf oder eine Bitte war. Er konnte es nicht einordnen.

Doch wie konnte er dieser Bitte entsprechen, wenn er gleichzeitig Erwin versprochen hatte, dass dieser nicht länger allein kämpfen musste?

Schließlich waren alle Plätze besetzt. Einige Menschen lehnten an den Wänden. Die Tasche stand zwischen Rainer und Erwin auf dem Boden. Rainers Hände zitterten beim Gedanken daran, wie er nach der Luger greifen und sie nach vorn richten würde. Er hatte bei der Wehrmacht gelernt, wie man schoss, aber er hatte es noch nie in einem vollbesetzten Raum in seiner Heimatstadt getan, während er den Ehemann seiner älteren Schwester anvisierte.

Irgendwann war stets das erste Mal im Leben.

Er würde nicht zulassen, dass Erwin die Tat beging, hatte er in der vergangenen Nacht entschieden. Sein Kamerad hatte mehr als genug durchlitten. Er musste spüren, dass er wertvoll genug war, dass ein anderer Deutscher für ihn kämpfte. Deswegen würde Rainer die Waffe ergreifen, sobald der richtige Zeitpunkt gekommen war, ganz egal, was sie im Vorfeld besprochen hatten.

»Wo bleibt er nur?«, flüsterte Erwin.

»Ruhig bleiben«, gab Rainer zurück. »All diese Menschen warten auf ihn. Er wird kaum davonlaufen, oder?«

»Soll er es nur versuchen.«

Rainer legte die Hand auf Erwins und drückte beruhigend. »Wir schaffen das. Bleib ruhig.«

Erwin nickte.

Schließlich kam ein Mann auf die kleine Empore vor den Stuhlreihen und tippte gegen das Mikrofon. »Können Sie mich alle gut verstehen?«

»Nein«, rief ein Spaßvogel aus der letzten Reihe.

Alle lachten.

»Dann ist ja gut.« Der Mann verschwand erneut nach hinten. Erwartungsvolle Stille erfüllte den Raum. Schließlich kam Joachim nach vorn, winkte den Menschen zu und trat an das Mikrofon. Er zog den Moment in die Länge. Vielleicht brauchte er etwas, um seine Worte zu sortieren, dachte Rainer, aber vielleicht wollte er sich auch bloß sicher sein, dass alle ihm ihre ungeteilte Aufmerksamkeit schenkten.

»Sehr geehrte Bürger Niebülls«, begann er seine Ansprache. »Es ist mir eine Freude, an diesem schönen Tag vor Ihnen zu stehen. Lassen Sie mich Ihnen zunächst eine Geschichte aus meiner Kindheit erzählen. Schon als kleiner Junge spürte ich in mir eine ausgeprägte Liebe zu meiner Heimat, die sich sowohl auf mein Vaterland wie auch auf unsere schöne Heimatstadt richtete ...«

»Was für ein Schmarrn«, flüsterte Erwin Rainer ins Ohr. »Allein für den Pathos sollte man ihn erschießen.«

Rainer lachte nervös auf. »Still. Lass ihn erst mal seine Ansprache halten, bevor wir handeln. Weißt du noch, was du sagen sollst, sobald ich ... es getan habe?«

»Ich bin derjenige, der es tun wird.«

»Nein.« Rainer sah ihm fest in die Augen. »Aber du bist es, der erklärt, warum wir es getan haben.«

»Weil er ein Nazi-Kriegsverbrecher ist.«

Die Umsitzenden sahen zu ihnen, weil sie nicht aufhörten, miteinander zu flüstern. Rainer warf den anderen einen entschuldigenden Blick zu und legte den Finger auf den Mund, um zu zeigen, dass er jetzt schweigen würde.

Joachims Rede handelte weder von Niebüll noch von der Demokratie, dachte Rainer zynisch. Der Mann kannte kein anderes Gesprächsthema als sich selbst. Man konnte beinah bewundern, wie er von nichts anderem sprach und es trotzdem schaffte, seine Taten im Krieg unerwähnt zu lassen.

Die Minuten verstrichen. Der Moment, in dem Rainer zur Waffe greifen musste, rückte näher. Kalter Schweiß lief ihm über den Rücken. Er war noch nicht bereit dafür, aber er musste es tun! Alles andere wäre zutiefst falsch und respektlos gegenüber Erwin, der allmählich nervös auf seinem Platz herumrutschte.

»Warte noch einen Moment«, flüsterte Rainer. Etwas stimmte nicht. Irgendetwas war entsetzlich falsch, und bevor er begriffen hatte, was es war, konnten sie nicht abdrücken.

Die Pistole befand sich in der Tasche auf dem Boden, direkt zwischen Erwin und ihm. Er musste sich nur nach unten bücken, danach greifen, entsichern und …

Alle Macht läge bei ihm.

Aber wäre das richtig? Er hatte in seinem Leben schon viele Fehler gemacht und würde garantiert noch weitere machen. Wenn er nicht mal in der Lage war, für sich selbst immer die richtigen Entscheidungen zu treffen, wie sollte ihm das dann für eine Stadt oder ein Land gelingen?

Macht war gefährlich. Es war gefährlich zu glauben, dass man besser als die anderen wusste, was *richtig* war.

Lena besaß ebenfalls ein inneres *Richtig*, wusste Rainer. Es unterschied sich von seinem eigenen, und manchmal würde er sie deswegen am liebsten an die Wand klatschen, aber es hatte ebenfalls einen Wert. Genau wie das *Richtig* von Gisela, die sich in die Vorstellung gesteigert hatte, dass Rainer sie eines Tages doch noch heiraten würde. Vermutlich galt das für alle Menschen in diesem Raum …

Konnte Rainer ernsthaft behaupten, dass sein *Richtig* dem der anderen überlegen war und er deswegen das Recht hatte, einen anderen Menschen zu erschießen?

Erwin warf Rainer einen skeptischen Blick zu und bückte sich, um nach der Pistole zu greifen, während Joachim weitererzählte.

Joachim lügt ohne jedes schlechte Gewissen, dachte Rainer. Er interessiert sich nicht für Niebüll. Alles, was er will, ist die Macht, über Niebüll zu bestimmen.

Wie um alles in der Welt konnte man diese Zukunft verhindern, ohne zum Mörder zu werden?

Rainers Blick schweifte durch den Raum und blieb an Lena hängen. Sie drehte den Kopf, als würde sie seinen Blick spüren. *Tu es nicht*, flehten ihre Augen. *Bitte, bitte tu es nicht.*

*Was soll ich sonst machen*, fragte er genauso lautlos zurück. *Lena, welchen Weg soll ich gehen?*

Sie öffnete den Mund, schloss ihn wieder und schüttelte den Kopf.

Plötzlich wusste er, was er zu tun hatte. Er stand auf und hob die Hand, als ob er sich in der Schule zu Wort melden wollte.

Joachim warf ihm von der kleinen Empore aus einen misstrauischen Blick zu, doch er war sich offenbar mehr als bewusst darüber, dass zahlreiche Menschen im Raum ihn beobachteten. »Ja, bitte?«

»Ich habe eine Frage«, erklärte Rainer laut. Der Raum war totenstill. Auch das letzte kleine Zwischengespräch war verstummt.

»Was für eine Frage?«

»Warte kurz. Ich komme nach vorn.« Rainer hielt sich an den Lehnen der Stühle vor ihm fest, drückte sich an Erwin vorbei und ließ sich von ihm die Gehhilfen reichen.

Sämtliche Blicke im Raum schienen sich in ihn zu bohren. Normalerweise hasste er es, wenn die Leute mehr auf seine Krücken als auf ihn sahen und ihn wegen seiner Versehrtheit mit Mitleid betrachteten, doch in diesem Augenblick verwandelte sich seine Schwäche in eine Stärke. Wenn er so den ganzen Weg bis zur Empore auf sich nahm, konnte niemand daran zweifeln, dass seine Frage wichtig war.

Er ließ sich Zeit und versuchte nicht, das Humpeln zu unterdrücken. Unterwegs legte er sich die Worte zurecht, bis er die drei Stufen zur Bühne erreichte, während kalter Schweiß seinen Rücken hinablief. Ein junger Mann reichte ihm eine Hand und half ihm beim Emporsteigen. Rainer nahm es kaum wahr, bis er vor Joachim stand.

Sein Schwager wirkte erschreckend bleich. Trotzdem verrutschte das leutselige Lächeln auf seinem Gesicht nicht. »Wir haben die erste Frage des heutigen Abends, liebe Gemeinde. Um ehrlich zu sein, habe ich erwartet, dass Sie mir Ihre Fragen aus dem Publikum stellen, damit sich die Veranstaltung nicht zu sehr in die Länge zieht ...«

Alle lachten.

Guter Zug. Mit diesem Witz auf Rainers Kosten hatte Joachim das Publikum bereits halb auf seine Seite gezogen. Rainer nickte anerkennend. Was auch immer jetzt kam, die Menschen wären bereit, erneut zu lachen. Nicht über Rainer den Krüppel, der für den Weg an den Stuhlreihen entlang so viel Zeit benötigt hatte, aber über Rainer den Trottel, der glaubte, seine Frage sei so viel wichtiger als die Frage aller anderen ...

Doch das war sie.

»Darf ich meine Frage am Mikrofon stellen?«, fragte er und hoffte, dass man seine Stimme auch so bis ans letzte Ende des Raumes hörte.

»Natürlich, nur zu.« Joachim machte eine einladende Handbewegung. Vermutlich konnte niemand außer Rainer den Hass sehen, der ihm in diesem Augenblick entgegenschlug.

»Vielen Dank.« Rainer trat ans Mikrofon und beugte sich vor. »Kann mich jeder gut hören?«

»Nein«, scherzte wieder jemand aus der letzten Reihe.

»Alles klar.« Rainer lächelte grimmig. »Dann möchte ich mich kurz vorstellen für alle, die mich nicht kennen. Ich bin Rainer Weber. Dieser Mann, Joachim Baumgärtner, ist mein Schwager. Vor vielen Jahren hat er meine Schwester geheiratet. Damals war ich noch so klein, dass sie mich Blumen streuen ließen und ins Bett schickten, als die eigentliche Feier begann. Dadurch bekam ich nichts von der Mitternachtstorte ab, und das verfolgt mich bis heute ...«

Die Menschen lachten.

Gewonnen, dachte Rainer. Jetzt lacht ihr mit mir, nicht mehr über mich.

»Meine Frage richtet sich nur in zweiter Linie an Joachim Baumgärtner«, fuhr Rainer fort. »Sicher, er kandidiert als Bürgermeister und möchte auf demokratischem Weg in diese Position gelangen. Sie alle sind heute hier, um sich anzuhören, warum er sich für dieses Amt geeignet hält. Es gibt nur ein kleines Problem.« Rainer lächelte zynisch. »Natürlich, liebe Bürgerinnen und Bürger, Alteingesessene und Zugezogene, haben Sie alle das Recht, bei den ersten demokratischen Wahlen im neuen Deutschland Ihre Stimme demjenigen zu geben, den Sie für geeignet halten. Ich persönlich glaube allerdings, dass Sie das nur dann tun sollten, wenn Sie auch alle Hintergründe kennen.«

»Hört, hört«, rief jemand aus dem Publikum.

»Das genügt.« Joachim trat ans Mikrofon. »Danke, Rainer, wir haben dich alle gehört. Vielen Dank für deine Unterstützung. Gibt es weitere Fra...«

Rainer beugte sich vor, um so dicht wie möglich ans Mikrofon zu gelangen. »Ich bin noch nicht fertig. Verehrte Bürgerinnen und Bürger von Niebüll: Obwohl Joachim Baumgärtner mein Schwager ist, werde ich ihm bei der kommenden Wahl meine Stimme verweigern. Er ist nicht nur ein überzeugter Nationalsozialist, sondern hat Schlimmeres getan. Sie alle wissen inzwischen, was für furchtbare Gräueltaten die Nazis ihren Gefangenen in den Todeslagern angetan haben. Männer wurden von ihren Frauen getrennt. Kinder wurden in die Gaskammern getrieben, wo man ihr junges Leben vorzeitig beendete, und ...«

»Das muss ich mir nicht anhören!«

»In einer Demokratie hat jeder eine Stimme.« Rainer sah Joachim fest an, bevor er sich erneut dem Mikrofon zuwandte und die Menschen seiner Heimatstadt fest anblickte. »Mein Schwager hat als Aufseher im Todeslager von Treblinka über das Leben und den Tod von Menschen entschieden. Und deswegen ...«

»Nein!« Joachim versetzte Rainer einen Schubs, der ihn zur Seite taumeln ließ.

Rainer verzichtete absichtlich darauf, sich zu fangen. Er stöhnte auf, als er das Gleichgewicht verlor, und ging zu Boden. Zufrieden registrierte er den Aufschrei der Empörung, der aus dem Publikum aufstieg.

»Gut gemacht«, zischte er seinem Schwager zu. »Ich bin keiner von deinen jüdischen Häftlingen, aber die Leute haben gesehen, was du getan hast.«

Joachim ballte die Hände zu Fäusten, als ob er auf Rainer losgehen wollte, doch dann erkannte er offenbar, dass er seine letzte Chance verspielte, wenn er jetzt auf einen wehrlos am Boden liegenden Versehrten losging. Hass brannte in seinen Augen.

Rainer lächelte. Er rieb sich den schmerzenden Knöchel und beeilte sich nicht mit dem Aufstehen.

# Chaos im Saal

Lena konnte kaum glauben, was gerade geschah. Sie hatte während der gesamten Ansprache von Joachim Baumgärtner die Hände so fest gefaltet, dass ihre Fingerknöchel weiß waren. Trotz aller Hoffnungen hatte sie damit gerechnet, dass Rainer und Erwin ihren Plan in die Tat umsetzen würden. Joachim Baumgärtner musste sterben. Ein Teil von ihr konnte sogar verstehen, warum das so war, doch ihr Herz hoffte trotzdem. Wenn Rainer zum Mörder wurde, oder zum Mittäter, würde das zarte Band zwischen ihm und ihr auf eine Weise beschmutzt, die sie niemals vergessen könnte.

Nicht zum ersten Mal fragte sie sich, wie Joachims Frau es fertigbrachte, weiterhin mit ihm unter einem Dach zu leben und jeden Sonntag an seiner Seite in die Kirche zu gehen.

Als Rainer die Gräueltaten an der Rampe des Vernichtungslagers beschrieb und von den kleinen jüdischen Kindern sprach, die getötet worden waren, begann sie zu weinen. Sie bekam kaum noch mit, wie die Männer auf der Bühne zu streiten begannen. Erst als ein Schreckenslaut durch alle Stuhlreihen ging, schaute sie wieder auf und sah gerade noch, wie Rainer nach hinten stolperte und zu Boden ging. Joachim Baumgärtner plusterte sich wie ein Gockelhahn auf und sah auf ihn hinab.

»Du liebe Güte.« Lenas Mutter griff nach ihrer Hand. »Wir hätten nicht hierherkommen sollen, Lena.«

»Im Gegenteil.« Lenas Wangen brannten vor Stolz und Freude. »Wer weiß, Mutter, was sonst passiert wäre.«

Sie wusste, dass es Stolz und Hochmut waren, die sie erfüllten, doch sie wollte glauben, dass Rainer nicht zuletzt ihretwegen so gehandelt hatte. Besiege den Lügner nicht mit seinen eigenen Waffen, sondern mit der Wahrheit. Es war nicht viel anders als das, was sie vor einigen Tagen bei Gisela getan hatte. Man durfte niemals nur an den direkten Konflikt denken. Wichtig waren auch die, die zuschauten. Die Mehrheit schwieg, aber sie wusste, was richtig und falsch war. Fast alle Menschen waren im Herzen gut, davon war Lena überzeugt. Giselas Freundin Pauline hatte Lena bereits ein Gespräch bei ihrer Tante vermittelt, die Hilfe bei der Wäsche brauchte. Lena würde sich am nächsten Abend vorstellen.

In dem Moment, in dem Joachim auf offener Bühne einen versehrten Mann zu Boden geschlagen hatte, hatte er jede Chance auf den Bürgermeisterposten verloren, begriff Lena. In Niebüll würde es keinen Nazi an der Spitze der Stadt geben. Mehr noch, die Leute wussten jetzt von seiner Vergangenheit und den Verbrechen, die er begangen hatte. Man würde es ihn spüren lassen, zumindest hoffte sie das.

»Was für ein herrlicher Abend.« Doros Wangen glühten sichtbar. »Und ich dachte, in so einer Kleinstadt wäre nichts los …«

»O mein Gott.« Lena schlug die Hände vor den Mund. »Ich kann es nicht glauben, es ist so …«

»Benutze Seinen Namen nie ohne Grund«, mahnte ihre Mutter.

»Es ist nur … Das ist schön, verstehst du, Mutter? Er ist nicht … Er hat ihn nicht …« Sie verstummte, weil ihr gerade noch rechtzeitig einfiel, dass sie nichts verraten durfte.

»Und mir hat man erzählt, die Menschen hier in Norddeutschland seien zurückhaltend und würden keine Gefühle zeigen.« Lena hätte schwören können, dass um den Mund ihrer Mutter ein verstohlenes Lächeln spielte.

»Nun …« Lena blickte sich um. Alle schienen in heftige Gespräche miteinander verwickelt. Das ist es, was Demokratie bedeutet, schoss ihr durch den Kopf. Wilde Diskussionen und Menschen, die bei der Durchsetzung ihrer Meinung ein wenig zu weit gehen. Sie hatte nie verstanden, warum dieses Thema für Rainer so wichtig war, doch in diesem Augenblick erkannte sie die Schönheit darin. So viele Menschen, so viele Meinungen, aber niemand wusste, was wirklich geschehen war. Trotzdem würde aus dem Chaos etwas entstehen, das wahrscheinlich gerechter und fairer wäre als alles, was sich Lena allein hätte ausdenken und durchsetzen können. Menschen konnten entsetzlich böse Dinge tun, aber tief im Herzen besaßen sie alle etwas, das zwischen richtig und falsch unterscheiden konnte.

Joachim Baumgärtner würde nicht neuer Bürgermeister von Niebüll werden.

Etwas anderes war noch wichtiger. Rainer war nicht zum Mörder geworden. Er war zu Boden gegangen, wieder aufgestanden und hatte in aller Öffentlichkeit gesagt, was zu sagen war. Lena hatte die Angst in seinen Augen gesehen, doch er hatte sich darüber hinweggesetzt, wie er sich auch sonst über die Behinderung hinwegsetzte und sein Leben trotz der Verletzungen lebte, wie er es leben wollte.

»Ich muss zu ihm«, sagte Lena, als sie aufstanden. »Könnt ihr allein nach Hause gehen, Mutter?«

»Du musst überhaupt nichts.« Ihre Mutter klang streng, aber liebevoll. »Was auch immer sich hier zugetragen hat, es ist eine Angelegenheit der Alteingesessenen. Wir sind die Fremden im Ort. Vergiss das nicht, nur weil der Apothekenhelfer dir schöne Augen macht. Was auch immer es hier für Ärger gibt, er hat nichts mit uns zu tun, und deswegen wollen wir nicht mit hineingezogen werden.«

Wenn du wüsstest, dachte Lena, doch sie sprach es nicht aus. Ihre Mutter sollte besser nie erfahren, auf was für seltsamen Wegen Rainer die Wahrheit über Joachim Baumgärtners Taten bei der Totenkopf-SS erfahren hatte. Sie widersprach nicht und ließ sich zum Ausgang ziehen. Kurz vor der Tür drehte sie sich noch einmal um. Der Raum war voller Menschen, die durcheinanderredeten und sich hin und her bewegten, doch irgendwie gelang es ihr, Rainers Blick einzufangen. In seinen Augen leuchteten Stolz und noch etwas anderes, das Lena galt. Ein Versprechen.

Sie erwiderte sein Lächeln und nickte ihm glücklich zu, bevor sie sich umdrehte und mit ihrer Mutter den Raum verließ. Rainer und sie hatten Zeit. Früher oder später kam der Augenblick, in dem sie erneut voreinander stehen würden. Dann würde sie ihn in die Arme schließen und all die Glückstränen vergießen, die schon jetzt in ihren Augen brannten. Er hatte das Richtige getan!

Rainer hatte ihr zugehört und ernst genommen, was sie sagte, sonst hätte er das heute niemals auf diese Weise getan. Was für ein Mann, wie mutig und stark!

Lena lächelte in sich hinein, während sie mit Doro und ihrer Familie durch die abendlichen Straßen ging. Einen Mann wie Rainer gab es garantiert kein zweites Mal.

# Nestbeschmutzer

Als Rainer nach Hause kam, sah seine Mutter sofort, dass etwas nicht stimmte. Die Luger war bei Erwin geblieben, doch er selbst war vermutlich bleich wie der Tod.

»Was ist los?«, fragte sie erschrocken. »Rainer, ist etwas passiert?« Er nickte. Ein seltsam nebliges Gefühl hüllte ihn ein, so, als ob er seit dem Moment auf der Bühne nicht mehr ganz in dieser Welt existierte und den Weg zurück erst noch finden musste.

»Was ist los?«, fragte sie noch einmal. »Nein, du bist ja gar nicht ansprechbar. Komm mit in die Küche, da ist im Moment niemand. Ich mach dir erst mal einen Tee.«

Dankbar ließ Rainer sich auf einen Stuhl am Küchentisch bugsieren und sah ihr zu, wie sie den Wasserkessel füllte und den Herd befeuerte. Der vertraute Duft nach Sauerkraut und gebratenen Zwiebeln, der in diesem Raum immer in der Luft hing, beruhigte ihn allmählich, und als seine Mutter eine Teetasse vor ihn stellte, fühlte er sich allmählich wieder wie er selbst.

Seine Mutter wartete, bis er die erste Tasse geleert hatte, und schenkte nach. Erst dann fragte sie erneut, was los war.

»Politik«, sagte Rainer, so trocken er konnte.

»Ich weiß schon, warum ich die Finger davonlasse.« Sie nahm einen Schluck Tee und ließ ihm Raum, seine Gedanken zu sortieren.

Schließlich erzählte Rainer ihr eine abgeschwächte Version der Geschichte, in der weder die Pistole noch Erwins Vergangenheit im Lager auftauchte. Er hatte aus dem Streit mit Lena gelernt, dass es nie gut war, die Geheimnisse anderer Menschen ohne deren Einverständnis weiterzugeben.

Der Gesichtsausdruck seiner Mutter machte klar, dass die Geschichte auch ohne dieses Hintergrundwissen alles andere als einfach für sie war. »Du hast Hildegards Mann in aller Öffentlichkeit als Kriegsverbrecher bezeichnet?«, fragte sie nach.

So hatte Rainer es nie ausgedrückt. »Das ist etwas überspitzt formuliert«, versuchte er abzuschwächen.

»Es ist das, was du getan hast«, wiederholte seine Mutter. »Das, was in den Vernichtungslagern passiert ist, ist ein Kriegsverbrechen. Die Leute können eins und eins zusammenzählen, zumal die Zeitung und das Radio so ausführlich über die Nürnberger Prozesse berichtet haben.«

Eine solche Antwort hätte Rainer nie von seiner Mutter erwartet. »Seit wann beschäftigst du dich mit Politik?«

»Das tue ich nicht«, erwiderte sie entschieden. »Das ist eine schmutzige Angelegenheit, mit der ich nichts zu tun haben möchte.«

»Du verstehst davon mehr als die meisten.«

»Deswegen lasse ich die Finger davon.«

Sie schwiegen.

Rainers Gedanken rasten. Das, was er getan hatte, hatte sich in diesem Augenblick vollkommen richtig angefühlt. Er hatte nicht über die Konsequenzen nachgedacht. Jetzt fühlte er sie. Er hatte den Mann seiner großen Schwester in aller Öffentlichkeit bloßgestellt.

»Unsere Familientreffen werden nie wieder dieselben sein«, sagte er zaghaft.

»Da hast du wohl recht.«

»Sollen wir den Namen wechseln und in ein anderes Land ziehen?« Es sollte wie ein Scherz klingen, doch es fühlte sich nicht wie einer an.

»Ganz so schlimm wird es nicht werden«, sagte sie beruhigend. »Ich konnte Joachim noch nie sonderlich gut leiden, aber …«

»Ich auch nicht«, sagte er, obwohl er sich nicht sicher war. Hatte er Joachim nicht früher einmal um sein stolzes Selbstbewusstsein beneidet?

Das war entsetzlich lange her. Aber wenn er ehrlich und selbstkritisch war, hatte er früher tatsächlich auf diese Weise über seinen Schwager gedacht.

»Was sollen wir jetzt tun?«

Sie überlegte. »Ich besuche Hildegard gleich morgen. Vielleicht kann ich die Wogen etwas glätten, zumindest innerhalb der Familie.« Doch am nächsten Tag stürzte Rainers Mutter nach einem ungeschickten Schritt die letzten drei Treppenstufen hinunter. Der Arzt kam vorbei und verordnete Umschläge mit essigsaurer Tonerde bei hochgelagertem Fuß. An einen Besuch bei Hildegard war nicht zu denken.

Rainer überlegte, Hildegard selbst zu besuchen, doch er wusste, dass ihm an dieser Stelle das diplomatische Geschick seiner Mutter fehlte. Außerdem wollte er Joachim in der nächsten Zeit nicht mehr persönlich begegnen. Er verfasste mehrere Briefe an Hildegard, in denen er sie teils um Entschuldigung und teils um Verständnis bat, doch am Ende zerriss er sie alle.

Er wünschte, er könnte mit Lena über alles reden. Sie hatte eine sanfte Art, das Chaos in ihm zu ordnen, für die er kaum Worte fand. Als er einen Zulassungsbescheid für die Universität in Hannover im Briefkasten fand, tröstete ihn das kaum. Es war Lena, nach der er sich sehnte, nicht die Aussicht auf ein Studium an einem völlig fremden Ort, an dem er sich irgendeine Arbeitsstelle in Teilzeit neben der Universität suchen musste, damit das Geld reichte.

In den Tagen nach dem Vorfall lernte Rainer die Menschen seiner Stadt von völlig neuen Seiten kennen. Manche kamen in die Apotheke oder sprachen ihn auf offener Straße an, um ihm zu seinem Mut zu gratulieren.

Andere waren weniger wohlmeinend. Sie wechselten die Straßenseite, wenn sie Rainer kommen sahen, steckten die Köpfe zusammen und tuschelten. Er versuchte, sich nichts anmerken zu lassen, doch es schmerzte. Frau Broder, die Frau eines reichen Bauern, verzog schnippisch das Gesicht, als sie die Apotheke betrat:»Kann ich von jemand anderem bedient werden?«

Rainer verzog entgeistert das Gesicht.»Warum? Vor zwei Wochen ...«

»Vor zwei Wochen waren Sie kein Nestbeschmutzer, junger Mann.«

Demokratie. War es das, was dieses Wort bedeutete? Wenn jeder Mensch das Recht auf seine eigene Meinung hatte ... Galt das auch für Menschen wie diese Frau?

Rainer befürchtete, dass es so war. Er seufzte tief.»Wenn Sie wirklich von jemand anders bedient werden wollen, kommen Sie bitte in zwei Stunden wieder. Dann sollte Herr Tauber zurück sein.«

»Können Sie ihn nicht herholen?«

Rainer schüttelte den Kopf.»Er ist ein alter Mann, Frau Broder. Ich werde ihn nicht während seiner Ruhepause stören, wenn kein Notfall vorliegt.«

Sie musterte ihn und schien mit sich zu ringen. Schließlich nickte sie. Mit einem verächtlichen Blick drehte sie sich um und verließ die Apotheke. Rainer sah ihr erstaunt hinterher. Er hatte nicht erwartet, dass sie tatsächlich gehen würde.

Noch schlimmer war die Begegnung mit seiner Schwester Hildegard. Sie erschien am Mittwoch nach dem Vorfall in der Apotheke und erklärte ihm frank und frei, dass er sich die ganze Geschichte ihrer Ansicht nach ausgedacht hätte.»Joachim hat im Krieg für sein Land gekämpft, genau wie du. Was fällt dir nur ein, solche hässlichen Geschichten über ihn zu verbreiten?«

»Hildegard ...«

»Ich will nichts mehr hören.« Sie stemmte die Arme in die Seite und warf ihm einen tödlichen Blick zu.»Ganz ehrlich, ich kann nicht verstehen, wie ich je so dumm sein konnte, dir zu vertrauen. Ich hätte dir niemals von dem Streit mit ihm erzählen sollen. Es war nur das eine Mal, dass er mich geschlagen hat ...«

»Er hat dich geschlagen?« Beinah mechanisch löste Rainer seinen Hemdknopf und krempelte den rechten Ärmel nach oben. »Davon hast du nie etwas ge…«

»Es war nur das eine Mal!« Hildegards Augen verrieten etwas anderes, das Rainer erschreckte. Er ließ den Blick über ihren Oberkörper wandern. Ihre Bluse verdeckte Schultern und Oberarme, aber Rainer meinte, am Unterarm einen blauen Fleck auszumachen. Hildegard folgte seinem Blick und bedeckte die Stelle hastig mit der Hand. »Außerdem ist er mein Mann. Ich habe geschworen, treu zu ihm zu stehen, in guten wie in schlechten Zeiten.«

»Hildegard … Ich weiß, es ist nicht üblich, und die Leute reden, wenn es geschieht, aber sie reden ohnehin immer.«

»Worauf willst du hinaus?«

»Du kannst dich von ihm scheiden lassen. Dann kann er dir nichts mehr tun.« Zumindest hoffte er das.

»Das ist nicht dein Ernst.« Fassungslosigkeit stand in ihrem Gesicht. »Rainer, hast du überhaupt nichts von unserer Mutter gelernt? Die Familie muss zusammenhalten!«

Das war es also, worum es ihr ging.

»Familie ist nicht alles«, sagte Rainer schwach.

»Das stimmt nicht. Wo wärst du heute, wenn du uns nicht hättest?«

Rainer schwieg.

»Ich war vorhin bei Mutter. Sie stimmt mir zu, dass du dich niemals in dieser Weise gegen unsere Familie hättest stellen dürfen.«

Die Worte schmerzten heftiger, als er erwartet hätte. Wenn seine Mutter wirklich so dachte, hätte sie ihm das nicht ins Gesicht sagen können?

Er atmete tief durch. »Hildegard, dein Mann hat all die Dinge getan, die ich ihm vorgeworfen habe. Und noch mehr.«

Sie schüttelte den Kopf. »Du bist nur neidisch. Weil der Krieg ihn nicht so versehrt hat wie dich, weil er genug Geld verdient für seine Familie, weil er ein richtiger …«

Rainer sah ihr ins Gesicht. Hildegard meinte ihre Worte ernst, begriff er. Sie war bereit, sich von ihrem Mann misshandeln zu lassen und die Wahrheit zu verdrängen, weil sie sich für ihre Familie verantwortlich fühlte. So, wie ihre Mutter es ihr und auch Rainer beigebracht hatte.

Sie verstand den Familienzusammenhalt völlig falsch!

»So ist es nicht«, sagte er ruhig. »Tief im Innern weißt du das, Hildegard. Ich habe die Wahrheit gesagt. Du weißt, dass Joachim bei der SS war.«

»Das macht ihn noch lange nicht zu einem ... einem ...« Sie unterdrückte ein Schluchzen. »Die Alliierten haben sich all diese schlimmen Dinge bloß ausgedacht. Der Führer hat nichts davon gewusst. Das waren bloß einige ...«

»Einige Irregeleitete?«

Sie zog die Nase hoch und wischte sich mit dem Blusenärmel darüber. »Der Führer hat nichts davon gewusst«, wiederholte sie leise. »Und jeder weiß, dass die Juden ... Nun ... Sie waren nicht wie wir, verstehst du? Ich kann schon verstehen, dass die Leute sie nicht länger in der Gegend haben woll...« Sie stolperte über das letzte Wort.

»Hildegard.« Rainer staunte darüber, wie liebevoll seine Stimme klang. Wenn ein anderer Mensch solche Dinge sagen würde, hätte er anders reagiert. Doch Hildegard war seine Schwester. Ganz egal, was sie behauptete, auch er hatte von seiner Mutter gelernt, dass die Familie zusammenhalten musste. »Es tut mir leid, dass du meinetwegen jetzt Ärger mit deinem Mann hast«, sagte er.

Sie schwieg und behielt ihre Hand am Unterarm. Mechanisch rieb sie über die Stelle, als ob sie nach Worten und Gedanken suchte. »Du hättest ihn nicht öffentlich bloßstellen dürfen«, sagte sie schließlich leise. »Kein Mann kann so etwas ertragen.«

Rainer schüttelte den Kopf. »Kein Mann darf tun, was er getan hat. Das ist viel schlimmer.«

»Nein.«

»Er hat es getan, Hildegard.«

»Und wenn schon! Als Soldat musste er seinen Befehlen folgen.

Die Alliierten machen es sich leicht mit ihrer Siegerjustiz. Keiner von denen weiß, wie es wirklich war.«

»Du hast recht damit, dass sie es nicht wissen.«

»Also dann ...«

»Dein Mann hat trotzdem getan, was er getan hat. Er hat diese Befehle befolgt, und jetzt sind unzählige Menschen tot.«

»Was hätte es geändert, wenn er sich geweigert hätte? Dann wäre er ins Gefängnis gekommen.« Sie presste die Lippen aufeinander.

»Wäre das Gefängnis für ihn wirklich schlimmer gewesen als ...« Rainer konnte es nicht aussprechen. Was auch immer es war, was Joachim getan hatte, es war zu schlimm für Worte. Verbrechen gegen die Menschlichkeit, nannten es die Ankläger der Alliierten bei den Nürnberger Prozessen. Er konnte verstehen, dass die Menschen nicht länger daran denken wollten. Er konnte verstehen, wie sehr Hildegard in diesem Augenblick litt. Außerdem schmerzte es, dass die Menschen die Straßenseite wechselten und ihn beschimpften.

Trotzdem würde er wieder tun, was er getan hatte.

»Meine Kinder werden nie wieder ein Wort mit dir wechseln«, erklärte Hildegard. Sie klang wie ein trotziges Mädchen. »Für uns alle bist du gestorben.«

»Bist du deswegen gekommen? Um mir das zu sagen?«

Sie nickte. »Die Briten haben Joachim zum Verhör geholt. Irgendjemand muss nach der Wahlkampfrede mit ihnen gesprochen haben und hat ihnen erzählt, was für Lügen du über ihn verbreitest.«

»Dann ist er im Gefängnis?« Rainer hatte das Gefühl, dass eine schwere Last von seinem Herz fiel. »Wird es ein Gerichtsverfahren geben?« Wenn das der Fall war, musste sich Hildegard vielleicht gar nicht um eine Scheidung bemühen. Sie würde auch so frei von einem Ehemann sein, der weder vor ihr noch vor anderen Menschen Respekt hatte.

»Von wegen.« Sie hob den Kopf, als ob sie ihren Stolz wiederentdeckt hatte. »Er ist ohne Übersetzer ins Verhör gegangen, weil sein Englisch viel besser ist als das von deiner slawischen Geliebten. Dort hat er ihnen erklärt, dass du dir alles lediglich ausgedacht hast, weil du seit dem Krieg unter Wahnvorstellungen leidest.«

»Aha.«

»Sie haben ihn gehen lassen«, sagte Hildegard bedeutungsvoll. »Du weißt, was das bedeutet, oder?«

»Dass er sich rausgeredet hat.« Die Vorstellung erschütterte ihn. Es bedeutete, dass Joachim ohne jede Strafe davonkam.

»Es bedeutet, dass er unschuldig ist!«

Rainer schlug auf den Apothekentresen. »Es bedeutet, dass er sich rausgeredet hat, mehr nicht!«

Hildegard schüttelte den Kopf. Sie hielt sich immer noch den blauen Fleck, doch ihr Blick drückte Mitleid für Rainer aus. »Es bedeutet, dass die Obrigkeit entschieden hat, dass du Wahnvorstellungen hast. Weil sich im Krieg ein oder zwei Schräubchen bei dir … Na ja.«

Rainer lachte höhnisch. »Ist es das, was Joachim erzählt, ja?«

»Es ist offensichtlich und klar erkennbar«, sagte Hildegard abwehrend. Die Worte klangen auswendig gelernt. Rainer hätte schwören können, dass sie von Joachim stammten und Hildegard sie lediglich nachplapperte.

»Dann bleibt uns an dieser Stelle wohl nichts mehr zu sagen.«

»So ist das wohl.«

Er schluckte hart. Das hier war schlimmer als die kalten Blicke von Nachbarn und Bekannten auf der Straße. Für einen Moment sah er die Traurigkeit im Gesicht seiner Schwester, doch sie blinzelte sie weg. Hildegard drehte sich um und marschierte hinaus.

Rainer blieb zurück und versuchte, sich einzureden, dass es nicht schmerzte. Vergeblich. Hildegard war nie seine Lieblingsschwester gewesen, doch diese Begegnung fühlte sich an wie ein Bruch, der sich nicht mehr kitten ließ. Was würde seine Mutter bloß dazu sagen?

Er sah ihr warmes, liebes Gesicht, wie sie mit ihrem hochgelagerten Fuß auf dem Sessel im Wohnzimmer saß und auf die Socke auf dem Stopfpilz blickte, die sie in der Hand hielt, ohne daran zu arbeiten.

Warum hatte sie sich in diesem Konflikt bloß auf Hildegards Seite gestellt?

Plötzlich ordneten sich die Dinge vor seinem inneren Auge. Er spürte, dass der Unfall seiner Mutter kein Zufall war, wie er sich einzureden versucht hatte. Der Vorfall hatte sie mehr aus dem Gleichgewicht gebracht, als sie zuzugeben bereit war. Sie musste Joachims Verbrechen genauso verdrängt haben, wie Rainer das im vergangenen Jahr selbst getan hatte. Jetzt, wo Rainer ihn öffentlich gebrandmarkt hatte, konnte sie das nicht mehr.

Für eine Frau, die bei Tisch alle Diskussionen über Politik verboten hatte, weil der Frieden und der Zusammenhalt in der Familie wichtiger waren, musste das ein unlösbarer Konflikt sein. Bestimmt hatte sie Hildegard zugehört und zu trösten versucht, wie sie es immer tat. Er sah förmlich, wie Hildegard ihre Worte nahm und sie immer weiter verdrehte, bis sie in das Bild passten, das nach Hildegards Ansicht die Welt angemessen beschrieb.

Seine Mutter wusste nicht weiter, begriff Rainer.

Das Gefühl war seltsam ernüchternd. Hatte sie nicht immer gewusst, wie die Welt funktionierte? Sicher, manchmal machte sie Fehler, doch sie hatte stets etwas ausgestrahlt, das Rainer Sicherheit gegeben hatte. Ganz egal, was er anstellte, wenn es hart auf hart kam, konnte er sich auf ihren Rat und ihre Unterstützung verlassen, weil sie ihn bedingungslos liebte und an ihn glaubte.

Tat sie das noch?

An der Liebe hatte sich nichts geändert, das spürte er tief im Herzen. Aber sonst?

Vielleicht kam es darauf nicht an, begriff er. Am Ende musste nicht seine Mutter an ihn und seinen Weg im Leben glauben, sondern er selbst. Seine Mutter war keine allmächtige Göttin, sie war ein Mensch, der von der Situation genauso überfordert war wie Rainer selbst.

Er spürte, dass sie ihn jetzt brauchte. Sie hatte Joachim nie gemocht, hatte sie gesagt. Trotzdem hatte sie all die Zeit versucht, die

Familie zusammenzuhalten und die schrecklichen Dinge zumindest vom sonntäglichen Kaffeetisch fernzuhalten.

An diesem Abend würde Rainer das Gespräch mit ihr suchen. Er würde ihr erklären, dass es seiner Meinung nach falsch war, Woche für Woche und vielleicht sogar Jahr für Jahr mit der ganzen Familie an einem Tisch zu sitzen, ohne die schlimmen Dinge je anzusprechen. Das war ungesund. Er hoffte, dass er seine Mutter und seine Schwester Ruth dazu bewegen konnte, Joachim zukünftig bei Familientreffen nicht mehr einzuladen. Hildegard könnte man mitteilen, dass sie ohne ihren Mann nach wie vor willkommen wäre. Vielleicht würde sie den Absprung aus ihrer Ehe schaffen. Nicht sofort, aber eines Tages.

In seine Gedanken hinein läutete die Türglocke der Apotheke. Rainer sah hoch. Wer wollte jetzt etwas von ihm? Allmählich schmerzte es, selbst wenn in seiner Tasche der Brief mit der Universitätszulassung Hoffnung auf die Zukunft verbreitete. Würde er sich wirklich für den Rest seines Lebens in seiner Heimat als Aussätziger fühlen? »Guten Tag, Rainer«, sagte Gisela. Sie trug ein elegant geschnittenes Kleid und ein Hütchen, das ihre stolze Kinnlinie betonte.

»Guten Tag, Gisela«, sagte er und spannte sich an. Die Gedanken an seine Familie traten in den Hintergrund. »Was kann ich für dich tun?«

»Ich wollte dir Lebewohl sagen.« Sie musterte ihn ernst. Ihre Worte brauchten einen Moment, um zu ihm durchzudringen. »Ich habe viel zu lange gehofft, dass du mich heiratest und meine Welt damit in Ordnung bringst. Aber das wird wohl nicht mehr geschehen.«

»Es tut mir leid«, sagte er und meinte es so. Die ruhige Würde in ihrem Blick stand ihr gut. Wie seltsam, dass die Welt an einer Stelle in Scherben brach und an einer anderen zu heilen schien.

»Das muss es nicht.« Gisela lächelte auf eine Weise, wie er sie noch nie hatte lächeln sehen. Es lag etwas Unschuldiges darin, das ihrem Gesicht früher gefehlt hatte. »Ich habe jetzt andere Pläne.«

»Was wirst du tun?«

»Ich gehe nach Flensburg zu meiner Tante und mache eine Ausbildung zur Kindergärtnerin.«

»Wie spannend!« Rainer war beeindruckt. So etwas hätte er von Gisela nicht mehr erwartet. Sie strahlte wieder die Vitalität und warme Entschlossenheit aus, die ihn früher so angezogen hatte.

»Wer hat dich auf diese Idee gebracht?«

»Was um alles in der Welt lässt dich glauben, dass ich nicht ganz allein darauf gekommen bin?« Ihre Augen blitzten stolz.

»Natürlich.« Er musterte sie mit neuem Respekt. »Gisela, mir war immer klar, dass du zu allem fähig bist.«

»Das bin ich.« Sie lächelte verschmitzt. Für einen Augenblick blitzte der Schalk in ihren Augen auf, den er immer geliebt hatte.

»Wenn du wüsstest, wie sehr ich das bin!« Sie berührte ihr Hütchen wie bei einem militärischen Gruß, drehte sich um und verließ mit wippendem Rocksaum die Apotheke.

Rainer sah ihr versonnen hinterher.

# Eine Zukunft

Als Lena an diesem Abend das Büro verließ, wartete Rainer vor dem Eingang auf sie. Unwillkürlich klopfte ihr Herz schneller. Sie hatten sich nicht mehr gesehen, seit er Joachims Wahlkampf ruiniert hatte. Ihre Mutter hatte von ihr verlangt, sich von diesen politischen Konflikten fernzuhalten, damit sie nicht in Schwierigkeiten geriet. Früher oder später hätte sie garantiert einen Grund gefunden, in die Apotheke zu gehen, doch bisher hatte sie es nicht geschafft.

Sobald sie Rainer erblickte, verflog die allabendliche Büromüdigkeit. Er sah gut aus, wie er da stand, mit den etwas schief geschnittenen Haaren unter dem Hut und dem erhobenen Kinn. Manch einer würde vielleicht vor allem die Krücken sehen, aber ihr Blick blieb an den breiten Schultern hängen und an der Würde und Stärke, die er ausstrahlte. Wie schön, dass er auf sie wartete!

»Guten Abend«, grüßte sie ihn schüchtern und trat auf ihn zu.

»Hallo, Lena.«

Sie sahen einander an. Rainer schien genau wie Lena vergessen zu haben, was er sagen wollte. Zweimal setzte er an, sagte dann aber nichts. Lena war kurz davor, ihn zu fragen, ob sie spazieren gehen wollten, doch sie beherrschte sich. Schließlich stellte er die Frage, und sie stimmte seinem Vorschlag rasch zu.

Ihre Schritte führten sie durch eine Seitenstraße hinaus zu ein paar Feldern, auf denen Zuckerrüben und Hafer angebaut wurden. Vorräte für einen Winter, der hart zu werden versprach, doch daran wollte sie im Moment nicht denken.

»Ich fand es sehr mutig, wie du deinen Schwager auf offener

Bühne herausgefordert hast«, bekannte sie, sobald sie die letzten Häuser der Stadt hinter sich gelassen hatten. »Das hätten sich die wenigsten Männer getraut.«

Rainer gab ein brummendes Geräusch von sich und ging weiter. »Ich hatte Sorge, du redest nie wieder ein Wort mit mir.«

»Warum das?« Lena war ehrlich erstaunt.

»Ich war in den vergangenen Wochen nicht gerade der perfekte Gentleman.«

»Du hattest schlimme Sorgen«, korrigierte Lena.

»Es hat mir entsetzlich leidgetan, dass du in diese Geschichte mit hineingezogen wurdest. Das war eine Angelegenheit von Erwin und mir.«

Lena wiegte den Kopf. »Ohne mich hättet ihr beide nichts von Joachims Vergangenheit gewusst. Wäre das wirklich besser gewesen?«

Rainer schwieg.

»Erwin wird jetzt politisch, habe ich gehört«, erzählte Lena weiter, um irgendetwas zu sagen. »Doro hat mir erzählt, dass er in die KPD eintreten möchte.« Die Neuigkeit hatte sie selbst überrascht. Sie war nicht sicher, was sie davon halten sollte. Als Christin widerstrebte ihr der Atheismus, für den diese Partei stand.

»Woher weiß Doro davon?«

»Hast du nicht mitbekommen, dass die beiden häufiger miteinander ausgehen?«

»Sie ist mindestens fünf Jahre älter als er«, sagte Rainer, als würde diese Tatsache ein Rendezvous unmöglich machen.

»Manchmal glaube ich, du lebst noch im vorigen Jahrhundert.« Lena lächelte, und Rainer erwiderte es.

»Meinst du wirklich, da entwickelt sich etwas?«

»Wer kann das schon sagen? Für Doro ist es gut, wenn sie jemanden hat, der solide ist, und Erwin braucht jemanden, der ihn zum Lachen bringt.«

»Das stimmt.«

Sie gingen weiter, langsam und geduldig wie bei jedem Spaziergang, während Rainer darauf achtete, die Krücken stets ordentlich auf den Boden zu setzen, damit sie nicht auf einem Stein oder Grasbüschel wegrutschten. Es musste anstrengend sein, sich nicht wie früher auf die eigenen Füße verlassen zu können. Lena tat wie bei jedem Spaziergang so, als bemerke sie es nicht, doch in ihrem Herz glühte trotzdem warme Bewunderung dafür, wie Rainer sich von seiner Beeinträchtigung nicht unterkriegen ließ und sich vom Leben all das holte, was er auch zuvor geliebt und bekommen hätte.

»Meine Mutter hat Joachim Hausverbot erteilt«, sagte Rainer schließlich.

Lena verschluckte sich und musste husten. »Hat sie das wirklich?«

»Ja.«

»Ich dachte immer, ihr geht die Familie über alles.«

»Deswegen hat sie ihn ausgeschlossen.«

»Das war bestimmt schwer für sie.«

»Ja. Aber ich habe ihr gesagt, ich stehe als ihr Sohn bedingungslos hinter ihr.«

»Was hat sie dazu gesagt?«

Er zuckte mit den Schultern und machte ein schnaubendes Geräusch durch die Nase, das Lena verriet, dass sie an dieser Stelle nicht mehr erfahren würde. Sein Gesichtsausdruck zeigte jedoch Zufriedenheit, also vermutete sie, dass es ein gutes Mutter-Sohn-Gespräch gewesen war.

Sie gingen weiter. Die Abendluft war angenehm kühl nach dem schwülen Tag. Lena genoss das Gefühl, wie der Rock um ihre Waden spielte.

»Wo wir gerade dabei sind, Dinge in Ordnung zu bringen ... Es tut mir leid, dass ich wegen deiner Tanzerei so knurrig war«, erklärte Rainer. »Wahrscheinlich habe ich dich bloß beneidet, aber ... du hast jede Freude verdient. Wenn du dich gern zu Jazzmusik herumwirbeln lässt, dann möchte ich, dass du das in Zukunft tust. Nützt ja keinem was, wenn du wie ich auf der Bank sitzt und dem Leben nur zusiehst.«

»Rainer …« Lena blieb stehen. »Ich sitze hundertmal lieber mit dir auf der Bank, als mich von irgendeinem Fremden herumwirbeln zu lassen. Du bist hundertmal mehr Mann als sie alle.« Die Worte schienen ihm gutzutun, trotzdem machte er ein abfälliges Geräusch. »Wir können mal zusammen in deinen Klub gehen, und ich höre mir die Musik an. Wenn Doro recht hat und die Nazis diese Musik für undeutsch erklärt haben, mag ich sie.«

»Hörst du nie Radio?«

Er schüttelte den Kopf und ging weiter. »Musik war nie meine Welt. Aber ich gönne es dir, wenn es dir Freude bereitet.«

Die Worte rührten Lena. Sie wusste, dass es ihm nicht leichtgefallen war, sich zu entschuldigen. Männer waren stolz. Außerdem hatte sie selbst oft das Gefühl, dass es falsch war, wie sehr sie das Tanzen liebte. Eine anständige junge Frau tat so etwas nicht, oder wenn, dann höchstens mit ihrem Verlobten.

Den sie nicht hatte.

Ihr Herz klopfte plötzlich etwas schneller. Hatte Rainer sie deswegen um diesen Spaziergang gebeten? Weil es etwas zu besprechen gab?

Sie ging mit ruhigen Schritten neben ihm her und genoss die anbrechende Abenddämmerung. Die Luft färbte sich herrlich blau. Bald wäre es an der Zeit für den Rückweg, damit Rainer nicht im Dunkeln stolperte, doch manchmal verwandelten sich Minuten in Jahre. Dieser Abend könnte einer davon sein. Der Wind duftete herrlich nach Meer, auch wenn er in ihre Nasenspitze biss, und die Sonne blieb hinter den Wolken verborgen. Wenn jetzt noch Nebel aufstieg, könnte man glauben, es hätte sie in eine Zauberwelt verschlagen.

»Lena«, fragte er sie schließlich. »Das, was ich da gemacht habe, bei der Wahlveranstaltung …«

»Ja?«

»War das alles ein riesengroßer Fehler?«

Sie lachte auf, weil sie die Frage unglaublich schön fand. »Ich weiß

343

es nicht«, verkündete sie mit so viel Pathos in ihrer Stimme, dass er ebenfalls lachen musste.

»So einfach ist das nicht«, sagte er trotzdem. »Mit meiner Mutter kann ich darüber nicht mehr reden. Sie hat keine Antworten. Ich habe zum ersten Mal in meinem Leben das Gefühl, dass sie sich auf mich stützt und nicht umgekehrt.«

Lena wurde wieder ernst. »Es war eine sehr schwere Entscheidung, die du da gefällt hast. Familie oder Recht, gewissermaßen.«

»Ich wollte nur nicht, dass Erwin …«

»Du hast das Recht gewählt. Irgendwie. Ich weiß nicht, ob ich so stark gewesen wäre, wenn es um ein Mitglied meiner Familie gegangen wäre.«

»Er ist nur angeheiratet.«

»War es deswegen leichter?«

Rainer schüttelte den Kopf. »Meine Schwester wird nie wieder mit mir reden, schätze ich. Ich darf meine Neffen und Nichten nicht mehr sehen.«

»O Rainer.« Lena legte federleicht die Hand auf seine Hand an der Krücke, als ob sie sich bei ihm einhaken würde. »Wie furchtbar.«

»Ich hoffe, dass es wenigstens etwas gebracht hat.«

»Bestimmt.« Doro hatte ihr erzählt, dass die Frauen in ihrer Unterkunft Rainer glaubten. Sie würden nicht Joachim Baumgärtner wählen, und nach allem, was man so hörte, würden auch andere das nicht tun. Ganz egal, ob man ihm seine Verbrechen nachweisen konnte oder nicht, die Menschen besaßen noch immer ein Gespür für Richtig und Falsch. Niebüll würde einen anständigen Bürgermeister bekommen, der die Stadt auf gute Weise in die Zukunft führte.

Schließlich erreichten sie den Punkt, von dem aus sie umkehren mussten, wenn sie es rechtzeitig zum Abendessen nach Hause schaffen wollten. Wie es aussah, würde Rainer ihr heute nicht die Frage aller Fragen stellen. Ein wenig traurig war sie deswegen, aber gleichzeitig fühlte es sich gut an, dass sie wieder auf diese Weise kameradschaftlich miteinander umgehen konnten.

»Es spielt vielleicht keine Rolle, aber ich bin wahnsinnig stolz auf dich«, sagte Lena. »Diese Lösung, die du gefunden hast … Die war unglaublich klug. Damit hast du das Problem so gründlich zerschlagen, dass für alle gesorgt war. Für Erwin, für die Stadt, für …« Für mich, wollte sie sagen, doch sie sprach es nicht aus.

»Man zahlt einen Preis dafür«, sagte er ernst. »Die Leute reden.«

Lena nickte. »Das tut weh, ja.«

»Ich habe nie verstanden, warum dich das Gerede der Leute so verletzt hat«, bekannte er. »Du hast mehrfach davon erzählt, aber ich habe es jedes Mal abgetan, als würde es nicht die geringste Rolle spielen.«

Lena senkte den Blick.

»Deswegen … Also … Das ist auch etwas, das mir leidtut. Weil ich nicht ernst genommen habe, wie sehr es dich belastet hat. Kannst du mir auch das verzeihen?«

Lena sah ihm in die Augen. Der Abend war herrlich warm, auch wenn man im Wind bereits spürte, dass es langsam Herbst wurde. »Es gibt nichts zu verzeihen«, erklärte sie ruhig. »Du hattest schlimmere Sorgen als ich, auch wenn du versucht hast, sie von mir fernzuhalten.«

Er sah verlegen aus.

»Das ist sehr männlich, weißt du? Männer versuchen immer, alles mit sich allein auszumachen. Sie wollen starke Beschützer sein und auf uns aufpassen, selbst wenn wir das gar nicht brauchen. Das ist sehr liebenswert und sehr dumm, und wahrscheinlich mag ich dich gerade deswegen so sehr.«

»Hör auf«, sagte er leise.

»Ich habe gerade erst angefangen.« Sie sah ihn ernst an. »Rainer, ein Mann darf auch mal schwach und unsicher sein. Gerade dann, wenn er im Ernstfall so mutig und klug ist wie du. Du musst nicht die Last der ganzen Welt allein auf deinen Schultern tragen.«

»Ich bin stark genug dafür«, sagte er und reckte das Kinn ein klein wenig nach oben. In seinen Augen glomm etwas von dem Humor auf, den Lena so an ihm liebte. »Nenn mich Atlas, der die Last des Himmels auf seinen Schultern zu tragen vermag.«

Lena lachte und schüttelte den Kopf. »Ach, du.«

»Selber.«

»Du bist nicht zum Mörder geworden.« Erst jetzt, als sie es aussprach, spürte sie die tiefe Erleichterung, die darin lag. »Ich hatte entschieden, dass ich euch nicht verrate, aber ... Wenn ihr ihn erschossen hättet, dann hätte ich dich nicht länger lieben können. Ganz egal, wie sehr er es verdient haben mag. Ich hätte meinen Respekt vor euch verloren.«

»Was hast du gerade gesagt?«

Lena fing an zu erklären, was Respekt für sie bedeutete, doch dann verstummte sie. Der Ausdruck in Rainers Augen war schwer zu deuten. Ihr Herz wummerte gegen ihren Brustkorb. Was war, wenn sie sich irrte und das verschämte Leuchten in seinen Augen falsch verstand?

»Ich hätte dich nicht länger lieben können«, wiederholte sie ihre Worte und sah ihn fest an.

Das Leuchten in Rainers Gesicht versteckte sich nicht länger. Es verwandelte sich in ein Strahlen, das sein ganzes Gesicht erfüllte, vielleicht sogar seinen ganzen Körper. Zusammen mit dem leuchtenden Blau seiner Augen machte es ihn zum schönsten Mann der Welt.

»Lena«, flüsterte er und nahm ihre Hand. »Hast du das gerade wirklich gesagt?«

Sie schüttelte den Kopf und nickte, weil sie so durcheinander war. Seine Hand auf ihrer fühlte sich unerträglich gut an. Sie konnte sich nicht vorstellen, je wieder ohne ihn zu sein.

»Ich kann dir nichts versprechen«, sagte er leise. »In der Apotheke helfe ich nur aus. Um für eine Familie zu sorgen, muss ich erst studieren, aber das wird mehrere Jahre dauern. Wie könnte ich von dir verlangen, so lange auf mich zu warten?«

Tränen flossen über Lenas Wangen, ohne dass sie es bemerkte.

Hatte er gerade gesagt, dass er das Gleiche fühlte wie sie? Sie wollte es kaum glauben, so unwahrscheinlich kam es ihr vor, und doch …

»Heißt das, du magst mich auch?«, fragte sie leise.

Statt einer Antwort zog er sie an sich. Lena hörte ein dumpfes Geräusch, als die Krücken zu Boden fielen. Später würde sie ihm helfen, sie wieder aufzuheben, doch in diesem Augenblick spielte es keine Rolle. Er stand fest genug, ihr geliebter Mann, ihr Fels in der Brandung, damit sie sich nie wieder fürchten musste. Wie schön der Rest ihres Lebens werden würde, wenn sie jederzeit in diese Umarmung flüchten konnte, um sich auf diese herrliche und süße Art beschützt und geborgen zu fühlen!

»Ich werde nicht auf dich warten«, erklärte sie an seinem Hals. Sie spürte, wie sich sein Körper verkrampfte. »Ich werde selbst studieren. Ein bisschen muss ich noch sparen, aber in ein, zwei Jahren kann ich auch zur Universität gehen. Dann werde ich Ärztin.«

Rainer löste sich von ihr. »Dann willst du mich nicht?«, fragte er tonlos und sah zu den am Boden liegenden Krücken.

»Natürlich will ich dich.« Lena lachte und zog ihn wieder an sich. »Aber ich will mein Leben nicht damit verbringen, auf dich zu warten. Lass uns Partner und Kameraden sein, ja? Wenn du müde und schwach bist, lehnst du dich an meine Schulter, und wenn du stark bist, dann schenkst du mir Geborgenheit. Lass uns Seite an Seite gehen. Ich will einen ebenbürtigen Mann, keinen großen und starken Vollidioten, der sich einbildet, dass er alle Entscheidungen für uns beide fällen muss, während ich die Muckefucktassen nach dem Frühstück abwasche und Sofakissen besticke.«

»Dann ist es abgemacht?«, fragte er leise. »Du und ich, wir werden heiraten?«

»Ja«, flüsterte sie. »Ja, ich will.«

Er streichelte ihr zärtlich über den Hinterkopf, liebkoste ihre Haare und sah sie versonnen an. Gleich würde er sie küssen, spürte sie. Obwohl sie nur ein Flüchtlingsmädchen war, obwohl sie einen Beruf ausüben wollte und obwohl sie längst nicht so hübsch war wie die blonde und strahlende Gisela. Lass den Mann den ersten Schritt machen, wisperte die Stimme in ihrem Kopf erneut. Zeig ihm, dass du weißt, wie sich ein anständiges Mädchen benimmt.

Lena lachte leise auf. Zum Kuckuck mit dem, was sich gehörte!

Sie umfasste Rainers Hinterkopf und zog ihn zu sich, bis sich ihre Lippen trafen.

# Nachwort

Liebe Leserin, lieber Leser,

ich bedanke mich bei Ihnen für Ihr Interesse an meinem Buch. Nach dem Erscheinen des ersten Bandes *I love you, Fräulein Lena* erreichten mich zahlreiche Schreiben von Leser:innen, die mich zutiefst berührt haben. Vielen Dank dafür! Ich wünsche mir, dass ich Ihnen und allen neu dazugekommenen Lesenden mit den Erlebnissen von Lena Buth erneut ein paar spannende und fesselnde Lesestunden schenken konnte.

Obwohl auf diesem Buch mein Name steht, ist es in Wahrheit das Ergebnis der Arbeit vieler Menschen. An erster Stelle steht hier mein Agent Uwe Neumahr, der meine ersten zwei Handlungsentwürfe nicht akzeptierte und daran glaubte, dass ich eine bessere Fassung entwickeln könnte. Vielen Dank, dass Sie auf diese Weise an mich glaubten und mir die Art von Geschichte zutrauten, die ich wirklich schreiben wollte!

Bei der Umarbeitung halfen mir in besonderer Weise Bettina Lausen und mein Buddy Jimmy, der mir die Idee gab, dass frühere Soldaten eine Hinrichtung durchaus als legitime Lösung eines Problems betrachten würden.

Wenn sich dieses Buch beim Lesen stimmig anfühlt, verdanken Sie das nicht zuletzt meiner Lektorin Martina Pfitzner, die Logiklücken aufdeckte und sich viel Zeit nahm, um mögliche Änderungen mit mir zu besprechen. Großes Verdienst gebührt hier auch Katharina Rottenbacher für die redaktionelle Bearbeitung, die mir meine kleinen und großen Ungenauigkeiten mit sicherem Blick aufzeigte und mir half, meinem eigenen Anspruch gerecht zu werden.

Mein Dank gehört außerdem dem gesamten Penguin-Team, das hinter den Kulissen an ganz verschiedenen Stellen daran arbeitete, dieses Buch möglich zu machen und in Ihre Hände gelangen zu lassen. Außerdem danke ich allen Menschen im Buchhandel, die das Vorgängerbuch *I love you, Fräulein Lena* an ihre Lesenden weiterempfahlen und so dazu beitrugen, dass so viele Menschen es lesen konnten.

Nicht zuletzt danke ich allen Lesenden, die mein Buch mit Faszination lasen, es weiterempfahlen und mich oft genug auch persönlich kontaktierten, um ihre Leseerfahrungen mit mir zu teilen. Danke für all die berührenden Grüße und Geschichten!

Wie schon in meinem ersten Buch muss ich mich in diesem Nachwort bei allen Menschen in Niebüll dafür entschuldigen, dass ich einen fiktiven Menschen wie Joachim Baumgärtner in ihrer schönen Stadt angesiedelt habe. Diese Person hat dort nie gelebt, und die Bürgermeisterwahlen 1946 verliefen meinen Recherchen zufolge weit friedlicher als in meiner erfundenen Geschichte.

Wie war es damals, fragte ich mich beim Entwickeln dieses Romans ein weiteres Mal. Auch heute noch stehen wir als Deutsche oft vor der Frage, wie wir mit der Abscheulichkeit der Vernichtungslager in unserer Vergangenheit umgehen sollen. Tun wir so, als wäre es nie geschehen, weil es nicht zu unseren Lebzeiten geschah? Übernehmen wir international eine besondere Verantwortung für Menschen, die aus politischen Gründen Asyl suchen?

Basteln wir ein Demonstrationsplakat, auf dem steht ›Nie wieder ist jetzt‹?

Ich glaube nicht an eine Welt, in der es eine richtige Antwort auf große Fragen gibt. Aber tatsächlich glaube ich wie Rainer daran, dass jeder Mensch ein instinktives Gespür für richtig und falsch hat. Demokratie bedeutet, dass wir anderen Menschen dieses Gespür auch dann zugestehen, wenn sich ihre Meinung von unserer unterscheidet. Demokratie bedeutet, sich zu streiten und einander auch mal hässliche Dinge zu sagen, damit am Ende etwas entsteht, das für alle funktioniert.

Marschmusik ist im ersten Moment einfacher zu verstehen als Jazz. Man darf mit Gleichgesinnten in die gleiche Richtung marschieren und hofft darauf, dass die ›anderen‹, die ›Bösen‹, sich in Zukunft fernhalten werden. Ich glaube, das kann jedem Menschen passieren, ganz egal, ob wir politisch links oder rechts stehen. Es tut gut, von Gleichgesinnten umgeben zu sein und in die gleiche Richtung zu gehen.

Swing zu tanzen, ist schwieriger, finde ich. Man muss den Rhythmus fühlen und kann sich nicht mehr auf das feste Schema klarer Strukturen verlassen. Trotzdem müssen die Schritte sitzen, sonst tritt man jemandem auf die Füße und tut sich gegenseitig weh.

Wer von uns wäre so mutig wie Rainer, um trotz aller Unsicherheiten und Anfeindungen im Namen der Demokratie aufzustehen und zu sagen, was gesagt werden muss?

In unserem Land brauchen wir diese Art von Mut. Aber wir brauchen auch das Vertrauen in das Weiche und die Menschlichkeit der *anderen*, ganz egal, zu welcher Gruppe wir selbst gehören. Die *anderen* vertreten oft Positionen, die uns selbst zutiefst missfallen, aber auch sie haben ein Gespür für richtig und falsch.

Ich wünsche mir für unser Land mehr Streit im Namen der Demokratie.

Und ich will endlich einen Tanzpartner für Westcoast Swing, der daran genauso viel Freude hat wie ich!

*Hanna Aden, im April 2024*